Prologue

À propos d'un voyage en Terre sainte...

Pour tout chef de l'Église catholique, un voyage en Terre sainte devrait être la chose la plus naturelle qui soit... Mais on n'efface pas d'un trait de plume deux mille ans d'histoire violente et tourmentée entre le judaïsme et le christianisme. De Rome à Jérusalem, la route est longue, le chemin semé d'embûches, et Benoît XVI – qui semble parfois porter sa nationalité allemande comme une croix – le sait mieux que quiconque.

À la fois pèlerinage spirituel sur les pas de Jésus-Christ et exercice de diplomatie vaticane dans un Orient compliqué, le douzième déplacement à l'étranger du souverain pontife pouvait-il désamorcer les polémiques soulevées par les propos négationnistes de l'évêque intégriste Richard Williamson, tout juste « réhabilité » par décret pontifical ? Et pouvait-il déminer l'interminable procès en béatification de Pie XII, ce pape austère dont le comportement durant la Seconde Guerre mondiale n'en finit pas d'être scruté et évalué ?

Ces deux affaires s'ajoutent à une longue liste de maladresses – ou supposées telles – imputées au Vatican dans sa relation avec l'État hébreu. La gestion chaotique du dossier du carmel d'Auschwitz (huit religieuses polonaises avaient voulu créer en 1985 un couvent à l'intérieur de l'ancien camp de concentration) a laissé des traces, tout comme la béatification en 1987 puis la canonisation en 1998 de la philosophe juive, convertie au catholicisme, Edith Stein. Le cardinal Lustiger, lui aussi d'origine juive, y avait beaucoup contribué, mais Jean-Paul II fut accusé de « récupération ».

Autres souvenirs amers pour Israël : la visite au Vatican en 1982 du leader palestinien Yasser Arafat ou celle, en 1987, du président autrichien et ancien secrétaire général de l'ONU Kurt Waldheim, soupçonné de sympathies nazies, l'ouverture du procès en béatification (interrompu plus tard) d'Isabelle la Catholique, la reine qui avait expulsé les juifs d'Espagne, ou enfin le soutien apporté par Rome à Mgr Hilarion Capucci, alors archevêque gréco-catholique de Jérusalem, après qu'il eut été surpris par les services secrets du Mossad en train de transporter des armes en faveur de groupes palestiniens...

Tout cela attise les malentendus et réveille parfois des cicatrices mal fermées. En 1904, le père du sionisme, Theodor Herzl, s'était rendu à Rome pour tenter d'obtenir le soutien du pape Pie X au projet de création d'un foyer national juif en Palestine. Le Saint-Père lui avait répondu : « Nous ne pouvons certes pas empêcher les Juifs de s'installer en Palestine, mais nous ne pouvons pas l'approuver. La terre de Jérusalem a été sanctifiée par le sang de Jésus-Christ. Les Juifs n'ont pas reconnu Notre-Seigneur, donc je ne peux pas reconnaître le peuple juif. »

En 1928, le cardinal archevêque de Milan, Alfredo Ildefonso Schuster, avait demandé, au nom de l'association catholique des Amis d'Israël, la suppression dans les missels et les prières de la formule « Juifs perfides ». Non seulement le Vatican avait refusé d'un ton indigné, mais il avait ordonné la dissolution de l'association. En 1808, cent vingt ans plus tôt, les autorités napoléoniennes avaient obtenu du pape le remplacement du qualificatif « perfide » par le mot « aveugle ». Mais cela n'avait duré qu'un printemps et seulement dans les paroisses de Toscane.

Beaucoup plus près de nous, en janvier 1964, lors du premier voyage d'un pape contemporain à Jérusalem, Paul VI avait soigneusement évité de prononcer les mots « Israël » ou « juifs » devant ses hôtes, leur préférant la formule « fils du peuple de l'Alliance ». À son retour à Rome, il avait envoyé un télégramme à « Son excellence M. Shazar, Tel Aviv », feignant d'ignorer que M. Shazar était président d'Israël et résidait à Jérusalem [1].

Oui, les vieux réflexes ont la vie dure. La première déclaration solennelle de l'Église catholique menant à l'antisémitisme – le judaïsme y était dépeint comme une « aberration de la volonté divine » – ne remonte-t-elle pas au concile de Nicée, en 325 ? Au concile du Latran, en 1215, le pape Innocent III n'avait-il pas imposé aux juifs le port d'un habit spécial et d'un signe distinctif? Ne les avait-il pas obligés à s'installer dans des quartiers séparés, les futurs ghettos ?

Pourtant, depuis la fin de la Seconde Guerre mondiale, les lignes bougent en profondeur. En 1964, quand Paul VI foule la Terre promise, le grand « aggiornamento » de l'Église catholique est déjà en marche. Lancé le 11 octobre 1962, le concile Vatican II va se conclure le 8 décembre 1965 avec l'adoption de la déclaration *Nostra Aetate* (Notre époque) qui ouvre le dialogue avec les Juifs et met un terme à la vision du « peuple déicide » et de la « race maudite ». S'il n'est pas encore question de reconnaître ou de citer nommément l'État d'Israël – il ne faut pas embarrasser les évêques des pays arabes –, la révolution, si l'on peut dire, est en marche.

Déjà, en 1959, Jean XXIII avait surpris tout son monde quand, lors des célébrations du premier vendredi saint de son pontificat, il avait ôté de la liturgie traditionnelle cette supplique : « Prions aussi pour les Juifs perfides ! Que notre Seigneur Dieu, en ouvrant leurs cœurs à la Vérité, les aide à reconnaître, comme nous, Jésus-Christ comme sauveur de tous les hommes. » Le cardinal Schuster, trente ans plus tôt, n'avait pas demandé autre chose. Mais il se trouve que le bon pape Jean, lorsqu'il était nonce à Paris, s'était lié d'amitié avec l'historien Jules Isaac, dont la famille avait péri dans les camps

1. *Le Monde*, 30 décembre 1993.

d'extermination. Jules Isaac l'avait convaincu de sa thèse sur les racines chrétiennes de l'antisémitisme, avant même d'en tirer en 1962 un livre célèbre – *L'Enseignement du mépris* – dénonçant les préjugés antijuifs véhiculés dans les livres de catéchisme de l'époque et les rituels dominicaux.

Un autre homme a considérablement influencé Jean XXIII : Mgr Augustin Bea. Ce jésuite allemand, théologien et bibliste, créé cardinal en 1959, fut le grand architecte des contacts œcuméniques avant et durant le concile Vatican II, puis le véritable pionnier du nouveau dialogue engagé avec les Juifs. Ancien confesseur de Pie XII, peut-être avait-il ressenti au contact de ce pape contesté un profond sentiment de culpabilité envers le peuple victime de l'Holocauste. En tout cas, pour Mgr Bea, mort à 87 ans en 1968, renouer le dialogue avec les juifs constituait un objectif aussi bien « personnel que spirituel » et la déclaration *Nostra Aetate* est un peu son enfant.

Dès la naissance de l'État d'Israël, le 14 mai 1948, des liens avaient été noués avec le Saint-Siège. Mais des liens fragiles car l'incompréhension, les malentendus et le sentiment d'injustice rôdaient toujours. L'affaire Finaly en témoigne et défraie la chronique, juste au lendemain de la guerre. Les frères Robert et Gérald Finaly sont deux enfants juifs dont les parents sont morts à Auschwitz après avoir été arrêtés par la Gestapo en février 1944. Ils avaient fui l'Autriche après l'Anschluss pour se réfugier dans la région grenobloise. Juste avant d'être déportés, ils confient leurs deux garçons (nés en 1941 et 1942) à une amie, Mme Poupaert, qui demande l'aide du couvent des religieuses de Notre-Dame de Sion dont la vocation première est la conversion des israélites. Les religieuses l'écoutent avec attention et se tournent vers une ancienne résistante et fervente catholique, Mlle Antoinette Brun, directrice de la crèche municipale de Grenoble, qui a déjà adopté cinq enfants avant la guerre et caché neuf enfants juifs dans le château de Vif.

En février 1945, la sœur de M. Finaly, Margarete Fischl, qui vit en Nouvelle-Zélande, se met à la recherche de ses neveux.

Un ancien résistant, Moïse Keller, la seconde dans ses démarches. Mais Mlle Brun refuse de restituer les deux enfants qu'elle a fait baptiser le 28 mars 1948 et qui l'appellent « maman ». Elle ne fait que suivre la position officielle du Saint-Siège selon laquelle « les enfants qui ont été baptisés ne peuvent être confiés aux institutions qui ne seraient pas à même d'assurer leur éducation chrétienne [1] ». Mme Fischl et sa sœur, Mme Rosner, installée en Israël, portent alors l'affaire en justice.

Les esprits s'échauffent. À Paris, le nonce apostolique Angelo Roncalli – le futur Jean XXIII – s'en remet sagement aux plus hautes autorités vaticanes tout en appelant de ses vœux un compromis. Mais tout se complique encore un peu plus quand les religieuses du couvent de Notre-Dame de Sion organisent la « cavale » des deux enfants avec l'aval de l'archevêque de Lyon, le cardinal Gerlier. De Marseille à Bayonne en passant par le Pays Basque espagnol – le général Franco prendra fait et cause pour le maintien des frères Finaly en Europe –, huit longues années s'écoulent.

Finalement, les esprits s'apaisent. Au sein d'une Église catholique de France déchirée par l'affaire, le sentiment que les enfants doivent être rendus à leurs tantes – même s'ils ne les connaissent pas et ne parlent que le français – prévaut petit à petit. Le cardinal Pierre Gerlier décide de négocier avec le grand rabbin Kaplan et avec la famille des deux frères. Le 6 mars 1953, un accord est signé : il prévoit la restitution de Robert et Gérald à leurs tantes le plus rapidement possible. En contrepartie, la famille s'engage à retirer ses plaintes contre les religieuses. Le grand rabbin de France, Jacob Kaplan, s'en porte garant.

Cette histoire hors du commun s'achève donc au printemps 1953 : deux religieux basques espagnols remettent en juin les enfants Finaly aux autorités consulaires françaises. Les deux frères rejoignent ensuite leur famille en Israël. Là, ils

1. Bernard Lecomte, *Les Secrets du Vatican*, Perrin, 2009.

retrouveront leurs vrais prénoms : Ruben et Guédalya. Le premier deviendra médecin (comme son père), et le second fera carrière dans l'armée.

À la mort de Jean XXIII, en 1963, une délégation israélienne se déplace à Rome pour assister aux obsèques solennelles du Saint-Père. L'affaire Finaly est oubliée. L'État hébreu entend souligner le rôle éminent joué durant la guerre en faveur des Juifs par Angelo Roncalli alors qu'il était délégué apostolique en Turquie. Certes, le futur pape ne croyait guère au sionisme, à la « reconstruction du règne de Judée et d'Israël » en Palestine et parlait même d'« utopie » dans un rapport adressé à l'époque à la secrétairerie d'État du Vatican. Mais il avait condamné sans ambages l'antisémitisme, fourni de faux certificats d'immigration, rédigé des laissez-passer, etc.

Le 30 juin 1963, une autre délégation israélienne assiste cette fois à l'intronisation de Paul VI. Un an plus tard, ce dernier se rendra en Terre sainte. Un voyage « historique » puisqu'il sera le premier pape de l'ère moderne à fouler les rives du Jourdain. Puis, après le ministre des Affaires étrangères Abba Eban en 1969, les principaux dirigeants israéliens sont reçus l'un après l'autre au Vatican (Golda Meir, Moshé Dayan, Yitzhak Shamir et Shimon Peres). Bref, des relations se tissent et s'intensifient. Pourtant, des difficultés tant juridiques et politiques que religieuses empêchent d'aller plus avant, et le Vatican rechigne toujours à inscrire dans ses logiciels les mots « État d'Israël » car une reconnaissance *de jure* de ce pays doit reposer sur des frontières « sûres et reconnues ».

Le récit de la visite de Golda Meir dans la Ville Éternelle, le 15 janvier 1973, mérite qu'on s'y attarde un peu. C'est la première fois que le chef de l'Église catholique rencontre un Premier ministre israélien dans ses appartements romains. Pour l'occasion, Mme Meir porte un invraisemblable chapeau plutôt que la mantille traditionnelle. À l'issue de l'audience, le porte-parole du Vatican publie un communiqué assez bref. Il précise que Mme Meir a demandé personnellement à être reçue par le pape – ce qu'elle démentira – et que le Saint-Père a accepté parce qu'il considérait « de son devoir de ne pas laisser passer l'occasion d'agir pour la paix, les droits de l'homme, la défense des intérêts religieux de tous et, enfin, pour venir en aide aux plus pauvres et plus démunis, en particulier les réfugiés palestiniens. »

Ce communiqué ne plaît guère aux Israéliens et, quelques jours plus tard, Golda Meir accorde une interview au journal *Maariv* pour donner sa version de la rencontre. Une audience animée, voire tendue, même si, confie-t-elle, « jamais, Dieu nous garde, nous n'avons élevé la voix ».

« Le pape m'a dit qu'il était difficile de comprendre pourquoi le peuple juif, qui devait connaître la miséricorde, réagissait avec tant de vigueur sur sa propre terre. À quelqu'un qui ouvre une conversation de cette manière, je ne pouvais pas faire de concessions. Il est insupportable de s'adresser à nous de cette façon ! Trois fois non ! Saint-Père, lui ai-je répondu, savez-vous quel est le premier souvenir de ma vie ? Le pogrom de Kiev [Golda Meir était originaire de la capitale ukrainienne]. Quand les Juifs étaient miséricordieux, faibles et sans patrie, en ces temps-là on les conduisait au four crématoire. »

Golda Meir poursuit : « Il était étrange que moi, fille de menuisier, je me trouve assise en face du chef de l'Église catholique et que je lui parle du peuple juif, de ses droits et de sa patrie. Il est vrai que, comme on me l'a souvent fait remarquer à Rome, être fille de menuisier est plutôt une référence au Vatican ! » Et de conclure : « C'est surtout lorsque j'ai dit au pape que le peuple juif avait fait le serment de ne plus permettre à personne de le martyriser que j'ai senti que je m'adressais au chef de l'Église qui a pour symbole cette croix au pied de laquelle des Juifs ont été tués à chaque génération. Je n'ai pu me libérer de cette sensation pendant tout l'entretien. Le pape l'a bien compris. C'est pourquoi il m'a répété, sans me quitter du regard, que nous vivions un moment historique. Je me suis dit que je ne baisserais pas les yeux et je ne l'ai pas fait... »

La patience étant la mère de toutes les vertus, il faut attendre le 5 octobre 1980 pour que Jean-Paul II prononce enfin les mots qui brûlaient les lèvres de ses prédécesseurs. Au cours d'un déplacement à Otrante, en Italie, il explique aux fidèles rassemblés que poussé « par l'angoisse de sa sécurité », le peuple juif a « donné naissance à l'État d'Israël ». Quatre ans plus tard, il souligne le droit de « l'État d'Israël à la sécurité et à la tranquillité ». Puis, le 13 avril 1986, geste hautement symbolique pour la communauté juive du monde entier, Karol Wojtyla – qui s'est déjà recueilli à Auschwitz en 1979 – est le premier pape à se rendre à la synagogue de Rome, située exactement à un kilomètre à vol d'oiseau de la basilique Saint-Pierre.

La portée de son homélie d'alors reste intacte : « Oui, encore une fois, par mon intermédiaire, l'Église déplore les haines, les persécutions et toutes les manifestations d'antisémitisme qui, quels que soient leur époque et leurs auteurs, ont été dirigées contre les juifs, martèle-t-il en reprenant le paragraphe 4 de la déclaration *Nostra Aetate*. Je le répète : quels que soient leurs auteurs. » Et d'exprimer son « horreur pour le génocide décrété au cours de la dernière guerre contre le peuple juif, qui a mené à l'holocauste de millions de victimes innocentes ».

Pour le pape polonais, trois points sont « spécialement significatifs ». Jean-Paul II déclare tout d'abord que l'Église du Christ « découvre son lien avec le judaïsme en scrutant son propre mystère. La religion juive ne nous est pas extrinsèque mais, d'une certaine manière, elle est intrinsèque à notre religion. Nous avons donc envers elle des rapports que nous n'avons avec aucune autre religion. Vous êtes nos frères préférés et, d'une certaine manière, on pourrait dire nos frères aînés ».

Puis, s'adressant directement aux Juifs en tant que peuple : « on ne peut imputer aucune faute ancestrale ou collective pour ce qui a été accompli durant la Passion de Jésus. Ni indistinctement aux Juifs de ce temps-là, ni à ceux qui sont venus ensuite, ni à ceux de maintenant. Est donc dépourvue de tout fondement toute prétendue justification théologique de mesures discriminatoires ou, pire encore, de persécution ».

Le troisième point est la conséquence du deuxième : « il n'est pas permis de dire, malgré la conscience que l'Église a de son identité propre, que les juifs sont réprouvés ou maudits, comme si cela était enseigné ou pouvait être déduit des Écritures saintes, de l'Ancien ou du Nouveau Testament. » Au contraire, pour Jean-Paul II qui cite saint Paul dans la lettre aux Romains, les juifs « demeurent très chers à Dieu », qui les a appelés d'une « vocation irrévocable. »

Comme il est loin le temps – à peine plus d'un siècle – où, le jour de la Passion du Christ, le pape arrêtait son carrosse devant la synagogue de Rome. Le rabbin, dans un acte de soumission humiliant, était contraint d'attendre devant la porte et, drapé dans sa dignité, le souverain pontife lui appliquait alors une gifle symbolique sur la joue pour punir les juifs de leurs péchés, à commencer par le plus grave : celui d'avoir fait exécuter Jésus.

La visite de Jean-Paul II à la synagogue a un immense retentissement, aussi bien médiatique, religieux que politique. Les diplomates reprennent leurs discussions et, le 30 décembre 1993, le Saint-Siège et le gouvernement israélien signent un accord leur permettant enfin d'échanger des ambassadeurs et de normaliser leurs relations. L'accord est qualifié de « fondamental » car l'Église catholique compte quelque 300 institutions en Israël (couvents, hôpitaux, dispensaires, crèches, écoles, instituts, universités, etc.) mais les points de litige les plus sensibles sont laissés de côté (le statut de Jérusalem et des lieux saints, en particulier) parce qu'ils sortent du strict cadre bilatéral et relèvent de négociations beaucoup plus larges.

On connaît les réserves du Vatican sur l'« annexion » de Jérusalem par Israël et son désir de voir attribué à la ville un statut propre garanti par une instance internationale. Tout en laissant « le champ libre à diverses possibilités », écrit ainsi la revue des jésuites italiens *Civiltà cattolica*, le Saint-Siège estime que le rôle de « garant international » du futur statut de la Ville sainte pourrait être confié à « l'Assemblée générale des Nations unies, appuyée par le Conseil de sécurité, en récupérant l'esprit et les finalités de la résolution 181 du 29 novembre 1947, et en coordonnant son action avec Israéliens et Palestiniens, ainsi qu'avec les parrains du processus de paix. » En tout cas, « la ville de Jérusalem tout entière devrait jouir d'un régime de "ville ouverte" garantissant les déplacements des citoyens locaux qui sont, pour la plupart, des fidèles de l'une des trois religions, des pèlerins et d'autres visiteurs venant de la région ou du reste du monde ».

Les lieux saints de Jérusalem sont presque tous situés dans la vieille ville. La basilique du Saint-Sépulcre, la via Dolorosa et, à l'extérieur des remparts, le mont des Oliviers, sont les plus vénérés par les chrétiens. Dans les territoires palestiniens, on citera la basilique de la Nativité à Bethléem, l'église de l'Annonciation à Nazareth et le mont Thabor, au sud de Nazareth. Pour les juifs, le plus important des lieux saints est le mur des Lamentations, dernier vestige du temple d'Hérode, avec le tombeau du roi David sur le mont Sion. Les musulmans, enfin, vont prier sur l'esplanade du Temple, entre la Coupole du Rocher et la mosquée El Aqsa. Mais, pour eux, Jérusalem n'est que la troisième des villes saintes, après La Mecque et Médine.

Depuis 1993, la normalisation entre le Saint-Siège et Israël oscille ainsi au gré des événements, des espoirs de paix dans la région, de la recrudescence des combats, des erreurs des uns, des impairs des autres. Jean-Paul II s'est déplacé en Terre sainte en mars 2000 et, neuf ans plus tard, c'est donc au tour de Benoît XVI.

Agé de plus de 80 ans, de santé fragile, le pape sait que le temps lui est compté. Pour rien au monde il n'aurait voulu remettre à plus tard un voyage à la charge émotionnelle et symbolique aussi forte pour lui. De son côté, le gouvernement israélien pouvait-il louvoyer et lui demander d'y surseoir? Non, sans doute, car la visite d'une autorité morale telle que le chef de l'Église catholique est importante pour l'État hébreu, affaibli par des crises politiques à répétition (les dernières élections législatives n'ont rien réglé) et un relatif isolement sur la scène internationale.

Le Saint-Siège est traditionnellement présenté comme proche de la communauté palestinienne (des relations officielles avaient été nouées dès 1994 avec l'OLP). Cette communauté compte des chrétiens dans ses rangs, à commencer par le patriarche latin de Jérusalem. Le cardinal Roger Etchegaray, qui fut l'envoyé spécial de Jean-Paul II aux quatre coins de la planète, avait dénoncé en 2003 dans *Le Figaro* le « Mur de l'Apartheid » construit par Israël pour protéger ses concitoyens contre les attaques terroristes. Plus récemment, l'opération Plomb durci, menée dans la bande de Gaza par Tsahal a suscité beaucoup d'interrogations et de critiques au Vatican.

Dans ce contexte, on comprend que les adversaires du pape aient profité de l'affaire Williamson pour affûter leurs arguments et relancer leurs attaques. Mais la vérité oblige à dire que le Saint-Siège a fourni les verges pour se faire fouetter. Rappelons les faits : dans le courant du mois de janvier 2009, le quotidien milanais *Il Giornale* annonce avant tout le monde, sous la signature d'Andrea Tornielli, journaliste proche des milieux traditionnalistes, que le pape s'apprête à lever l'excommunication frappant quatre évêques de la Fraternité Saint Pie X, les « héritiers » de Mgr Marcel Lefebvre.

Benoît XVI, écrit Tornielli, veut en finir avec le schisme intégriste et estime le moment venu de réunir la famille catholique divisée (les membres de la Fraternité ne sont toutefois que 150 000 dans le monde). Quand il était préfet de la congrégation pour la Doctrine de la foi, Joseph Ratzinger avait été traumatisé par l'échec de ses tentatives pour ramener Mgr Lefebvre et ses ouailles dans le droit chemin. Il veut pardonner et tourner la page. D'autant qu'il aime la tradition, la messe en latin, les belles liturgies chantées, la communion sur la langue, comme les partisans de Lefebvre. On dit même que son secrétaire particulier, Georg Gänswein, a fréquenté autrefois le séminaire fondé par Mgr Lefebvre à Écône, en Suisse.

Le scoop d'*Il Giornale* est bientôt repris par l'ensemble des medias avec une nouveauté de taille : les propos ouvertement négationnistes tenus deux mois plus tôt sur la chaîne de télévision suédoise SVT par l'un des quatre évêques intégristes, le Britannique Richard Williamson, directeur d'un séminaire en Argentine : « Je crois qu'il n'y a pas eu de chambres à gaz [...]. Je pense que 200 000 à 300 000 Juifs ont péri dans les camps de concentration, mais pas un seul dans des chambres à gaz », affirme-t-il. L'émotion est vive et la Ligue contre le racisme et l'antisémitisme (Licra), pour ne citer qu'elle, juge que la réhabilitation de cet évêque serait « un recul inquiétant dans la politique menée par l'Église contre l'antisémitisme depuis Vatican II. »

Le pape lit-il la revue de presse qui lui est préparée quotidiennement ? Les membres de son entourage veulent-ils lui cacher certaines informations ? Toujours est-il que le décret daté du 21 janvier 2009 levant l'excommunication des « héritiers » de Mgr Lefebvre est rendu public le samedi 24 janvier. Signé au nom du pape par le préfet de la congrégation des évêques, le cardinal Giovanni Battista Re, il est salué par le porte-parole du Vatican comme « une bonne nouvelle » et « un pas très important vers la reconstitution de la pleine communion de l'Église. »

Tant d'incompétence de la part des responsables du dossier laisse pantois. Les journalistes accrédités au Vatican les plus avertis pensaient d'ailleurs que le décret serait ajourné, mais la bureaucratie vaticane a suivi son cours. Pire : le décret est publié à la veille de la journée de la mémoire de l'Holocauste ! L'entourage du pape a beau expliquer que ce 25 janvier coïncide aussi avec le 50e anniversaire de l'annonce de Vatican II par Jean XXIII et qu'il faut y voir un rappel à l'ordre aux intégristes qui rejettent les conclusions du concile, le mal est fait. La polémique se développe à la vitesse d'un incendie de forêt.

Il faut éteindre les flammes. Très vite, le supérieur général de la communauté intégriste de la Fraternité Saint Pie X, Mgr Bernard Fellay, demande « pardon » au pape et se démarque de Mgr Williamson. « Les affirmations de Mgr Williamson ne reflètent en aucun cas la position de notre société, dit-il. C'est pourquoi je lui ai interdit, jusqu'à nouvel ordre, toute prise de position publique sur des questions politiques ou historiques. » L'intéressé réagit à son tour en écrivant au cardinal Castrillon Hoyos, responsable des relations avec les traditionnalistes : « Au milieu de cette terrible tempête soulevée par mes commentaires imprudents à la télévision suédoise, je vous prie, avec un grand respect, d'accepter ma sincère douleur pour les angoisses et les problèmes que j'ai posés à vous et au Saint-Père. »

Acte de contrition? Non, puisqu'à aucun moment l'évêque intégriste ne revient sur ses propos négationnistes. Benoît XVI, lors de l'audience générale du mercredi 28 janvier, avait exprimé sa solidarité avec le peuple juif et condamné une nouvelle fois le génocide. Le 4 février, le Vatican hausse nettement le ton : « Les positions de Mgr Williamson sur la Shoah sont absolument inacceptables et fermement réfutées par le Saint-Père [...]. L'évêque Williamson, pour une admission aux fonctions épiscopales dans l'Église, devra également prendre de façon absolument non équivoque et publique des distances avec ses positions sur la Shoah qui n'étaient pas connues par le Saint-Père au moment de la rémission de l'excommunication. »

L'avertissement tombe à l'eau. Le 9 février, en effet, le prélat britannique persiste et signe dans une interview à l'hebdomadaire allemand *Der Spiegel*. Il s'y déclare « convaincu de l'exactitude » de ses idées négationnistes sur les chambres à gaz fondées sur des « preuves historiques et non sur des émotions ». Il ajoute : « Si je trouve des preuves contraires, je rectifierai [il envisage notamment de lire les livres du pharmacien français Jean-Claude Pressac]. Mais cela va prendre du temps. »

Dans l'opinion publique, les dégâts sont considérables. Les catholiques sont consternés, les juifs scandalisés. La chancelière allemande, la protestante luthérienne Angela Merkel, fustige même publiquement le pape bavarois. Peu importe si la levée de l'excommunication ne signifie pas la pleine réintégration dans le giron de l'Église catholique des « lefebvristes » puisque le statut du clergé de la Fraternité Saint Pie X (environ 500 prêtres) et certains désaccords doctrinaux sont encore loin d'être réglés. Le cas Williamson balaye tout sur son passage, comme un tsunami...

Le 26 février, tout juste expulsé d'Argentine, Mgr Williamson s'excuse encore de ses propos. « Si j'avais su tout le mal et les blessures qu'ils allaient provoquer, en particulier envers l'Église mais aussi envers les survivants et les proches des victimes de l'injustice du IIIe Reich, je ne les aurais pas prononcés », dit-il. Le Vatican estime ce repentir, diffusé par l'agence de presse catholique Zenit, insuffisant et exige qu'il se rétracte « de façon absolue et sans équivoque. »

Benoît XVI n'est certainement pas antisémite. Il a prié à Auschwitz, il s'est rendu dans une synagogue lors de son premier voyage pontifical en Allemagne, il n'a jamais cru que le christianisme avait remplacé le judaïsme, il pense profondément que, sans l'Ancien Testament, le Nouveau Testament serait « une plante privée de ses racines destinée à se dessécher ». Mais il vit dans sa tour d'ivoire, à mille lieues des tumultes du monde dont les échos ne lui parviennent que sous une forme atténuée. Cela peut être un atout comme un immense handicap. Témoin : cette longue lettre d'explication sur l'affaire Williamson, envoyée à tous les évêques, dans laquelle il semble découvrir la puissance grandissante d'Internet !...

L'affaire Pie XII est d'une tout autre dimension. Germanophile, ancien nonce à Berlin, négociateur d'un concordat avec le IIIe Reich, diplomate jusqu'au bout des ongles, Eugenio Pacelli peut-il être condamné pour ses silences durant la Seconde Guerre mondiale sur l'extermination des Juifs, alors que Roosevelt, Churchill, de Gaulle ou Staline n'ont pas davantage élevé la voix et n'ont pas été plus entendus ? La question s'impose. Mais, *a contrario*, peut-il être béatifié et canonisé comme le réclament ses admirateurs ?

Austère, menant une vie ascétique entre sa redoutable gouvernante, sœur Pascalina, et ses colibris sautillant au bout de ses doigts effilés, Pie XII avait conscience de ses limites. Il possédait une certaine forme d'humour à froid qui peut être illustrée par l'anecdote suivante. En 1944, il reçoit l'ambassadeur des États-Unis, Robert Murphy, en audience. Les deux hommes s'étaient connus avant guerre à Berlin et, en 1931, le futur pape avait déclaré au diplomate américain à propos d'un certain Adolf Hitler, candidat à chancellerie : « C'est un phénomène passager. » L'ambassadeur lui rappelant cette prédiction malheureuse, Pie XII l'interrompt par ses mots : « Ah ! je n'ai pas oublié ! Mais c'était bien avant que je devienne infaillible... »

L'infaillibilité ! Benoît XVI doit y penser quand, le jour du 50e anniversaire de la mort de Pie XII célébré le 9 octobre 2008, à Rome, il déclare devant sa tombe : « Nous prions pour que la cause de béatification du serviteur de Dieu Pie XII se poursuive heureusement. » Curieuse phrase car, en réalité, l'instruction s'est achevée à son avantage. Cinq mois plus tôt, le 8 mai 2007, les treize membres du tribunal de la congrégation pour les Causes des saints ont en effet voté à l'unanimité les conclusions positives d'un long rapport visant à établir les « vertus héroïques » d'Eugenio Pacelli. Le Saint-Père le sait pertinemment, mais il hésite, il tergiverse.

Le rapport met en avant trois points. Primo, Eugenio Pacelli a aidé son prédécesseur Pie XI à rédiger en 1937 l'encyclique *Mit Brennender Sorge* dans laquelle est écrit : « Quiconque prend la race ou le peuple [...] ou toute autre valeur fondamentale de la communauté humaine et les divinise dans un culte idolâtrique, celui-là renverse l'ordre des choses créé et ordonné par Dieu. »

Secundo, il a communiqué aux Alliés en 1940 des informations sur l'imminence d'une offensive allemande à l'ouest. Cette année-là, en effet, les milieux catholiques allemands opposés à Hitler demandent au Saint-Siège de sonder les Alliés pour obtenir une paix honorable en cas de renversement du Führer. Pie XII accepte de jouer les intermédiaires avec, comme contact, l'avocat munichois Josef Müller, catholique pratiquant et antinazi convaincu. Le 1er mai 1940, il arrive à Rome en avertissant le pape de l'imminence d'une attaque allemande contre les Pays-Bas, la Belgique et la France. Pie XII livre tout de suite l'information aux Alliés. Mais les fausses alertes ont été déjà si nombreuses que les intéressés n'y accordent pas l'importance souhaitée. Le 10 mai pourtant, l'offensive sera bel et bien lancée. Eugenio Pacelli avait pris en la circonstance des risques considérables. « En collaborant à des négociations secrètes pour subvertir un gouvernement étranger et en communiquant les secrets militaires de ce gouvernement à ses ennemis, Pie XII compromettait sérieusement la traditionnelle neutralité du Vatican et s'exposait lui-même ainsi que la papauté à des représailles politiques », écrit l'historien David Alvarez [1].

Tertio, dans son message de Noël 1942, à la radio, le pape a évoqué « les centaines de milliers de personnes qui, sans aucune faute propre, parfois uniquement en raison [...] de leur race, sont destinées à la mort ou au dépérissement. » À ces raisons objectives, on peut en ajouter d'autres, qui nous sont révélées par un autre historien reconnu, Michael Tagliacozzo. Cet homme qui avait échappé de peu à la rafle de Rome en 1943 nous rappelle que 3 000 Juifs ont trouvé refuge durant la guerre à Castel Gandolfo (la résidence d'été pontificale), 477 autres ont été hébergés au Vatican et 4 238 dans des couvents ou monastères romains.

Bref, en ce mois d'octobre 2009, la béatification de Pie XII n'attend que le feu vert de Benoît XVI. Puisqu'il faut un miracle, on en a même trouvé un ! Un témoignage épinglé au dossier rapporte ainsi qu'une pauvre Sicilienne dans le besoin priait tous les jours pour que le pape lui vienne en aide. Or, chaque fin de mois, le jour du paiement de son loyer, un voisin guidé par des voix mystérieuses, se présentait à elle avec l'argent nécessaire : tout est donc en règle. Mais Benoît XVI sait qu'une telle issue scandaliserait une majorité de la commu-

---

1. In *Les espions du Vatican : espionnage et intrigues de Napoléon à la Shoah*, Nouveau Monde éditions, 2006.

nauté juive. Il tient à préserver coûte que coûte son projet de voyage en Terre sainte au printemps 2009 et préfèrerait sûrement laisser la décision à un pape non allemand.

La « mauvaise image » de Pie XII ne serait-elle due qu'à une distorsion de la réalité ? Les services secrets soviétiques, en tout cas, s'y seraient largement employés. Aux dires de l'ancien général des services secrets roumains Ion Mihai Pacepa, la pièce de théâtre *Le Vicaire*, de Rolf Hochhuth – qui a inspiré plus tard le film *Amen*, de Costa Gravas – a été écrite et utilisée par le KGB pour calomnier le pape. Le père Peter Gumpel, le très conservateur rapporteur de la cause de la béatification de Pie XII, ne dit pas autre chose. Il affirme notamment que pour améliorer la pièce et la faire jouer en 1963, Erwin Piscator, metteur en scène et manipulateur de talent, avait aidé Hochhuth à réécrire son texte. Or, déclare-t-il, Erwin Piscator était « manifestement communiste » et hostile au pape. Bref, pour le promoteur de la béatification d'Eugenio Pacelli, le Vatican sait depuis longtemps que « la Russie bolchevique fut à l'origine de cette campagne de discrédit contre Pie XII ».

Dès 1964, pour tordre le cou à la « légende noire » d'un pape nazi, Paul VI autorise la publication des documents du Saint-Siège relatifs à la guerre. Les archives de la Secrétairerie d'État conservent en effet les dossiers dans lesquels on peut suivre, parfois d'heure en heure, l'activité du pape et de ses services. Ce matériel est rassemblé et publié de 1965 à 1982 par le père Pierre Blet (un jésuite français) et trois de ses confrères – les pères Robert A. Graham, Angelo Martini et Burkhart Schneider – dans les douze volumes des *Actes et documents du Saint-Siège relatifs à la Seconde Guerre mondiale*.

« Cette documentation fait voir la situation dans laquelle la guerre plaça le pape, avec les informations plus ou moins complètes qui lui parviennent, les recours que l'on fait à son influence morale et religieuse, que d'aucuns s'imaginent illimitée et que chacun cherche à utiliser dans l'intérêt de sa cause, ses efforts pour sauver ce qui peut encore être sauvé, en gardant l'impartialité entre les partis en lutte, ses démarches pour détourner le fléau, les tentatives pour le contenir et, quand il fut déchaîné à l'échelle européenne puis mondiale, ses efforts pour adoucir les souffrances et secourir les victimes », écrit le père Blet.

Sans doute aucun fonds d'archives, même le plus complet, « ne rend-il jamais compte de la réalité totale », ajoute-t-il. Mais ces documents « n'en demeurent pas moins la source essentielle et irremplaçable de l'histoire du Saint-Siège pendant la Seconde Guerre mondiale ». Il en a tiré un livre plus ramassé, *Pie XII et la Seconde Guerre mondiale, d'après les archives du Vatican*, publié en 1997 chez Perrin. Le 27 novembre 2008, le père Blet, aujourd'hui âgé de 90 ans, seul survivant de l'équipe de chercheurs désignés par Paul VI en 1964, a reçu le prix Gobert, décerné par l'Académie française pour « l'ensemble de son œuvre ».

Pour autant, plusieurs pays – au premier rang desquels Israël – ne croient guère à la thèse de la « falsification historique ». Dans le musée de la Shoah de Yad Vashem, à Jérusalem, une légende placée sous la photo de Pie XII affirme qu'il a « classé une déclaration contre le racisme et l'antisémitisme préparée par son prédécesseur », qu'il s'est « abstenu de signer la déclaration des Alliés condamnant l'extermination des Juifs » et qu'il « n'est pas intervenu » quand plus d'un millier de Romains ont été déportés vers Auschwitz.

Les défenseurs du pape, dont le rabbin américain David Dalin qui, dans son ouvrage *Pie XII et les Juifs* [1] répond point par point au livre à charge de John Cornwell *The Hitler's Pope* (traduit en français sous le titre plus neutre *Le Pape et Hitler*), dénoncent cet amalgame, parlent de mauvais procès et rappellent qu'en 1945 le congrès juif mondial – Golda Meir en tête, mais aussi Albert Einstein – avait manifesté « sa profonde gratitude pour la main protectrice tendue par Sa Sainteté aux Juifs persécutés ». David Dalin, dont l'ouvrage est préfacé par le père Blet, n'hésite pas à multiplier les références aux auteurs juifs qui rejettent la

1. David Dalin, *Pie XII et les Juifs*, éditions Tempora, Perpignan, 2007.

« légende noire » de Pie XII : Cecil Roth, Pinchas Lapide, Livia Rothkirchen, Joseph L. Lichten, Jeno Levai, Michael Tagliacozzo, Richard Breitman ou encore Sir Martin Gilbert.

Quant au prétendu silence de Pie XII face à la rafle nazie du ghetto de Rome le 16 octobre 1943, le père Gumpel l'explique en ces termes : « Le pape était arrivé à la conclusion que toute dénonciation publique aurait risqué d'entraîner plus de souffrances et de morts. Et il avait décidé de sauver le plus grand nombre de juifs possible, décidant secrètement de leur ouvrir la porte des couvents et de leur porter assistance. »

Il n'empêche : pour le président israélien Shimon Peres, « nous avons des raisons de penser que Pie XII n'a pas fait suffisamment d'efforts pour sauver des vies juives ». Même s'il ne veut pas porter de « jugement définitif », il ne cache pas son scepticisme. Le ministre israélien des Affaires sociales, Yitzhak Herzog, estime sans détours que « le projet visant à transformer Pie XII en saint est inacceptable. Durant la Shoah, le Vatican savait pertinemment ce qui se passait en Europe [...]. Le pape a gardé le silence et a peut-être fait pire en ne s'élevant pas, conformément au précepte biblique, contre le sang versé ». Le problème est que « Pie XII est devenu une figure emblématique du silence du monde chrétien face au drame de la Shoah, qui s'est déroulé en terre chrétienne, confie pour sa part un prêtre catholique en mission à Jérusalem. Le plus troublant est qu'il n'ait rien dit après la fin de la guerre. »

On ne réécrit pas l'histoire, cependant il aurait pu parler avant. Que se serait-il passé, en effet, si Eugenio Pacelli, cardinal camerlingue chargé de constater la mort de Pie XI, le 19 février 1939, avait pris le temps de lire le projet d'encyclique *Humani generis unitas* qui traînait sur le bureau du pape défunt ? Il s'agit d'un projet très confidentiel. Pie XI, après avoir fustigé le nazisme dans *Mit brennender Sorge*, veut condamner le racisme, l'antisémitisme et les dérives du régime fasciste de Mussolini qui vient de publier une *Dichiarazione della Razza* (« déclaration de la race »). Il s'appuie sur le travail de trois jésuites : John LaFarge (États-Unis), Gustave Desbuquois (France) et Gustav Gundlach (Allemagne).

Pie XI, comme le soutiendra plus tard Mgr Eugène Tisserant [1], a-t-il été purement et simplement tué parce qu'il s'apprêtait à publier *Humani generis unitas* contre vents et marées ? Le pape avait 81 ans et n'était pas en bonne santé. Rien ne corrobore vraiment la thèse de son assassinat par le Dr Petacci, père de la maîtresse de Mussolini. Reste l'attitude du cardinal Pacelli : accaparé par de multiples tâches dont l'organisation du conclave qui l'élira pape, il ne s'intéresse pas au contenu de l'encyclique inachevée. Et, selon l'usage, il fera déposer le brouillon aux Archives secrètes du Vatican, où il dort toujours.

Pie XII aurait donc pu parler avant la guerre et d'une voix plus énergique pendant... Tel est le sens, en tout cas, du texte rédigé par François Mauriac, le 11 avril 1951, en préface au livre de Léon Poliakov *Bréviaire de la haine*, sous-titré *Le IIIe Reich et les Juifs* (Calmann-Lévy). L'écrivain catholique y précise que si le livre est destiné, d'abord, aux Allemands, il s'adresse aussi aux Français et surtout « à nous, catholiques français, qui devons certes à l'héroïsme et à la charité de tant d'évêques, de prêtres et de religieux à l'égard des Juifs traqués, d'avoir sauvé notre honneur, mais qui n'avons pas eu la consolation d'entendre le successeur du Galiléen, Simon Pierre, condamner clairement, nettement et non par des allusions diplomatiques, la mise en croix de ces innombrables "frères du Seigneur" ». Et Mauriac d'ajouter : « Nul doute que l'occupant n'ait eu des moyens de pression irrésistibles, et que le silence du pape et de la hiérarchie n'ait été un affreux devoir ; il s'agissait d'éviter de pires malheurs. Il reste qu'un crime de cette envergure retombe pour une part non médiocre sur tous les témoins qui n'ont pas crié et quelles qu'aient été les raisons de leur silence. »

1. Voir « Deux cardinaux influents », page 229.

Telles sont donc les pièces du dossier. Sans remettre en cause le travail accompli par le père Blet et ses trois collègues, beaucoup d'Israéliens estiment que le rôle de Pie XII durant la Seconde Guerre mondiale ne sera vraiment élucidé qu'une fois que toutes les archives du Vatican auront été ouvertes aux chercheurs extérieurs. Ces archives seront disponibles au plus tôt dans cinq ans, estime le rabbin David Rosen, qui participa aux négociations sur l'accord « fondamental » établissant en 1993 des relations diplomatiques entre Israël et le Saint-Siège.

À moins que d'ici là Benoît XVI décide de faire un geste.

***

Le temps de l'Église n'est pas celui des hommes. Mais l'actualité n'est jamais avare de rebondissements avec le Vatican. L'histoire récente ou plus ancienne du Saint-Siège – de Benoît XVI à l'antiquité romaine, en passant par les papes sulfureux de la Renaissance ou les rêves napoléoniens – regorge d'anecdotes savoureuses, de souvenirs émouvants, de décisions incomprises ou incompréhensibles, voire d'incidents étranges... Ouvrons donc le roman de ce Vatican secret, méconnu et souvent insolite.

CHAPITRE 1

UN ÉTAT CONFETTI

Le périmètre sacré

« Et moi je te dis que tu es Pierre et sur cette pierre je bâtirai mon Église » : la parole de Jésus a été entendue. Une modeste chapelle d'abord, une première basilique sous l'empereur Constantin ensuite, puis une deuxième basilique au XVIe siècle et finalement des murailles, un palais et quelques bâtiments. Cet ensemble un peu hétéroclite s'est élevé au fil du temps sur la colline du Vatican, à Rome, pour former le plus petit État du monde juste au-dessus du tombeau de saint Pierre, prince des apôtres et premier pape.

Avec sa superficie de 44 hectares seulement, soit le quart de la principauté de Monaco ou cinq fois la place de la Concorde à Paris, le Vatican n'en impose pas. Ses principaux ministères sont même installés à l'étranger (en République italienne où ils bénéficient de l'extraterritorialité), faute de place. Mais quelle notoriété et quelle influence ! Le chef de ce minuscule pays – lepape –, dont la langue officielle est le latin, règne sur 1,130 milliard de catholiques, autrement dit 17,4 % de l'humanité.

Drapeau, hymne national, tribunaux, ministères, banque, casernes, parkings, jardins, journaux, syndicat, supermarché (l'Annona), hôtel (Maison Sainte-Marthe), gare, port, équipe de football, compagnie aérienne *low cost* : on y trouve tous les attributs ou presque d'un pays normal. Sauf que l'État de la

Cité du Vatican – son appellation officielle – n'est pas un pays comme les autres. Sa singularité intrigue, elle fascine même et se dédouble avec l'image du Saint-Siège, ni tout-à-fait la même, ni tout-à-fait autre.

Le Saint-Siège existe et opère au sein de la communauté internationale comme la personnification juridique de l'autonomie, de l'indépendance et de la souveraineté propres à l'Église catholique. Il dispose d'un mandat d'observateur aux Nations unies. C'est avec lui que les pays étrangers (176 actuellement) entretiennent des rapports diplomatiques. L'État de la Cité du Vatican, à ses côtés, n'est qu'une sorte de bras administratif et territorial. Pour bien marquer la différence, tous deux ont leur propre budget.

Côté Saint-Siège, la Curie romaine regroupe l'ensemble des services chargés d'animer l'action de l'Église catholique dans le monde : la secrétairerie d'État, neuf congrégations, trois tribunaux, onze conseils pontificaux et sept commissions pontificales. Soit 2 748 employés au début 2008 (778 ecclésiastiques, 333 religieux et 1 637 laïcs). Côté Vatican, le gouvernorat gère une administration composée de neuf directions et sept bureaux (services généraux, services de sécurité, services techniques, services juridiques, musées, monuments, galeries, villas pontificales, état civil, etc.). Soit 1 795 employés, dont 500 pour les musées.

S'ils sont distincts l'un de l'autre, l'État de la Cité du Vatican et le Saint-Siège sont des sujets souverains de droit public international. Les deux entités sont unies en la personne du pape qui est le « chef de l'État » et elles appartiennent à certaines organisations mondiales comme l'Union postale universelle, l'Agence internationale de l'énergie atomique ou le Conseil international des céréales (peut-être parce que le Vatican fut actionnaire majoritaire de la société de spaghettis Pantanella jusqu'au milieu des années 70...)

Vu le périmètre réduit de la Cité du Vatican, les ambassadeurs accrédités n'y résident pas. La majorité d'entre eux vit à Rome, sur le territoire italien. Certains États aimeraient d'ailleurs, par mesure d'économie, les voir porter la double casquette d'ambassadeur auprès du Saint-Siège et d'ambassadeur auprès de la République italienne. Mais, comme le Vatican n'y est pas favorable, ce sont parfois les représentants en France, en Suisse, en Allemagne ou en Autriche de ces pays qui remplissent ce double rôle.

Pour être considéré comme le gardien d'un État souverain, tout gouvernement doit posséder et contrôler un territoire de façon légitime. Au-delà du spirituel, le pape a un pouvoir à la fois temporel et territorial qui remonte à l'empereur Constantin. Ce pouvoir ne s'est interrompu qu'à deux reprises, entre 1791 et 1814, sous la férule de Napoléon, et entre 1870 et 1929, quand Rome et les provinces environnantes furent conquises par le royaume d'Italie.

Il faut se souvenir que, durant huit siècles, les papes ont régné sur un territoire de 18 000 kilomètres carrés, donc quatre cents fois plus grand que celui d'aujourd'hui. Il s'étendait de la Romagne au Latium à travers les Marches et l'Ombrie, pour une population d'environ 3,5 millions d'habitants. Avec l'occupation des États pontificaux par l'armée italienne, en 1870, les papes se considérèrent prisonniers dans leurs palais romains. Pie IX refusa même la loi de *« garanties »* proposée en 1875 par le roi Victor-Emmanuel II car elle transformait à ses yeux le Saint-Siège en une sorte de protectorat.

Benito Mussolini et Pie XI ont régularisé la situation grâce aux accords du Latran du 11 février 1929. Leur contenu peut être résumé ainsi : d'un côté, reconnaissance de tous les droits d'un État souverain à la Cité du Vatican (limitée à 44 hectares) et forte indemnité financière ; de l'autre, reconnaissance de Rome comme capitale de l'État italien.

Héritage du passé ? Goût de la mise en scène ? Prudence justifiée ? Le très pacifique État de la Cité du Vatican est en tout cas l'un des plus militarisés au monde. Qu'on en juge : si le nombre des citoyens s'élève à 556, la population de cet État se chiffre, selon son secrétaire général Mgr Renato Boccardo, à 476 habitants, plus 249 résidents sans citoyenneté, soit un total de 725. Or, parmi ces 725 habitants – des cardinaux, des prélats, quelques laïcs – on compte 110 soldats : ce sont les fameux gardes suisses qui, pendant la durée de leur service de deux ans minimum, bénéficient de la citoyenneté vaticane.

110 soldats sur 725 résidents dans la cité papale, voilà qui donne le vertige ! Surtout si l'on y ajoute la bagatelle de... 130 gendarmes. Ceux-ci, bien que conservant leur nationalité d'origine et n'habitant pas tous la Cité, contribuent à renforcer de façon spectaculaire le nombre des agents des forces de l'ordre par rapport à celui de la population civile. Alors que les gardes suisses ne sont que de passage, les gendarmes font carrière au Vatican où ils sont chargés, notamment, de la surveillance de plusieurs entrées stratégiques.

Pour tout le monde, le Vatican est un État religieux. Forcément religieux. Pourtant, sa loi fondamentale reformulée le 22 février 2001 n'en dit pas un traître mot. Autre singularité de ce micropays : la propriété privée n'y existe pas. Les logements sont des appartements de fonction et les loyers à payer sont infimes, lorsqu'ils existent. C'est aussi un pays qui compte si peu de citoyens qu'il ne fait quasiment appel qu'à des travailleurs étrangers.

Le chef de l'État, autrement dit le pape, fait d'ailleurs figure d'immigré « naturalisé » en son palais épiscopal. Il bénéficie d'un double passeport : le passeport du Vatican orné de la tiare et des clefs de saint Pierre, et celui de son pays natal. Il faut dire que la citoyenneté vaticane – les gardes suisses en sont un bon exemple – ne se fonde ni sur le droit du sang, ni sur le droit du sol. Elle n'est liée qu'à la résidence et à l'exercice de fonctions bien précises au sein de la pieuse enceinte. Elle s'ajoute toujours à une nationalité d'origine et n'est donc que temporaire. Les prélats de la Curie en jouissent le temps de leur mission dans la Ville éternelle. Certains fonctionnaires du Vatican peuvent aussi en faire profiter leur famille. Mais les garçons la perdent à 25 ans (à moins qu'ils soient dans l'incapacité d'exercer un travail) et les filles, le jour de leur mariage...

Quiconque travaille au Saint-Siège doit jurer de fermer les yeux, les oreilles et la bouche à la manière des singes de la sagesse asiatique. Avant d'être embauché, tout prêtre, religieux ou laïc doit réciter le *credo*, promettre d'accomplir fidèlement son devoir, de ne pas accepter de cadeaux et d'observer le secret. Il existe « le secret dans le travail », dont la violation peut conduire à des peines sévères comme le licenciement, ou « le secret pontifical » qui protège l'action et les décisions du Saint-Père, qu'il s'agisse de la nomination des évêques ou des rapports rédigés par les nonces apostoliques. Violer le deuxième est évidemment plus grave que de contrevenir au premier. Jusqu'en 1968, le secret pontifical s'appelait « le secret du Saint-Office ». Sa violation valait automatiquement l'excommunication, sauf grâce du pape. L'excommunication (autrement dit l'exclusion de la communauté des croyants) reste en vigueur pour les prélats qui trahissent le secret de la confession.

Les salaires sont défiscalisés, mais modestes. Les ecclésiastiques aux fonctions les plus élevées dans la hiérarchie touchent une rémunération mensuelle de 2 000 euros environ. Mais ils disposent en plus d'un appartement meublé, d'une voiture et d'un chauffeur (attention, on peut écoper d'une contravention à l'intérieur de la Cité !). Le salaire des employés (jardiniers, cuisiniers, valets de chambre, etc.) n'excède pas 1 200 euros par mois en moyenne.

De nombreuses femmes travaillent au Vatican (presque toutes religieuses) et certaines y sont nées, même si elles se comptent sur les doigts d'une main. La première d'entre elles fut Ermanzia Labella, dans les années 30. La fille de Tommaso Labella, ancien « doyen de salle » chargé de guider la *sedia gestatoria*, a presque sauté sur les genoux du pape. La dernière née au Vatican est Manuela Orlandi, fille d'un fonctionnaire de la cour pontificale. Elle a mystérieusement disparu durant l'été 1982.

Souverain absolu, tant sur les plans exécutif, législatif que judiciaire, le pape porte huit titres : évêque de Rome, vicaire du Christ, souverain pontife de l'Église universelle, successeur du prince des apôtres, primat d'Italie, archevêque et métropolite de la Province romaine, souverain de l'État de la Cité du Vatican et serviteur des serviteurs de Dieu. Benoît XVI a renoncé à son neuvième titre, patriarche d'Occident, jugé obsolète.

Voici une quarantaine d'années, le pape avait encore droit de vie ou de mort sur ses administrés, mais sans le savoir. Au moment de la naissance de l'État du Vatican, en 1929, la peine capitale – partie intégrante de la législation monarchique italienne de l'époque – avait été purement et simplement reversée dans le droit pontifical. Or, tout le monde au Saint-Siège l'avait oublié ! Paul VI finit par s'en apercevoir et, évitant soigneusement d'en informer les médias, il supprima la peine de mort d'un discret trait de plume.

Jusqu'à la fin du XIXe siècle, cependant, la papauté n'hésitait pas à exécuter les condamnés à la peine capitale. Pourtant peu suspects de sympathie envers les révolutionnaires français, les chefs de l'Église catholique avaient même importé la guillotine, plus moderne à leurs yeux que la hache sur le billot. Quelques rares daguerréotypes montrent « la Veuve » fièrement dressée sur la place Farnèse devant le palais qui, ironie de l'histoire, sert de siège à l'actuelle ambassade de France en Italie. Les derniers décapités sont deux jeunes révolutionnaires qui avaient tué 25 soldats pontificaux en faisant sauter une caserne : le bourreau leur a coupé la tête le 24 novembre 1868.

Le pape est aussi le seul chef d'État au monde à posséder une maison de campagne plus vaste que la superficie de son pays. Elle lui vient en droite ligne de l'empereur Domitien et se trouve à Castel Gandolfo, à une trentaine de kilomètres au sud-ouest de Rome, sur les coteaux Albani. Cette résidence secondaire fait la bagatelle de 54 hectares, soit dix de plus que la pieuse enceinte.

Bien que comprimée au cœur de la capitale de la République italienne, la Cité du Vatican peut s'enorgueillir d'être l'État le plus « vert » de la planète dans la mesure où le tiers de son territoire est occupé par des jardins. Autrefois, on y produisait même du vin que le poète Martial comparait carrément à du poison (« *vaticana bibis, bibis venenum* »). De la vinasse, le vin du Vatican ? Les amateurs n'ont jamais été très nombreux à oser le déguster, sauf le pape Léon XIII, mort en 1903, mais sans rapport de cause à effet. Il avait fait planter des pieds de vigne et, à table, n'hésitait pas à se verser quelques verres de « son » vin. Personne d'autre ne voulait en boire, pas même le vigneron ! Le goûteur, lui, y était obligé... À la tombée du jour, Léon XIII aimait venir piocher la terre des cépages, lire ses poèmes préférés, parcourir son bréviaire ou prendre le frais près des treilles. Au soir de sa vie, il s'y faisait encore conduire en chaise à porteur. Quelques années après sa mort, sa vigne fut arrachée des jardins.

Depuis 2006, l'accès aux jardins du Vatican est pratiquement interdit au public pour des « raisons de sécurité ». Le pape Benoît XVI s'y promène tous les jours, à partir de 16 heures, au milieu de quelque 180 espèces végétales, de multiples fontaines, sans oublier la reproduction de la grotte de Lourdes entourée de cèdres de plus de cinq cents ans.

Cette réplique avait été offerte en 1902 par l'évêque de Tarbes à Léon XIII – encore lui. Mais son inauguration, trois ans plus tard, avait eu lieu sans représentants officiels français. L'incompatibilité d'humeur entre les gouvernements anticléricaux de l'époque et les autorités du Saint-Siège avait en effet conduit à la rupture des relations diplomatiques entre la France et le Vatican. La crise était vive entre les « bouffeurs de curés français » et le souverain pontife. Le climat n'était pas meilleur avec les dirigeants italiens. C'était avant les accords du Latran. D'où ces quelques vers, traduits du latin en français, que l'amateur de vignes et fin lettré Léon XIII fit graver sur la grotte :

La folle discorde divise misérablement les Gaulois
Et le même sort menace les Italiens
Soit présente, ô Sainte Mère, pleine de puissants moyens de Salut
Immerge ces tristes crimes dans le lac de Lourdes.

Le port du Vatican

Derrière la basilique Saint-Pierre de Rome se cache le port officiel du Vatican. Un port maritime virtuel. Il est désespérément vide depuis sa création, il y a plus d'un demi-siècle. Comme est vide le registre naval des entrées et sorties. Le grand amiral des lieux, l'archevêque Renato Boccardo, qui est aussi le secrétaire général du gouvernorat de la Cité, règne sur cette flotte fantôme. Ni bateaux, ni quais, ni grues, ni dockers. Quant à la mer, même avec une longue-vue, on ne la distingue pas.

Pourtant, l'article 2 du décret de la commission pontificale « concernant la navigation maritime sous le pavillon du Vatican » suppose l'existence d'un port et d'une mer accessibles aux navires du Saint-Siège. Vue de l'esprit? Pas vraiment, puisqu'il existe bel et bien une marine vaticane depuis 1951, année où les Nations unies approuvent une convention internationale autorisant les pays sans débouché maritime à se doter d'une flotte, bref à armer des navires. La Suisse, le Luxembourg, Andorre ou Saint-Marin saisissent l'occasion. Et le Saint-Siège aussi, renouant ainsi avec une antique tradition de papes amiraux et de vaisseaux de guerre.

Depuis la disparition des États pontificaux, seul le chef du gouvernement de Vichy, le maréchal Philippe Pétain, avait tenté de ressusciter la flotte du Saint-Siège dans les années 40. Il avait écrit une lettre à Pie XII pour lui exprimer sa conviction qu'une flotte neutre, « battant un pavillon universellement vénéré », aurait pu transporter d'Amérique, sans rencontrer d'obstacle, les vivres et les médicaments dont l'Europe avait un urgent besoin. En bon Romain, Mgr Domenico Tardini, le principal collaborateur de Pie XII, accueillit la requête du maréchal avec un haussement d'épaule ironique. « Et puis quoi encore? Il ne nous manque plus qu'un concours pour recruter des amiraux et un bel article dans *L'Osservatore Romano*. Je vois d'ici le titre : "De la barque de saint Pierre à la flotte vaticane" ! »

Une dizaine d'années plus tard, en temps de paix cette fois, le Saint-Siège franchira donc le pas. *« La direction et l'administration du service des transports maritimes*, précise le décret, *sont exercées par le gouverneur de la Cité du Vatican depuis son palais. Le service susmentionné tient lieu d'autorité portuaire et s'occupe du registre naval d'inscription. »* À notre connaissance et à ce jour, seul un missionnaire franciscain navigant au milieu des sampangs de la baie d'Hong Kong a demandé de pouvoir battre le pavillon blanc et jaune du Saint-Siège orné, dans sa partie blanche, de la tiare papale aux trois couronnes et des deux clefs de saint Pierre entrecroisées, attachées par un cordon rouge. Mais sans succès, le Vatican n'ayant aucune envie d'être impliqué dans d'éventuels trafics peu catholiques.

À la vérité, personne dans l'entourage du souverain pontife ne se préoccupe de cette flotte virtuelle, du registre naval du Saint-Siège et du pavillon arborant les couleurs du Vatican. Tous les papiers dorment dans les tiroirs d'un vieux bureau du palais du gouverneur, recouverts d'une grosse couche d'oubli. Une preuve ? Mgr Renato Boccardo en personne nous a confié qu'il ignorait totalement avoir droit au titre de grand amiral.

Même s'ils n'ont jamais navigué, les bâtiments du pape sont soumis aux mêmes règles que les autres navires : les couleurs pontificales et l'indication « Cité du Vatican » doivent être bien visibles sur la proue ou les flancs du bateau. Le commandant a les mêmes devoirs et les mêmes pouvoirs – des livres de bord à la responsabilité des passagers ou des marchandises – que ses collègues américains, britanniques ou français. À une exception près : son second ne doit pas être un officier mais un chapelain.

Les hypocrites ou les filous à la recherche de pavillons de complaisance ne sont pas les bienvenus au Saint-Siège. L'article 28 du décret pontifical prévient : « Quiconque, sans en avoir le droit, arborera le pavillon du Vatican, sera passible d'une peine d'un à cinq ans de prison et d'une amende dont le montant ne pourra pas être supérieur à la valeur du navire. »

Embauches, chômage technique en cas de naufrage, collisions ou avaries : tout est prévu selon les normes internationales. Mais en cas de conflits sociaux, le Saint-Siège joue sur du velours : Dieu est de son côté. L'article 26 établit en effet que la justice du Vatican peut faire prévaloir le droit canon sur les droits maritimes !

À y regarder de plus près, la flotte virtuelle du Saint-Siège comprend quand même un navire : une superbe galère en bronze qui crache de l'eau par ses canons. Elle a fière allure au centre d'une fontaine construite sous les remparts de Jules II, ce pape qui avait demandé à Bramante en 1506 de commencer la construction de l'actuelle basilique Saint-Pierre de Rome. On se demande parfois si elle n'a pas été placée là pour défendre la pieuse enceinte.

Imaginée par Carlo Maderno (l'auteur de la façade de la basilique), avec l'aide d'un architecte et graveur originaire d'Utrecht, Jan Van Santen, dit Giovanni Vasanzio, cette œuvre miniature est un joyau qui reproduit à la perfection une vraie galère pontificale du XVIe siècle. À l'époque, ces embarcations étaient des navires de 50 mètres de long sur 10 mètres de large, avec deux mâts à voiles triangulaires et 52 rameurs (26 de chaque côté) pour un équipage total de 500 personnes environ, en comptant soldats, bombardiers, matelots, cuistots, etc.

L'un des moments les plus émouvants de l'histoire de la marine pontificale – du moins dans la mémoire populaire romaine – remonte à 1464, quand Pie II, un pape poète et humaniste, créateur d'un ordre de chevaliers appelé « l'ordre de Jésus », mourut à la tête de sa flotte à Ancône, port de la région des Marches, sur l'Adriatique, alors qu'il partait en croisade contre Mahomet II. Il n'avait même pas encore eu le temps d'embarquer. Il avait tout tenté, au préalable, pour convaincre le sultan d'accepter un compromis. En 1453, Constantinople était tombée aux mains des Turcs et rien ne semblait devoir arrêter la progression de l'Empire ottoman. Enea Silvio Piccolomini, devenu en 1458 le pape Pie II, avait choisi d'écrire au sultan pour lui proposer un marché : l'agrément de son autorité sur l'empire contre sa conversion au catholicisme.

Les croisades face au *djihad*, les Évangiles contre le Coran et *vice versa* : le débat reste d'une actualité brûlante. La *Lettre à Mahomet II* [1], de Pie II, demeure non seulement l'un des textes fondateurs de la pensée religieuse du Quattrocento mais de plus, elle met en lumière de façon passionnante les rendez-vous manqués entre l'Église de Rome et l'Islam.

Avant Pie II, Eugène IV était parti en mer pour défendre Rhodes, à la tête d'une petite armada, et son successeur Nicolas V avait rejoint Constantinople avec dix navires pour livrer bataille au sultan turc de l'époque. Mais le plus haut fait d'armes de la flotte papale remonte au 7 octobre 1571, sous le règne de Pie V. Ce jour-là, la Sainte Ligue, composée de l'Espagne, de Venise et des États pontificaux, écrasa les Turcs à Lépante, près de Corinthe. La flotte de plus de 200 navires – dont 10 vaisseaux de combat du Saint-Siège – était commandée par don Juan d'Autriche. Les combats firent rage, plus de 500 vaisseaux s'affrontèrent dans chaque camp. L'amiral Pacha fut emprisonné et décapité. Sa défaite interrompit l'avancée turque sur la Méditerranée. Durant les combats, un jeune soldat espagnol fut blessé et perdit sa main gauche : il s'agissait d'un certain Cervantès...

La marine du Vatican fit parler d'elle pour la dernière fois à l'échelle internationale en mai 1757, lorsqu'un bâtiment battant le pavillon pontifical dans les eaux des Caraïbes fut arraisonné par deux navires anglais et contraint de jeter l'ancre dans le port de New York. Le commandant, un vieux marin originaire de Civitavecchia, le port de Rome sur la mer tyrrhénienne, protesta auprès de la haute cour de l'amirauté new-yorkaise et le juge Lewis Morris lui donna raison. En dédommagement, il reçut une indemnité de 1 645 livres sterling pour « séquestration illégale ».

---

1. Pie II, *Lettre à Mahomet II*, Rivages, coll. « Rivages poche Petite Bibliothèque », 2002.

Depuis cette date lointaine, la flotte papale tient donc davantage d'une vérité fantasmée que d'une réalité tangible. Et, clin d'œil de l'histoire ou de Dieu lui-même, on signalera à l'étage intermédiaire des musées du Vatican, sur le mur est de la deuxième salle, un tableau qui s'intitule tout simplement : *Vue imaginaire d'une flotte navale dans un port* [1].

***

S'il n'a pas de flotte sur l'eau, le Vatican possède depuis peu l'embryon d'une flotte aérienne. Le premier vol charter assuré par la compagnie Mistral en collaboration avec la Cité papale a décollé en août 2007 de l'aéroport romain de Fiumicino pour atterrir à Lourdes avec à son bord des dizaines de pèlerins qui ont eu la surprise de voir brodés sur les appuie-tête de leurs fauteuils ces mots : « Je cherche ton visage, Seigneur » ! Un accord a été signé pour cinq ans entre Mistral, qui appartient aux Postes italiennes et à l'ORP (Œuvre romaine des pèlerinages, liée au Saint-Siège), pour développer « le tourisme religieux ».

Outre le sanctuaire marial de Lourdes, d'autres destinations sont au programme de la compagnie. Par exemple, Fatima, au Portugal, Saint-Jacques-de-Compostelle, en Espagne ou encore la Terre sainte, voire le sanctuaire de Guadalupe, au Mexique. La priorité du père Cesare Atuire, administrateur délégué de l'ORP, est d'« offrir un voyage sûr » aux passagers, tout « en économisant le plus possible sur le prix du billet d'avion », malgré la hausse du prix du carburant. Il espère aussi que ce projet sera économiquement viable pour les deux partenaires et parviendra à joindre « croissance et spiritualité ».

Le père Atuire croit au Ciel, ce qui est la moindre des choses pour un homme de son statut...

1. De Matthijs Bril, peintre flamand du XVIe siècle.

Quelques pas dans la pieuse enceinte

Il y a six entrées au Vatican, toutes bien surveillées par des gardes suisses ou des gendarmes : la Porte de bronze, pour se rendre au Palais apostolique ; l'Arc des cloches, pour visiter la Cité ou aller jusqu'au Palais du gouverneur ; la porte Sainte-Anne, empruntée par la plupart des employés ; la porte du Petriano, qui donne accès à la salle des audiences ; l'entrée du Pérugin, qui mène à la station ferroviaire, et la porte Sainte-Rose, ouverte en 2006 non loin des musées du Vatican pour alléger le trafic de la porte Sainte-Anne.

Toute personne qui entre dans la Cité doit aussitôt montrer patte blanche. Si elle ne possède pas son laissez-passer, une autorisation adéquate ou une invitation, elle peut rebrousser chemin, sauf si elle présente une ordonnance médicale ! Tout le monde, en effet, peut avoir accès à la pharmacie du Vatican par la porte Sainte-Anne à condition d'avoir la prescription du docteur entre les mains et de remplir un formulaire.

Le visiteur, à commencer par celui qui travaille au Vatican, est souvent un automobiliste. La circulation des véhicules est surprenante : plus de 1,5 million de voitures y passant ont été enregistrées en 2007 ! Le parking construit sur trois niveaux en 2006 peut accueillir quelque 250 automobiles. Or, il ne suffit plus et la cour du Belvédère, l'une des plus célèbres de la pieuse enceinte, est remplie de voitures garées un peu n'importe comment dans la journée.

La Cité abrite aussi une demi-douzaine de pompes à essence et trois garages : « le pontifical », pour les limousines du pape, « le noble », pour les voitures des dignitaires de l'Église, et un dernier garage pour les véhicules de service. Les plaques d'immatriculation portent les lettres « CV » pour les voitures privées et « SCV » pour les voitures officielles. Le signe signifie *« Stato della Città del Vaticano »*, ce que les Romains à l'esprit frondeur traduisent parfois par *« Se Cristo Vedesse »* « si le Christ voyait ça ». On a même vu, il y a quelques années, une Maserati, immatriculée SCV 323 [1]. Il est vrai que de la Citroën *Lictoria Sex* de Pie XI à la Graham Paige de Pie XII, en passant par la Toyota Land Cruiser de Paul VI, les papes ont presque toujours apprécié les belles limousines. Benoît XVI, lui, vient d'acquérir une Volvo XC 90 qui s'ajoute à une BMW X5. Elles sont immatriculées SCV 1, le numéro 1 revenant naturellement aux véhicules du souverain pontife.

Avant de monter sur le trône de saint Pierre, Karol Wojtyla (le futur Jean-Paul II) roulait dans une modeste Ford Escort de 1975. Elle fut vendue – au profit des bonnes œuvres polonaises – au printemps 1997 par la société de vente aux enchères Kruse International, le Christie's des voitures de collection, au prix de 102 000 dollars. L'acheteur anonyme eut le plaisir et l'immense honneur d'être invité au Vatican et de recevoir les clefs de contact de la Ford Escort des mains du pape en personne !

Le Saint-Siège ne fait pas partie de l'espace Schengen et vit à l'abri de frontières presque aussi étanches que les coffres-forts de la confédération helvétique. Mais, contrairement à la Suisse, il a accepté l'euro comme devise. Et, à chaque nouvelle émission, il peut battre monnaie pour une valeur nominale de 670 000 euros. C'est une excellente affaire, car les euros du pape, très recherchés par les collectionneurs, se vendent par série de cinq pièces à un prix quatre fois supérieur à leur prix normal, quand ce n'est pas davantage. Après la mort de Jean-Paul II, les pièces frappées à son effigie s'étaient littéralement arrachées. La flambée spéculative fut telle que les pièces de 2 euros se vendirent jusqu'à 150 euros !

Il est prévu que le Vatican puisse augmenter de 30 % son quota d'émission en cas de décès du pape, d'Année sainte ou d'ouverture d'un concile œcuménique, et l'un des premiers gestes de Benoît XVI lors de son accession au trône de saint Pierre fut d'ordonner la frappe d'une nouvelle série de pièces

1. Enzo Romeo, *Come funziona il Vaticano*, Àncora. Roma, 2008.

où se découpe son profil. Les euros, avec les timbres et les médailles, constituent une source de revenus non négligeable pour le Saint-Siège.

Dans la partie nord-est de la Cité, on trouve toutes les activités traditionnelles d'une petite ville : le supermarché, la poste centrale, la pharmacie, un dispensaire médical, un centre téléphonique, des parkings, des ateliers de mécanique, une centrale électrique et thermique, le siège du journal officiel *Acta Apostolicae Sedis* (à ne pas confondre avec celui de *L'Osservatore Romano*, qui est le journal officieux du Vatican), la Typographie polyglotte qui traite, entre autres, les documents confidentiels estampillés *« sub secreto pontificio »* (sous le secret pontifical), le laboratoire pour la restauration des tapisseries, la fondation Latinitas pour la défense de la langue officielle du Saint-Siège (le latin), la maison d'édition vaticane, des casernes, etc.

En remontant la colline, on passe sous le donjon de saint Pie V, qui servit de refuge durant la dernière guerre contre d'éventuels bombardements. C'est aujourd'hui le siège imposant de la banque du Vatican, autrement dit l'Institut pour les œuvres de religion (IOR), flanquée comme toute banque qui se respecte d'un distributeur de billets. Sur l'écran lumineux de celui-ci, on peut lire « Vous êtes les bienvenus » en latin. Ensuite, à condition de posséder une carte de crédit de l'IOR (on l'appelle *la scidula*), il est possible de faire des opérations en choisissant sa langue : le latin, l'italien ou l'anglais.

Tout de suite à gauche, un escalier mène à la cour de Sixte Quint. L'entrée qui mène aux bureaux de la banque se trouve d'un côté ; de l'autre, presque cachée, se dissimule la petite porte qui permet au pape, grâce à un ascenseur flanqué d'une élégante cage en fer forgé, de rejoindre ses appartements, au troisième étage du palais apostolique.

Dans les années 60, des travaux de restauration avaient permis de retrouver sous le sol de la cour, à quelques centimètres de profondeur, les squelettes de deux jeunes gens : une fille et un garçon âgés d'une vingtaine d'années, selon les calculs d'un moine de la pharmacie vaticane expert en autopsies et en reliques. Ils étaient enlacés, les mains nouées autour du cou comme dans un dernier geste d'amour ou de défense. Crime, maladie, suicide ? La sagesse et la prudence ecclésiales ont recouvert cette intriguante découverte d'un voile épais. On ne saura sans doute jamais la vérité sur ces « Roméo et Juliette » à la sauce vaticane car Rome n'est pas Vérone.

Le pape a deux appartements. Un appartement officiel, au deuxième étage du palais, et un appartement privé, au troisième, près des bureaux de la secrétairerie d'État. L'architecte Bramante ayant laissé inachevée la cour Saint-Damase, le pape Léon X avait chargé Raphaël, le génie d'Urbino, à la fois peintre et architecte, d'en porter l'élévation à trois étages avec des loggias ornées de peintures. Ce sont les fameuses « loges de Raphaël » décorées d'une multitude de « grotesques » et de 52 petites compositions sur le thème de l'Ancien Testament par le maître lui-même et ses nombreux élèves. Les « grotesques » leur ont été inspirés par les décorations fantaisistes de l'époque romaine enfouies non pas dans des « grottes », mais dans ce qui s'est avéré être le palais de Néron (la *domus aurea* ou Maison dorée). Les « loges de Raphaël » ont été protégées des intempéries par des vitres sous le règne du pape Pie IX, dans la deuxième partie du XIXe siècle.

Deux monumentaux ascenseurs d'acajou mènent aux différents étages de la demeure papale à partir de son entrée principale, située dans la cour Saint-Damase. Ils servent en quelque sorte d'antichambre aux invités du Saint-Père : chefs d'État, Premiers ministres, personnalités venues du monde entier. Les ascenseurs descendent aussi jusqu'à la grande cour du Belvédère : les cours se superposent, en effet, selon les différents niveaux de la colline du Vatican. Les deux ascenseurs ont été installés il y a déjà plus d'un demi-siècle, en 1956, par la volonté de Pie XII. Une plaque au rez-de-chaussée le rappelle. Pour la rédiger, le cardinal Antonio Bacci, auteur d'un dictionnaire de mots et d'expressions modernes traduits en latin, avait créé un néologisme dans la langue de Cicéron pour définir l'ascenseur : *« anabathrum electricum »*.

Avant 1956, un seul et vénérable ascenseur hydraulique, actionné à main d'homme, était réservé aux très hautes personnalités. Il se raconte que le roi de Grande-Bretagne Édouard VII, fils de la reine Victoria et bisaïeul de l'actuelle reine Élisabeth II, avait été littéralement « soulevé » par cet extraordinaire monte-charge. À peine avait-il atteint le deuxième étage du palais où l'attendait le pape Léon XIII qu'il se serait exclamé : « J'ai vraiment éprouvé ce que signifie passer du purgatoire au paradis ! » Selon une vieille tradition, les garçons d'ascenseur se voyaient récompensés d'une médaille par les chefs d'État de passage. Ils en avaient une telle collection que, dans les grandes occasions, les revers de leur uniforme ressemblaient à ceux des maréchaux de l'ex-Union soviétique.

Le Saint-Père n'habite pas dans les appartements du deuxième étage. Il les utilise exclusivement pour les audiences qui se déroulent dans les vastes et prestigieuses pièces se succédant tout au long de l'aile nord du palais, de la grande salle Clémentine, dédiée au pape martyre Clément Ier, à la bibliothèque privée, en passant par la galerie où les gardes suisses présentent les armes aux invités. La bibliothèque privée, en fait, n'a de privée que le nom puisque c'est ici que le pape reçoit les chefs d'État ou de gouvernement. Dans cette enfilade de pièces, des œuvres superbes de Raphaël, du Pérugin, d'Antoniazzo Romano, d'Albrecht Dürer et du Greco accrochent le regard. Grâce à Paul VI, elles ont remplacé les antiques tapisseries de damas rouge et de velours aux couleurs passées qui pendaient aux murs depuis des décennies.

Le véritable appartement du pape se situe juste au-dessus. De la porte qui s'ouvre sur la loggia, surveillée jour et nuit par un garde suisse, on tourne à droite vers un long corridor. Après une antichambre et un grand salon assez solennels, les pièces n'ont rien de particulier. On se croirait au domicile de n'importe quel prélat romain. Le grand salon n'est que rarement utilisé, et pour cause : il est destiné à la toute première exposition du corps du pape après son décès. Jean-Paul II s'en était néanmoins servi pour certaines audiences alors qu'il était diminué par la maladie qui allait l'emporter.

Le centre névralgique de l'appartement correspond aux deux fenêtres que tous les fidèles peuvent apercevoir de la place Saint-Pierre et à une troisième fenêtre située juste à l'angle du palais. Il s'agit des fenêtres du bureau privé du souverain pontife et de sa chambre à coucher. Le pape Benoît XVI passe la plus grande partie de son temps dans son bureau rempli de livres. Sur sa table de travail, on trouve un élégant stylo Mont-Blanc et un flacon d'encre noire. Même s'il dispose d'un ordinateur, le pape – qui a dépassé les 80 ans – préfère écrire à la main. Dans un angle, une statue en bois de saint Joseph, son saint patron et protecteur, repose sur sa table de travail. Plus loin, un petit chat en porcelaine rappelle au Saint-Père le véritable félidé qu'il possédait quand il était encore cardinal. On crut, en 2005, que le matou allait suivre Joseph Ratzinger dans les appartements pontificaux. Une association pour la défense des animaux avait même pris fait et cause pour le droit des chats à vivre dans le palais du souverain pontife ! En vain.

L'appartement de Benoît XVI a été repeint dans des couleurs claires et largement modernisé à la mort de Jean-Paul II. Le courant à 220 volts a remplacé le 110, les fuites d'eau dans les plafonds ont été colmatées, l'ensemble est plus confortable. Dans la chambre à coucher, les objets et souvenirs personnels de Joseph Ratzinger ont évidemment remplacé ceux de Karol Wojtyla. Un cabinet dentaire et une unité chirurgicale sophistiquée jouxtent l'infirmerie. La cuisine a été retapée de fond en comble par une entreprise allemande. Elle est devenue si conviviale que Benoît XVI n'hésita pas à y accueillir – autour de jus de fruit et de gâteaux secs – les responsables des travaux de restauration (architectes, décorateurs, ouvriers, etc.) pour les remercier de leur travail et deviser aimablement.

La salle de bains, elle, était déjà équipée pour assurer la sécurité d'une personne âgée depuis que Jean-Paul II s'y était luxé l'épaule et la hanche en glissant. Elle est précédée d'un large *dressing room* où toute la garde-robe papale est entreposée dans des armoires et penderies. Vestes, soutanes, pèlerines à capuchon, mouchoirs, mocassins en cuir rouge ou bordeaux et aussi divers chapeaux, dont Benoît XVI raffole. Le 5 juillet 2006, il n'avait pas hésité à porter le chapeau pontifical rond de velours rouge et filé d'or à large bord afin de se protéger du soleil et de la très forte chaleur. Ce chapeau, le *galero*, appartient à la garde-robe officielle des papes depuis le XIVe siècle.

Jean XXIII avait rendu populaire le *galero* en l'arborant très régulièrement durant son pontificat. Jean-Paul II l'avait porté au cours de ses premiers voyages, puis délaissé par la suite. Benoît XVI l'a remis au goût du jour et a même porté d'autres chapeaux. Par temps froid, il se coiffe volontiers du *camauro*, un bonnet pontifical d'hiver de soie rouge bordé d'hermine.

Le pape allemand aime et respecte les traditions vestimentaires du Saint-Siège, des chapeaux aux surplis en passant par les souliers. À tel point qu'en 2007 le magazine américain *Esquire* l'avait placé au premier rang de son palmarès des vingt-trois hommes « les mieux habillés » du monde. Il avait gagné grâce au raffinement de ses mocassins offerts par le consortium des chausseurs de Vigevano ! On murmure même qu'il a fait coller à leurs semelles des antidérapants pour éviter les glissades malencontreuses.

Les appareils de gymnastique ont disparu, en revanche, des appartements privés du Saint-Père. Notamment une pièce « historique » : le cheval mécanico-électrique réalisé pour Pie XII par une société d'outre-Rhin. Derrière son image austère, Eugenio Pacelli cachait une passion dévorante pour le sport équestre. Jusqu'à son accession au trône de saint Pierre, et même lorsqu'il était nonce en Allemagne avant la Seconde Guerre mondiale, il montait tous les jours. Pour cette raison, il s'était fait construire un cheval de substitution au Vatican.

La salle à manger du pape n'a pas beaucoup changé. La longue table, les chaises et fauteuils recouverts de velours rouge sont les mêmes depuis de longues années. Pie XII était toujours seul à table. Jean XXIII et Paul VI commencèrent à inviter quelques convives. Sous le règne de Jean-Paul II, les repas se transformèrent en véritables repas de travail : soit le matin juste après la messe célébrée à 7 heures dans la chapelle privée du pape, soit en fin de matinée après les audiences. Karol Wojtyla aimait aussi inviter les curés des paroisses dans lesquelles il projetait de se rendre. Le premier d'entre eux à être convié lui avait apporté une bouteille de vin – fort appréciée – et s'était montré surpris de voir le Saint-Père mettre du parmesan dans sa salade plutôt que sur ses spaghettis. En réalité, il s'agissait de raifort à la mode polonaise ! Son secrétaire particulier de l'époque, Stanislas Dziwisz, devenu depuis cardinal archevêque de Cracovie, nous a raconté l'anecdote en riant encore du malentendu.

Benoît XVI est revenu à des repas pris seul ou en petit comité. Ses deux secrétaires, Mgr Georg Gänswein, un Allemand, et Mgr Alfred Xuereb, un Maltais, l'accompagnent souvent. Tout comme son majordome, Paolo Gabriele dit « Paoletto », et quatre laïques consacrées qui ne sont pas à proprement parler des religieuses, mais vivent selon les idéaux du mouvement Memores Domini. Ces quatre Italiennes – Loredana, Cristina, Manuela et Carmela – sont entièrement dévouées au service du pape. Tout ce petit monde travaille au troisième étage et habite dans les combles du palais. Une douzaine de petits appartements réservés aux collaborateurs du souverain pontife y ont été aménagés sous le règne de Pie XII. Depuis, les vieilles charpentes en bois du xve siècle ont été remplacées par des poutres en acier. On aperçoit les petites fenêtres de ces studios – percées dans la corniche dessinée par Domenico Fontana – au-dessus de celles de l'appartement du Saint-Père.

Outre Mgr Gänswein et Mgr Xuereb, le frère aîné de Benoît XVI bénéficie lui aussi d'un petit appartement dans les combles. Ancien maître de chapelle de Regensburg, Mgr Georg Ratzinger n'est pas aussi connu que son illustre cadet, mais il a déjà eu droit à sa biographie, publiée en 2007 sous le titre : *Der bruder des papstes* (« le frère du pape »). Ses séjours au Vatican ne passent pas inaperçus car, à chaque fois ou presque, il joue à quatre mains avec son frère sur un piano noir installé pour l'occasion dans la salle à manger, près du poste de télévision.

Mais pour le pape, la « pièce » principale de son appartement est bien sûr la chapelle privée, toujours décorée de fleurs blanches. Il s'y rend tous les matins à 7 heures 30 pour dire la messe et tous les soirs à 21 heures pour une dernière prière avant de se retirer dans sa chambre où il éteint sa lampe de chevet vers 22 heures 30. Seul changement dans la chapelle depuis Jean-Paul II : le portrait de la Vierge noire de Czestochowa a été renvoyé en Pologne. Pour le reste, difficile de toucher au décor : les marbres, bronzes et vitraux – qui avaient fait l'objet d'un « toilettage » complexe à l'époque de Paul VI – ne se déménagent pas.

Pour la petite histoire, on peut rappeler que Jean-Paul II avait fait mettre sur l'autel de la chapelle privée, outre le portrait de la Vierge noire, un crucifix moderne et un ostensoir contenant « le doigt du doute », autrement dit le doigt avec lequel saint Thomas aurait touché les blessures du Christ pour croire à sa résurrection. Ce « doigt du doute » conservé dans la lipsanothèque du palais apostolique est bien sûr sujet à caution. Mais du suaire du Christ aux épines de la couronne, en passant par les fragments de la Vraie Croix ou la lance de Longin, l'histoire du catholicisme est pleine de ces vraies ou fausses reliques qui font elles aussi partie du décor.

La colline aux marécages

Le premier venait de Turquie, le second de Palestine et ils sont morts à huit siècles d'écart sur la colline du Vatican, cette colline qui tient son nom du mot étrusque *vaticinia.* À l'époque, en effet, les devins (ou aruspices) y « vaticinaient », autrement dit rendaient des oracles. On a retrouvé la tombe de l'un, pas celle de l'autre, mais il est très possible – clin d'œil de l'histoire – que Romulus, le fondateur de la Rome antique, et Pierre, le fondateur de la Rome chrétienne, soient enterrés à quelques mètres l'un de l'autre.

Revenons trois mille ans en arrière. Rome est alors une vaste plaine parsemée d'étangs et de marécages. Ses habitants sont dévorés par les moustiques l'été et frigorifiés par les inondations l'hiver. Mais la zone est stratégique pour franchir les eaux du Tibre et passer de l'Étrurie au Latium. Afin de la contrôler, Romains et Étrusques se massacrent sans cesse. Les batailles sont sauvages et les morts innombrables.

La plaine est dominée par deux collines sacrées : l'une dédiée au dieu Janus, le Janicule, et l'autre au Jupiter vagissant, dieu de la parole, le Vatican. L'écrivain latin Marcus Terentius Varron et saint Augustin racontent que le Jupiter vagissant préside aux premiers cris des bébés *(infantum vagitibus preest)* en leur ouvrant la bouche *(ipse in vagitu os aperiat)* dès la sortie du ventre de leur mère avec cette onomatopée : *« Va ! »* pour les faire vagir. Un temple est élevé à sa gloire et confié à un collège de prophètes.

On y enterre Romulus en 716 avant Jésus-Christ et on creuse sa tombe près d'un térébinthe, un arbre méditerranéen de la famille des pistachiers. Beaucoup de décisions importantes sont prises, à l'époque, à l'ombre de ces arbres. Les Romains s'y rendent pour recevoir les auspices. Le térébinthe de Romulus finit par disparaître et une petite pyramide est élevée à sa place. Une pyramide dont les marbres seront d'ailleurs utilisés dans la construction du parvis de la première basilique de Rome.

Nul ne sait plus très bien, aujourd'hui, où se situe la tombe de Romulus au Vatican. Peut-être à côté de la chapelle Saint-Pèlerin, près du siège de *L'Osservatore Romano*, donc à quelques centaines de mètres de la tombe de saint Pierre. L'architecte Domenico Fontana, qui étudia la question de près au XVIe siècle, en était convaincu. Mais le mystère reste entier car personne n'a réussi à découvrir les restes de la dépouille du premier des Romains. Il faut dire qu'au cours des années la colline du Vatican – malgré son caractère « sacré » – a été retournée comme un champ de labour.

Si les lieux sont surtout liés dans la mémoire collective aux martyres des chrétiens, c'est parce que l'empereur Caligula y avait fait bâtir un gigantesque cirque entre l'actuelle basilique Saint-Pierre et les berges du Tibre. Les attelages de chevaux (les fameux quadriges impériaux) tournaient autour de la *spina*, l'arête en pierre au centre de laquelle s'élevait l'obélisque dont l'empereur s'était emparé à Héliopolis. Au sommet de ce superbe monument égyptien, une urne – plus tard remplacée par une croix – contenait, selon la légende, les cendres de Jules César. Ce monolithe reste l'unique « témoin » du martyre des chrétiens et du premier d'entre eux, Pierre, le prince des apôtres.

Il avait fallu lester la quille d'un bateau de mille tonneaux de lentilles et tailler un mât de 25 mètres de haut dans du sapin pour transporter l'obélisque d'Égypte en Italie. Puis des centaines d'ouvriers et d'ânes, sans compter des trésors d'ingéniosité, pour dresser cette flèche de granit de 327 tonnes et de 26 mètres de haut. Sans la présence d'esprit d'un ouvrier qui avait fait mettre de l'eau sur les cordes pour les rendre moins cassantes, elle se serait écroulée. Aujourd'hui, alors que l'obélisque trône majestueusement au centre de la place Saint-Pierre, les descendants de cet ouvrier modèle perçoivent toujours les « dividendes » du geste de leur ancêtre : ils sont personnellement autorisés à offrir des branches de buis au pape à chaque dimanche des rameaux.

C'est dans ce cirque, entre deux courses de chars, que seront massacrés ou brûlés des dizaines de chrétiens sous le règne de Néron. Le Colisée, contrairement à ce qu'on croit, n'est pas utilisé à l'époque pour ce genre de sacrifices. Il est réservé aux combats entre gladiateurs, ces dieux du stade aussi grassement payés que les footballeurs d'aujourd'hui. En juillet 64, après l'effroyable incendie de Rome déclenché par ses soins pour dégager l'espace nécessaire à la construction de sa Maison dorée, le fils d'Agrippine accuse les chrétiens d'en être responsables. « Il faut les châtier ! » proclame-t-il. C'est ainsi que les tueries commencent.

Imbibés des eaux s'écoulant du Tibre ou filtrant des collines du Vatican et du Janicule, de vastes terrains marécageux s'étendent devant le cirque. Les Romains appellent cette zone la « naumachie » car elle permet de remplir l'arène d'eau pour y organiser de spectaculaires batailles navales. On y creuse aussi des bassins pour protéger les spectateurs lors des *venationes*, autrement dit les combats entre des gladiateurs armés et des bêtes féroces : lions, panthères, crocodiles. Dans ses Mémoires, l'empereur Auguste se vante d'avoir organisé vingt-six *venationes* dans lesquelles seraient morts 134 000 animaux.

Cette zone fangeuse est propice à la malaria et à d'autres maladies infectieuses puisqu'on y amasse, à côté de caveaux mortuaires et de charniers d'esclaves, des ordures et des cadavres d'animaux. Tacite parle d'*« endroit infâme »* et *« détestable »*. Les années s'écoulent. L'empereur Marc-Aurèle fait paître de majestueux troupeaux d'éléphants qui détruisent la plupart des monuments de l'époque néronienne. La colline du Vatican et ses abords ressemblent à un cloaque. On tentera bien d'assainir les lieux, mais les marécages putrides subsisteront jusqu'au IVe siècle.

Or c'est là, sur ces terrains spongieux, contrairement à tout bon sens, que seront construites la chapelle, puis les deux basiliques dédiées à saint Pierre !

Pour bâtir les fondations de la première basilique, sous Constantin, il avait été nécessaire de combler les marais en apportant des tonnes de terre, de pierres et de cailloux au prix d'efforts colossaux. Et même à la Renaissance, lors de la construction de la deuxième basilique, il avait été impossible d'ériger un vrai clocher selon les plans initiaux. Il aurait risqué de s'effondrer. Le Bernin en fera l'amère expérience en 1645 en arrêtant *sine die* une tentative trop dangereuse. Pour les historiens et les archéologues, le seul argument plausible justifiant la construction de la basilique en cet endroit si peu propice tient, par conséquent, à une raison primordiale : la présence dans le sous-sol de la tombe du prince des apôtres.

La tombe de saint Pierre

Peu de sépultures auront été entourées d'autant de mystère. S'il n'existe guère de doute sur la réalité de la tombe de Pierre, on ne peut pas en dire autant de ses ossements. Les interrogations sont innombrables. D'autant qu'il aura fallu attendre dix-neuf siècles et la mort de Pie XI, en 1939, à l'aube de la Seconde Guerre mondiale, pour que commencent des fouilles sérieuses à l'endroit supposé du caveau de Pierre. Le prince des apôtres avait été enseveli en l'an 64 après avoir subi – mais ce n'est pas une certitude – le martyre de la crucifixion la tête en bas sur ordre de Néron. Jusque-là, aucun pape n'avait autorisé de recherches approfondies, sans doute parce que de vieilles croyances promettaient l'enfer à qui oserait troubler le repos éternel du premier disciple du Christ.

Vers 1500, le Bernin avait découvert une sépulture en creusant le sol pour installer les quatre colonnes torsadées de son baldaquin haut de 27 mètres et lourd de 200 tonnes de bronze feuillu. Un cercueil avait été mis au jour sur le couvercle duquel un certain Flavio Agricola, de la noble famille des Flavi, apparemment jouisseur et bon vivant, avait fait graver des vers un peu osés sur les femmes et l'amour. Scandalisés, les prélats de l'époque avaient fait gratter les inscriptions et enfouir le tout. Une magnifique statue de bronze fut néanmoins extraite du sol. Le cardinal Maffeo Barberini se l'appropria aussitôt pour décorer ses appartements de la rue des Quatre-Fontaines, dans le centre de Rome.

Bref, avant 1939, seul le pionnier de l'archéologie sacrée, Jean-Baptiste de Rossi, à qui l'on doit la découverte au XIXe siècle des immenses catacombes de Saint-Calixte sur la via Appia, avait procédé à un travail sérieux sur les nécropoles. Mais interrogé par le pape Pie IX sur le fait de savoir s'il avait retrouvé la tombe de saint Pierre, il avait répondu : « Ce ne sont que des songes, Saint-Père, ce ne sont que des songes ! »

Revenons donc à Pie XI. Sentant sa fin proche, ce pape demande à être enterré au plus près du tombeau du premier disciple du Christ, dans la grotte vaticane, et s'en ouvre au chanoine allemand Ludwig Kaas, secrétaire de la Vénérable Fabrique de Saint-Pierre. Cet organisme préside depuis toujours aux travaux d'entretien et de réfection de la basilique. Des travaux interminables. D'où l'expression « comme la Fabrique de Saint-Pierre » utilisée par les Romains pour décrire quelque chose qui ne finit jamais.

Aux premiers coups de pioche dans la grotte, sorte de « vide sanitaire » séparant le sol de l'ancienne basilique constantinienne du sol de la basilique actuelle, les *sampietrini*, autrement dit les ouvriers de la Vénérable Fabrique, découvrent une nécropole. L'exaltation gagne les archéologues, les travaux s'accélèrent et, en mai 1942, dans un message radiodiffusé, le successeur de Pie XI, Pie XII, annonce qu'un monument pouvant être identifié comme la tombe du prince des apôtres a été mis au jour. En pleine Seconde Guerre mondiale, les fidèles ont d'autres préoccupations, mais la nouvelle ne passe pas inaperçue.

Le pape déclare : « Dans la partie centrale où s'élèvent, l'un au-dessus de l'autre, trois autels d'époques variées, les investigateurs ont découvert, dans sa forme la plus simple, un monument auquel, bien avant l'ère constantinienne, la dévotion des fidèles avait donné un caractère de vénérable lieu de culte. En témoignent les inscriptions de même forme que celles trouvées sur les tombes des martyrs dans les cimetières chrétiens. Ces inscriptions qui nous ramènent aux temps des persécutions nous fournissent la preuve absolue de posséder les restes de ce trophée dont parlait Gaïus. »

Le prêtre romain Gaïus, selon les faits rapportés par l'historien Eusèbe dans son *Histoire ecclésiastique*, avait affirmé au chef d'une secte hérétique dans les dernières années du IIe siècle après Jésus-Christ : « Moi, je peux te montrer les trophées des saints apôtres. En effet, si tu veux te rendre au Vatican ou sur la voie d'Ostie, tu trouveras les trophées de ceux qui ont fondé cette Église. » Dans sa bouche, trophée (du grec *tropaion*) signifiait « monument de victoire ». Et voilà que Pie XII annonce leur découverte. Le scepticisme n'en est pas moins très répandu, et pour couper court aux doutes que suscite le message papal, historiens et archéologues s'efforcent de répondre aux questions des croyants les plus troublés.

Première question : comment, après son exécution dans le cirque de Néron, Pierre a-t-il pu être inhumé dans des conditions décentes, alors que la plupart des chrétiens étaient jetés dans des fosses puantes après avoir rôti sur le sable de l'arène pendant des heures ? Réponse : un riche chrétien « clandestin » aurait graissé la patte des *libitinari* (valets du cirque) pour que le cadavre du prince des apôtres soit enterré le soir même dans un caveau surmonté de quelques tuiles [1]. Autre version : comme l'incendie de Rome avait dévasté le cirque de Néron, les chrétiens étaient crucifiés le long des artères environnantes et la dépouille de saint Pierre aurait été recueillie discrètement par des fidèles.

Deuxième question : pourquoi l'empereur Constantin, plus tard, n'ordonna-t-il pas le transport du corps de Pierre vers un lieu stable et sécurisé ? Réponse : à cette époque, une loi souveraine respectée par tous, y compris les chrétiens, interdisait le transfert des corps et la destruction ou le déplacement des cimetières. De plus, pour les chrétiens, il était inconcevable de construire une église en l'honneur d'un martyr ailleurs que sur sa tombe ou, dans des cas très rares, sur les lieux de son supplice. On en trouve confirmation dans les canons d'un très ancien concile.

Troisième mystère : dans la basilique de Saint-Sébastien bâtie sur les catacombes de la via Appia, plusieurs inscriptions témoignent de la présence des corps de Pierre et de Paul. On peut encore y lire la phrase d'un fidèle inconnu qui, au IIIe siècle, faisait savoir qu'il tenait le *refrigerium* des deux disciples du Christ. Le *refrigerium* était un banquet funèbre

1. Olivier Merlin, *Un souterrain au Vatican*, Fayard, 1971.

célébré en l'honneur des défunts, comme il en existe toujours aujourd'hui à Manille, aux Philippines, par exemple. Pierre n'aurait-il donc pas été enseveli au Vatican ? Réponse : en l'an 258, à la suite du saccage des cimetières et des persécutions ordonnées par l'empereur Valérien, les reliques avaient été transférées du Vatican aux catacombes de Saint-Sébastien avant de revenir à leur place initiale quelques mois plus tard sous le règne plus calme de Gallien.

La perplexité n'en demeure pas moins vive. Les temps obscurs du Moyen Âge, avec leurs vases remplis de pseudo-« saintes reliques » – tibias, cheveux, doigts, prépuces et autres débris corporels – offerts à la fin de repas pantagruéliques par les hommes de cour aux hommes de religion, remontent à la surface. Surtout, la dispersion des restes de saint Pierre étonne ou embarrasse : les chaînes qu'il aurait portées en prison ne sont-elles pas exposées dans l'église Saint-Pierre-aux-Liens ? Les fragments supposés de l'occiput et de la mâchoire de sa tête ne continuent-ils pas, selon la tradition, d'être vénérés dans le ciboire gothique placé au centre de l'autel majeur de la basilique Saint-Jean-de-Latran ? Les interrogations foisonnent toujours.

***

À 10 mètres sous terre, Mgr Kaas et son équipe ont donc travaillé centimètre par centimètre, les pieds dans l'eau, pour finir par retrouver, adossée au cirque de Néron, les ruines d'une gigantesque nécropole autour de trois autels construits à des époques différentes sur le caveau présumé du prince des apôtres. À l'entrée de la sépulture, sur les huisseries de la porte, ils ont découvert le testament en latin d'un certain Popilius Heracle enjoignant ses héritiers de lui bâtir un monument *« in Vaticano ad Circum »*. Puis, surtout, le trophée de Gaïus à la verticale exacte du sommet de la coupole de la basilique. Sur l'un des murs de soutien – le « mur rouge » comme la couleur de son crépi – ont été incisées les quatre premières lettres du nom de Pierre avec, au-dessus, une inscription difficile à déchiffrer. Les avis divergent sur la traduction. Mais une chose est sûre : la tombe de Pierre est vide.

Les polémiques reprennent. Des historiens protestants estiment que le martyre de saint Pierre appartient à la légende religieuse et que saint Paul lui-même, dans ses lettres aux Romains, n'a jamais signalé la présence de Pierre dans la Ville Éternelle. En revanche, l'épître de saint Clément de Rome aux Corinthiens et l'épître aux Romains de saint Ignace d'Antioche indiquent le contraire. Les travaux se poursuivent avec précaution. Sous la basilique, il faut éviter l'écroulement pur et simple de l'immense édifice de 22 000 mètres carrés, quatre fois plus grand que Notre-Dame de Paris. Du béton armé est donc injecté sous les piliers de soutien installés par les architectes de la Renaissance.

Les craintes sont d'autant plus fortes qu'une fissure dans la coupole avait été décelée dès 1636. Un siècle plus tard, sous le règne de Benoît XIV, le savant jésuite Roger Joseph Boscovich, originaire de Raguse (l'actuelle Dubrovnik) et deux franciscains français, les pères Leleu et Jacquier, avaient estimé le poids de la coupole à plus de 56 000 tonnes. De quoi inciter à la prudence le jésuite et archéologue allemand Engelbert Kirschbaum, son confrère italien Antonio Ferrua et toute l'équipe d'experts et de *sanpietrini* chargés de rechercher la tombe de Pierre sous la férule de Mgr Kaas.

Les moments dramatiques ne manquent pas. Notamment en 1949 quand un véritable fleuve d'eau et de boue inonde les fouilles sur près d'un mètre de haut. La fameuse malédiction millénaire va-t-elle frapper? Le pire est évité et les « coupables » sont assez vite repérés. Ce sont les maîtres d'œuvre chargés de construire un immeuble pour l'Action catholique italienne au bout de la via della Conciliazione. En creusant les fondations, ils sont tombés sur un étang. Or, au lieu d'envoyer les eaux vers le Tibre tout proche, ils en ont détourné le cours avec des sacs de sable vers la basilique. Furieux, les archéologues adressent un rapport à Pie XII – que nous avons pu consulter – pour dénoncer la situation. Le pape s'en inquiétera si bien qu'il obtiendra assez rapidement des autorités italiennes que le quartier soit doté d'une voierie digne de ce nom.

Les fouilles se poursuivent dans la nécropole construite vers l'an 150 en l'honneur de Pierre. Mais plus lentement et dans un certain désordre. Près du trophée de Gaïus, Mgr Kaas – aidé du *sanpietrino* Giovanni Segoni – retire d'une niche de 77 centimètres sur 29 et haute de 31,5 centimètres aménagée dans un mur – le « mur G » postérieur au « mur rouge » – les ossements d'un être humain déposés dans un coffret de marbre sans couvercle auquel Engelbert Kirschbaum et son équipe n'avaient pas attaché beaucoup d'importance car il était ouvert et beaucoup de morceaux de squelettes traînaient dans la nécropole. Mgr Kaas, sans le dire à personne, rassemble les ossements, les confie à Giovanni Segoni, avant de s'en désintéresser.

Alors que Pie XII a choisi l'Année sainte, en 1950, pour confirmer de façon officielle la découverte de la tombe du prince des apôtres (à défaut de ses ossements), une universitaire italienne, Margherita Guarducci, professeur en épigraphie et antiquité grecques, relance les investigations. C'est elle qui traduit en 1953 par la formule « dedans est » l'inscription gravée sur le « mur rouge ». Cela prouve, dit-elle, que Pierre avait bien été inhumé à cet endroit. Tel un Sherlock Holmes en jupons, elle mène son enquête. Mgr Kaas est décédé en 1952, mais elle retrouve Giovanni Segoni. Si le *sanpietrino* ne se montre pas très bavard, il finit par se rappeler que Mgr Kaas lui avait remis des ossements et qu'il les avait laissés au fond d'un placard à balais de la Vénérable Fabrique de Saint-Pierre, rangés dans une vulgaire boîte à chaussures !

Aussitôt, Margherita Guarducci fait appel à un professeur reconnu, Venerando Correnti, pour expertiser tous les ossements retrouvés dans la nécropole, ceux de la boîte à chaussures compris. Dans le premier groupe (groupe T), le professeur repère les restes d'une femme de 70 ans et de deux hommes de 50 à 60 ans. Dans le deuxième groupe (groupe K), les restes de quatre squelettes, dont ceux de deux jeunes gens. Et, enfin, dans le groupe VGM (*vano muro G*), les os d'une couleur laiteuse d'un seul individu de constitution robuste, âgé de 60 à 70 ans, né au Ier siècle et mesurant 163 ou 165 centimètres. La boîte à chaussures renferme aussi un morceau de manteau de pourpre, des fils d'or, une dent canine, les restes d'un coq datant de l'époque de Pierre et une souris qui, morte beaucoup plus récemment, a dû se régaler.

Le professeur Correnti achève ses travaux en juin 1963 et remet son rapport d'expertise. Pour Margherita Guarducci, il n'existe aucun doute : le prince des apôtres a été retrouvé ! Son corps aurait été enterré, exhumé durant les persécutions du IIIe siècle, puis inhumé de nouveau avec tous les honneurs dus à son rang dans le coffret en marbre. Bref, les ossements sont bien ceux de Pierre. L'examen anthropologique le confirme, comme le tissu de pourpre tissé de fils d'or dans lequel sa dépouille avait été enveloppée. La terre qui l'entoure correspond, à l'examen pétrographique, au sable marneux de la tombe primitive, alors qu'en d'autres lieux du Vatican la terre est constituée d'argile bleue ou de sable jaune. L'universitaire exulte et se moque des critiques émises ici ou là.

Il faudra quand même attendre cinq ans, le 26 juin 1968, pour que Paul VI donne raison à Margherita Guarducci par cette annonce prononcée en quatre langues devant un public enthousiaste : « Les reliques de saint Pierre ont été identifiées d'une manière que nous pouvons estimer convaincante et nous félicitons ceux qui y ont dédié une étude très attentive et une longue et grande fatigue. Cela n'empêchera pas d'autres recherches, les vérifications, les discussions et les polémiques. Mais nous croyons qu'il est de notre devoir, en l'état présent des conclusions archéologiques et scientifiques, de vous donner à vous et à l'Église cette heureuse nouvelle. »

Les controverses, comme l'avait prévu le pape, ne s'interrompent pas pour autant. Les protagonistes sont tous morts aujourd'hui, mais en 1995 Margherita Guarducci et le père Antonio Ferrua s'envoyaient encore des piques. Tout en admettant que l'équipe d'archéologues dont il était membre avait peut-être été un peu négligente en laissant Mgr Kaas s'emparer du coffret de marbre, le père jésuite n'en racontait pas moins une anecdote troublante. Selon lui, Paul VI avait fait enfermer neuf petits fragments des os retrouvés par Margherita Guarducci dans un précieux reliquaire déposé dans sa chapelle privée avec cette inscription : *« B(eati) Petri Ap (ostoli) esse putantur »*, ce qu'il interprétait, très librement, par ces mots : *« C'est une opinion ; certains y croient, moi pas. »*

Dans les souterrains

Une visite au Vatican ne serait pas complète sans un détour par les sous-sols de la pieuse enceinte, truffés de galeries, tunnels, boyaux et autres cavités. Ils ont permis à des dizaines de papes, cardinaux ou simples prélats de s'échapper de la Cité sans être aperçus. À condition de posséder la clef d'une grille souterraine, on peut encore quitter le palais apostolique pour se retrouver au centre de la place Saint-Pierre en ressortant par les bouches d'écoulement des petites fontaines qui, surmontées de réverbères, entourent l'obélisque ! Aujourd'hui, le seul risque encouru est de sérieusement se salir et de se retrouver nez à nez avec des touristes en train de se rafraîchir.

Autrement, pourvu qu'on ne soit pas trop gros et qu'on ne craigne ni l'humidité, ni les toiles d'araignée, ni l'obscurité, il est possible de poursuivre son chemin cahin-caha et d'atteindre, en suivant de lugubres passages, les caves des congrégations religieuses installées le long de la via della Conciliazione et, au-delà, celles du château Saint-Ange.

Ce mausolée, de l'empereur Hadrien à l'origine, a ensuite été transformé en forteresse et a servi de prison au Moyen

Âge. À l'intérieur, de sombres escaliers, des portes dérobées et de nombreux cachots cotoient les appartements raffinés des pontifes de la Renaissance et la salle Pauline ornée de fresques en trompe l'œil. En 1277, sous le pontificat de Nicolas III, la forteresse a été reliée au Vatican par un passage secret – le *passetto* – pour permettre au souverain pontife et à ses successeurs de s'y réfugier en cas de grave danger.

Ce passage protégé est long de 750 mètres environ et longe le quartier du Borgo. De l'extérieur, on dirait un simple mur. Mais à l'intérieur de ce mur passe un tunnel caché. Alexandre VI (Rodrigo Borgia) l'emprunta en 1494 quand Charles VIII envahit la Ville Éternelle. Ce pape, grand amateur de femmes – et aussi de garçons –, connaissait d'autant mieux le chemin qu'il avait l'habitude de retrouver au château Saint-Ange l'un de ses « petits amis », Astorre Manfredi, seigneur de Faenza, qu'il finit – si l'on en croit certains récits – par violer et jeter dans les eaux du Tibre.

La fuite de Clément VII, en 1527, par ce tunnel, lors du sac de Rome par les lansquenets de Charles Quint, reste inscrite en lettres de sang dans l'histoire du Vatican. L'empereur du Saint Empire romain germanique reprochait au pape son alliance avec la France. Il avait donc décidé d'assiéger son palais. En protégeant le départ du souverain pontife vers le château Saint-Ange par le *passetto*, 147 gardes suisses furent massacrés. Clément VII, lui, eut la vie sauve et réussit à gagner la ville d'Orvieto par la suite.

Ces labyrinthes, tunnels et autres cachots ont inspiré à André Gide un roman célèbre, *Les Caves du Vatican.* Dans cette œuvre de pure imagination (il la qualifiera de « sotie »), Gide raconte comment, sur fond de complot maçonnique, une bande de filous internationaux fait croire à l'enlèvement du pape, à son emprisonnement dans les cachots du château Saint-Ange et à sa substitution par un imposteur ouvert aux abominables idées modernes. Pour donner l'illusion du vrai, Gide s'amuse même à citer un prétendu « Compte rendu de la Délivrance de Sa Sainteté Léon XIII emprisonné dans les cachots du Vatican (Saint-Malo, imprimerie Y. Billois, 4, rue de l'Orme, 1893). »

***

De l'autre côté de la basilique Saint-Pierre, en direction du nord-est, s'étendaient sous l'antiquité les potagers de Néron et les champs de bataille où Étrusques et Romains s'affrontèrent pour la première fois. Il y a peu de temps encore, on pouvait arriver sur les lieux par une petite porte de bois située dans le parking souterrain du Vatican. Ce garage a été récemment développé sur trois étages pour devenir un immense bâtiment abritant le centre téléphonique du Saint-Siège et autres services techniques.

Bienheureux parking ! En le creusant, on a découvert une nécropole abritant 250 sépultures quasi intactes qui a pu être ouverte au public en 2003. Un véritable « Pompéi funéraire », selon le directeur des musées du Vatican, Francesco Buranelli. Les tombes appartiennent à un ensemble installé comme la plupart des nécropoles romaines à la sortie de la ville, le long de l'ancienne voie dite « Triomphale ». Les sarcophages richement sculptés de nobles familles côtoient les modestes urnes funéraires des gens du peuple et les archéologues ont laissé les sépultures comme ils les avaient trouvées, avec des squelettes allongés dans leur niche, des cadeaux posés près des défunts, des amphores, des lampes à huile, etc.

Avec la nouvelle nécropole, deux des sites funéraires les plus complets de la Rome impériale sont désormais accessibles au Vatican : celui qui longe la via Cornelia, où se trouve la tombe de saint Pierre, et celui de la voie Triomphale. Quarante édifices funéraires et des sépultures disposées sur plusieurs niveaux ont été retrouvés. La plupart des tombes sont datées de la fin de l'époque d'Auguste à celle de Constantin.

Dans un mémoire sur les catacombes romaines de la Société d'archéologie et d'histoire de Moselle publié en 1860, les auteurs parlent d'un véritable « labyrinthe sous la campagne romaine » et estiment que « si toutes les galeries étaient mises bout à bout, elles formeraient une rue de 1 200 kilomètres, bordée de 6 millions de tombes ! » Le mémoire rend hommage à Antonio Bosio, qualifié de « prince des archéologues », mort en 1623, qui employa trente-cinq années de sa vie à étudier et à décrire les catacombes de Rome pour son ouvrage *Roma sotterranea* (« Rome souterraine ») complété en 1561 par Paolo Aringhi et en 1753 par Giovanni Bottari.

La catacombe Saints-Pierre-et-Marcellin, au sud-est de Rome, se compose à elle seule d'un labyrinthe de galeries souterraines de 4,5 kilomètres de long, sur 3 hectares. Elle compte de 20 000 à 25 000 défunts et, récemment, six cavités inconnues y ont été découvertes. Elles contiendraient 3 000 corps dont 500 ont déjà été dégagés. Ils auraient été inhumés entre l'an 28 et l'an 132 de notre ère. Des martyrs chrétiens ? La Commission pontificale d'archéologie sacrée croit à cette hypothèse. D'autres chercheurs évoquent plutôt une épidémie foudroyante de variole, de typhus ou de peste.

Mais revenons à la colline du Vatican. Presque sous les jardins potagers où Néron aimait cultiver des poireaux pour s'éclaircir les cordes vocales, on a retrouvé les tombes de son bibliothécaire Saturnin et de la femme de ce dernier, Vereconda. Le gardien Nunno « Saltuarius », qui travailla toute sa vie dans le potager y est enterré également, comme son épouse, Ma, et son fils, Crescente. On y voit aussi des amis de l'empereur Tibère et beaucoup de tombes d'enfants et d'adolescents car on mourait jeune en ces temps-là. Eutychia Sallustia Lucana, « âme très douce », morte à 13 ans et demi, repose à côté d'Eubulus, décédé à 12 ans. Sur sa plaque commémorative, on peut lire cette inscription destinée aux futurs visiteurs : « N'endommagez pas ma tombe ! »

Non loin de là, le conducteur de char Marc Teseo est enterré avec sa femme, qui a vécu quarante ans, six mois et quinze jours près de lui *« sans jamais une dispute ».* La tombe du scribe Antonin, qui prêchait en faveur de la paix, se situe juste à côté. On y a découvert un poinçon et un coupe-papier en os, une pierre ponce (les gommes de jadis) et un bel encrier en bronze. Tous ces défunts entourent un mort certainement beaucoup plus illustre qu'eux. Les cendres de ce haut personnage avaient été mélangées à la terre après son incinération dans un sac d'amiante, privilège rare et coûteux réservé aux aristocrates romains de rang très élevé. Mais on ignore son nom et on ne le connaîtra sans doute jamais.

CHAPITRE 2

AU BONHEUR DES PAPES...

Boutiques, jardins, trains et animaux

L'État du Vatican est sans doute l'unique pays au monde où n'existent ni enseignes au néon, ni panneaux publicitaires, ni invitations tapageuses à la vie nocturne... L'aversion pour ces signes manifestes de l'esprit mercantile est tellement enracinée au Saint-Siège que les autorités épiscopales ont également réussi à les interdire tout au long de la via della Conciliazione, la grande avenue construite dans les années 30 par Mussolini. Certes, la majorité des palais et immeubles qui s'y dressent appartiennent au Saint-Siège et certains bénéficient de l'extraterritorialité. Mais à l'exception d'un bureau de change et de la librairie Ancora, pas une banque, pas un café, pas un buraliste, pas une boutique de souvenirs n'arbore une enseigne lumineuse pour attirer le chaland.

De la même façon, un visiteur totalement étranger à la Cité vaticane aurait toutes les peines du monde à trouver à l'intérieur de la pieuse enceinte la pharmacie, le supermarché, la poste, le tailleur ou les divers ateliers qui, pourtant, bourdonnent comme des ruches. Seules de discrètes plaques de marbre permettent de les identifier. Jusqu'en 1970, les rues n'avaient même pas de nom. Les facteurs se débrouillaient comme ils le pouvaient pour distribuer le courrier – plus de 4 quintaux par jour en 2008 ! – jusqu'au jour où le colonel

Gastone Imbrighi, vice-commandant de la gendarmerie pontificale et, accessoirement, professeur de géographie, eut la bonne idée de « baptiser » les trente artères de la Cité papale.

Pour les habitués des lieux, le shopping n'est pas très difficile. À part les « galeries marchandes » qui ont été transférées récemment du palais du gouverneur au siège de la station ferroviaire, l'essentiel des activités commerciales est concentré dans un petit périmètre situé à l'angle nord-est de la Cité, à quelques mètres de la porte Sainte-Anne.

Le supermarché s'appelle l'Annona. C'est un mot d'origine latine qui indiquait autrefois la récolte d'une année et qui signifie en italien d'aujourd'hui « ravitaillement » ou « approvisionnement ». Créé en même temps que l'État de la Cité du Vatican en 1929, l'Annona, au départ, n'est qu'un modeste dépôt de denrées alimentaires contrôlé par un simple gendarme. Puis Pie XI, en 1937, demande à agrandir le local en prévision des temps difficiles qui se profilent à l'horizon. Le pape voit juste : la guerre éclate avec son lot de misère et de crève-la-faim. Dès lors, des paquets de farine, des baguettes de pain blanc et des bouteilles d'huile d'olive, dissimulés sous les manteaux ou cachés entre les pages de journaux, seront régulièrement distribués clandestinement en ville...

Les vieux Romains s'en souviennent encore avec reconnaissance car des milliers de gens – dont beaucoup de personnalités hostiles au régime fasciste – en bénéficieront. Parmi eux, le chef du Parti socialiste, Pietro Nenni, ou Giuseppe Saragat, qui deviendra président de la République après la guerre. Il existait alors juste à côté de l'Annona un petit café très fréquenté par les réfugiés politiques. L'un des clients les plus assidus était Alcide de Gasperi, futur président du Conseil, qui travaillait à la Bibliothèque vaticane. Les discussions hostiles au Duce allaient bon train... Informé par ses espions, le gouvernement de Mussolini protesta. Le café fut fermé et ne rouvrit jamais ses portes.

Durant des années, l'Annona ne changera guère. Il faudra attendre le pontificat de Paul VI pour que la modeste épicerie soit transformée en véritable supermarché avec la destruction, hélas, du vieux four dans lequel était cuit le pain durant la guerre. Des rayons modernes et bien distincts voient le jour : alimentation, alcools doux, alcools forts, boucherie, charcuterie, etc. Les œufs, le lait, les fruits et les légumes en provenance de Castel Gandolfo, la résidence d'été du pape, ont droit pour leur part à un bel emplacement au rayon « produits frais ».

Car la ferme du pape n'est pas un gadget médiatique ! Étable modèle, herbe grasse, foin à volonté : les vaches de Castel Gandolfo sont choyées et produisent un lait particulièrement apprécié. Le Saint-Père en possède une cinquantaine qui, depuis un demi-siècle, collectionnent les récompenses dans les concours agricoles. Elles descendent pour la plupart de Christy Lad, un taureau reproducteur couvert de prix, lui aussi, qui avait été offert à Jean XXIII par un éleveur du Wisconsin. D'autres vaches descendent de Romandale Dividend Glacier, fils d'ABC, l'un des plus fameux reproducteurs d'Amérique du Nord donné à Paul VI par un éleveur canadien. Le reste du troupeau est issu d'un taureau dont on préfère taire le nom. Il dut être abattu pour avoir encorné au mauvais endroit un malheureux commis du Latium !

Chaque vache, selon nos calculs, produit environ 25 litres de lait par jour. Sur les briques en carton vendues à l'Annona, on peut lire : « Lait frais de la ferme pontificale de Castel Gandolfo ». Le lait qui n'est pas écoulé en magasin est transformé en mozzarelles ou autres fromages doux destinés en priorité à la table du Saint-Père.

À côté de l'étable s'élève un poulailler tout aussi moderne et confortable. Il accueille un millier de gallinacés. Les poules habitent dans de petites niches qui ressemblent à des maisons de poupées avec leurs carrelages de Castelli, bourg des Abruzzes célèbre pour ses céramiques d'art. Leurs œufs sont excellents, comme les asperges du potager ou les pêches du verger, d'un velouté à damner un saint. Le vin est à oublier. Il est presque aussi mauvais que celui du Vatican... Les produits de saison sont les plus recherchés à l'Annona et, bien entendu, il n'y en a pas pour tout le monde. D'après des chiffres officieux, le supermarché du Vatican compte 20 000 clients fidèles. Cela paraît élevé de prime abord, mais en additionnant les prêtres, leurs sacristines, les religieuses, les fonctionnaires, les parents, les amis et les amis d'amis, on y arrive vite. Les prélats ont le privilège de pouvoir passer devant tout le monde sans faire la queue s'ils sont pressés...

Si les habitués du Saint-Siège sont gourmands, ils sont également coquets. Il suffit de pénétrer dans les « galeries marchandes » – à condition de posséder la carte adéquate – pour s'en convaincre. Vestes, chemises, pulls, cravates, parfums, maroquinerie et autres foulards portent les marques Chanel, Gucci, Vuitton, Dolce et Gabbana, Hermès, Prada, Benetton, Lacoste ou Burberry. À l'origine, le magasin permettait aux employés du Vatican, exempts d'impôts mais mal payés, d'acheter leurs vêtements à des prix défiant toute concurrence. Ils bénéficiaient aussi d'une essence très bon marché et avaient droit à une ration de cigarettes gratuite. Petit à petit, toutefois, la politique des « galeries marchandes » est devenue plus élitiste. Si bien que seule la clientèle aisée peut y faire ses emplettes. Il est rare, en tout cas, d'y rencontrer des gendarmes, des chauffeurs ou des femmes de ménage.

Du deuxième étage du magasin, installé dans la gare du Vatican, il est tout aussi rare de voir arriver des trains. Les accords du Latran, signés à Rome le 11 février 1929 entre le Saint-Siège et l'Italie, stipulaient, dans l'article 6, que l'Italie devait construire une station ferroviaire à l'intérieur de la Cité du Vatican. Chose promise, chose due : la gare est inaugurée à grands frais le 2 octobre 1934 en pleine période mussolinienne, avec un tronçon de 862,78 mètres la reliant à la station Saint-Pierre-de-Rome, point de connexion avec le réseau de chemin de fer italien. La ligne pénètre dans la Cité par une arche de 16,7 mètres de large percée dans les murailles. Elle est fermée par un portail métallique de 35,5 tonnes, qui s'ouvrait, il y a encore quelques années, quand le conducteur de la locomotive agitait une petite clochette.

En soixante-quinze ans d'existence, la ligne a été très peu utilisée par les passagers. On compte sur les doigts d'une main les convois qui ont déposé des pèlerins sur les quais de la gare du Vatican. Encore a-t-il fallu des occasions exceptionnelles comme l'Année sainte ou une cérémonie de canonisation ! Le premier pape à emprunter la ligne aurait pu être Jean XXIII à l'occasion d'un déplacement à Assise le 4 octobre 1962. Mais il préféra partir de la gare de Rome. Jean-Paul II, lui, a pris la ligne deux fois, la première le 8 novembre 1979 pour se rendre au triage de Rome-Salario, à l'occasion de la 21e journée du cheminot, et la seconde le 24 janvier 2002 pour aller à la basilique Sainte-Marie-des-Anges-et-des-Martyrs, à Assise, lors de la Journée de prière pour la paix dans le monde. On verra ce que fera Benoît XVI. Mais le Vatican ne possédant aucun matériel roulant en propre, tout trajet à partir de son territoire s'avère compliqué...

Si le trafic ferroviaire des marchandises est un peu plus développé, le transport routier se taille la part du lion. Le camion a l'avantage de faire du porte-à-porte, sans ruptures de charge. Le chef de gare du Vatican, Daniele Dalvai, nous a avoué que si 200 wagons de marchandises arrivaient en moyenne dans sa station dans les années 80-90 (les meilleures années en termes de fret), le chiffre est descendu à quelques dizaines aujourd'hui.

Daniele Dalvai n'a guère l'occasion d'utiliser son sifflet, mais il est fier de montrer à l'entrée de la gare la collection de modèles réduits – dont un TGV français – que les cheminots du monde entier garnissent à chacune de leurs visites. Il aime aussi raconter qu'à la naissance du chemin de fer, au XIXe siècle, le pape Grégoire XVI s'en méfiait comme du diable. Les locomotives fumantes et écumantes évoquaient à ses yeux l'enfer !

À l'inverse, Pie IX, féru de progrès technique, n'hésitait jamais à voyager en train. Les chefs d'État connaissaient ses goûts ferroviaires et Napoléon III lui avait offert en 1858 deux magnifiques wagons décorés de velours et de dorures (on peut toujours les admirer au palais Braschi, à Rome). Coût de ce cadeau luxueux : 138 578 francs de l'époque. Les voitures avaient été fabriquées à Paris par la maison Delettrez et Compagnie sous la direction de l'artiste Émile Trélat.

La description de l'une de ces voitures, tirée d'un article publié par Théophile Gautier dans *L'Artiste*, est savoureuse : « Rien n'a été négligé pour que [le wagon] fut digne du souverain pontife. Il se divise en trois compartiments : un oratoire, un salon, une chambre de repos. Quatre anges d'or et d'argent, les médaillons des douze apôtres et des panneaux de bronze ornent l'extérieur. Le salon renferme les peintures de M. Gérôme. L'une de ces compositions représente le pape entouré de cardinaux et d'évêques, bénissant du haut d'un môle le bateau à vapeur qui arrive et relie d'un sillon de feu le rail français au rail romain [...]. L'autre nous montre le Saint-Père faisant le geste sacré sur la locomotive prête à prendre son essor et soufflant, impatiente, des jets de fumée par ses naseaux d'airain, comme les monstres de la mythologie. »

Embarquées sur une péniche amarrée le long du quai d'Orsay à Paris, en avril 1858, les deux voitures avaient rejoint Civitavecchia par la mer, puis le Tibre et le port de Ripa Grande, à Rome, à la fin de l'été. La première ligne de train romaine, la ligne Roma-Frascati, avait été construite deux ans auparavant et baptisée *Pio Latina*. La compagnie de chemin de fer avait quatre locomotives principales portant toutes le nom d'un saint : Pio, Pietro, Paolo et Giovanni.

***

À la différence des « galeries marchandes » et du supermarché, la pharmacie du Vatican est ouverte à tout le monde. Il suffit d'avoir une ordonnance de médecin et de laisser sa carte d'identité au gendarme de service, porte Sainte-Anne, pour y avoir accès. Elle est d'autant plus fréquentée que les prix sont parfois moins chers que dans les apothèques de Rome. On y vend surtout des médicaments souvent introuvables en Italie à cause d'une administration pointilleuse. Le Vatican, aligné sur la pharmacopée suisse, n'a pas ce genre de problème. Le gros inconvénient pour les clients italiens est qu'ils ne sont pas remboursés par la sécurité sociale ou leurs mutuelles.

La pharmacie du Saint-Siège a une histoire originale. Simple armoire à médicaments installée, jusqu'en 1874, dans une des chambres du palais pontifical, elle ne peut plus suffire aux besoins. À la demande des autorités vaticanes, l'ordre des Fatebenefratelli (« Faites du bien, mes frères ») ouvre donc à la fin du XIXe siècle une véritable apothèque près de la cour Saint-Damase. Cet ordre avait été créé au XVIe siècle par un Espagnol de Grenade, Giovanni Ciudad, canonisé en 1900 sous le nom de Jean de Dieu, patron des malades, des hôpitaux et des infirmiers.

Jean de Dieu lavait personnellement les pieds de chaque nouvel hospitalisé et tous les soirs, avant de se retirer pour prier, il récitait l'Ave Maria et le Pater Noster avec les malades. Il n'avait pas honte de parcourir les rues de Grenade en criant : « Faites du bien, ô mes frères, à vous-mêmes et aux autres par amour de Dieu. » Il visitait aussi les prisonniers et les prostituées. Beaucoup de gens le prenaient pour un fou. Mais il fut en fait l'un des créateurs de l'hôpital moderne.

Depuis 1989, l'apothèque est devenue une vaste « parapharmacie » où travaillent, outre quelques membres des Fatebenefratelli, une dizaine de pharmaciens diplômés. Des antibiotiques aux produits de beauté, en passant par le dentifrice, les bandes Velpeau ou la lavande cultivée par les frères (ils font aussi du cognac !), on trouve de tout. Mais inutile de demander des contraceptifs ou du Viagra : il n'y en a pas. Voilà une dizaine d'années, cependant, les pharmaciens du Saint-Siège, sans y prendre garde, avaient mis en vente un médicament encore interdit en Italie, la Prostoglandina E1, utilisé en cardiologie pédiatrique. Grossière étourderie ! Devant les files ininterrompues de clients masculins, ils s'aperçurent vite que ce médicament avait des vertus érectiles spectaculaires !

La pharmacie ne vend pas non plus de produits vétérinaires pour une raison simple : les animaux ne sont pas les bienvenus au Vatican. On ne compte que cinq chiens sur le registre officiel de la Cité. Une anecdote témoigne de cette aversion : en 1963, à la fin du pontificat de Jean XXIII, un malheureux roquet réussit à franchir la porte Sainte-Anne en se glissant entre les jambes d'un garde suisse. Dans la panique générale, l'animal parvint à atteindre la cour du Belvédère avant de s'enfuir dans les jardins. La chasse commença et après avoir suivi plusieurs fausses pistes, on repéra l'animal dans un gros buisson, au pied de la reproduction de la grotte de Lourdes. On appela des renforts : le chien pouvait avoir la rage ! Le commandant de la gendarmerie, le terrible Spartaco Angelini, donna alors l'ordre de l'abattre. Plusieurs coups de pistolets furent tirés en direction du buisson. Puis grand silence. Un gendarme s'approcha et récupéra ce qu'il croyait être le cadavre du chien, mais aucune balle ne l'avait atteint. Le roquet s'était simplement évanoui ! Le miracle sera attribué à la Vierge de Lourdes (ou du moins à sa copie vaticane) et l'animal confié à la SPA romaine.

Il y a quand même des animaux au Vatican qui, bien qu'officiellement indésirables, vivent clandestinement dans la pieuse enceinte depuis toujours : ce sont les chats, ces fameux chats romains qu'aucune porte, aucune grille, aucune muraille ne peut empêcher d'aller et venir à leur guise. De temps en temps, les pompiers du Saint-Siège sont appelés par les sœurs de la Maison Sainte-Marthe pour éloigner les matous. La Maison Sainte-Marthe, transformée en hôtel cinq étoiles pour accueillir les prélats de passage ou les grands électeurs lors des conclaves, tient à son standing. Mais les chats romains ont l'esprit de contradiction : plus ils sont pourchassés, plus ils reviennent ! Et ils ont de nombreux défenseurs très actifs. Parmi eux, la comtesse Lydia Anelli Sbaraglini avait traîné en justice Mgr Marcinkus, qui faisait alors office de gouverneur du Vatican, pour entrave à la liberté des félidés !

Aujourd'hui, les « opérations antichats » ont pratiquement cessé. Il faut dire que Benoît XVI, même s'il a du se résoudre à ne garder avec lui qu'une réplique en céramique de son ancien matou, veille au grain.

Jean-Paul II, lui, n'avait pas une grande passion pour les bêtes. Quand il en acceptait en cadeau, il les éloignait de lui. Personne ne sait ce que sont devenus le toucan de l'Orénoque et le perroquet de l'Amazonie parlant deux langues – italien et espagnol – que lui avait rapportés le missionnaire salésien Luigi Coco de ses voyages. En 1980, il avait même refusé sèchement la mule – baptisée Béthanie – qu'un fermier brésilien, Damiao Galdino de Silva, voulait lui offrir. Pas de mule au Vatican ! Mais la vengeance est un plat qui se mange froid : douze ans plus tard, à la mort de Béthanie, le fermier brésilien abandonna une « Béthanie n° 2 » dans les jardins du nonce apostolique à Brasilia. Durant la nuit, elle provoqua de si sérieux dégâts dans les plates-bandes que le nonce dut s'en débarrasser le plus vite possible auprès d'une institution de charité.

Puis, un beau jour, devant douze mille pèlerins enthousiastes, rassemblés sur la place Saint-Pierre, Jean-Paul II indiqua que les animaux avaient peut-être une âme, eux aussi. En tout cas, souligna le Saint-Père, ils ne sauraient être « privés du souffle de Dieu ». Alléluia ! Damiao Galdino de Silva proposa illico de se rendre à Rome avec une « Béthanie n° 3 » ! La mule n'arriva jamais mais, avec l'obstiné paysan brésilien, tous les amis des bêtes se prirent à rêver d'un petit coin de paradis pour leurs protégés.

« Ils sont nombreux à le croire et il n'y a rien de mal à ça » commenta don Mario Canciani. Dans son église de Saint-Jean-des-Florentins à Rome, à deux pas de la basilique Saint-Pierre, ce prêtre aujourd'hui décédé bénissait deux fois par an des animaux et des chrétiens unis dans le même amour de Dieu. À ceux qui le critiquaient, le théologien italien Carlo Buzzetti, répondait : « Si le paradis est interdit aux animaux, c'est qu'il n'existe pour personne ! »

Sans remonter jusqu'à l'arche de Noé, les amis des bêtes rappellent que leurs protégés ont souvent eu la vie belle au Vatican. Les jardins du pape n'abritaient-ils pas autrefois, grâce au cardinal français Charles Lavigerie, fondateur des « Pères blancs », une légion de gazelles, de singes, de paons, d'autruches et même un kangourou ? En 1908, un lion à la crinière flamboyante, envoyé par l'empereur d'Éthiopie Ménélik à Pie X, avait complété cette ménagerie. Un lion si féroce qu'il avait fallu lui construire une cage spéciale, faute de pouvoir le réexpédier à l'empereur ! Ses rugissements résonnaient jusque sous les voûtes du palais pontifical et le Saint-Père commençait à trouver l'animal bien encombrant quand, un matin, il fut retrouvé mort. On parla bien sûr d'empoisonnement comme aux temps des Borgia, mais aucune autopsie ne fut pratiquée.

Plus récemment, on se rappelle les extraordinaires photos de Pie XII avec son canari posé au bout de ses doigts effilés comme sur un perchoir. Et les balades estivales de Paul VI à Castel Gandolfo avec Diana, le setter à poil long, doux et ondulé que lui avaient offert des pèlerins de Brescia, sa ville natale. Quand le pape regagnait Rome, le facteur de Castel Gandolfo prenait soin de l'animal, le lavait, le brossait et le nourrissait.

En 1978, Paul VI mourut et un journaliste à l'esprit farceur écrivit que Diana n'arrêtait plus de pleurer depuis qu'elle avait appris la nouvelle de la disparition de son maître. Le malheureux facteur fut alors inondé d'aliments pour chien envoyés par des fidèles déchirés par la détresse du setter. Les colis furent si nombreux que le petit bureau de poste de Castel Gandolfo ne suffit bientôt plus à les contenir !

Pour en finir avec les animaux, impossible de passer sous silence les armées de termites qui, depuis des siècles, livrent aux responsables de l'Église catholique romaine une sourde bataille. Après avoir sérieusement menacé les Archives secrètes du Saint-Siège, elles se sont attaquées à la Bibliothèque du Vatican. Le conservateur a dû la fermer pour travaux car des rayons entiers de livres précieux risquaient de s'effondrer sous la voracité des *reticulitermes lucifugus*. Les travaux vont durer plusieurs années et seuls quelques étudiants triés sur le volet peuvent aujourd'hui consulter les documents les plus rares dans des locaux de fortune mis à leur disposition.

***

Dans la vie quotidienne des citoyens du Vatican, les jardins jouent un rôle important puisqu'ils occupent un tiers du territoire. Ici, pas de trésors artistiques ou culturels, mais un éden miniature, une oasis remplie de fontaines, un havre de paix botanique de 180 espèces végétales différentes. Inutile d'y chercher des mauvaises herbes : les jardiniers du pape les traquent avec une rigueur sans faille. Quant aux 36 plates-bandes du potager entretenues par une vingtaine de sœurs contemplatives, elles sont engraissées avec du bon fumier venu spécialement du petit bourg de Torrimpietra, près de l'aéroport romain de Fiumicino.

Vers 1560, le tabac – importé du Brésil par Jean Nicot et André Thevet – fut cultivé pour la première fois en Europe comme plante médicinale dans les jardins du pape. Nicot l'utilisa du reste pour soigner les migraines de Catherine de Médicis... Trois siècles plus tard, Pie IX en fera un tout autre usage : comme il adorait priser, il s'en bourrait les narines ! À chacune de ses promenades dans les jardins, il sortait sa précieuse tabatière en or immortalisée par un daguerréotype et, de ses doigts experts, en extirpait quelques pincées de tabac bien pressé.

À la suite de la perte des États pontificaux, quand les papes vivaient en reclus dans leur « prison dorée » du Vatican, ils passaient de longs moments dans les jardins. Ceux-ci dominaient alors ce qu'on appelait « la vallée de l'enfer » à cause de l'âcre fumée des briqueteries avoisinantes et s'étendaient jusqu'à l'ancienne pinède des marquis Sacchetti, remplacée, aujourd'hui, par la polyclinique catholique Gemelli. Au-dessus de cet axe passaient chaque année des milliers de grives et d'oiseaux migrateurs en partance pour l'Afrique. Passionné de chasse, Léon XIII avait fait installer des filets pour attraper les volatiles et améliorer son ordinaire !

Des fidèles s'en offusquent-ils ? Le pape n'en a cure. Il récompense généreusement son garde-chasse, un certain

Anzini, à chaque nouvelle prise d'oiseaux migrateurs. L'homme devient presque aussi riche qu'un cardinal ! Léon XIII le charge également de mettre hors d'état de nuire les merles, corbeaux et autres faucons dont certains ont l'outrecuidance de manger les cerises du verger papal ou de nicher sur les remparts du Saint-Siège.

Plus près de nous, Jean XXIII a profité abondamment des jardins et, notamment, du terrain de pétanque où ses parties acharnées avec le cardinal Gustavo Testa, un bon ami, sont restées dans les mémoires. Parmi ses successeurs, Benoît XVI paraît être le plus sensible aux sortilèges des lieux. Espère-t-il y croiser l'un de ces chats qu'il aime tant ? Il se promène généralement dans les jardins en milieu d'après-midi, vers 16 heures, et sa frêle silhouette blanche provoque toujours de discrets attroupements où les religieuses ne sont pas les moins enthousiastes. Elles ne vont pas jusqu'à lui griffer les mains et les bras comme à Jean-Paul II au début de son pontificat, mais la ferveur est là.

On ne compte plus les arbres plantés avec faste dans ce paradis de verdure. L'un des derniers est un olivier né en Israël en 1965 – année où le concile Vatican II avait promulgué un texte pour relancer le dialogue entre juifs et chrétiens – puis transplanté et mis en terre au Vatican en 1995 par l'ambassadeur de l'État hébreu, Shmuel Hadas, avec l'aide de Mgr Jean-Louis Tauran, « ministre des Affaires étrangères » du Saint-Siège à l'époque. Il pousse à côté d'un autre olivier offert par le roi Hussein de Jordanie en souvenir d'un voyage de Paul VI en Terre sainte, non loin d'un séquoia donné par le président des États-Unis, d'un tilleul venu de Slovaquie, d'un cèdre du Liban et d'autres espèces d'arbres envoyés par les dirigeants du monde entier.

Les jardins du Vatican abritent leur lot de monuments kitsch, au premier rang desquels la copie de la grotte de Lourdes dont nous avons déjà parlé. Mais l'on y trouve aussi une statue de saint Austremoine, apôtre et premier évêque d'Auvergne, offerte à Léon XIII en 1888 pour son jubilé sacerdotal. Elle est installée entre les restes d'une stèle jamais terminée consacrée au concile Vatican I et la reproduction de la vierge de Guadalupe. Plus loin se dresse une curieuse cabane-pagode offerte en 1933 à Pie XI par la communauté catholique chinoise. Le jardin recèle aussi un morceau du mur de Berlin rapporté par un industriel italien en hommage à Jean-Paul II. Sur une de ses pierres, on distingue les contours d'une petite chapelle peinte par un Berlinois anonyme. Autre illustration de ce bric-à-brac surprenant : sur la terrasse arborisée surplombant les appartements du palais apostolique, un artiste a représenté sur les murs les étapes du chemin de croix en conférant à Simon de Cyrène – l'homme qui aida Jésus à supporter son calvaire – les traits de... Karol Wojtyla.

L'ancien chalet de chasse de Pie IV – devenu le siège de l'Académie pontificale des sciences – vaut le détour, tout comme le donjon Saint-Jean, construit au XVe siècle sur le point le plus élevé de la colline du Vatican, autrement dit à 78,5 mètres. Il se dresse aujourd'hui entre l'héliport voulu par Paul VI pour rejoindre plus facilement Castel Gandolfo et le pavillon de Radio Vatican flanqué de la grande antenne construite par Guillaume Marconi pour Pie XI. Jean XXIII avait fait restaurer le donjon pour y accueillir des hôtes étrangers. Le patriarche de Constantinople, l'archevêque de Canterbury ou le cardinal hongrois Josef Mindszenty, en délicatesse avec le régime communiste, y ont séjourné à tour de rôle.

Les fleurons des jardins du pape sont sans conteste les fontaines. Les plus belles ont été construites par Jan Van Santen, dit le Vasanzio, notamment la fameuse galère et la fontaine de l'Aigle, avec ses grottes et ses cascades. Plus de 120 kilomètres de tuyaux distribuent l'eau aux fontaines et permettent à 7 300 jets d'arroser les fleurs, les massifs et les pelouses bien tondues sur lesquelles, durant la dernière guerre, certains ambassadeurs réfugiés au Vatican s'entraînaient au golf... Autrefois, l'eau arrivait du lac de Bracciano situé à une cinquantaine de kilomètres de Rome et il n'était pas rare que des anguilles obstruent les canalisations. Maintenant, les fontaines crachent de l'eau municipale, cependant elles n'ont rien perdu de leur charme.

Les touristes – sécurité oblige – sont de plus en plus rares à pouvoir les admirer. Il faut parfois s'y prendre deux mois à l'avance pour réserver une visite guidée. Superbement entretenus, les jardins du Vatican ressemblent le plus clair du temps à une « belle endormie ». Selon un bon connaisseur des lieux, « les merles y règnent le jour et les chats la nuit ». Et seules les brèves promenades de Benoît XVI les animent encore un peu.

***

Autrefois, les jardins du Vatican abritaient la Specola Vaticana, un véritable observatoire astronomique. Durant la deuxième moitié du XVIe siècle, en 1578, le pape Grégoire XIII avait en effet fait bâtir la « tour des Vents » pour permettre aux jésuites astronomes et mathématiciens de préparer la réforme du calendrier – le fameux calendrier grégorien – promulguée en 1582. Quinze ans plus tard, ironie de l'histoire, Galilée soutiendra publiquement les thèses de Copernic sur le modèle héliocentrique et se mettra à dos l'Église en affirmant que la Terre n'est pas au centre de l'univers mais tourne autour du Soleil. Il devra abjurer devant le tribunal de l'Inquisition en 1633.

En 1822, l'Église reconnaît enfin la validité de l'héliocentrisme (il faudra encore attendre cent soixante-dix ans pour qu'elle réhabilite Galilée). Puis, en 1891, pour opposer un démenti à ceux qui accusent l'Église d'être hostile au progrès scientifique, Léon XIII signe le *motu proprio* intitulé *Ut mysticam* autorisant la construction d'un observatoire beaucoup plus moderne que la tour des Vents sur la colline du Vatican.

Dès lors, sous la houlette des jésuites, les astronomes de la Specola travailleront derrière la basilique Saint-Pierre pendant une quarantaine d'années et collaboreront au grand programme international de la « Carte photographique du ciel ». Mais au début des années 30, la consommation électrique des Romains ayant rendu le ciel de la Ville éternelle trop lumineux pour permettre l'étude des étoiles les plus éloignées, Pie XI décide de transférer l'observatoire dans sa résidence d'été de Castel Gandolfo, sur les coteaux Albani.

C'est ainsi qu'en 1939, juste avant la guerre, un centre ultramoderne équipé de trois nouveaux télescopes et d'un laboratoire d'astrophysique pour analyses spectrochimiques voit le jour sur les coteaux Albani. Parmi les divers programmes d'étude lancés par le nouvel institut, on note une importante recherche sur les étoiles variables. Ensuite, en 1957, l'installation d'un télescope à grand angle de type Schmidt et d'un centre de calcul neuf permettent d'étendre la recherche à de nouvelles techniques pour la classification des étoiles sur la base de leurs spectres.

Mais l'extension de la Ville Éternelle ne connaissant apparemment pas de limites, le ciel de Castel Gandolfo devient à son tour trop lumineux. Du coup, en 1981, la Specola fonde un deuxième centre de recherche, le Vatican Observatory Research Group (Vorg), à Tucson, en Arizona. Cette délocalisation permet aux astronomes du pape d'accéder à tous les télescopes modernes situés dans la région. Enfin, en 1993, naît le Télescope vatican à technologie avancée (Vatt), placé sur le mont Graham (Arizona), le meilleur site astronomique du continent nord-américain.

L'Observatoire du Vatican peut ainsi poursuivre ses recherches sur les modèles cosmologiques, la classification des étoiles, la distribution des étoiles riches et pauvres en métaux, les étoiles binaires avec échanges de matière, le matériau présent dans les nuées obscures, la poudre qui enveloppe les jeunes étoiles ou l'histoire de la science... La Specola est membre de l'Union astronomique internationale (IAU) et du Centre international d'astrophysique relativiste (Icra).

Il reste à Castel Gandolfo une bibliothèque riche de 22 000 volumes dont une collection de livres anciens signés Copernic, Galilée, Newton ou Kepler... Cette bibliothèque accueille également une importante collection de météorites, très précieuse pour comprendre les origines du système solaire.

L'Observatoire du Vatican est financé chaque année par le Saint-Siège. Néanmoins, pour des programmes particuliers comme le Vatt, la Specola compte sur l'aide des généreux donateurs et autres bienfaiteurs. C'est dans ce but qu'a été fondée la société Vatican Observatory Foundation, exempte de taxes en Arizona.

De la Bibliothèque aux Archives secrètes

1623 : aux premières lueurs d'une journée glaciale de février, les imposantes portes de l'université d'Heidelberg s'ouvrent. Les gardes du général Jean Tserclaes, comte de Tilly, viennent d'en pousser les battants avec circonspection pour laisser sortir une lourde calèche remplie de caisses, escortée par deux cavaliers. Elle franchit le porche, suivie d'une autre voiture, puis d'une autre et d'une autre encore... C'est au total un convoi de 50 calèches, suivi à distance par 60 mousquetaires, qui quitte l'université.

Un homme vêtu de noir, le visage à demi caché par un chapeau à large bord, fait la navette entre la tête et la queue de la longue caravane en criant à tout le monde de se dépêcher. Il se nomme Leon Allacci. Légat du pape Grégoire XV, il doit mener à bien l'un des plus grands « hold-up » culturels de l'humanité. Dans les 196 caisses fabriquées avec le bois des chaises de l'église du Saint-Esprit (Heiliggeiskirche) se trouvent 8 000 manuscrits, épîtres, incunables, livres enluminés, textes uniques... Un véritable trésor ou voisinent, pêle-mêle, des œuvres de Virgile, les évangiles de Lorsch, une copie du Livre de Josué ou le fantastique traité de fauconnerie de *Stupor Mundi* (« la merveille du monde »), autrement dit Frédéric II Hohenstaufen.

Originaire du Brabant wallon, Jean Tserclaes commande les armées de la Ligue catholique et du Saint Empire romain germanique. La guerre de Trente Ans fait rage dans le Palatinat. Maximilien Ier de Bavière l'a chargé de contrer l'Union évangélique des États protestants du prince Électeur Philippe V. Il a remporté la bataille de la « Montagne blanche » en Bohême, puis est entré à Heidelberg après avoir battu le margrave de Baden-Durlach et le duc de Brunswick. Le sac de la ville a été rondement mené. Maximilien a mis la main sur les trésors de la Bibliothèque palatine en promettant de les offrir au pape « en signe d'estime et de loyauté ». Il s'agit maintenant de mettre cette promesse à exécution.

La tâche de Leon Allacci n'est pas facile. On se méfie de lui. Aucun aubergiste de la ville n'a voulu l'héberger quand il est arrivé, fin 1622. Il loge dans une modeste maison prêtée par le gouverneur d'Heidelberg. C'est là qu'il a préparé l'expédition qui, après une halte à Munich et une autre au lac de Côme, mènera la caravane jusqu'à Rome à travers les chemins escarpés et tortueux des Alpes. Les roues des calèches s'embourbent dans la neige, les sabots des chevaux se fendent sous le gel et il faut recourir non pas à des éléphants comme Hannibal, mais à 200 mulets pour franchir les passages les plus dangereux ! Le convoi doit changer de route en Engadine et au Tyrol pour éviter ici des révoltes protestantes et là des hordes de bandits. Finalement, au bout de six mois, les trésors d'Heidelberg arrivent au Saint-Siège. Leon Allacci a réussi dans sa folle entreprise.

L'annonce de la mort de son commanditaire, Grégoire XV, en juillet 1623, l'attriste. Mais il peut être fier de lui : le pape l'avait envoyé chercher une bibliothèque, il en rapporte trois ! Il a fait main basse non seulement sur la bibliothèque de l'Heiliggeistkirche – la véritable Bibliothèque palatine – mais aussi sur les collections du château qui constituaient la bibliothèque privée des princes Électeurs palatins et sur des livres de l'université, dont ceux du dernier bibliothécaire de la Palatine, Jan Gruter. Il subtilise douze caisses pour lui – on n'est jamais si bien servi que par soi-même ! – et laisse les 184 autres au Vatican, qui les réceptionne le 9 août 1623. À la fin de sa vie, sous le règne du pape Alexandre VII, Allacci deviendra conservateur de la Bibliothèque apostolique du Vatican.

***

Les collections saisies en 1623 sont toujours à Rome aujourd'hui, même si quelques tentatives ont eu lieu pour faire revenir les fonds de la Bibliothèque palatine à Heidelberg. En 1816, grâce au traité de Vienne, les manuscrits écrits en allemand – mais seulement eux – ont réintégré la cité bavaroise, au rez-de-chaussée du bâtiment universitaire. Dix-neuf ans plus tôt, en vertu du traité de Tolentino, le pape Pie VI avait cédé à la France 37 manuscrits qui, conservés d'abord à la Bibliothèque nationale de Paris, ont été rendus ensuite à la Ville d'Heidelberg.

Mais, pour l'essentiel, le « butin » d'Allacci est intact sur les étagères de la Bibliothèque apostolique du Vatican. Au fonds de la « Palatine » se sont agrégés le fonds Urbinate en 1658, la bibliothèque de la reine de Suède en 1690, le fonds Capponi en 1746, le fonds Ottoboni en 1748, etc. « Après les pertes de l'époque napoléonienne, écrit le cardinal Poupard, les acquisitions les plus importantes seront faites par Léon XIII (fonds Borghese, Barberini, Borgia) et Pie XI (fonds Rossi, Chigi, Ferraioli [1]) ».

Il existe quand même une différence de taille : la Bibliothèque palatine n'est pas vraiment le fruit d'un don ou d'une acquisition. Maximilien Ier avait-il vraiment voulu faire un cadeau au pape en 1623 ? N'avait-il pas plutôt obéi aux injonctions du souverain pontife soucieux de récupérer les écrits des « ennemis » luthériens et calvinistes? Autre hypothèse : n'aurait-il pas remis à Grégoire XV les trésors d'Heidelberg pour les soustraire momentanément aux ravages de la guerre, avec la volonté de les faire revenir plus tard? Autant de questions, autant d'avis différents qui ne sont, aujourd'hui, toujours pas tranchés.

---

1. Paul Poupard, *Le Vatican*, éditions Parole et silence, Saint-Maur, 2004.

L'affaire a sans cesse suscité la polémique, surtout en Allemagne. Elle était revenue sur le tapis avec virulence en 1986 quand, dans un bulletin publié à l'occasion du prêt par le Vatican de 588 pièces précieuses pour une exposition temporaire, l'université d'Heidelberg avait carrément parlé de « hold-up ». Lorsqu'il fallut rapatrier les trésors à Rome après six mois d'une exposition triomphale, des milliers d'étudiants protestèrent à Heidelberg. Un avocat menaça de poursuivre le Saint-Siège en justice et, dans la tourmente, le père dominicain Leonard Boyle, préfet de la Bibliothèque du Vatican, ne savait plus trop où donner de la tête.

Le retour provisoire des 588 pièces dans leur ville d'origine avait été organisé dans le plus grand secret et réalisé dans une atmosphère de raid militaire. Les pilotes de la Luftwaffe, de l'US Air Force et de l'Armée arienne italienne, chargés de les transporter dans des caissons d'aluminium, n'avaient été informés de la nature de leur cargaison qu'au tout dernier moment. Les coûts d'assurance étaient tels que le Vatican avait dû en laisser la charge à un grand journal bavarois, sponsor de l'exposition. Les joyaux furent exposés dans des vitrines à l'épreuve des balles dans l'église du Saint-Esprit, là même où beaucoup d'entre eux avaient été dérobés quatre siècles plus tôt. Plus de 300 000 visiteurs vinrent les admirer. Une sorte de record pour une exposition de livres et papiers anciens !

Pied-de-nez de l'histoire ? Le père Boyle, Irlandais passionné de vieux manuscrits, fut rattrapé quelques années plus tard par un scandale dans lequel les habitants d'Heidelberg virent une sorte de revanche divine...

Le préfet de la Bibliothèque apostolique avait des qualités certaines puisqu'on lui doit, entre autres progrès, l'informatisation des fichiers, un assouplissement des tenues exigées pour pénétrer dans les salles de lecture et l'ouverture des portes aux femmes. Mais, imprudent et naïf, il se fit purement et simplement « rouler dans la farine ». D'une part, par son « ami » Anthony Melnikas, professeur d'université aux États-Unis, qui subtilisa des manuscrits médiévaux dans son dos et fut condamné à quatorze mois de prison en 1995 ; d'autre part, par la patronne d'une entreprise californienne, qui obtint par contrat l'exclusivité de la reproduction de tous les trésors de la bibliothèque !

Résultat : le Vatican a dû verser 10 millions de dollars pour se libérer de ce contrat léonin et se débat toujours dans une procédure juridique compliquée qui suit son cours devant un tribunal de New York. Quant au malheureux père Leonard Boyle, démis de ses fonctions en 1996, il est mort depuis.

***

Plus d'un million et demi de livres anciens, 8 300 incunables dont plusieurs dizaines en parchemin, 150 000 manuscrits et documents d'archives, 100 000 autographes séparés, des milliers de gravures et de cartes de géographie, 300 000 monnaies et médailles et 20 000 objets d'art sont conservés dans les rayonnages de la bibliothèque et sur vidéodisques. Parmi ces trésors, le *Codex vaticanus*, le plus ancien manuscrit complet de la Bible, écrit en grec au IVe siècle sur vélin. Une centaine de bibliothécaires, d'archivistes et d'employés veillent sur le tout, sans compter une dizaine de restaurateurs.

La Bibliothèque apostolique du Vatican est l'unique institution de l'Église catholique romaine ouverte aux mécréants, à condition qu'ils aient tous les titres pour y être admis. En cas de vol, ils sont passibles, comme tout bon croyant, d'anathèmes et d'excommunication. Les visiteurs sont contrôlés de façon rigoureuse à l'entrée sous les yeux sévères de la statue de saint Hyppolite, prélat du IIIe siècle après Jésus-Christ et premier antipape de l'histoire, qui avait eu le bon goût de se repentir avant de mourir en martyr en Sardaigne. On a découvert récemment que la statue n'est qu'à moitié la sienne. L'autre moitié appartiendrait à une femme, philosophe épicurienne.

Depuis toujours, les responsables de la Bibliothèque apostolique et des Archives secrètes (en vérité les archives « privées » des papes situées juste à côté) sont soupçonnés d'entretenir savamment le mystère autour de trésors cachés. Beaucoup d'étudiants juifs demandent à voir le candélabre à sept branches et d'autres joyaux du Temple de Jérusalem. D'autres visiteurs voudraient pouvoir consulter « la plus grande collection de livres érotiques au monde ». En vain. Le candélabre ne se trouve pas au Saint-Siège. Quant aux livres érotiques, il s'agit d'une pure invention de Benjamin Franklin, fervent partisan des Lumières et inventeur du paratonnerre, qui voulait sans doute vérifier si ses plaisanteries blasphématoires allaient attirer les foudres sur lui !

Dans l'impossibilité de trouver de nouveaux espaces à l'extérieur du Vatican, on a dû creuser le sous-sol pour agrandir la bibliothèque. Une sorte de « sanctuaire sacré » a été créé et n'est accessible que sur permission personnelle du préfet. Il renferme les documents les plus précieux sur l'histoire de l'Église, qui étaient auparavant entreposés au grenier avec tous les risques que cela suppose : incendies, fuites dues aux intempéries, etc.

Deux grands « coffres-forts » en béton armé ont été construits, deux véritables bunkers antiatomiques de 550 mètres carrés chacun. L'un pour accueillir l'immense catalogue de la bibliothèque, l'autre pour conserver à 18 degré et 60 % d'humidité quelque 70 000 manuscrits et incunables. Les deux pièces jouxtent d'une part un gigantesque caveau, construit en 1982 pour les Archives secrètes, et d'autre part un dépôt susceptible de contenir 400 000 volumes qui a pris la place de l'ancienne remise des carrosses pontificaux.

Pour financer en partie ces travaux, le cardinal Alphonse Stickler, un Autrichien plein de ressources et excellent footballeur dans sa jeunesse, avait repris l'idée du père Boyle et conclu des contrats – non exclusifs, cette fois – avec de grandes maisons d'édition allemande, italienne, américaine, japonaise et espagnole pour la reproduction d'une centaine de manuscrits parmi les plus précieux. Les fac-similés obtenus grâce à des appareils de haute technologie, tirés à 500 ou 600 exemplaires, étaient si proches des originaux qu'ils se sont littéralement arrachés, rapportant ainsi des sommes importantes.

Le *Codex benedictus*, du XIe siècle, tiré à 600 exemplaires, s'est vendu dans les années 90 l'équivalent de 7 500 euros. Aujourd'hui, il en vaudrait le double. Les 500 exemplaires de la *Cosmographie* du XVe siècle de Claudius Ptolémée sont partis à 6 000 euros pièce. *Idem* pour les 92 pages de *La Divine Comédie*, de Dante Alighieri, illustrée par Sandro Botticelli, que l'on pouvait acheter au détail, autrement dit une à une. Les éditions plus « populaires », tirées à 3 000 exemplaires, comme le *Livre des tournois*, code allemand de l'an 500, se sont vendues comme des petits pains à 250 euros l'unité.

Si la Bibliothèque apostolique contient des milliers de livres et manuscrits, les Archives secrètes du Vatican – qu'on appelle aussi les « Archives centrales » du Saint-Siège – renferment également des trésors innombrables. Par exemple, la dispense accordée à Boccace pour ses « origines maternelles défectueuses ». L'auteur du *Décaméron* était en effet le fils naturel d'un important homme d'affaires florentin du XIVe siècle. Quelques siècles plus tard, la supplique du compositeur Rossini implorant Pie IX de l'autoriser à utiliser des voix féminines dans ses chœurs d'opéra plutôt que des castrats. À citer encore, la copieuse correspondance entre Voltaire et Benoît XIV. Le 17 août 1745, l'auteur de *Candide* souhaitait au pape, en italien dans le texte, d'être « reçu le jour venu parmi ces saints dont il a avec ténacité et succès obtenu la canonisation » avant de quémander le droit de « baiser ses pieds sacrés avec la plus grande humilité ».

Parmi toutes ces lettres autographes qui portent les signatures de Luther, Galilée, Léonard de Vinci, Michel Ange, Érasme, Marie Stuart, Christine de Suède, Catherine de Médicis ou Napoléon, le texte le plus précieux conservé aux Archives secrètes – dans tous les sens du terme parce qu'il est frappé de sceaux en or – est la pétition envoyée à Clément VII par 85 princes et ecclésiastiques en faveur du divorce d'Henri VIII désireux de se séparer de Catherine d'Aragon pour épouser Anne Boleyn. Quant au document le plus long, c'est un rouleau de 55 mètres formé de 80 parchemins cousus ensemble sur lequel sont transcrits les actes du procès des Templiers, entre 1308 et 1310.

Le 25 octobre 2007, les Archives secrètes et la maison d'édition Scrinium ont procédé à une luxueuse présentation en fac-similé des actes du procès contre les Templiers *(Processus contra Templarios)*. Chacun des 799 exemplaires a été mis en vente au prix de 5 900 euros dans l'ancienne salle du synode du palais du Vatican. Mgr Sergio Pagano, préfet des Archives secrètes, a eu beau déplorer « le tintamarre » médiatique orchestré autour de l'événement, le Saint-Siège n'a pas été mécontent d'en tirer quelques bénéfices.

Les bibliophiles, conservateurs et collectionneurs du monde entier surveillent chaque initiative du Vatican dans le fol espoir de pouvoir acheter un jour l'original du légendaire *Codex vaticanus* ou, à défaut, l'immortel *Canzoniere* de Pétrarque. Pour l'instant, leurs espérances ont été déçues, au point de pousser certains à de curieuses extrémités. Ainsi, le chef-d'œuvre de Pétrarque disparut mystérieusement de la bibliothèque, le 26 novembre 1965, avant de réapparaître, tout aussi mystérieusement, au kilomètre 12 de la via Cassia, aux portes de Rome, quelques heures seulement après avoir été volé... Personne n'a jamais réussi à savoir par qui, pourquoi et comment.

Les Archives secrètes « s'étalent sur l'équivalent de 80 kilomètres de rayonnages et on estime à 2 millions le nombre de boîtes conservant les documents dactylographiés ou manuscrits [1] ». Il y a encore une vingtaine d'années, les dépôts augmentaient d'un kilomètre par an et l'anarchie guettait. Dans une tribune publiée par le *Frankfurter Allgmeine Zeitung*, des historiens allemands critiquèrent le fonctionnement désordonné des archives, attaquant nommément la congrégation pour la Doctrine de la foi et dénonçant certaines « amitiés particulières ». Finalement, une réforme en 2005 a permis la centralisation de textes jusque-là gérés de façon quasiment autonome par les congrégations.

---

1. Sophie de Ravinel, *Le Vatican*, Plon, coll. « Petite bibliothèque des spiritualités », 2006.

Chercheurs et étudiants peuvent consulter dix siècles de documents. En 1978, Jean-Paul II avait permis l'ouverture des archives des pontificats de Léon XIII, Pie X et Benoît XV. Son successeur Benoît XVI, en 2006, a étendu cette autorisation jusqu'à la fin du règne de Pie XI, le 10 février 1939. L'accès aux documents concernant la dernière guerre mondiale n'est donc toujours pas possible. Mais Paul VI, on l'a vu, avait chargé une équipe de jésuites de publier tous les textes utiles à la compréhension de cette période dans des « livres blancs ». Il s'agissait de répondre, du moins en partie, aux accusations portées contre le comportement de l'Église et de Pie XII durant ces années noires. De cette équipe de jésuites, seul un Français, le père Pierre Blet, est toujours vivant.

Les érudits passent en ce moment le pontificat de Pie XI au crible, mais ils n'ont encore rien trouvé dans les archives pour corroborer les affirmations du cardinal Tisserant selon lesquelles le pape aurait été empoisonné sur ordre de Mussolini. Le jésuite et historien Giovanni Sale, grand expert de cette période, ne croit pas à cette thèse. Il ne voit pas ce que le Duce aurait pu en retirer comme réel avantage. Eugène Tisserant, lui, en était convaincu et en parlait publiquement [1]. En tout cas, il fut l'un des responsables les plus compétents de la Bibliothèque apostolique vaticane dirigée de 2003 à 2007 par un autre Français, le cardinal Jean-Louis Tauran. C'est Mgr Tauran qui a dû prendre la délicate décision de la fermer pour trois ans.

La Bibliothèque apostolique et les Archives secrètes sont en effet interdites au public le temps de procéder à des travaux de rénovation absolument nécessaires. Avant cette fermeture provisoire annoncée le 8 mai 2007, les salles d'étude décorées par Melozzo da Forli et Ghirlandaio étaient fréquentées chaque année par 2 500 personnes en moyenne. Parce que très sélectif, le rythme des prêts était modeste : 600 volumes par an. Aujourd'hui, le traditionnel silence exigé dans les salles de lecture a fait place au bruit des pioches. Et de véritables labora-

1. Voir « Deux cardinaux influents », page 229.

toires de restauration se sont substitués aux lutrins et chevalets sous les voûtes dessinées par Domenico Fontana.

Plus de 450 000 volumes ont été emballés un à un, déposés dans des caisses isothermes et déplacés dans un lieu extérieur au Vatican tenu secret pour des raisons évidentes de sécurité. La seule pièce encore accessible est la grande salle Sixtine et ses magnifiques fresques du XVIe siècle. On peut encore y voir les vastes armoires désormais vides dans lesquelles des manuscrits étaient conservés jusqu'à la fin du pontificat de Léon XIII, au XIXe siècle. Elle est restée ouverte pour la simple et bonne raison qu'elle sert d'accès aux musées du Vatican.

***

Le fondateur des musées du Vatican fut « le pape ouragan », Jules II, au tout début du XVIe siècle. Il développa sous son pontificat la première collection de sculptures du Saint-Siège où l'*Apollon du Belvédère* est toujours la pièce maîtresse. Jules II mena une politique d'achat méthodique d'œuvres d'art avec un goût très sûr. Et c'est lui qui fit venir, parmi une pléiade d'autres artistes talentueux, Raphaël et Michel-Ange bien que les deux figures de proue de la Renaissance italienne se détestaient !

Du musée égyptien au musée missionnaire ethnologique, en passant par la pinacothèque, la galerie des cartes, le musée étrusque ou les appartements Borgia, les musées du Vatican attirent de plus en plus de visiteurs, avec un record de 4,3 millions en 2007. Les files d'attente à l'entrée des portes dépassent parfois le kilomètre. Le site le plus visité est incontestablement la chapelle Sixtine, qui doit son nom au pape Sixte IV. Elle est située à l'angle nord-ouest des palais pontificaux et communique avec les chambres de Raphaël. Certains de ses gardiens paraissent n'être payés que pour dire « chut ! » quand les commentaires ou les éternuements des innombrables touristes sont trop sonores et nuisent au recueillement nécessaire.

Sait-on que *Le Jugement dernier*, pièce maîtresse de la chapelle Sixtine, a failli être détruit pour toujours ? Revenons en arrière : Michel-Ange, qui a sué sang et eau durant quatorze ans pour peindre la voûte, le corps plié en deux au sommet de 20 mètres d'échafaudage, n'est pas très chaud pour décorer, quelques années plus tard, sous Paul III, le grand mur de l'autel. Il s'exécute quand même, contraint et forcé. Cette fois, le travail ne lui prend « que » quatre cent cinquante jours. Il est fier du résultat. Mais voilà que la nudité de certains personnages choque les plus puritains.

Parmi eux, le nouveau pape Paul IV n'est pas le moins réticent. Il songe même à faire abattre le mur de brique sur lequel repose la fresque. Cachez ces fesses que je ne saurais voir ! Heureusement, un élève du maître défunt, Daniele da Volterra, réussit à convaincre les cardinaux qui entourent le Saint-Père de n'en rien faire, quitte à recouvrir sexes et rotondités les plus visibles d'une pudique petite culotte pour apaiser les esprits. Un habile coup de pinceau et le tour est joué ! C'est ainsi, raconte le grand critique d'art du XVIe siècle Giorgio Vasari, que vingt-trois ans après la réalisation du *Jugement dernier*, Daniele da Volterra sauve le chef-d'œuvre. Mais on ne lui rendra pas justice. Volterra est en effet passé à la postérité sous le surnom peu flatteur de *« Braghettone*, quelque chose entre « culottier » et « ferme-braguette » en français...

Comme la vie est un éternel recommencement, le problème de la nudité des personnages de Michel-Ange s'est reposé quatre cent trente-cinq années plus tard, lors de la restauration de la chapelle Sixtine financée par une chaîne de télévision japonaise, la Nippon Television Network Corporation, sous le haut patronage de l'empereur Akihito. Que faire des fameuses petites culottes, une quarantaine au total ? Les laisser ou les ôter pour redonner à la fresque de Michel-Ange sa pureté originelle ? Et *quid* de saint Blaise, suspect de concupiscence envers sainte Catherine, que Daniele da Volterra avait légèrement retouché pour lui donner une attitude plus innocente ? Finalement, la décision sera prise de ne pas revenir en arrière. D'une part, parce que le mur avait été gratté et les petites culottes peintes sur du plâtre frais ; d'autre part, parce que ces culottes font partie intégrante, à leur façon, de l'« histoire de l'art ».

Cette restauration minutieuse, en tout cas, aura permis de découvrir le chef-d'œuvre de Michel-Ange – et le peintre lui-même souvent qualifié de « terrible souverain de l'ombre » – sous un nouveau jour. « Les historiens de l'art devront réécrire leurs livres, confie ainsi l'ancien secrétaire des musées du Vatican Walter Persegati. On ne connaissait pas Michel-Ange en tant que coloriste et l'on pensait qu'il recouvrait son sujet d'un voile sombre, pour des raisons métaphysiques, pour représenter l'obscurité des époques antérieures au Christ. Nous avons détruit ce mythe [1] ».

Ce sont cinq siècles de suie, de crasse et de mauvais vernis que les restaurateurs ont nettoyés en vingt ans, de 1979 à 1999, dans la chapelle Sixtine. Ils ont employé comme solvant l'« AB 57 », un mélange de bicarbonate de sodium et d'ammoniaque, complété par un fongicide et un bactéricide, en prenant bien soin, évidemment, de ne pas dissoudre les petits grains de lapis-lazuli utilisés par Michel-Ange pour fabriquer ses bleus.

Pourquoi tant de suie sur les fresques de la chapelle Sixtine, salle rectangulaire de 40 mètres de long, 13 mètres de large et 21 mètres de haut ? Parce que les conclaves pouvaient durer, dans le passé, des semaines, voire des mois, et que la fumée des cierges, chandelles et autres bougies, tout comme celle du gros poêle dans lequel on brûlait du bois, de la paille et les bulletins de vote, avaient fini par recouvrir les murs d'une couche noirâtre et collante.

La fumée du poêle incommodait d'ailleurs beaucoup les cardinaux. On toussait beaucoup dans la Sixtine, jusqu'au jour où un maître des cérémonies plus astucieux que les autres dota l'appareil d'un tuyau assez long pour atteindre le toit. Des soldats se cachaient souvent durant les conclaves dans l'immense grenier de la chapelle – de la taille d'un terrain de football –

---

1. Bart McDowell, *Au cœur du Vatican*, en collaboration avec D. Del Rio et J.-L. Starfield, National Geographic, 2000.

pour assurer la défense du palais en cas d'attaque ennemie. Mais on ignore s'ils étaient incommodés, eux aussi...

Le bric-à-brac de « la Floreria »

Les donations d'œuvres d'art au Vatican sont de plus en plus rares. La dernière en date remonte aux années 60. Paul VI avait lancé un appel à la réconciliation entre l'Église et les artistes modernes qui avait débouché sur l'ouverture du musée d'art contemporain sacré où pendent aux cimaises 150 tableaux signés d'artistes aussi variés que Matisse, Rouault, Picasso ou Diego Rivera. Les papes, bien sûr, reçoivent encore des cadeaux, mais la plupart d'entre eux finissent dans la Floreria apostolique, une institution chargée de conserver tous les meubles, objets ou bibelots dont les pontifes ne savent que faire. Ce nom de *floreria* vient des vases de fleurs qui étaient entreposés autrefois dans une vaste salle avant d'aller décorer les appartements du pape.

Cette institution est également responsable du confort des hôtes du Saint-Père – des chefs d'État jusqu'aux plus humbles pèlerins – et gère la bagatelle de 30 000 chaises pliées ou repliées selon les circonstances. Nulles traces, en tout cas, de chaises percées, ces fameuses *sedie stercorarie* qui, au-delà de leur aspect défécatoire, servaient selon la légende à tester la virilité des papes dans la basilique Saint-Jean-de-Latran [1]. Napoléon en aurait fait dérober une le 24 juin 1796, tandis que la plus belle, en marbre blanc, a disparu à jamais.

Le responsable de la Floreria apostolique, l'ingénieur Paolo Sagretti, veille sur des milliers d'armoires, de commodes, de vases, de statuettes, d'assiettes ou de toiles entassés dans les greniers, caves et débarras du Saint-Siège. Il est chargé aussi de conserver ces « vieilles choses » qui, bien que ne servant plus, peuvent redevenir utiles un jour ou l'autre : valises, casseroles,

1. Voir le chapitre 5, p. 196.

fanfreluches, tapis et autres poteries... Bref, une véritable brocante, un paradis pour les chineurs mais, malheureusement, un paradis interdit !

Si les musées du Vatican sont ouverts à tous, si l'appartement officiel du chef de l'Église catholique est accessible à beaucoup et son appartement privé à quelques privilégiés, l'entrée à la Floreria est, elle, fermée en théorie à toute personne étrangère au service. Nous avons réussi, par un heureux concours de circonstances, à y pénétrer voici quelques années. Le magasin principal, situé près de l'élégante cour Saint-Damase, n'a guère changé depuis. Il y a des objets partout, même sur les marches des escaliers, disposés dans un ordre tantôt logique, tantôt anarchique. Sombre et poussiéreux, ce local se déploie sur plusieurs niveaux, avec soupentes et mezzanines, dans une atmosphère irréelle à force d'être hors du temps.

Une promenade dans cet invraisemblable bric-à-brac transporte le visiteur de siècle en siècle. Parfois, un meuble, un tableau ou un objet disparaît pour aller décorer l'appartement d'un nouveau cardinal ou enrichir la collection d'un musée. Les conservateurs du Vatican ont pu y dénicher assez de « trésors » pour créer au palais du Latran un petit musée de la Cour pontificale. Ils ont réussi à rhabiller de pied en cape une armée de mannequins avec les uniformes des corps armés du Vatican dissous, comme les zouaves de 1870. On y trouve aussi les costumes de tous ces huissiers, porteurs de chaise, balayeurs ou échansons dont les métiers ont disparu avec la grande réforme ordonnée en 1968 par Paul VI. Sans parler de ces immenses éventails de plumes d'autruche, les *flabellums*, utilisés jusqu'au pontificat de Jean XXIII comme symbole de majesté et... pour chasser les mouches ! Dans un coin, les toiles d'araignées envahissent brancards et autres chaises à porteurs, dont l'imposante *sedia gestatoria*.

Ce trône pontifical mobile, richement décoré, recouvert de soie, orné de deux anneaux d'or dans lesquels étaient glissés deux longues tiges de bois soulevées par huit ou douze valets en uniforme rouge, permettait au pape d'être vu de tous lors d'occasions solennelles. Pie XII en raffolait. Ses successeurs beaucoup moins car le roulis imprimé par les porteurs à la *sedia gestatoria*, comparable à celui d'une caravane de dromadaires déambulant dans le désert, pouvait donner un terrible mal de mer ! Jean-Paul Ier fut le dernier à l'utiliser. Jean-Paul II, lui, se montra inflexible. La *papamobile*, oui ; la *sedia gestatoria*, non !

Devenu impotent à la fin de sa vie, le pape polonais était incapable de marcher seul. L'ingénieur Sagretti dut alors lui inventer une estrade roulante afin qu'il puisse, notamment, rejoindre l'autel de la basilique Saint-Pierre sans trop souffrir. Cette estrade a rejoint la Floreria apostolique, tout comme ces escabeaux utilisés par Jean-Paul II au début de son pontificat, quand il voulait dominer les assemblées de fidèles.

Dans la Floreria, on découvre aussi des colonnes antiques récupérées dans les jardins du Vatican, un grand matelas encore dans son emballage, un *copricaminetto* – tableau triangulaire très en vogue à la fin du XIXe siècle pour décorer la hotte des cheminées – au style très kitsch, de belles crèches de Noël dont celle de Pie XII, complète, étalée près d'un escalier. Parmi les santons, le premier des bergers a le visage sévère, de petites lunettes cerclées, l'allure ascétique d'Eugenio Pacelli lui-même. Impossible de ne pas le reconnaître avec son mouton sur l'épaule et son bâton pastoral.

Un étage en dessous, des lits, sommiers, tables de nuit, bidets et pots de chambre s'amoncellent dans cette grotte d'Ali Baba. Il fallait bien jadis assurer un minimum d'hygiène et de confort aux cardinaux enfermés dans le palais apostolique pour les conclaves... Un peu plus loin, encore noircies par les braises, les bassinoires utilisées pour réchauffer les draps des prélats voisinent avec des batteries de poêles et de casseroles, ou du moins ce qu'il en reste, car les soldats de Napoléon Bonaparte avaient pillé les cuisines du pape lors de leur grande razzia romaine.

Entre les anciens fonts baptismaux de la chapelle Pauline et un grand mortier de sel, d'étranges instruments métalliques pendent aux murs comme des chauves-souris : ce sont les « ancêtres » de nos aspirateurs d'aujourd'hui qui, poussivement, chassaient la poussière des sols en marbre, des parquets, mais aussi des rideaux et des tentures du palais apostolique. À côté, posés au sol, des poêles, braseros et appareils de chauffage de toutes les époques veillent dans l'ombre. La plupart ont connu leurs ultimes heures de gloire pendant les rudes hivers de la dernière guerre.

Sur de larges étagères s'entassent valises, malles, coffres, cantines ou paniers qui tous témoignent des voyages pontificaux. Des plus récents aux plus anciens, quand les papes se déplaçaient à dos de mules – des mules blanches – accompagnés par une suite colorée et pittoresque de prélats, d'aristocrates, de gardes suisses, de parents et d'enfants de chœur ; les uns à pied, les autres à cheval. On emportait des valises à pique-nique pour le pape et de grands paniers pour récolter les dons sur le passage du cortège.

Grâce à la Floreria, de superbes meubles ont retrouvé leurs compagnons d'origine après des siècles de séparation. Les précieuses consoles dorées du XVIIe siècle, remisées au dépôt après la réorganisation du mobilier voulue par Paul VI, ont ainsi été réassorties avec les miroirs qui n'auraient jamais dû les quitter. Mais il fut une époque où, pour ne pas être traité de vaniteux ou ne pas succomber au péché de narcissisme, les papes préféraient séparer les consoles de leurs miroirs...

Les grandes tapisseries de 7 mètres sur 4 qui décorent la *loggia* centrale de la basilique Saint-Pierre lors des bénédictions *urbi et orbi* de Pâques et Noël sont accrochées par de robustes cordes aux parois d'un corridor aux allures de caverne. Elles ont été offertes par toutes les grandes familles de l'aristocratie romaine. Leurs noms – Colonna, Barberini, Massimo, Rospigliosi, Borghese ou Sacchetti – sont inscrits en gros caractères au dos des tapisseries. En face, au-dessus de hautes armoires pleines de coussins et de baldaquins, des anges joufflus aux ailes dorées semblent voltiger dans les airs. Ils cachaient autrefois les nœuds des draperies du trône papal à l'occasion des cérémonies solennelles.

Dans cette gigantesque brocante, les chaises, fauteuils et trônes de dimensions variées se taillent la part du lion. On connaît les « antécédents » artistiques d'un millier d'entre eux. Leurs « mérites » aussi. Ici, les sièges occupés par les papes au moment de leur élection dans la chapelle Sixtine. Là, le monumental fauteuil pivotant en cuir, haut comme un confessionnal, utilisé par le dernier secrétaire d'État laïc du Saint-Siège, sous Pie IX. Les pièces historiques ne manquent pas. Un espace privilégié a été réservé au châssis en bois de noyer du bureau de Sixte Quint. Depuis cinq cents ans, il sert de modèle aux menuisiers du palais pour refaire les trônes pontificaux dans le respect des formes canoniques et des proportions immortalisées dans ses fresques par Raphaël.

Il y a des curiosités comme cette banquette de gondole vénitienne du XVIIe siècle au dessin très raffiné dont l'histoire doit être cachée dans quelque dossier poussiéreux des Archives secrètes... Autres surprises : ce siège pontifical en bambou des Indes ou ce trône africain en bois sculpté, encore emballé dans sa caisse en carton, d'où émerge quand même la tête d'un diable cornu !

Un dernier mot sur les horloges et pendules : elles sont d'époques diverses et de valeur inégale. Mais certaines sont étonnantes. Par exemple, la première horloge fluorescente imaginée par Guiseppe Campani de Spolète pour un pape insomniaque, au XVIIe siècle. Elle fonctionne grâce à un système de disques transparents placés devant une lampe à huile... À n'utiliser qu'en avertissant les pompiers !

Une autre pendule quittera difficilement la Floreria apostolique : les heures y sont données par un serpent ricanant qui évolue entre les deux orbites oculaires d'une tête de mort pour rappeler que chaque minute qui passe nous rapproche de la mort à laquelle tout le monde est condamné dès sa naissance. « *Vulnerant omnes, ultima necat* » (« Toutes blessent, la dernière tue ») : cette inscription latine n'orna-t-elle pas longtemps le cadran des horloges de nos paroisses ?

Le dernier castrat du pape

Ses admirateurs l'appelaient l'« Ange de Rome », ses détracteurs « le Chapon sacré ». Alessandro Moreschi, ancien soliste et directeur de chœur de la chapelle Sixtine, mort en 1922 à l'âge de 64 ans, fut le dernier castrat du Vatican. On peut toujours se recueillir sur sa tombe, dans le grand cimetière du Campo Verano, situé derrière la gare Termini, à Rome. Les fleurs se font rares. Alessandro Moreschi est tombé dans l'oubli, mais il a laissé quelques enregistrements aussi rares que précieux sur des cylindres de cire et sa voix étonnante – ni celle d'un homme, ni celle d'une femme, ni celle d'un enfant – parvient encore à transmettre une incomparable émotion.

Né le 11 novembre 1858 à Montecompatri, petite bourgade proche de Frascati, à une trentaine de kilomètres de la Ville éternelle, Alessandro est le cinquième enfant d'une famille catholique qui en compte huit. Une famille de paysans relativement aisés puisqu'il suit les cours de l'école élémentaire, ce qui est loin d'être obligatoire dans ces années-là en Italie. Il perd sa « virilité » vers l'âge de 8 ans : comment, pourquoi, dans quelles circonstances ? Personne ne le sait vraiment car l'intéressé répugnera à en parler. Même discrétion de la part de ses parents : l'ablation des testicules à seule fin de garder un timbre de voix aigu était fortement blâmée à l'époque, sinon interdite.

L'âge d'or des castrats avait atteint son apogée aux XVIIe et XVIIIe siècles, encouragé d'abord par les papes et les grandes familles romaines, puis propagé par l'opéra. Haendel, Gluck ou Mozart composent pour les castrats – le plus connu d'entre eux, Farinelli, est une superstar avant la lettre – et le public applaudit partout en Europe (sauf peut-être en France...) « C'est en 1599, rappelle le musicologue Patrick Barbier, que le Vatican reconnaît officiellement l'entrée de castrats pour remplir les parties de soprano de la Chapelle pontificale [...]. En pleine Contre-Réforme, à un moment où l'Église catholique romaine cherche à magnifier son image et à réconforter les fidèles ébranlés par le schisme protestant, les castrats proposent un autre type d'interprétation, une maturité vocale et technique que n'avaient pas les enfants, ainsi qu'une voix lumineuse, puissante, aérienne sur laquelle l'âge ne semble pas avoir de prise. Pour l'Église, les castrats remplacent idéalement les voix de femmes, toujours interdites dans la musique sacrée [1]. »

En ce temps-là, en effet, seules les voix d'hommes, souvent accompagnées par celles de jeunes garçons, retentissent dans les cathédrales, les paroisses ou les chapelles. Et, durant des siècles, elles serviront de référence aux voix utilisées dans la musique profane. La partie la plus haute est chantée soit par des hommes qu'on appelle les falsettistes, soit par des enfants. Les plus réputés des falsettistes sont les chanteurs espagnols du XVIe siècle. Ils finissent même par supplanter les garçons dans la plupart des chœurs. Mais, à leur tour, les falsettistes seront détrônés par les castrats.

Dans une bulle du 27 septembre 1589, le pape Sixte Quint réorganise le chœur de la basilique Saint-Pierre (la chapelle Giulia) afin qu'il se compose « pour la voix appelée soprano » de « quatre eunuques, à condition qu'ils aient du talent ; sinon, quatre garçons. » Dix ans plus tard, les premiers castrats sont formellement admis dans la chapelle Sixtine, autrement dit la chapelle privée du pape. Clément VIII affirme que la création des castrats est « à l'honneur de Dieu. » L'Église applique donc à la lettre un passage de la première épître de saint Paul aux Corinthiens : « Que vos femmes se taisent dans les assemblées. »

Mais l'Église navigue aussi en pleine équivoque : dans le droit canon, toute forme de mutilation est passible d'excommunication ; le pape Benoît XIV condamne en 1748 l'ablation des testicules ; l'ordination des castrats à la prêtrise est proscrite et les règles ecclésiastiques contre le mariage des castrats sont appliquées avec sévérité puisque ces derniers ne peuvent pas procréer. En apprenant qu'une dame de la cour pontificale était

1. Patrick Barbier, *La Maison des Italiens : les castrats à Versailles*, Grasset, 1999.

enceinte d'un castrat de la chapelle Sixtine, Alexandre VII s'était exclamé : « Qu'on le castre mieux [1] ! »

Revenons à Alessandro Moreschi. Était-il un castrat congénital ? On murmure plutôt qu'il doit la perte de ses attributs masculins à la peur du choléra. Une terrible épidémie sévissait en Italie en 1867 et la castration était considérée comme un remède contre la maladie. Il n'est donc pas interdit de penser que les parents de l'enfant aient voulu le protéger du mal. À moins qu'ils n'aient saisi ce prétexte pour, moyennant espèces sonnantes et trébuchantes, préserver la jolie voix de leur fils. La mue n'est-elle pas, pour reprendre la subtile et spirituelle définition de l'écrivain Pascal Quignard, « une maladie sonore que seule la castration guérit » ?

Dans son *Dictionnaire de musique*, écrit à la demande de Diderot et d'Alembert pour leur *Encyclopédie* et publié en 1768, Jean-Jacques Rousseau donne cette définition au mot castrat : « Musicien qu'on a privé dans son enfance des organes de la génération pour lui conserver la voix aigüe [...]. Il se trouve en Italie des pères barbares qui, sacrifiant la nature à la fortune, livrent leurs enfants à cette opération pour le plaisir des gens voluptueux et cruels qui osent rechercher le chant de ces malheureux. »

Qu'il s'agisse d'un défaut héréditaire, de prévention médicale ou d'intérêt pécuniaire, les faits sont là : Alessandro n'a pas les parties génitales d'un garçon « normal » et cette particularité libère sa voix de la dépendance du sexe et de l'âge. Il aime l'art lyrique et, très vite, exerce ses talents dans la petite chapelle de la Madonna del Castagno (« la Madone du châtaigner ») de Montecomprati où il chante, entre autres, l'*Ave Maria* de Gounod. Il est repéré par Nazareno Rosati, membre du chœur de la chapelle Sixtine, qui recherche de nouvelles voix prometteuses. « C'est donc peut-être lui qui persuada les parents d'Alessandro de préserver la voix de leur rejeton en raison de sa qualité exceptionnelle », écrit le contre-ténor

1. Nicholas Clapton, *Moreschi, le dernier castrat*, Buchet Chastel, coll. « Musique », 2008.

Nicholas Clapton. Ce qui ne signifie pas qu'il ait recommandé la castration du jeune prodige.

Alessandro arrive dans la Ville éternelle en 1871, à l'âge de 13 ans. Un an plus tôt, la *castratio euphonica* avait été déclarée officiellement illégale après la prise de Rome par les troupes hostiles au pape et l'adoption d'un code pénal de style français. Rosati inscrit son protégé à la maîtrise des frères des écoles chrétiennes de l'église Saint-Sauveur-aux-Lauriers, où il est apparemment le seul castrat. Gaetano Capocci, maître de musique à Saint-Jean-de-Latran, le prend alors sous sa coupe et lui donne une formation musicale de haute qualité. Dès 1873, le jeune Moreschi devient premier soprano dans la cathédrale du pape.

Sa réussite est rapide. Mais elle ne va pas sans troubles et interrogations. « Ce fut sans doute pendant ces années d'école qu'il mesura pour la première fois combien il serait seul jusqu'à la fin de ses jours. Contrairement aux autres garçons, il ne connaîtrait ni les affres ni les plaisirs de la puberté [...]. Il garda une douce peau de bébé, sans que sa texture prenne une rudesse masculine. En revanche, il n'eut pas d'acné, n'entendit pas sa voix se casser ou dérailler. Si de tels embarras lui furent épargnés, il dut se sentir embarrassé de mille autres manières [1]. »

Petit, joufflu, un peu gras des fesses et de la poitrine, vêtu comme un premier communiant, il n'a pas heureusement cette difformité des bras et des jambes qui frappait, aux siècles précédents, certains castrats de renom. Il a le cheveu dru, planté bas sur le front, des allures un peu vaniteuses, le sourire fat, mais un regard teinté de mélancolie quand il n'est pas en représentation. Sous la houlette de son mentor, Alessandro gravit les échelons. Il chante dans les églises, mais aussi dans des réunions privées où, délaissant la musique religieuse, il s'aventure dans les mélodies profanes.

C'est lors d'une soirée mondaine qu'Anna Lillie de Hegemann-Lindencrone, épouse de l'ambassadeur du Dane-

1. *Idem.*

mark en Italie et elle-même chanteuse, remarque Moreschi. « Il met un sanglot dans chaque note et un soupir dans chaque respiration », écrit-elle dans ses Mémoires. Pour elle, les « hautes notes de sa voix larmoyante » sont « presque surnaturelles. » Alessandro devient ainsi la coqueluche des salons romains et des maîtrises sacrées. Après avoir tenu avec brio le rôle de séraphin dans l'oratorio de Beethoven *Le Christ au mont des Oliviers*, il intègre la chapelle Sixtine en 1883. Dans une institution en pleine décadence – luttes de clans, chanteurs vieillissants et répétitions bâclées –, il apporte un incontestable vent de renouveau.

En 1891, Moreschi est nommé *segretario-puntatore* de la Chapelle (c'est lui qui note les chanteurs) ; en 1892, il devient *maestro pro tempore*, un autre poste administratif; en 1898, il est élevé au rang de directeur de chœur et, en 1900, malgré des relations pour le moins difficiles entre le Vatican et l'État italien, il chante au Panthéon, à la demande de la famille royale, pour les obsèques du roi Humbert Ier, assassiné à Monza par un anarchiste. Durant toutes ces années, le chef emblématique de la Sixtine n'est autre que le fameux Domenico Mustafà, un autre castrat que Richard Wagner avait voulu enrôler pour jouer le personnage de Klingsor dans *Parsifal*. Alessandro s'entend bien avec lui et peut fréquenter, avec son accord, le gratin de la bonne société qui frissonne à ses aigus célestes dans le *Miserere* d'Allegri. Il se produit aussi dans de grands hôtels romains aux côtés de ténors ou barytons célèbres pour arrondir ses fins de mois.

Son talent est réel. Sa voix, dit-on, a la pureté du cristal. Au meilleur de sa forme, rapporte Franz Haböck, professeur de chant au conservatoire de Vienne, « quand sa voix montait crescendo au-dessus du chœur, elle dominait les jeunes sopranos qui l'accompagnaient aussi totalement qu'un projecteur éclipse une petite bougie. » Mais on le regarde et on l'écoute surtout comme une curiosité : n'est-il pas l'ultime représentant d'une race en voie d'extinction, le dernier castrat du Vatican ?

C'est en 1902 qu'intervient l'événement capital qui permet à Moreschi d'entrer dans l'histoire de la musique. L'Américain

William Barry Owen, directeur général de la filiale européenne de la National Gramophone Company, désire donner un coup de fouet à l'industrie du disque encore balbutiante en enregistrant la voix de personnalités célèbres. Il jette son dévolu en Italie sur le pape lui-même, Léon XIII, et sur Enrico Caruso, le ténor le plus fameux du moment. Le meilleur ingénieur du son de la Gramophone Company, Fred Gaisberg, fait exprès le déplacement de Washington. Tout est prêt, mais Caruso n'étant plus libre à la date fixée et le pape préférant se désister, il faut trouver une solution de rechange... Et cette solution, c'est Alessandro Moreschi et le chœur de la chapelle Sixtine !

Gaisberg installe son matériel dans un salon du palais du Vatican au milieu de toiles du Tintoret, de Raphaël et du Titien, place trois grands cornets dans la pièce en guise de micros et, entre le 3 et le 5 avril 1902, procède à sept enregistrements avec l'accord tacite du pape. Ces sept enregistrements (il y en aura dix autres deux ans plus tard) donnent, selon Nicholas Clapton, « un aperçu fascinant d'un monde disparu ». Chacun peut d'ailleurs s'en faire une idée aujourd'hui en allant les écouter sur YouTube ou d'autres sites Internet. Des disques existent aussi. Leur qualité sonore est évidemment médiocre vu le matériel utilisé au début du siècle dernier. Mais quel choc !

La castration permet de renverser l'échelle naturelle des voix. Mais qu'est-ce qui différencie une voix de castrat d'une voix de contre-ténor ? Moreschi et ses pairs, explique le contre-ténor contemporain Philippe Jaroussky, possédaient « des cordes vocales très courtes dont la croissance avait été freinée par la castration ». D'où « des notes très aigües » lancées avec « une grande puissance » vu « la taille adulte de leur cage thoracique. » Bref, selon Jaroussky, la castration générait des « capacités vocales supérieures à celles des contre-ténors. »

Alessandro Moreschi a 44 ans quand il procède à ses premiers enregistrements et sa voix paraît parfois hésitante. « Il est indéniable que certains morceaux des séances de 1902 laissent percevoir sa nervosité », écrit Nicholas Clapton. Il commet même des erreurs dans le solo du *Crucifixus* de Rossini. Mais il n'avait le droit qu'à une seule prise, dans des conditions pour le moins délicates, et les premiers enregistrements d'Enrico Caruso étaient loin d'être parfaits, eux aussi ! En tout état de cause, les avis ont toujours été partagés sur les castrats, même au XVIIe siècle, quand ils étaient à leur zénith. Si l'abbé François Raguenet louait des voix « rossignolantes et enchantées », le musicologue Jean-Laurent Le Cerf de la Viéville fustigeait des timbres « perçants » finissant par « blesser l'oreille. » Moreschi ne peut pas échapper à la règle.

Celui qui reste dans les mémoires comme le dernier castrat du Vatican (son collègue Sabastianelli mourra un peu avant lui) prendra sa retraite en 1913 après trente ans de bons et loyaux services à la chapelle Sixtine, dont il demeurera « membre émérite. » Il continuera de chanter au gré des invitations, malgré la Grande Guerre. Franz Haböck le rencontre en 1914 et note dans ses carnets qu'il n'a pas de « poils faciaux » et que sa poitrine est « large et surdéveloppée. » Il conclut : « Son timbre et son apparence donnent l'impression d'une personne jeune. »

Moreschi arrive pourtant à la fin de sa vie. Il est frappé d'une méchante pneumonie en 1919. Il décédera trois ans plus tard entouré des siens dans son appartement de la via Plinio, entre le château Saint-Ange et la place Saint-Pierre. Son avis de décès ne paraîtra ni dans *L'Osservatore Romano* ni dans l'*Annuario Pontificio*, car l'Église voulait sans doute jeter un voile pudique sur la mort de l'ultime « chapon sacré ».

On regrettera qu'Alessandro Moreschi et les choristes de la Sixtine n'aient pas songé à graver le *Miserere* d'Allegri. Cette œuvre a été composée en 1638 par Gregorio Allegri pour être chantée par neuf voix *a capella*, une expression qui signifie « à la manière du chœur de la chapelle Sixtine », autrement dit sans accompagnement musical. Exclusivement réservé aux chœurs de la chapelle, chanté le vendredi saint, ce *Miserere* a toujours été entouré d'une aura de mystère. Il fut longtemps interdit d'en établir des doubles sous peine d'excommunication. Trois copies seulement avaient été autorisées avant 1770 : l'une pour l'empereur Léopold d'Autriche, l'autre pour le roi du Portugal et la dernière pour le père Martini, musicologue et compositeur.

On raconte que l'empereur d'Autriche ne cacha pas sa déception parce que les riches ornementations vocales qu'ajoutaient les chanteurs de l'époque ne figuraient pas sur la partition. Une partition que Wolfgang Amadeus Mozart, alors âgé de 14 ans, parvint à retranscrire de mémoire !

***

La chapelle musicale pontificale « Sixtine » – son appellation officielle – comprend aujourd'hui 20 chanteurs adultes et environ 35 enfants de 9 à 13 ans, les *pueri cantores*. Son histoire remonte au pape saint Grégoire Ier le Grand, en 590, mais c'est en 1471, sous le pontificat de Sixte IV, qu'elle est devenue le chœur personnel du pape. Elle a été dirigée pendant quarante ans, de 1956 à 1997, par le même homme, Mgr Domenico Bertolucci. Depuis 1997, Mgr Giuseppe Liberto, 65 ans, préside à ses destinées. Les *pueri cantores* sont formés dans une école spéciale, la *schola puerorum della capella Sistina.* Chaque année, une dizaine d'enfant intègrent cet établissement qui leur dispense par ailleurs des cours « normaux » de grammaire, d'arithmétique, d'histoire ou de géographie.

Le chœur participe évidemment à la plupart des célébrations pontificales au Vatican. Mais il effectue aussi des tournées en Italie et à l'étranger (récemment au Japon, en Hongrie, à Malte ou en Espagne). Il a un nouveau répertoire qui s'inscrit, selon Mgr Liberto, « dans les traces de l'ancien », tout en s'ouvrant « aux nouvelles exigences. » Il faut dire que depuis des années, voire des siècles, les partisans de la tradition et ceux du changement s'affrontent sans vergogne autour de la façon d'interpréter les chants religieux.

Dans cette querelle des anciens et des modernes, il est plaisant de rapporter le témoignage éclairé d'Hector Berlioz. Né en 1803, contemporain de Victor Hugo et d'Eugène Delacroix, aîné de quelques années de Mendelssohn, Chopin, Liszt, Schumann et Wagner, il relate avec drôlerie que si les « chanteurs du pape » sont « incapables de produire le moindre effet » et « suffisent à l'exécution » d'œuvres mineures dans une « enceinte bornée », au moins « le service musical de la chapelle Sixtine a-t-il conservé sa dignité et le caractère religieux qui lui convient, tandis que, infidèles aux anciennes traditions, les autres églises de Rome sont tombées, sous ce rapport, dans un état de dégradation [...] qui passe toute croyance [1]. »

Assistant, le jour de la fête du roi, à une messe solennelle, Hector Berlioz se délecte en racontant que « les soli de cette étrange musique sacrée étaient chantés en voix de soprano par un gros gaillard à la face rubiconde ornée d'une énorme paire de favoris noirs. » D'où ce dialogue savoureux : « Mais, mon Dieu, dis-je à mon voisin qui étouffait, tout est donc miracle dans ce bienheureux pays ! Avez-vous jamais vu un castrat barbu comme celui-ci ? – *Castrato ? !...* répliqua vivement, en se retournant, une dame italienne, indignée de nos rires et de nos observations, *d'avvero non è castrato !* – Vous le connaissez, madame ? – *Per Bacco ! non burlate. Imparate, pezzi d'asino, che quel virtuoso maraviglioso è il marito mio.* » (« Par Bacchus ! Ne vous moquez pas. Apprenez, bandes d'ânes, que ce merveilleux virtuose est mon propre mari. »)

Aujourd'hui, Benoît XVI, soucieux de combattre « la désintégration de la liturgie », n'est pas insensible aux sirènes des conservateurs. « Un *aggiornamento* authentique de la musique liturgique ne peut avoir lieu que dans le sillage de la grande tradition du passé, du chant grégorien et de la polyphonie sacrée », a-t-il déclaré en juin 2006. Puis, en rendant visite à l'Institut pontifical de musique sacrée, en 2007, ce pape mélomane a dressé le programme à mettre en œuvre : « Trois éléments caractérisent la musique sacrée liturgique : la sainteté, l'art vrai et l'universalité [...]. Les autorités ecclésiastiques doivent s'employer à orienter avec discernement le développement d'un genre musical aussi exigeant, non pas en congelant ce trésor, mais en cherchant à insérer dans l'héritage du passé les nouveautés valables du présent, pour parvenir à une synthèse

1. Hector Berlioz, *Mémoires*, Flammarion, 2000.

digne de la haute mission qui lui incombe au service de Dieu. Je suis convaincu que l'Institut pontifical de musique sacrée, en accord harmonieux avec la congrégation pour le Culte divin, ne manquera pas d'apporter sa contribution à un *aggiornamento*, adapté à notre temps, des précieuses traditions dont la musique sacrée est riche. »

Mais que chacun se rassure : il n'est pas question de faire revenir des castrats dans le chœur de la chapelle Sixtine.

Au dernier chic romain

Derrière le Panthéon, au 34 de la via Santa Chiara, se niche une petite boutique à la façade discrète. En haut, un nom inscrit en lettres sobres : « Gammarelli ». Et, en-dessous, une inscription qui en dit davantage : « Tailleur pour ecclésiastiques ». Depuis 1798, la famille Gammarelli habille les papes. Tous, sauf Pie XII, qui avait son propre tailleur. Même si d'autres enseignes dans le quartier de la via dei Cestari lui font concurrence, Gammarelli peut se targuer de deux siècles d'un quasi-monopole.

À chaque veille d'élection papale, alors que les cardinaux sont réunis en conclave dans la chapelle Sixtine, les frères Filippo et Annibale Gammarelli, héritiers de la dynastie, préparent trois soutanes de couleur blanche (tirant sur l'ivoire) en laine fine doublée de soie. Ils les font de tailles différentes – grande, moyenne et petite – pour ne pas être pris au dépourvu. Ils guettent la fumée blanche et, sitôt le nom du pape connu, ils lui apportent la soutane la plus proche de son gabarit, sans oublier la mozette, l'étole et les mocassins de cuir rouge qui lui permettront d'apparaître au balcon de la basilique Saint-Pierre dans ses nouveaux habits sacerdotaux.

Filippo Gammarelli le reconnaît : alors que la soutane de Jean-Paul II était tombée parfaitement au premier essayage, il eut quelques sueurs froides avec les rondeurs de Jean XXIII, la maigreur de Paul VI ou la courte taille de Jean-Paul Ier. Le fait que la plupart des *papabili* (« papables ») comptent parmi ses clients ne le dispense pas de surprises toujours possibles. Benoît XVI, par exemple, avait l'habitude de s'habiller chez Alessandro Cattaneo, et non pas chez Gammarelli, quand il était encore cardinal. Il n'a pas été content de sa première soutane pontificale : elle était un peu courte et flottait sur ses hanches.

Une petite polémique est d'ailleurs née à ce sujet. Fin 2005, certains journaux, après avoir relevé le goût prononcé du pape bavarois pour les lunettes de soleil griffées et les chaussures Prada, affirmèrent que Benoît XVI avait l'intention de commander ses nouveaux habits non plus chez Gammarelli, pas même chez Cattaneo, mais chez Raniero Mancinelli, un troisième larron œuvrant dans le vêtement ecclésiastique depuis vingt ans seulement. La rumeur provoqua une tempête au 34 de la via Santa Chiara. La famille Gammarelli cria au complot et le Vatican dut se fendre d'un beau communiqué pour calmer les esprits : l'illustre tailleur reste « le fournisseur attitré » du Saint-Père, la tradition est respectée... Ouf !

Dans le quartier, la boutique du tailleur De Ritis, avec ses neuf vitrines en façade, plus deux larges entrées, est la plus alléchante. L'une d'entre elles expose même des sous-vêtements de nonnes avec à l'appui quelques photos – très décentes et un peu vieillotes – de mannequins en tenue légère. Un peu plus loin, la maison Ghezzi ose afficher ses prix dans ses trois vitrines : 17 euros pour un soutien-gorge de religieuse, 35 euros pour une chemise de prêtre à col dur, 1 000 euros pour une soutane noire, 1 700 euros pour une chasuble, 2 000 euros pour une soutane de cardinal, etc. Ces habits voisinent parfois dans les vitrines avec des calices, des encensoirs, des tabernacles en argent ou encore des crosses d'évêque, diversification oblige.

Filippo Gammarelli ne le conteste pas : la compétition est d'autant plus rude que le marché se rétrécit. Mais il croit au savoir-faire et à la pérennité de sa maison. « Les autres font du prêt-à-porter, nous, nous faisons du sur-mesure ! dit-il. Nous sommes encore de vrais tailleurs. » Sa boutique, qui sent bon le tissu, le bois et l'encaustique, compte encore une vingtaine d'employés et conserve de superbes archives et recueils de figurines sur tous les costumes ecclésiastiques depuis deux siècles. Les soutanes sont toujours taillées sur de longues tables en acajou avec de grands ciseaux aux chromes étincelants, le marquage s'effectue à la craie le long de patrons en papier fort, tous les boutons sont fabriqués à la main, etc.

« Nos prix ? Ce sont ceux de la qualité ! » élude-t-il quand on l'interroge sur le coût des soutanes papales. En vitrine, la maison divulgue quand même quelques tarifs : 1 150 euros pour une chasuble de couleur or et noire en soie, 44 euros pour une chemise de clergyman en coton ou 21 euros pour un béret basque en laine. Mais Gammarelli vend aussi une crosse d'évêque pour 1 350 euros, une chevalière en argent ornée d'une pierre noire pour 1 220 euros, un calice en argent pour 1 050 euros et des boutons de manchette de 20 à 80 euros.

Le tailleur des papes conserve comme une précieuse relique la dernière calotte confectionnée pour Jean-Paul II. Karol Wojtytla, qui en « usait » en général trois pas an, n'a pas eu le temps de porter celle-là. La mort l'a emporté avant. La maison Gammarelli en avait toujours une en réserve pour lui. La calotte du pape – cette petite coiffure hémisphèrique portée sur le haut de crâne – est en moire de soie blanche, celle des cardinaux en moire de soie rouge et celle des évêques en soie violette. « La calotte était apparue au Moyen Âge sous la mitre des hauts diginitaires de l'Église catholique », rappelle Filippo Gammarelli.

Si la plupart de ses clients sont des ecclésiastiques amateurs de beaux tissus et de couleurs chatoyantes pour leurs chasubles – le vert, le parme ou l'or, selon la liturgie –, il s'honore aussi de la fidélité d'artistes et d'hommes politiques. Ceux-ci ne lui achètent pas de soutanes ou de chemises de clergyman, bien sûr, mais des chaussettes en laine mérinos vendues 11,50 euros la pièce. Ces fameuses chaussettes rouges de cardinal, mais aussi noires ou violettes, ont eu un client célèbre : Édouard Balladur. L'ancien Premier ministre français n'est certes venu qu'une seule fois dans la boutique, mais il lui a fait, *nolens volens*, une excellente publicité.

Il arrive également à la maison Gammarelli de tailler des complets-vestons « normaux » pour les prêtres – voire les civils – qui le demandent. « Mais notre véritable métier reste la soutane, souligne l'héritier de la dynastie. C'est vrai qu'il y avait davantage de travail auparavant ; les temps sont plus difficiles, alors nous nous adaptons sans trahir notre mission essentielle. »

La pompe et le faste des habits sacerdotaux se sont progressivement éteints à partir de le seconde moitié du XXe siècle. Par des réformes successives, Pie XII puis Paul VI ont voulu amener plus de simplicité, voire d'austérité, dans le cérémonial de l'Église catholique romaine. Le correspondant de *France Soir* au début des années 50, Jean Neuvecelle, racontait qu'à Rome, malgré un *motu proprio* du pape, « l'ensemble des toilettes nécessaires pour entrer au Sacré Collège » représentait « une dépense considérable [1] ».

Il citait la liste suivante esquissée par l'un des meilleurs tailleurs de la via dei Cestari : la soutane, un mantelet de moire couleur pourpre avec garnitures et doublure en soie, la même tenue en pure laine, le grand manteau de sortie en pure laine, pourpre, revers de soie, col de velours, passementerie d'or, le même manteau en violet, pour les temps de pénitence, la *cappa magna* (chape d'honneur) en moire pourpre ou violet avec traîne de 15 m de soie rouge, la cape en soie moirée rouge ou violette, la pèlerine en laine noire avec demi-manche garnie de soie rouge, la fourrure de lapin à mettre par-dessus le manteau (à la place de l'hermine), la ceinture en moire pourpre à glands d'or, et enfin la ceinture avec frange en soie. Quand on sait qu'une simple soutane de cardinal coûte aujourd'hui entre 1 500 et 2 000 euros, on imagine la somme que devaient débourser les heureux élus au Sacré Collège !

---

1. Jean Neuvecelle, *Église, capitale Vatican*, Gallimard, 1954.

À ces lourdes dépenses, il fallait ajouter trois chapeaux : l'un en castor rouge de grand gala, l'autre en castor noir avec rubans d'or de demi-gala et un chapeau normal avec rubans d'or. Si le fameux *galero*, solennellement remis à tout nouveau cardinal, était offert par le Saint-Père lui-même sur sa dotation personnelle, le nouveau cardinal devait encore payer ou se faire offrir une chaîne pectorale en or, une croix en or avec pierres précieuses, une mitre, une crosse et un anneau en or avec pierres précieuses. Dans ce devis n'étaient comptabilisés ni les chaussures, ni la garde-robe civile, ni les vêtements liturgiques du nouvel élu. Il était supposé déjà les posséder.

Une simplification du vestiaire ecclésiastique s'imposait. Les cardinaux n'étaient-ils pas obligés, en outre, d'avoir un caudataire (du latin *cauda*, « queue »), gentilhomme chargé de porter leur longue traîne ? Ce qu'avait ébauché Pie XII, Paul VI le poursuivra en l'amplifiant. En 1968, année décidément de toutes les révolutions, il éliminera les « pièces jugées superflues », comme les tenues de deuil, les glands d'or ou les souliers à boucle, écrivent Bernard Berthod et Pierre Blanchard, dans un livre-référence [1]. Le mantelet est supprimé, sauf pour quelques prélats, la chape et le *ferraiolo* (longue cape) sont maintenus « pour des occasions exceptionnelles », bref une plus grande sobriété émerge « après bien des hésitations dont témoignent les échanges de courriers entre le doyen du Sacré Collège, la secrétairerie d'État et la préfecture des cérémonies pontificales ».

Le même mouvement d'austérité touche les laïcs attachés au Saint-Siège. La culotte est abandonnée pour le pantalon, fraises et jabots cèdent la place à la cravate blanche, les costumes Renaissance sont remplacés par l'habit noir pour les dignitaires, les gentilshommes et les attachés d'antichambre, enfin les porteurs de la chaise papale ne revêtent plus qu'une simple livrée en drap mauve. « Seule la garde suisse échappe à la modernisation et conserve son costume. » Le manque à gagner

1. Bernard Berthod et Pierre Blanchard, *Trésors inconnus du Vatican*, éditions L'amateur, 2001.

est cruel pour les tailleurs, couturiers et autres chapeliers chargés jusque-là d'habiller tout ce petit monde. Mais les meilleurs survivent car « ils sont les seuls à posséder le savoir-faire nécessaire. » Gammarelli conserve ainsi « la haute main sur le vestiaire papal » [1]. Et d'autres sauront tirer leur épingle du jeu.

L'Église catholique n'a pas renoncé, en effet, aux grandes cérémonies et manifestations qui, à l'heure médiatique, sont indispensables à son rayonnement. Et qui dit cérémonies dit apparat liturgique, éclat, pompe et splendeur. Mgr Piero Marini, 63 ans, promu archevêque en 2003, fut le maître d'œuvre des scénographies pontificales de Benoît XVI après avoir été celui de Jean-Paul II. C'est lui qui demanda au couturier français Jean-Charles de Castelbajac de dessiner la chasuble de Jean-Paul II lors des JMJ (Journées mondiales de la jeunesse) de 1999 à Paris. C'est toujours lui qui fit travailler deux stylistes italiens, Stefano Zanella et Gianluca Scattolin, créateurs de la firme Decima Regio, pour les plus hauts dignitaires du Vatican. Ces deux princes de l'aiguille et du ciseau ont même été baptisés « les Jean-Paul Gaultier du monde ecclésiastique » [2]. En sept ans, ils ont conçu la bagatelle de 64 coiffes ou habits pour Jean-Paul II : chasubles, chapes, mitres, étoles, etc.

Leur pièce maîtresse reste le « manteau du IIIe millénaire » revêtu par Karol Wojtyla pour l'ouverture solennelle de la Porte sainte de la basilique Saint-Pierre de Rome lors des cérémonies du Jubilé de l'an 2000 au début de l'Année sainte. Le passage de la Porte signifie l'abandon du vieil homme et l'avènement d'un homme nouveau. À l'aube du XXIe siècle, le pape polonais avait préféré symboliquement la fermeture de la Porte à la main plutôt que sa clôture par un mur. Son geste fit le tour du monde, comme la splendeur de son nouveau manteau.

Son successeur, Benoît XVI, n'est pas en reste. Mais à sa façon. Il préfère aux mitres dépouillées de Jean-Paul II les

1. *Idem.*
2. *Paris-Match*, 11 août 2005.

mitres plus précieuses, n'hésite pas à revêtir le *mantum*, cape fermée par un gros médaillon à trois branches qui symbolise la Trinité, ou porte sur les épaules le grand camail bordé d'hermine qu'on ne voyait plus depuis Paul VI. Une association de défense des hermines a d'ailleurs lancé une pétition pour protester ! Pour Benoît XVI, le retour à une liturgie plus traditionnelle s'accompagne donc de la réhabilitation de vêtements qu'on croyait condamnés à la naphtaline. Par exemple, son choix pour la messe célébrée le 14 septembre 2008 aux Invalides devant plus de 250 000 fidèles en a témoigné : il a préféré les habits sacerdotaux de l'abbaye Bénédictine du Barroux à ceux plus modernes de l'archevêché de Paris...

Football quand tu nous tiens !

L'équipe du collège Redemptoris Mater vous dit-elle quelque chose ? Elle a gagné en mai 2007 par 1 but à 0, sur un pénalty très litigieux, la première édition de la Clericus Cup, face à l'université du Latran, sur le terrain de l'oratoire de Saint-Pierre. La Clericus Cup est le championnat de football des prêtres et séminaristes de la région romaine, imaginé et patronné par le numéro 2 du Vatican, Mgr Tarcisio Bertone. Le secrétaire d'État de Benoît XVI est un passionné de ballon rond qui, lorsqu'il était encore archevêque de Gênes, était souvent invité sur les plateaux de télévision, le dimanche, pour commenter les résultats des matches professionnels.

« Il fallait au moins un salésien [l'ordre religieux de Mgr Bertone] pour avoir l'idée d'une telle galère ! » plaisante don Antonio Mazzi, l'homme qui est chargé d'organiser la compétition. Car la Clericus Cup, après des débuts un peu chaotiques, a trouvé sa vitesse de croisière avec deux groupes de huit clubs chacun. Elle a atteint un bon niveau grâce aux prêtres et séminaristes venus du Brésil, du Mexique, de l'Uruguay ou de pays d'Afrique. Le cardinal Bertone a même trouvé une devise pour le tournoi : « Un Ave, un Pater et un but ! »

Le football au Vatican a vraiment commencé en 1946, avec cinq équipes qui jouaient à l'époque sur un petit terrain situé derrière la basilique Saint-Pierre : la Fides, de la Garde palatine d'honneur ; la Fortitudo, du gouvernorat de la pieuse enceinte ; la Spes, de la ville pontificale de Castel Gandolfo ; la Viribus Unitis, des imprimeurs de la Cité du Vatican ; et la Virtus, de l'administration du Saint-Siège. Puis se sont greffées là-dessus l'équipe des gardes suisses, celle des gendarmes et le « onze » national du Vatican avec son maillot blanc frappé des clefs de Saint-Pierre.

Cette équipe n'est membre ni de la Fifa (Fédération internationale) ni de l'UEFA (Fédération européenne) et ne peut donc participer ni au Mondial ni à l'Euro de football. Elle n'a disputé qu'un seul match international, le 23 novembre 2002, contre la principauté de Monaco (résultat final : 0-0). En 2006, elle a également joué un match amical contre le club suisse SV Vollmond et l'a emporté 5 à 1. Le « onze » du Vatican est formé principalement de gardes suisses et de fonctionnaires, tous joueurs amateurs. Certains prélats estiment qu'ils pourraient tenter leur chance aux jeux Olympiques.

Mgr Carlo Mazza est à la fois l'aumônier de l'équipe nationale italienne (il l'a déjà accompagnée dans sept coupes du monde) et de l'équipe du Vatican. Cette double casquette lui plaît car « les deux jobs sont compatibles », dit-il en riant. Plus sérieusement, il aimerait que le football soit mieux enseigné dans les séminaires, non pas comme une matière à examen pour devenir prêtre *(ratio studiorum)*, mais comme un moyen de construire le futur prêtre en tant que pasteur dans la société *(ratio pastoralis)*.

Pendant la Clericus Cup, les arbitres ont à leur disposition des cartons bleus pour infliger des exclusions temporaires de cinq minutes et les entraîneurs peuvent demander, comme au basket-ball, des temps morts d'une minute pour recadrer leur équipe, décider d'un changement tactique ou calmer les joueurs. Car les crocs-en-jambe et les noms d'oiseaux volent parfois sur les terrains. À tel point que Mgr Mazza, malicieux, n'exclut pas d'installer « des confessionnaux au bord des pelouses » !

Don Claudio Paganini, l'assistant d'Antonio Mazzi, s'efforce pour sa part de décourager le folklore médiatique qui entoure la Clericus Cup, au grand dam des chaînes de télévision qui voudraient filmer des footballeurs en aube et sandales (ils portent en réalité des maillots, des shorts et des chaussures à crampons), jurant et blasphémant. « Pas de bonnes sœurs pom-pom girls, pas de bookmakers, pas de joueurs mondains ou de gestes vulgaires, prévient-il. Le tournoi doit ressembler à une grande liturgie à caractère sportif ! »

En demi-finale du premier tournoi, les prêtres et séminaristes de l'université du Latran avaient battu les Légionnaires du Christ de l'institut Mater Ecclesiae. Quant aux futurs vainqueurs, les membres du Chemin néocatéchuménal du collège Redemptoris Mater, ils avaient éliminé leurs collègues de l'institut international Sedes Sapientiae. Une équipe avait réussi l'exploit de ne pas gagner un seul match : le PSG ! Il ne s'agissait pas du Paris-Saint-Germain, mais du Pontificio Seminario Gallico, le séminaire français de Rome, dont les joueurs auraient mérité la palme de l'humour et du fair-play. Sur leur blog, on lit en effet : « L'équipe de France de la Clericus Cup remporte brillamment le prix de l'équipe aux scores les plus bas. Merci à tous nos supporters ! »

Si la Clericus Cup n'a pris son essor que récemment, le championnat de football pontifical est sans doute le plus ancien du monde. On sait par exemple que, dix-huit ans avant de devenir pape en 1513, Léon X avait participé avec Giovanni de Médicis, fils de Laurent le Magnifique, à des parties de *calcio* florentin sur la place Santa Croce ou dans les jardins de Boboli. Les « rouges » affrontaient les « bleus » dans des livrées magnifiques et les parties – tenant à la fois du football, du rugby et de la lutte – étaient acharnées. Les futurs Clément VII (élu pape en 1523) et Urbain VIII (élu un siècle plus tard) ont eux aussi tapé dans la balle de cuir à Florence.

Mais les premiers comptes-rendus de parties de football pontificales remontent à 1738. Cette année-là, l'équipe du Belvédère et celle du prince Camillo Rospigliosi s'affrontaient tantôt sur un terrain proche du Vatican, tantôt sur un autre, proche du Quirinal. À la mort de Clément XII, en 1740, les rencontres furent annulées en signe de deuil. Mais réunis en conclave pour élire un successeur au pape, les cardinaux ordonnèrent la réouverture du terrain du Belvédère et exigèrent qu'on y jouât trois fois par semaine ! C'est à cette occasion qu'on construisit trois rangs de tribunes pour les spectateurs. Les cardinaux, eux, regardaient les matches des fenêtres du palais apostolique pour se distraire des longues et laborieuses discussions qui menèrent à l'élection de Benoît XIV. Du haut du palais, avec vue panoramique sur les équipes, ils applaudissaient aux exploits du Zidane de l'époque, un certain abbé Chiodo.

L'intérêt des papes pour le sport a toujours été inégal. Il y a bien eu autrefois un court de tennis au Vatican, mais il a été remplacé sous Paul VI par un héliport (l'*« helicoptorum »*, comme disent les distingués latinistes) à l'extrême ouest de la pieuse enceinte... Les souverains pontifes contemporains les plus sportifs ont assurément été Pie XI, excellent alpiniste, et Jean-Paul II, passionné de ski et de canoë, grand amateur de randonnée en montagne, bon nageur et footballeur adroit. Jeune, il gardait les buts de l'équipe de Wadowice, en Pologne.

Pie XII, malgré son allure austère, aimait le cheval et le football. Un vrai *tifoso*. Bien qu'issu d'une antique et noble famille romaine, il supportait l'équipe de la Juventus de Turin, propriété de la famille Agnelli, dont il connaissait personnellement le capitaine, Giampiero Boniperti. Un jour de 1952, il donna sa bénédiction à la Juventus avant un match capital contre la Lazio de Rome. Mais l'équipe turinoise perdit 2 à 0. Depuis ce jour, le pape est considéré comme un porte-malheur dans tout le Piémont.

Jean XXIII, sportif en chambre, suivait avec ferveur les rencontres de son équipe de cœur : l'Atalanta de Bergame. Il y mettait même parfois trop de passion. Ce qui fit prononcer à son secrétaire, Mgr Loris Capovilla, cette parole définitive : « Le sang n'est pas de l'eau ! » Paul VI, pur intellectuel à la santé fragile, ne s'intéressait au sport que sur les plans moral et pastoral. Jean-Paul Ier, lui, supportait le « onze » de Venise quand il était patriarche de la Cité des doges. Quant à Benoît XVI, il serait sensible aux résultats du club de Cologne, en Allemagne. Pour le reste, il se contente de prôner la loyauté sportive et ferait, selon l'arbitre italien Romeo Paparesta, un excellent arbitre.

De l'homme en blanc à l'homme en noir (même si les arbitres portent souvent aujourd'hui des tenues colorées), il n'y a effectivement qu'un pas !

CHAPITRE 3

BUSINESS ET JUSTICE

Les deniers du culte

« Si tu veux être parfait, vends tout ce que tu possèdes et donne-le aux pauvres, puis viens, suis moi et tu auras un trésor dans le ciel » : Paul VI avait-il en tête cette recommandation évangélique quand, en 1967, après avoir engagé un grand train de réformes, il créa l'Administration du patrimoine du Saint-Siège apostolique (l'Apsa) ? C'est possible, peut-être même probable. La hiérarchie catholique a toujours eu un rapport particulier à l'argent et, dans la foulée du concile Vatican II, alors que le vent de la révolution soixante-huitarde soufflait fort, un nettoyage s'imposait dans la gestion opaque des finances papales.

Mais Paul VI ne pouvait sûrement pas prévoir ce qui allait se passer quelques années plus tard. L'affaire Sindona puis l'affaire Calvi, au début des années 70, secouèrent durement la réputation du Saint-Siège, obligeant son successeur, Jean-Paul II, à des mesures drastiques pour rétablir une situation compromise, et surtout assainir durablement les finances du plus petit État du monde. Trop de scandales et d'épisodes louches avaient éclaboussé l'Église pour qu'une extrême vigilance ne s'exerçât point sur le patrimoine, les placements, les investissements et les comptes d'exploitation du Vatican.

Aujourd'hui, qu'en est-il ? L'Apsa, présidée depuis 2008 par le cardinal Attilio Nicora, avec Mgr Domenico Calcagno comme principal adjoint, assure la gestion financière du Saint-Siège. Depuis son renforcement, en 1988, par Jean-Paul II, elle est dotée d'une section ordinaire – sorte de ministère du Budget en charge du personnel et du domaine immobilier – et d'une section extraordinaire, sorte de ministère de l'Économie chargé du contrôle des actifs financiers. Une préfecture pour les affaires économiques, créée en 1967, agit à ses côtés comme une cour des comptes.

Le pape dispose de quatre postes budgétaires : le budget du Saint-Siège, celui du gouvernorat de la Cité du Vatican, le denier de Saint-Pierre et enfin, les contributions des diocèses du monde entier.

Le bilan consolidé du Saint-Siège s'est soldé fin 2007 par un déficit de 9 millions d'euros après trois exercices bénéficiaires en 2004, 2005 et 2006. Recettes : 236,7 millions. Dépenses : 245,8 millions. Les activités dites institutionnelles (secrétairerie d'État, congrégations, conseils pontificaux, synodes, etc.) ne sont pas source de bénéfices et ont coûté 124,5 millions d'euros ; les activités financières – placements et investissements divers – ont connu un bénéfice de 1,4 millions, accusant un gros recul par rapport au précédent ; les activités immobilières – locations ou ventes d'immeubles – ont obtenu un résultat net positif de 36,3 millions (en hausse) ; enfin, le secteur médias – à cause de Radio Vatican et de *L'Osservatore Romano* – a connu un solde négatif de 14,6 millions. Il faut ajouter à ce bilan le coût du personnel : 102,5 millions d'euros.

L'exercice 2007 du gouvernorat s'est terminé, grâce à l'apport des musées, sur un résultat positif de 6,7 millions, en net recul néanmoins par rapport au bénéfice 2006 de 21,8 millions. Un effort financier important a été accompli dans le domaine de la protection, de la mise en valeur et de la restauration du patrimoine artistique de la papauté et de gros frais ont été également engagés en matière de sécurité à l'intérieur de la Cité du Vatican. Le gouvernorat a déboursé 62,3 millions d'euros en 2007 pour son personnel et contribué, en outre, à combler pour moitié le déficit de Radio Vatican.

Saint-Pierre de Rome.
© Emmevi/ Leemage

Castel Gandolfo, le résidence d'été du pape. © Ciric

Grotte et fontaines dans les jardins du Vatican. © Bernard Lipnitzki/ Roger-Viollet

Réplique de la grotte de Lourdes offerte par l'évêque de Tarbes au pape Léon XIII en 1902.
© Farabola/ Leemage

Fenêtres des appartements privés du pape. © Meigneux/ Sipa

Porte de Bronze. © Scala

Résidence du pape interdite au public.
© Eric Vandeville/ Gamma/ Eyedea

Les Archives secrètes. © Scala

Audience privée dans la salle Clémentine. © Galazka/ Sipa

Jean-Paul II devant la porte de la basilique Saint-Pierre.

La maison Gammarelli, atelier de couture romain spécialisé dans les vêtements ecclésiastiques.

© Risari/ Olympia/ Sipa

© Unimedia/ Sipa

© Rex/Sipa

© Luisa Ricciarini/ Leemage

Raphaël, *Le Parnasse*, Chambre de la Signature.

© Luisa Ricciarini/ Leemage

Raphaël, *La Dispute du Saint Sacrement*, Chambre de la Signature.

© Luisa Ricciarini/ Leemage

Raphaël, *L' École d'Athènes*, Chambre de la Signature.

Les dons constituent le troisième poste budgétaire : il y a d'abord le denier de Saint-Pierre, grande quête organisée tous les 29 juin (jour des saints Pierre et Paul), puis les contributions provenant d'instituts de vie consacrée, celles des sociétés de vie apostolique et des fondations et la « charité du pape », chèques ou espèces que les souverains pontifes reçoivent personnellement des fidèles. Très variables, ils sont le plus souvent utilisés pour boucher des déficits ici ou là.

En 2007, le total des dons s'est élevé à 79,8 millions de dollars. Quand il s'agit de dons, le Vatican parle en billets verts, sans doute parce que les Américains sont les contributeurs les plus généreux (28,30 % du total). Suivent les Italiens (13 %), les Allemands (6,08 %), les Espagnols (4,10 %) et les Français (3,68 %) juste devant les Irlandais (3,33 %). Toujours en 2007, une offrande de 14,3 millions de dollars est parvenue au Saint-Siège de la part d'un donateur qui a voulu conserver l'anonymat.

Les contributions des diocèses – qui permettent à la papauté de mieux servir ses ouailles dans le monde – ont atteint 29,5 millions de dollars. Là, ce sont les évêchés allemands qui se sont montré les plus généreux (9,3 millions de dollars), devant les Américains (8,3 millions), les Italiens (5,6 millions), les Autrichiens (1,1 million) et les Canadiens (1 million). Les Français arrivent loin derrière, devancés notamment par les Espagnols et les... Coréens du Sud ! L'argent collecté dans les pays riches pour les missions est intégralement redistribué aux Églises du tiers-monde par le truchement de la congrégation pour l'Évangélisation des peuples. « Environ 900 diocèses sont ainsi financés, leurs évêques recevant une allocation par prêtre, par séminariste et par catéchiste [1] ».

L'Institut des œuvres de religion (IOR) – la banque du Vatican – gère les comptes des ordres et congrégations catholiques, des cardinaux, du pape lui-même et de quelques privilégiés non religieux qui s'engagent à laisser à leur mort 10 % de leurs

1. *L'Expansion*, n° 682, janvier 2004.

avoirs bancaires à une œuvre ou un ordre religieux. Fondé en 1942 par Pie XII en pleine guerre mondiale, c'est une manne pour ses quelque 40 000 clients : pas de taxes, transferts de capitaux faciles et, surtout, secret absolu. Les relevés bancaires ne comportent ni le nom de l'IOR ne celui du titulaire, seulement les initiales et le numéro de compte. Les coffres de l'Institut recèleraient 5 milliards d'euros en dépôt [1]. Pie XII n'était pas parti de rien puisqu'au siècle précédent, en 1887, Léon XIII avait créé l'Administration des œuvres religieuses (AOR) pour aider, notamment, les missionnaires à transférer des fonds dans les terres reculées d'Afrique ou d'Asie.

Avec un nouveau déficit budgétaire de 9 millions d'euros en 2007, le Saint-Siège serait depuis longtemps déclaré insolvable si les revenus générés par son patrimoine financier et immobilier n'étaient pas substantiels. Ce patrimoine est estimé à plusieurs milliards. Rien que les quelque 100 000 immeubles que l'Église possède en Italie avoisineraient une valeur de 8 à 9 milliards d'euros. Le Saint-Père et les cardinaux aiment d'autant moins en parler qu'ils font profession de pauvreté. À l'époque de la réforme de 1967, Paul VI avait même déclaré : « Non seulement l'Église doit être pauvre, mais elle doit aussi paraître pauvre... Nous connaissons bien le désir, voire le besoin de l'opinion publique de retrouver la pauvreté de l'Evangile là où elle est prêchée et représentée. »

***

« Moi, je n'ai ni or ni argent ! » avait répondu Pierre, le premier pape, à un mendiant qui lui tendait sa sébile devant un temple à Jérusalem. Il ne mentait pas. Mais deux siècles plus tard, ce fut un banquier qui monta sur le trône pontifical : Calixte Ier, saint et martyr, esclave affranchi de l'empereur Commode, devenu directeur du Banco di Carpoforo. Puis, à la fin du VIe siècle, saint Grégoire Ier le Grand fut considéré par

1. Curzio Maltese, *La Questua*, Feltrinelli, Milano, 2008.

l'historien religieux Agostino Saba comme « le plus riche propriétaire terrien entre les confins de l'Empire ».

L'histoire de l'Église est pleine de papes qui remplissent les caisses ecclésiastiques et d'autres qui les vident. Le champion des dépensiers semble être Léon X, de la famille des Médicis. De lui, on disait qu'il avait dilapidé l'argent de trois pontificats : celui de son prédécesseur, le sien et celui de son successeur ! Il se faisait prêter de l'argent par ses amis et même par ses serviteurs. Ceux-ci, évidemment, n'en revoyaient jamais la couleur. Le plus économe – ou le plus avare – fut sans doute Innocent XII. Il rognait sur tout. Le premier jour de son règne, le 12 juillet 1691, il ordonna à son maître d'hôtel de ne jamais dépenser plus de trois sous par jour pour les repas. Le soir, au dîner, il se contentait d'une tasse de chocolat l'hiver et d'un sorbet l'été. À sa mort, il laissa une cassette d'un million de pièces d'or au château Saint-Ange. Cette forteresse « imprenable » était un peu le coffre-fort des papes. Sixte Quint, le franciscain terrible de la fin du XVIe siècle, réussit à y déposer cinq millions d'écus, un million par année de pontificat. À chaque fois qu'il atteignait ce chiffre, il organisait une cérémonie d'actions de grâce au château dédiée à la Vierge Marie et aux apôtres Pierre et Paul.

En bon Borgia, Alexandre VI vécut dans la magnificence (il avait les goûts, les plaisirs, les qualités et les tares des grands seigneurs de la Renaissance) et finit mal. Son cadavre fut piétiné, injurié, inhumé sans cérémonie et renvoyé en Espagne. Les scandales de son règne, dénoncés par l'austère frère dominicain Jérôme Savonarole, n'y étaient pas pour rien. La ville de Rome ressemblait à un gigantesque lupanar où 10 % de la population vivait de la prostitution. Mais Alexandre VI et ses successeurs s'y retrouvaient puisqu'ils vendaient aux péripatéticiennes une licence pour pouvoir exercer leur métier et percevaient, en plus, un impôt sur les maisons closes !

Des taxes souvent bien utilisées puisque, sous Léon X (1513-1521) et Pie IV (1559-1565), l'argent perçu a permis de financer de grands travaux d'urbanisme dans la Ville éternelle.

Pie IV a pu ainsi édifier le Casino du Belvédère, renforcer les fortifications du château Saint-Ange ou encore étendre la muraille léonine grâce aux *donne curiali* (les gourgandines de la Curie). L'argent, c'est bien connu, n'a pas d'odeur. Au XIXe siècle encore, le quartier du Vatican était décrit comme un lieu de « luxure effrénée » par le coiffeur du pape Grégoire XVI, Gaetano Moroni, auteur d'un gigantesque dictionnaire d'érudition ecclésiastique en 103 volumes.

Plus près de nous, Léon XIII fut un collectionneur passionné de billets de banque. Il s'en servait même comme marque-page. Il amassait aussi les objets précieux. Quand il mourut, à 93 ans, en 1903, des dizaines de ciboires, anneaux, croix, chaînes, pierres précieuses et autres tabatières en or envahissaient ses appartements. Mais pas de trace de la cassette en fer où il conservait les millions de « la charité du pape ». Où était-elle passée ? Personne ne le savait et Pie X, son successeur, commençait à s'en inquiéter sérieusement quand le secrétaire du défunt pontife lui révéla la vérité : la cassette était cachée chez un cardinal sur ordre impératif de Léon XIII qui, d'outre-tombe, voulait montrer au nouveau venu « combien il est difficile de gouverner sans argent » !

Le patrimoine du Saint-Siège fut longtemps géré par Bernardino Nogara. Cet habile financier nommé par Pie XI pour faire fructifier l'indemnité de 750 millions de lires versée par l'État italien, en 1929, lors de la signature des accords du Latran et du Concordat, veilla aussi sur la rente annuelle et perpétuelle de 5 % d'un capital consolidé d'un milliard de lires accordée par la même occasion par Benito Mussolini. Soit, au total, une « obole » du contribuable italien au Vatican de 1,2 milliard en euros d'aujourd'hui.

Personne au Vatican, pas même le pape, ne peut à l'époque exercer un droit de veto sur les décisions de Nogara. Dès sa prise de fonction, cet ancien vice-directeur d'une petite banque privée de la région du lac de Côme a montré ses talents. Il redresse d'abord, grâce au soutien de la Banque d'Italie, une dizaine de banques catholiques au bord de la faillite. En bon professionnel discret et silencieux, il spécule ensuite sur les devises étrangères et le cours des matières premières. Puis il place de l'argent dans des casinos ou de grosses firmes d'armement et n'hésite pas à prendre la majorité dans l'Institut pharmacologique Serono de Rome, premier producteur italien de produits contraceptifs ! Même la Seconde Guerre mondiale – époque austère où Pie XII écrit au dos d'enveloppes recyclées pour ne pas gaspiller de papier – n'arrive pas à freiner son inlassable activité.

À travers Nogara et des finances saines, la papauté entend restaurer la puissance de l'Église dans le monde. « En moins de quatre décennies, écrivent Paul Murphy et René Arlington, les actifs du Saint-Siège allaient être estimés à un montant supérieur aux réserves d'or de la Grande-Bretagne et de la France réunies [1]. » En 1952, l'*United Nations World Magazine* et le *Wall Street Journal* annoncent que les réserves d'or du Vatican s'élèvent à plusieurs milliards de dollars et qu'elles sont déposées à la Banque centrale des États-Unis. Preuve que, dès la fin des années 30, Bernardino Nogara a anticipé la Seconde Guerre mondiale et joué avec intelligence la carte américaine.

La liste des participations du Vatican dans des entreprises d'outre-Atlantique est alors impressionnante : Chase Manhattan Bank, Morgan Guaranty, Bankers Trust, General Motors, General Electric, TWA, IBM, Goodyear, Anaconda Copper, Firestone, Edison, les films Paramount ou même la Bank of America, que le Saint-Siège a contribué à fonder. Sur place, aux États-Unis, Nogara peut compter sur le soutien actif de Mgr Francis Spellman, archevêque de New York, futur cardinal, ami personnel de Pie XII, et surtout orfèvre incomparable dans l'art de récolter des fonds pour l'Église catholique romaine.

Mais le plus gros des avoirs du Vatican se trouve en Italie. Or, alors que Bernardino Nogara a pris sa retraite en 1954 (il mourra quatre ans plus tard, à 88 ans), le gouvernement italien décide de soumettre le Saint-Siège au régime fiscal ordinaire

1. In *La Popessa*, trad. de l'anglais (États-Unis) par F. Djibril, éditions Lieu commun, 1987.

des placements financiers. Un coup dur pour l'Église, qui pousse Paul VI à accélérer les réformes entamées et à « désitalianiser » son patrimoine. Une équipe de prélats quadragénaires prend la place des vieux administrateurs des temps de Pie XII et de Jean XXIII et commence à désengager méthodiquement le Vatican des grandes sociétés transalpines – comme le fabricant de pâtes Pantanella, la faïencerie Pozzi ou l'Immobiliare (la Société générale immobilière) – dans lesquelles il était majoritaire. De même, la papauté cède le contrôle du Banco di Roma, l'un de ses fiefs bancaires depuis soixante-dix ans.

La « désitalianisation » est menée tambour battant. Le pape se réjouit de ne plus être accusé d'influer sur la vie économique de la République transalpine et de ne pas se trouver impliqué dans les conflits sociaux souvent très durs orchestrés par des syndicats proches du puissant parti communiste italien. L'argent récupéré est réinvesti ailleurs dans le monde et selon des règles bien précises : pas de prises d'intérêts dans des sociétés pharmaceutiques, des industries d'armement ou toute autre entreprise pouvant créer des problèmes moraux au Saint-Siège. Outre les banques et les assurances, la téléphonie, le pétrole et le gaz attirent désormais en priorité les capitaux du Vatican.

Une grande partie du patrimoine du Saint-Siège n'en demeure pas moins dans l'immobilier, à Rome même, où l'Église possède au moins un quart de la superficie du centre historique. Lui appartiennent 425 édifices sur 1 203 (soit 41 % du total). On a coutume de dire qu'il y a eu dans l'histoire trois « sacs de Rome » : le premier en 410, avec l'entrée des Visigoths ; le deuxième en 1527, avec les lansquenets de Charles Quint ; le troisième, enfin, avec la mainmise du Vatican au XIXe siècle sur des quartiers entiers de la Ville Éternelle. La colossale fortune immobilière de la papauté à Rome remonte en effet à la veille de la canonnade de la Porta Pia et de l'occupation de la capitale par les Piémontais.

L'histoire est étonnante : un « génial » prêtre belge qui avait servi dans les troupes du pape Pie IX, François-Xavier de Mérode, fils du conte Félix, ministre du roi Léopold Ier et héros de l'indépendance de son pays, acheta à un prix dérisoire les terrains champêtres et verdoyants situés entre l'actuelle gare Termini et le Quirinal. Il était évident pour le prélat belge que la capitale italienne se développerait dans cette direction et que le Saint-Siège en tirerait profit. De fait, le jour même où les Piémontais s'emparèrent de Rome, ils en perdirent la zone la plus intéressante en termes d'expansion économique et urbanistique. L'habile Mgr de Mérode, qui avait agi comme prête-nom du Vatican, les avait devancés. Et, très vite, la Société générale immobilière devint le fer de lance d'une série d'opérations spéculatives. Ce n'est pas un hasard si, jusqu'au pontificat de Jean-Paul Ier, tous les papes veilleront à ce que le maire de la Ville éternelle soit un « ami » de confession catholique.

De surcroît, comme les accords du Latran interdisent à l'État italien de construire des bâtiments trop près du Saint-Siège (pour, dit-on, ne pas faciliter l'espionnage), les banquiers du Vatican saisissent l'occasion pour acheter – encore une fois à bas prix – les terrains qui entourent la pieuse enceinte. Ils y feront construire, grâce à l'Immobiliare, des immeubles de quatre à cinq étages destinés aux fonctionnaires du Vatican et aux membres de la Curie. Le cardinal Joseph Ratzinger y habitait encore en 2005, avant de devenir pape.

C'est dans les années 50-60 que la frénésie immobilière atteint son paroxysme. En 1958, le cadastre de la Ville éternelle indique que le Saint-Siège possède directement ou indirectement 58 millions de mètres carrés de terrain constructible. Comment, dans ces conditions, ne pas céder aux sirènes des promoteurs pour recueillir l'argent nécessaire aux bonnes œuvres ? Au sommet de la colline de Monte Mario, l'Immobiliare construira le gigantesque hôtel Hilton qui domine Rome. Plus bas, près du Colisée, le complexe des sœurs de Sainte-Marie-de-Lorette, destiné aux « jeunes femmes en danger », désireuses d'« abandonner leur vie licencieuse pour faire pénitence », sera démoli pour faire place à une banque. Ce ne sont que deux exemples parmi tant d'autres.

Le mouvement touche même Jérusalem, où l'ordre des Assomptionnistes manque de céder au gouvernement israélien la très stratégique auberge Notre-Dame-de-France, qui accueille les pèlerins français sur la plus haute colline de la Ville sainte. Le Vatican devra mener une longue bataille juridico-politique pour empêcher la vente en vertu du droit canon qui interdit ce genre de transaction sans son aval. Cela n'empêche pas l'Église, en Italie, de continuer à se séparer de certains « bijoux de famille ». La crise des vocations sacerdotales accélère le phénomène : une dizaine d'institutions religieuses vides (ou presque) sont cédées pour être transformées en immeubles d'habitation, en hôtels, voire en casernes.

À la fin des années 60, Paul VI « le réformateur » crée donc l'Apsa, rationalise, vend si nécessaire et coupe dans les dépenses. Pour limiter la pompe et les fastes, il décapite certains corps afin de « donner la préférence à ce qui est essentiel et vital » dans « les institutions et les coutumes de l'Église ». Le concile Vatican II – avec ses nombreuses sessions, l'essor de l'Église sur les cinq continents et la création de nouvelles nonciatures – a coûté cher, très cher, et il faut bien faire des économies quelque part. Certaines charges, surtout laïques, disparaissent, « comme le grand maître du saint Hospice, l'écuyer majeur, le surintendant général des postes, le porteur de la rose d'or, le secrétaire d'ambassade, l'échanson, les curseurs apostoliques et les *scopatori segreti* [1] ». Ces *scopatori segreti* ou « balayeurs secrets » sont, en vérité, des valets de chambre.

Le pape donne congé à la noblesse romaine puis, un peu plus tard, il met un terme à la mission de la Garde d'honneur, de la Garde palatine et supprime la charge de maréchal de la Sainte Église qui ne correspondent plus « aux nécessités pour lesquelles elles ont été instituées ».Tout cela peut paraître anecdotique ou dérisoire. Mais ce « grand dépoussiérage » s'accompagne surtout d'une autre révolution : le cardinal vénézuélien Rosalio Castillo Lara, « grand argentier » de Paul VI,

1. Bernard Berthod et Pierre Blanchard, *op. cit.*

annonce que les participations financières du Vatican ne dépasseront plus désormais 7 % du capital d'une société.

Certes, le Saint-Siège ne renonce pas à son portefeuille de valeurs mobilières et immobilières, mais celui-ci est redéployé et administré autrement. Des documents comptables sont enfin publiés (il n'y en avait plus depuis 1870) et des hommes nouveaux arrivent. Le pape s'efforce de donner des gages aux « chrétiens de gauche » et à cette frange de jeunes catholiques « jusqu'au-boutistes » qui veulent appliquer les Évangiles à la lettre. Certains d'entre eux finiront dans les rangs des Brigades rouges. Parmi eux, le fils de l'ancien porte-parole du Vatican Alessio Casimirri, qui après avoir participé à l'enlèvement d'Aldo Moro se réfugiera au Nicaragua, où il vit encore [1].

***

L'annonce de la faillite d'une des banques privées de Michele Sindona met un terme à l'âge d'or des finances vaticanes. L'affaire éclate au grand jour en 1974, alors que le gouvernement de l'Église avait effectué une part importante de ses placements auprès de cette banque. Sindona est un avocat sicilien devenu banquier qui travaille pour l'IOR depuis 1965, avec la pleine confiance de son directeur, Mgr Paul Casimir Marcinkus, un prélat américain venu de l'Illinois, catapulté par Paul VI à ce poste ô combien sensible.

Les paradis fiscaux et les sociétés-écrans n'ont pas de secrets pour le banquier sicilien aux manières affables. Il jongle avec la Bourse et les devises comme avec l'argent des autres. À ses débuts, il avait racheté deux banques milanaises, la Banca Unione et la Finanzaria Banca Privata, grâce aux dépôts de leurs clients. Un joli tour de passe-passe. L'extraterritorialité de l'IOR et ses opérations sans justifications commerciales sont aussi la porte ouverte au blanchiment de l'argent sale. Sindona

1. Voir la partie « La presse et les messagers de Dieu » du chapitre 4, p. 189.

cultive les relations troubles mais, dans les premières années, le Saint-Siège n'a qu'à se louer de ses talents.

Le grand rêve de l'avocat sicilien est de s'offrir une banque américaine ayant pignon sur rue à Manhattan, la Franklin National Bank. Ce rêve causera sa fin. Deux ans après le rachat de cet établissement, en 1972, il est arrêté aux États-Unis pour activités frauduleuses et condamné à vingt-cinq ans de prison ferme. Pour effacer une partie de la colossale ardoise laissée par le banquier sicilien, le Vatican est obligé de débourser 30 millions de dollars. La belle époque de Bernardino Nogara est loin !

Quelques mois passent et voici que l'Italie réclame Sindona : il est soupçonné, en effet, d'avoir engagé un tueur à gages pour liquider un avocat gênant. La justice américaine l'extrade dans la péninsule en 1984. Deux jours plus tard, dans le plus pur style *mafioso*, le banquier sicilien meurt dans sa cellule en buvant un café au cyanure. Le juge chargé de l'enquête conclura au suicide ; sans convaincre personne.

Il s'est écoulé dix ans entre l'arrestation de Michele Sindona aux États-Unis et sa mort dans une prison italienne. Dix ans pendant lesquels le Saint-Siège n'est pas resté immobile. À l'automne 1978, lors du conclave qui élit Jean-Paul II, l'ensemble des cardinaux est informé de la gravité de la situation. Et, pour la première fois dans l'histoire de l'Église, le Sacré Collège est convoqué en 1979 pour parler finances et « linge sale ». Il faut dire que cette année 1979 est particulièrement lourde : le journaliste Mino Pecorelli, le procureur Giorgio Ambrosoli, le lieutenant-colonel Antonio Varisco et le surintendant des forces de police de Palerme, Boris Giuliano, sont abattus les uns après les autres. Or, tous enquêtaient sur les forces obscures gravitant autour de Michele Sindona et du Vatican.

Lors d'un grand congrès sur « l'argent et la conscience chrétienne », Romano Prodi, futur président du conseil italien, s'exclame en citant l'évangile selon saint Marc : « L'argent n'est que le crottin du diable ! » Ce à quoi le cardinal Giacomo Biffi, archevêque de Bologne, répond du tac au tac : « Vous avez raison, mais le crottin du diable peut aussi engraisser les champs du Seigneur ! »

Jean-Paul II constitue en 1981 une commission de quinze cardinaux, tous choisis hors de la Curie, pour étudier « les problèmes relatifs à l'organisation administrative et à la situation financière du Saint-Siège ». En 1984, le Concordat signé avec la République italienne cinquante-cinq ans plus tôt est révisé. Le nouvel accord prévoit que le Trésor italien ne payera plus de salaires aux membres du clergé local (le catholicisme n'est plus religion d'État), mais qu'un pourcentage de l'impôt sur le revenu sera versé en compensation à l'Église de Rome au *prorata* du nombre de contribuables déclarant leur religion.

L'équilibre des comptes n'en est pas moins difficile à tenir. Les charges sont lourdes, le nombre des fonctionnaires s'accroît et le Vatican est sans doute le seul pays au monde à dépenser sans rien produire, excepté des livres, des timbres, de la paperasserie. Et des ordures. Chaque jour, 4 tonnes d'ordures partent de ses murs pour la décharge de Malagrotta, au nord de Rome, soit 8 kilos par tête. Un chiffre qui mériterait de figurer dans le *Guinness* des records, comme les coûts de restauration des trésors du Vatican : l'entretien d'une seule des 284 colonnes du Bernin, sur la place Saint-Pierre, coûte 3 000 euros par an !

La commission des quinze cardinaux finit par pointer, en 1987, l'existence d'une crise fondamentalement structurelle [1]. D'où un appel aux quelque 3 000 évêques pour rappeler au clergé et aux fidèles « le sens de la communion et de la collégialité... même en ce qui concerne les organismes du gouvernement central de l'Église ». L'appel est entendu. Les catholiques mettent la main à la poche et les « deniers du culte » affluent. Entretemps, le Vatican s'est séparé de 280 000 hectares de terres agricoles – dont les revenus étaient trop maigres – pour renflouer ses coffres.

1. Bulletin économique et financier de la Banque internationale de Luxembourg, n° 47, 1996.

Après la période de « moralisation » initiée par Paul VI, puis le choc provoqué par l'affaire Sindona, il s'agit de combler les déficits. Car un nouveau scandale a secoué le Saint-Siège au plus mauvais moment : le krach du Banco Ambrosiano. Son vice-président, Roberto Calvi, a été retrouvé pendu en 1982 sous un pont de Londres (le pont des « Frères noirs », tout un symbole !). Quand il éclate, ce sombre fait divers met doublement en péril l'Institut des œuvres de religion : d'une part, parce que la banque du Vatican possède des parts importantes dans l'Ambrosiano ; d'autre part, parce que Roberto Calvi est l'un des principaux conseillers de Mgr Marcinkus, à qui il avait été présenté en 1971 par un certain Michele Sindona...

Ce Milanais né en 1920, petit employé moustachu devenu patron du Banco Ambrosiano grâce à ses amitiés douteuses (parrains de la mafia, trafiquants de drogue, francs-maçons de la loge P2), place l'IOR et le Vatican au centre d'une tempête dont ils se seraient volontiers passés. Via une filiale luxembourgeoise, Roberto Calvi avait décidé la création de dix sociétés fantômes domiciliées dans des paradis fiscaux. L'opération visait à racheter les titres émis par le Banco Ambrosiano pour en faire grimper le cours. Mais le montage est découvert et Calvi demande à l'IOR de se porter « caution morale ». Mgr Marcinkus accepte, étant entendu que Roberto Calvi est le seul responsable des dettes contractées. La mort de ce dernier à Londres et la faillite de sa banque poussent alors les créanciers à se retourner contre le centre de l'Église. Il en coûtera au Saint-Siège près de 240 millions de dollars.

La justice de Milan lance contre Mgr Marcinkus un mandat d'arrêt pour « concours en faillite frauduleuse » et condamne, entre autres, deux dirigeants de la loge P2 et le chef d'entreprise Carlo De Benedetti. Mais celui que l'on surnomme « le banquier de Dieu » ou « le Requin de bénitier » est épargné. La Cour de cassation annule le mandat d'arrêt dirigé contre lui au motif que le territoire du Vatican échappe à la juridiction italienne. Mgr Marcinkus capte le message et évitera, dès lors, de se rendre dans la « garçonnière » de la villa Stricht, à Rome, où résident les prélats américains. Il préfère se cloîtrer dans la pieuse enceinte. Il sera néanmoins innocenté par une enquête interne conduite par un père jésuite et cinq banquiers de renom. Le banquier de Dieu restera dans la Ville Éternelle jusqu'en 1990, avant de se retirer, très discrètement, dans son pays natal, les États-Unis.

***

Qui était vraiment Paul Casimir Marcinkus ? Ce personnage étonnant, presque incongru dans le monde précautionneux du Vatican, mérite qu'on s'attarde un peu sur lui. Né à Cicero, dans le même quartier de Chicago qu'Al Capone, il ne connaît pas grand-chose au monde de l'argent quand le Saint-Père le nomme à la tête de l'IOR. « Comme banquier, il est inculte ! » dira même de lui Michele Sindona. De fait, ce grand gaillard athlétique s'en remettra avec constance à des hommes qui se révéleront être des escrocs. À sa décharge, disons qu'il n'a pas agi pour s'enrichir personnellement. Mgr Marcinkus est mort modestement le 21 février 2006, à l'âge de 84 ans, dans la petite maison de Sun City où il avait pris sa retraite, bourgade perdue au milieu du désert de l'Arizona.

À l'époque où il est le puissant patron de la banque du Vatican, régnant sur des milliards de dollars, il est surtout connu pour ses talents de garde du corps et de golfeur. Un polo rouge sur le torse, des pantalons blancs assortis à ses chaussures à clous, une casquette à visière sur le crâne, la pipe au bec, on peut l'apercevoir parcourir les fairways de l'Acqua Santa, le plus ancien club de golf de la Ville éternelle, en guidant d'une main légère son caddy électrique. Handicap 5, il peut boucler les 18 trous du parcours de 5 000 mètres en 76 coups (par 71) s'il est en forme. Il joue généralement seul, tôt le matin, entre 8 h 30 et 11 h 30, pour ne pas être dérangé. « C'est plus relaxant », dit-il. Mais avec son 1,91 mètre, sa dégaine de cowboy et ses tenues décontractées, il ne peut pas passer inaperçu.

Ses origines parlent d'un père pauvre et d'un protecteur au bras long. Cinquième enfant d'un émigré lituanien laveur de vitres à Cicero, Paul Casimir Marcinkus a pu entrer à l'école des diplomates du Saint-Siège avec l'aide du cardinal archevêque de Chicago, Samuel Stricht, grand bienfaiteur de l'Église catholique romaine à l'instar de Mgr Spellman. Jusque-là, ordonné prêtre à 25 ans davantage par discipline que par vocation, il végétait au tribunal ecclésiastique de son diocèse.

« À lire tous ces livres qui parlent de moi, on a l'impression que j'ai été élevé dans la rue par Al Capone, à cause de Cicero », déclare-t-il en 1989 dans une de ses rares interviewes [1]. C'est faux, puisqu'il est entré au petit séminaire à 13 ans. « Les gens n'imaginent pas ce que ça veut dire, confie-t-il. J'étais jeune pour décider d'être prêtre [...]. C'était très strict et ceux d'entre nous qui voulaient sortir et qui avaient tout le temps des rencards, eh bien, il fallait qu'ils se décident : c'était ça ou la porte. On ne joue pas avec le feu quand on ne veut pas se faire brûler ! » Avant de concéder : « Une fois de temps en temps, je sortais une fille... »

Grâce à son protecteur haut placé, ses notes correctes, son physique impressionnant et ses succès sportifs (« J'ai besoin de faire de l'exercice physique, dit-il, c'est juste pour extirper ce qu'il y a de mauvais en moi »), Paul Marcinkus sort donc du lot. On le remarque, il trace sa route, on l'invite ici et là. Les Rockfeller et les Kennedy le recevront à leur table. Pour sa première expérience de diplomate, il s'en va en Bolivie. Là, il trouve un deuxième protecteur en la personne du nonce, Mgr Egidio Vagnozzi, futur cardinal et futur « ministre des Finances » du Vatican. C'est Mgr Vagnozzi qui le fait venir à Rome en 1959, après une brève mission au Canada. À la mort de Jean XXIII, en 1963, il figure parmi les jeunes prélats de la secrétairerie d'État les plus en vue.

Puis Paul VI devient pape. Soucieux de prendre son bâton de pèlerin pour courir le monde et prêcher la bonne parole, il cherche un diplomate énergique et anglophone pour organiser ses périples. Son choix se porte alors sur Paul Marcinkus qui,

---

1. John Cornwell, *Comme un voleur dans la nuit*, trad. de l'anglais par B. Lacroix, Robert Laffont, 1989.

très vite, montre son efficacité et son sens inné de l'organisation. C'est aussi un garde du corps précieux puisqu'il sauve le pape d'une tentative d'assassinat au couteau en 1970 à Manille. Du coup, séduit par la force et la maîtrise du personnage, Paul VI le nomme à la tête de l'IOR. L'intéressé s'exclamera d'emblée : « Mais je suis incompétent ! » Il obéira quand même et, après un stage de quelques jours à Wall Street, il prendra ses fonctions. « Je suis très méthodique et, vous savez, j'ai une excellente mémoire. Et c'est peut-être pour ça que le pape a pensé que j'étais le type qu'il fallait à ce poste, pour vraiment bien organiser les affaires. Quant à mon expérience financière, eh bien, disons que j'avais l'habitude de compter le produit de la quête du dimanche et que je ne me suis jamais trompé ! »

Les débuts de Mgr Marcinkus à l'IOR sont fulgurants. Les vétustes locaux de l'établissement sont transformés en bureaux modernes avec ordinateurs, systèmes d'alarme, fauteuils en cuir, etc. Les vieilles tapisseries sont décrochées des murs et les prélats en soutane semblent avoir disparu des locaux. Le nouveau patron se permet même de nous recevoir, nous, journalistes, en fumant le cigare et en allongeant ses jambes sur son bureau, affirmant bien fort qu'« on ne peut pas gérer l'Église à coups de "je vous salue Marie" ! » Tel est Mgr Marcinkus, Yankee jusqu'aux bouts des ongles, dont la devise épiscopale latine signifie « Je sais en quoi je crois. »

« Le Requin de bénitier » croit-il vraiment en quelque chose ? L'inévitable question se mettra à circuler avec insistance quand les ennuis commenceront à s'amonceler au-dessus de sa tête. Il fera alors sien cet aphorisme de saint Thomas d'Aquin : « C'est un miracle qu'une bonne réputation reste intacte aux yeux de tous. Et c'est un miracle que Dieu ne fait pas ! »

Mgr Marcinkus ne reconnaîtra jamais une quelconque responsabilité dans les mésaventures de l'IOR ou le krach de l'Ambrosiano, même si, comme nous l'avons vu, le Vatican a dû verser 240 millions de dollars par « souci de conciliation » à certains ayant droits, après d'épuisantes négociations menées à Genève. Roberto Calvi ? « Je l'ai rencontré deux ou trois fois, dit-il en tirant sur sa pipe. J'ai déjeuné avec lui une fois ; une autre fois j'ai prononcé une bénédiction pour un édifice, à sa demande. Mais je n'ai jamais vraiment fait sa connaissance ; je ne suis jamais allé chez lui, ni rien de pareil. J'ai passé un maximum de neuf heures avec lui dans ma vie entière ! »

L'élection du cardinal Luciani sur le trône de saint Pierre, le 26 août 1978, n'est pas une bonne nouvelle pour le prélat américain. En 1972, alors qu'il était patriarche de Venise, Albino Luciani s'était plaint de la vente par l'IOR de la Banque catholique de Vénétie à l'Ambrosiano de Roberto Calvi. Paul VI l'avait renvoyé vers Mgr Marcinkus, qui l'avait plus ou moins poliment éconduit. Devenu pape sous le nom de Jean-Paul Ier, le « gentil » Albino Luciani aurait-il eu l'intention de se séparer du banquier de Dieu dont l'odeur de soufre ne lui était pas particulièrement agréable ? Des rumeurs ont couru. Pour Mgr Marcinkus, « ce ne sont que pures inventions ».

La mort subite du pape, après trente-trois jours de règne seulement, laisse le trône vacant. Mort naturelle, assassinat ? Le directeur de l'IOR hausse les épaules : « Ce pauvre pape Jean-Paul Ier... Il venait d'un tout petit diocèse, Venise. C'est un petit diocèse de vieux, 90 000 âmes en ville et des prêtres âgés. Et voilà que, tout à coup, il est précipité ici, et il ne sait même pas où sont les bureaux. Il ne sait pas à quoi sert la secrétairerie d'État... On l'appelait "le pape sourire"... Mais laissez-moi vous dire quelque chose... C'était un sourire très crispé. »

Mgr Marcinkus poursuit ses explications. À Venise, Jean-Paul Ier avait l'habitude de faire sa petite sieste l'après-midi. Quand il avait envie de se promener sur la place San Marco, il se levait et partait. Au Vatican, rien de tout ça. Tout remontait à lui et il devait s'occuper de tout. La pression était intense, sa santé s'était dégradée et le cardinal dit qu'il peut « comprendre ce qui est arrivé... » Avant de lancer d'un ton péremptoire à l'intention des colporteurs de ragots sur un possible assassinat : « Ces gens-là déménagent [1] ! »

1. *Idem.*

Le véritable adversaire de Mgr Marcinkus, durant ces semaines agitées, est le cardinal Benelli, archevêque de Florence, ex-numéro 2 de la Curie. Il aurait pu devenir pape à la mort de Paul VI et la mort de Jean-Paul Ier lui offre une seconde chance. Or, il n'aime guère le natif de Cicero et ne s'en cache pas. Mais le banquier de Dieu résiste à tout comme le diamant. L'élection de Karol Wojtyla lui donne une bouffée d'oxygène. Les deux « Slaves » s'entendent bien. Mgr Marcinkus s'occupera des voyages de Jean-Paul II, comme il l'avait fait avec Paul VI, et il conserve son poste à l'IOR.

Surtout, le prélat d'origine lituanienne s'investit à fond dans le soutien apporté par le Vatican aux mouvements dissidents d'Europe de l'Est, notamment le syndicat polonais Solidarnosc. L'appui des Américains est acquis avec la présidence de Ronald Reagan. D'ailleurs, en avril 1984, les États-Unis et le Saint-Siège rétabliront leurs relations diplomatiques officielles après cent dix-sept ans d'interruption.

Il continue de jouer au golf, se rendant à l'Acqua Santa au volant de sa vieille voiture. Un bon sport pour apprendre à maîtriser ses nerfs et Dieu sait s'il en aura eu besoin pendant les tempêtes soulevées par les affaires Sindona et Calvi ! « Le Requin de bénitier » se retirera finalement sur la pointe des pieds à 70 ans quand Jean-Paul II fera disparaître la fonction de « président de l'IOR » de la nouvelle organisation entérinée par la commission des quinze cardinaux chargés d'examiner chaque année les comptes du Saint-Siège. Il s'éteindra seize ans plus tard, en 2006, dans sa modeste maison de Sun City. Pas une ligne sur sa mort dans *L'Osservatore Romano*. Pas un mot de Benoît XVI.

Le pape actuel, dit-on, ne s'est jamais intéressé aux affaires financières de l'Église.

Un peu de social

Depuis le 1er janvier 2009, malgré les protestations indignées de quelques ecclésiastiques trouvant ces contrôles offensants, tous les membres de la Curie romaine doivent pointer et sont notés comme des collégiens. Cette décision vise à réprimander les fainéants et à encourager les fonctionnaires les plus zélés ou efficaces (parfois les deux à la fois), sans distinction de prêtres, d'évêques ou de laïcs, qu'ils travaillent pour le Saint-Siège ou le gouvernorat de la Cité du Vatican.

L'idée en revient au cardinal Attilio Nicora, président de l'Apsa et « ministre des Finances » de Benoît XVI. Pour Mgr Nicora, les augmentations de salaire ne doivent plus, en effet, être liées à un système rigide d'avancement par l'âge, mais dépendre du mérite, ce qui signifie faire la chasse à l'absentéisme chronique des uns et à la paresse ou l'oisiveté des autres. Au badge électronique de couleur bleue dont tous les employés doivent être munis pour accéder au Vatican s'ajoute donc une sorte de « carnet de notes ».

« Nous ne pouvons pas nous permettre de garder des employés qui ne font pas leur travail, explique Mgr Renato Boccardo, secrétaire général du gouvernorat du Vatican. Il y a énormément de travail et la situation financière actuelle ne nous permet pas d'embaucher du personnel supplémentaire. » Ponctualité et assiduité doivent ainsi redevenir les deux mamelles du personnel de la pieuse enceinte.

Les notes attribuées aux membres de la Curie romaine le seront annuellement selon un barème précis. Sous les colonnes « dévouement », « professionnalisme », « rendement » et « exactitude », les chefs de service devront cocher les cases « optimum », « bon », « moyen » et « insuffisant ». Une « évaluation globale » sera ensuite donnée et l'insuffisance pourra, selon le règlement, « déterminer le début d'une procédure de réduction de salaire, voire de licenciement. »

Le « carnet de notes » existe en réalité depuis 1995. Mais, jusque-là, seuls les employés du gouvernorat de la Cité du Vatican – bref les purs administratifs – y étaient soumis. Dans le règlement général de la Cité, l'article 17 précise que « chaque chef de service doit informer tous les semestres par écrit son directeur du comportement, du rendement et des qualités professionnelles de ses subordonnés. » Selon le même règlement, tout employé du Vatican doit signer un document qui prévoit son renvoi s'il ne respecte pas la foi et la morale catholiques, s'il ne se marie que civilement, s'il divorce, s'il recourt à la contraception ou s'il a des rapports extraconjugaux.

La précédente réglementation prévoyait le licenciement automatique pour tout employé encarté au Parti communiste. Mais, depuis la chute du mur de Berlin, l'éclatement de l'Union soviétique et la mise au pas des partis communistes en Europe, le Vatican se contente d'interdire à ses employés d'« adhérer à des institutions ou des associations dont les objectifs sont incompatibles avec la doctrine et la discipline de l'Église » et de « poursuivre des activités ou participer à des manifestations qui ne conviennent pas au statut de collaborateur du Siège apostolique. ».

Parmi ces activités « qui ne conviennent pas » figurent le militantisme syndical et la grève. Si les papes, à diverses reprises, ont manifesté leur fibre sociale dans des encycliques fameuses, si Jean-Paul II a reconnu le droit de grève tout en le qualifiant de « moyen extrême », les plus hauts dirigeants de l'Église se voient parfois reprocher de ne pas mettre leurs paroles en accord avec leurs actes quand il s'agit de leurs employés.

Dans l'histoire du Vatican, le premier syndicat – ou embryon de syndicat – est fondé en 1979 par Mariano Cerullo, un technicien de Radio Vatican, sous le nom de « Mouvement du 24 juillet ». Deux ans plus tard, Jean-Paul II signe l'encyclique sur le travail humain *Laborem exercens* (« C'est par le travail ») et désire la voir s'appliquer. Pourtant, faute de dialogue, des fonctionnaires laïcs décident de cesser le travail pour protester contre des salaires trop bas. La grève – la première du genre – éclate le 14 juin 1982. Une grève discrète, presque invisible. Même le courrier est distribué ! Cependant, c'est un premier pas.

La deuxième grève, elle, passe moins inaperçue car elle est plus médiatisée. Mariano Cerullo, qui a créé l'ADLV (Association des travailleurs laïcs du Vatican), est toujours à la barre. Le 29 février 1988, il convainc 1 800 employés (poste, radio, musées, imprimerie, etc.) de se croiser les bras – au moins symboliquement – pour protester contre la mauvaise concertation sociale et le système de rémunération en vigueur. La grève est suivie à 90 % et l'écho dans la presse internationale est énorme.

Le secrétaire d'État du pape, Mgr Agostino Casaroli, s'indigne. La veille, il avait écrit une lettre personnelle à Mariano Cerullo pour le mettre en garde : « Une grève injustifiée, bien qu'observant des modalités particulières comme dans le cas présent, ne peut que créer des désordres inutiles dans l'opinion publique chrétienne et s'avérer nuisible à l'œuvre du Saint-Siège. » Avant de conclure : « La gravité d'une telle initiative n'échappera à personne. » L'archevêque belge Jan Schotte, responsable d'une commission pour la réorganisation économique de la Curie, parle de son côté d'une grève « injustifiable ». Pour lui, « le travail au service du Siège apostolique n'est pas comparable au travail dans la société civile. Non seulement en ce qui concerne le but poursuivi, qui est religieux et spirituel, mais aussi pour ce qui a trait aux moyens dont il dispose. »

Tout juste un an après ce petit séisme social, Jean-Paul II institue l'Office du travail du Saint-Siège pour, explique-t-il alors, « que soit effectivement honorée la dignité de chaque collaborateur; que soient reconnus, défendus, harmonisés et promus les droits économiques et sociaux de chaque membre; et que soient toujours fidèlement accomplis les devoirs respectifs de chacun. » L'ADLV est reconnue, mais toutes les revendications ou demandes de conciliation doivent désormais passer par le nouvel Office du travail. De plus, sans jamais utiliser le mot « grève », le pape stipule clairement qu'au Vatican « le recours à des moyens de revendication par force n'est pas concevable. »

Plus aucune grève n'a eu lieu au Vatican depuis 1988 et aujourd'hui si l'Association des travailleurs laïcs n'a pas fermé ses portes, elle végète un peu. Réduite à un petit club de syndicalistes persévérants, elle hausse la voix de temps en temps, comme en 1992, pour réclamer des congés maternité et des crèches pour le personnel féminin. Mais comme il y a une grande majorité de religieuses parmi les femmes employées au Saint-Siège, la revendication est tombée à l'eau... L'ADLV ronge donc son frein et la Curie lui préfère naturellement l'Office du travail pour arbitrer les rares conflits professionnels.

S'il est un domaine, en tout cas, où le pape et ses collaborateurs veulent se montrer irréprochables, c'est celui des cotisations sociales et des retraites. Déjà, lorsqu'il dirigeait les finances du Vatican, Mgr Marcinkus y veillait de près. La tradition continue. Le Saint-Siège a déboursé en 2007 pour ses 929 retraités la somme de 18,2 millions d'euros et payé 24,6 millions de cotisations sociales pour ses 2 748 employés. Le gouvernorat du Vatican, lui, a dépensé la même année 11,8 millions pour ses 567 retraités et versé 10,6 millions de cotisations sociales pour ses 1 795 salariés.

Ce sont des sommes élevées au regard des moyens du Vatican. Mais, comme le disait Mgr Marcinkus, dans son parler rugueux, « quand on a des gens qui travaillent pour soi, surtout de nos jours, on a l'obligation de penser à leur retraite et à toutes ces choses-là... »

Les fléaux de la balance

Un procès singulier, celui de « la bande des téléphonistes », s'est tenu du 13 au 18 mai 1971 au Vatican. Singulier ni en raison du délit jugé, ni à cause de la personnalité des inculpés, mais tout simplement parce qu'il s'agit du seul procès pénal vraiment public – il n'y en a pas eu d'autres depuis – instruit dans la pieuse enceinte. Il s'est déroulé en présence d'une quinzaine de personnes, dont quelques journalistes triés sur le volet, dans le minuscule tribunal situé à deux pas de la basilique Saint-Pierre. Une citation latine, peinte sous un crucifix, en rappelle l'inauguration en 1931 par le pape Pie XI : *Pius XI Pont.*

Max. Civitate Vaticana condita Publicis privatisque rebus judicandis liberaliter adornavit Anno 1931 Sacri princ. X. (En 1931, dans la dixième année de son pontificat, le souverain pontife Pie XI a généreusement fait bâtir cet édifice dans la Cité du Vatican pour juger des affaires publiques et privées.)

Pour les quatre inculpés qui n'en mènent pas large dans le prétoire, tous les malheurs remontent au 31 juillet 1969. Une chaleur étouffante règne ce jour-là sur Rome. Les vigiles du Vatican cherchent en vain un peu d'ombre et de fraîcheur près des grandes tentures qui, le long des loges de Raphaël, protègent les œuvres du peintre d'Urbino et de ses élèves. Il n'y a pas encore d'air conditionné dans le palais pontifical et une atmosphère de somnolence généralisée plane sur la pieuse enceinte. Devant les appartements privés du pape, au troisième étage, pas âme qui vive. Les hallebardiers de la garde suisse chargés de la surveillance des lieux ont suivi le Saint-Père, deux semaines plus tôt, dans sa résidence d'été de Castel Gandolfo. Tout est vide et assoupi. Aucun pas ne résonne dans les vastes couloirs du palais transformé en château de la Belle au Bois dormant.

Giancarlo Casale, 45 ans, chef d'équipe à la centrale téléphonique du Vatican, a convoqué trois complices à 16 heures précises. Il n'y a personne en vue. Les quelques prélats restés entre les quatre murs du plus petit État du monde s'adonnent à leur sacro-sainte sieste. Quant aux deux agents de la *vigilanza* supposés faire une ronde au troisième étage du palais pontifical, ils ont accepté de fermer un œil – même les deux – sur ce qu'ils ne devraient pas voir. Casale et ses hommes (Raffaele Saliani, Giovanni Cimaomo et Giovanni Manupelli, tous employés à la centrale) font sonner les téléphones dans les appartements privés du pape. Personne ne répond. C'est la preuve que la voie est libre. Ils n'en sont pas à leur coup d'essai. L'année précédente, déjà en plein été, ils s'étaient introduits dans les appartements du pape et avaient dérobé quelques médailles sans que personne, apparemment, s'en émeuve.

Ils connaissent d'autant mieux les lieux qu'ils ont été amenés récemment à vérifier l'ensemble des installations téléphoniques du pape et de ses collaborateurs et à remettre de l'eau distillée dans la batterie d'un système de connexion autonome. Ils ont pu procéder à un repérage minutieux des bureaux, chambres ou corridors et possèdent un double de la clef de l'ascenseur privé du souverain pontife qui permet d'accéder à ses appartements. Tout est en ordre : ils vont réussir le « casse » du siècle !

Écoutons à ce stade le témoignage à la barre du prévenu Giovanni Manupelli : « Arrivés au troisième étage, nous avons ouvert la grille avec la clef. Pas d'agents de la *vigilanza* en vue. Il nous fut facile de poursuivre notre chemin car toutes les autres portes étaient ouvertes. Nous avons traversé l'appartement privé du pape et d'autres pièces, dont je ne me souviens plus, pour arriver dans le studio du secrétaire privé du Saint-Père, don Pasquale Macchi, sans rencontrer personne. Là, chez don Pasquale Macchi, mes compagnons ont commencé à ouvrir les tiroirs d'un meuble bibliothèque sans avoir à casser de serrures. J'ignore comment ils savaient que s'y trouvaient des choses de valeur, mais ils ont rempli des sacs. J'étais terrorisé. Puis je me suis dit que j'étais impliqué dans l'affaire jusqu'au cou, moi aussi, et j'ai volé sept ou huit étuis sans même regarder ce qu'ils contenaient... Peut-être des bagues et des anneaux, mais je ne les ai jamais ouverts ! Je n'ai rien pris d'autre et j'ignore ce que mes compagnons ont dérobé. »

L'accusé poursuit : « Pour sortir, nous avons encore utilisé l'ascenseur jusqu'au jardin suspendu planté à la demande de Paul VI sur le toit du palais. De là, par une petite fenêtre, nous avons sauté sur une terrasse et, après avoir escaladé un mur de 80 centimètres de haut, nous nous sommes retrouvés au-dessus de l'appartement du cardinal Mario Nasalli Rocca, préfet de la Maison pontificale. Ensuite, en franchissant une petite porte de fer forgé, nous avons atteint les combles du palais et sommes revenus au troisième étage. Là, j'ai pris l'ascenseur officiel qui descend jusqu'à la cour Saint-Damase, tandis que mes complices rejoignaient la cour du Belvédère par les escaliers. Je me suis séparé d'eux après avoir confié mes étuis à Giancarlo Casale pour qu'il les revende. Pour le premier vol commis en

1968, j'avais touché 200 000 lires. Pour celui-là, j'en ai reçu 400 000. Casale m'a dit qu'il n'avait pas pu obtenir davantage à cause des poinçons pontificaux qui l'avaient obligé à vendre le butin à des receleurs comme du vieil or. »

Dans sa confession, Giovanni Manupelli affirme que le double des clefs de l'ascenseur privé du pape – un « double de sécurité » – lui avait été confié de bonne foi par un pompier et qu'il le lui aurait rendu après le cambriolage. Il n'est fait aucune mention de ce « prêt » dans les registres des vigiles du feu. Alors de deux choses l'une : ou bien Manupelli affabule, ou bien un pompier s'est fait complice de « la bande des téléphonistes » comme les deux agents de la *vigilanza*. Quand le « promoteur de justice » du Vatican, sorte d'avocat général, met le nez de l'accusé dans ses contradictions, ce dernier fond en larmes. De longs sanglots intarissables. « Dans ma cellule disciplinaire, avant le procès, j'ai failli me suicider en me plantant une fourchette dans le cœur, gémit-il. Du coup, on m'a supprimé les couverts ! »

Le procès tourne à la tragi-comédie. Le président Pio Ciprotti, célèbre professeur de droit canonique, assisté de deux autres juges, demande à Manupelli de clarifier les points obscurs de l'affaire et de s'expliquer sur un mystérieux message lui intimant de « téléphoner à l'école. » L'accusé explique qu'il a simplement téléphoné à son frère, atteint d'une grave maladie, dans le collège où il travaille et se remet à pleurer en tremblant de tout son corps, comme frappé d'une crise nerveuse. Sur leurs sièges en acajou marqueté, les juges hochent la tête. L'audience est suspendue.

Le 18 mai, finalement, le tribunal se retire pour délibérer. Le président revient au bout de deux heures pour lire le verdict au nom du pape régnant et de la Sainte Trinité, ainsi que le veut la tradition judiciaire vaticane. Les accusés Casale et Manupelli sont reconnus coupables de vol aggravé et condamnés à trois ans de prison. Manupelli obtient les circonstances atténuantes et voit sa peine réduite de moitié. Raffaele Saliani, innocenté pour le vol, est condamné pour recel à neuf mois de prison avec sursis. Giovanni Cimaomo, enfin, est condamné lui aussi avec sursis pour recel et détention de pistolet. Les enquêteurs ont pu établir, en effet, que « la bande des téléphonistes » était entrée armée dans les appartements du souverain pontife.

Pour la forme, leurs avocats feront appel de ce verdict. Mais comme Paul VI, dans sa grande clémence, leur accordera sa grâce, Casale et ses complices n'auront même pas à repasser devant les tribunaux. Ainsi va la justice du Vatican, plus habituée à traiter des dossiers comme les annulations de mariage, les violations de lois ecclésiastiques ou les contentieux entre congrégations que les affaires de cambriolage.

Une analyse statistique conduite en 2006 par le promoteur de justice Nicola Picardi, révèle des surprises. Alors que le rapport en Italie (59 millions d'habitants) entre population et procès civils est de 5,1 %, il est au Vatican (556 citoyens) de 98,7 % ! Et, pour les procès pénaux, ce rapport est de 9,7 % en Italie et de 95,9 % au Vatican. En somme, le très pacifique État du pape serait l'un des plus procéduriers du monde avec ses centaines de procès par an (1700 rien qu'en 2007 !). En fait, les choses sont un peu différentes : les cas concernant les habitants du Vatican étant très peu nombreux (à peine 1 %), ce sont les 18 à 20 millions de touristes et pèlerins transitant chaque année par la basilique Saint-Pierre ou les musées du Vatican qui gonflent les pourcentages avec, en plus, les affaires transmises par les diocèses du monde entier.

Il reste que les très rares condamnations à la prison prononcées au Vatican sont inapplicables. « Souvent, explique l'ancien préfet du tribunal suprême de la Signature apostolique, le cardinal polonais Zenon Grocholewski, les condamnés sont difficiles à repérer, car ils se sauvent... en Italie ! D'autre part, si nous voulions mettre effectivement quelqu'un en prison, nous devrions payer une sorte de loyer à l'Italie car nous n'avons pas d'établissement pénitentiaire au Vatican. C'est pourquoi il est difficile pour un petit État comme le nôtre de mettre les délinquants sous les verrous. »

***

Le tribunal suprême de la Signature apostolique fait partie, avec la Pénitencerie apostolique et le tribunal de la Rote romaine, des organes centraux de la Justice de l'Église catholique. Celle-ci connaît des juridictions de première, de deuxième et de troisième instance. N'importe quel fidèle peut en appeler directement au pape pour juger de sa cause en matière contentieuse ou pénale, soit comme demandeur, soit comme défendeur, à n'importe quel degré de juridiction. Le tribunal suprême de la Signature apostolique comporte deux sections qui, selon le cardinal Poupard [1], en font « l'équivalent d'une Cour de cassation et d'un Conseil d'État ». Son rôle s'étend au Vatican, au Saint-Siège et à toute l'Église. Mais il a ses clients privilégiés – les cardinaux –, qui ne peuvent être jugés que par lui.

Dans le palais apostolique, « la chambre de la Signature », qui renferme les plus célèbres fresques de Raphaël, tire son nom de cette juridiction. Le tribunal, présidé par le pape, se réunissait dans cette salle vers la moitié du XVIe siècle. Les fresques représentent les trois plus hautes catégories de l'esprit humain : le vrai, le bien et le beau. Le vrai surnaturel est illustré par la dispute du Très Saint Sacrement (ou la théologie), le vrai rationnel par l'école d'Athènes (ou la philosophie), le bien est représenté par les vertus cardinales et théologales et par la loi, le beau est illustré par le Parnasse avec Apollon et les muses.

Mais le plus connu des tribunaux de l'Église est sans doute le tribunal de la Rote romaine parce qu'il juge en appel les cas de « nullité » de mariage déjà instruits par les tribunaux ecclésiastiques (les Officialités) à l'échelle des diocèses. Son activité intéresse par conséquent des milliers de catholiques de par le monde. Du moins ceux qui, en rupture avec leur conjoint ou conjointe, se tournent vers la justice de Dieu. C'est sans doute le plus vieux tribunal du monde, fondé par le pape Eugène III

1. In *Le Vatican, op. cit.*

au XIIIe siècle sur une idée soufflée par saint Bernard. Autrefois, on l'appelait « la Rote sacrée », mais Jean-Paul II a fait biffer l'adjectif en 1994.

La Rote fonctionne par « tours » de trois « auditeurs ». Cela signifie que des groupes de trois juges sont répartis selon les dossiers et que leur composition change à chaque nouveau tour. On serait donc tenter de croire que son nom vient du mot latin *rota* (roue). Mais comme il lui a été donné par les papes d'Avignon à une époque où ces tours n'existaient pas encore, cette hypothèse est à écarter. Une autre version selon laquelle la Rote devrait son nom au célèbre instrument de supplice de sainte Catherine d'Alexandrie, patronne de l'église de Sainte-Catherine-à-la-Roue, où se réunissaient jadis les auditeurs du tribunal, ne convient pas non plus aux historiens. Alors son nom viendrait-il plutôt de l'enceinte circulaire où les juges se retrouvaient ? Il pourrait dériver tout simplement de la *rota auditorium*, une table mobile, sorte de pupitre à roues, sur lequel on plaçait les pièces de chaque affaire et que l'on faisait rouler au cours de l'audience jusqu'à l'auditeur chargé du rapport [1]. Le meuble aurait donné son nom à la salle, puis la salle au tribunal.

Une formation pour les avocats, promoteurs de justice et défenseurs du lien (dans les procès matrimoniaux, ils sont chargés de défendre le « lien » du mariage) est organisée sous la direction du doyen de la Rote. L'enseignement est de trois ans pour l'obtention du diplôme. Quant aux avocats, ils se sont vu fixer autoritairement leurs honoraires pour, selon un *motu proprio* de mars 1971, éviter « les abus présumés ou réels dans ce domaine, qui provoquaient souvent des commentaires profondément offensants pour l'Église ».

Pour l'Église catholique, le lien du mariage est absolument indissoluble. Une union entre un homme et une femme ne peut donc être ni dissoute, ni annulée par la Rote. Sauf dans un cas que l'on appelle « le privilège paulin », parce qu'il s'appuie

1. Charles Pichon, *Le Vatican, hier et aujourd'hui*, Fayard, 1960.

sur ce passage de la première lettre aux Corinthiens de saint Paul : « Si quelque frère a une femme qui n'a pas la foi, et qu'elle consente à habiter avec lui, qu'il ne la renvoie point ; et si une femme a un mari qui n'a pas la foi, et qu'il consente à habiter avec elle, qu'elle ne renvoie point son mari. Car le mari infidèle est sanctifié par la femme, et la femme infidèle est sanctifiée par le mari ; autrement vos enfants seraient impurs, tandis que maintenant ils sont saints. Si l'incrédule se sépare, qu'il se sépare ; le frère ou la sœur ne sont pas asservis dans ces conditions. Dieu nous a appelés dans la paix. » En clair, l'Église peut décider l'annulation du mariage d'un converti pour qu'il épouse une personne catholique si le conjoint non baptisé refuse de se convertir ou de vivre en paix avec la personne qui s'est fait baptiser.

Dans tous les autres cas, l'Église ne peut que constater la « nullité » éventuelle d'un mariage. L'inexistence ou la non-consommation de celui-ci doivent être alors prouvées. Ou bien l'absence de consensus réel lors de l'échange des consentements, un vice de forme, une erreur sur l'identité de l'un des deux époux, des pressions familiales, etc.

Si la nullité du mariage est reconnue par le premier tribunal diocésain, la décision doit être confirmée par une autre officialité, par exemple par l'officialité interdiocésaine. Il faut deux « oui » pour que la sentence soit définitive (ce qui ne change rien au mariage civil). Une notification est envoyée aux paroisses de baptême et de mariage des ex-conjoints pour la modification des inscriptions dans les registres. Si la décision du premier tribunal ecclésiastique est négative, la partie demanderesse peut faire appel dans les quinze jours. Si la décision de l'officialité de deuxième instance infirme la première décision, la partie demanderesse peut en appeler à une troisième instance : le tribunal de la Rote romaine.

Dans le flot des affaires jugées par la Rote, on découvre qu'il suffit parfois de prouver que le partenaire était ivre ou drogué le jour du mariage pour obtenir raison. On peut aussi plaider l'erreur sur la personne comme le montre l'histoire rocambolesque d'une jeune fille un peu naïve qui croyait avoir épousé un général d'aviation qui n'était, en réalité, qu'un groom d'hôtel. Il y eut même une époque où, aux États-Unis, les tribunaux diocésains acceptaient la nullité faute de « consensus marital permanent » Jean-Paul II y mit très vite le holà car les divorces catholiques devenaient plus faciles que les divorces civils !

En ce qui concerne Caroline de Monaco, les auditeurs ont estimé que la fille de Grace Kelly et du prince Rainier était « immature » lors de son premier mariage avec Philippe Junot. Après une longue procédure, ils ont donc reconnu la « nullité » de cette union, jugement entériné par le pape. Du moins n'est-ce là qu'une version autorisée car la procédure est caractérisée par la confidentialité pour respecter la vie privée des personnes, la paix des familles et la liberté de parole des différents témoins. Seuls les juges, le défenseur du lien, les avocats et procureurs des parties ont, normalement, accès aux pièces du dossier.

Les solliciteurs déboutés sont nombreux et souvent très célèbres. Ces quelques noms le prouvent : Henri VIII d'Angleterre, Jérôme Bonaparte ou Carlo Ponti, le mari de Sofia Loren. Dans le premier cas, on sait que la fermeté de l'Église catholique romaine conduisit Henri VIII à créer l'Église anglicane, dans le deuxième cas, le pape s'aliéna encore un peu plus l'empereur Napoléon, dans le troisième, la Rote courait peu de risques, hormis celui de décevoir le monde du cinéma. En revanche, l'inventeur du télégraphe, l'Italien Guillaume Marconi, se montra plus habile. Il put établir que lui et sa femme s'étaient engagés à divorcer en cas de mariage malheureux. Du coup, « le consentement se trouvait vicié à la racine et la Rote dut déclarer sa nullité [1] ».

Le mariage de Napoléon et de Joséphine, célébré à la hâte avant le sacre de 1804, puis dénoncé pour que l'Empereur puisse épouser Marie-Louise constitue un exemple de « nullité » non moins subtil. L'oncle de Napoléon, le cardinal Fesch, parvint à démontrer que la première union de son neveu avait

1. *Idem.*

été célébrée sans témoins, en l'absence du curé de la paroisse, et que le « oui » de Napoléon n'avait été qu'une « simulation de consentement ». Ce fut assez pour obtenir deux sentences conformes dans le diocèse de Paris et, au grand mécontentement du pape et de la Curie romaine, empêcher la Rote d'être saisie.

En Italie, les dix-neuf tribunaux ecclésiastiques reçoivent en moyenne 8 000 demandes d'annulation par an. Leur nombre a doublé au cours de la dernière décennie. Dans le monde, environ 70 000 causes sont introduites chaque année – beaucoup d'entre elles dans les pays anglo-saxons – et la moitié d'entre elles aboutissent. En France, quelque 600 jugements de « nullité » ont été proclamés en 2008.

Les procès entraînent des frais qui sont assumés par le diocèse (personnel, locaux, bureautique, téléphone, déplacement, etc.) Pour l'Église, il est donc normal que la partie demanderesse – au-delà de dons toujours bienvenus versés aux bonnes œuvres – y participe. Un forfait lui est donc demandé, de 400 à 1 000 euros selon les évêchés. Les avocats ecclésiastiques ne demandent pas d'honoraires. Mais si l'instruction – qui dure en général un an et demi – nécessite la nomination d'un expert (psychiatre, graphologue, etc.), d'un avocat-procureur ou des indemnités de déplacement, ces frais sont à la charge du demandeur. Une aide financière ou des échelonnements dans les paiements sont possibles en cas de besoin. En Italie, par exemple, la Conférence épiscopale donne 8,5 millions d'euros par an aux officialités pour accompagner les couples les plus démunis dans leurs démarches. Sachant que, s'il faut aller jusqu'à la Rote, les frais s'alourdissent en conséquence.

***

Le Saint-Siège dispose aussi de tribunaux qui ne disent pas leur nom : les congrégations. Au premier rang de celles-ci, la congrégation pour la Doctrine de la foi, descendante directe du tribunal de la Sainte Inquisition, puis du Saint-Office. Elle a toutes les caractéristiques d'une cour de justice quand elle doit se prononcer sur des conflits théologiques ou des hérésies. Mais, en extrapolant, c'est l'apanage de la plupart des dicastères. Il suffit de se remémorer les procès conduits par la congrégation pour les Causes des saints. Jusqu'en 1870, toutes les congrégations pouvaient rendre la justice dans le champ de leurs compétences, de la congrégation des Affaires navales à celle chargée de « soulager l'État ecclésiastique des remords de conscience », en passant par la congrégation des « Abondances » ou encore celle des « Indulgences et des Reliques ».

Aujourd'hui, le tribunal le plus secret du Saint-Siège est la Pénitencerie apostolique, une institution où les juges ne connaissent pas le nom des justiciables et doivent renouveler leur serment de discrétion absolue tous les ans. La Pénitencerie est appelée à juger des cas de conscience les plus difficiles et des péchés les plus graves, ceux que les confesseurs ne peuvent ni résoudre, ni absoudre. Concrètement, quand un confesseur a besoin de l'aide de la Pénitencerie, il lui expose l'affaire dans une lettre (dont l'enveloppe doit être scellée trois fois !) sans dévoiler l'identité du pécheur. Après un temps plus ou moins long, la Pénitencerie lui répond par une autre missive à en-tête. Si l'indulgence est accordée, la pénitence nécessaire à l'expiation des péchés est expliquée dans les moindres détails.

Alors qu'à l'origine, au XIIIe siècle, le pape avait délégué à la Pénitencerie le pouvoir de pardonner aux fidèles les fautes graves leur ayant valu l'excommunication (adultères, meurtres, etc.) et de réconcilier sans frais les pécheurs avec Dieu et l'Église (d'où son surnom de « tribunal des pauvres »), cette vénérable institution s'occupe aujourd'hui de dossiers bien différents, souvent complexes, parfois extravagants.

Si, par exemple, un bon catholique trompe sa femme en jurant à sa maîtresse qu'il l'épousera quand sa conjointe légitime sera morte, ou même s'il fait ce serment sans commettre l'adultère, faut-il lui donner l'absolution à partir du moment où il éprouve le besoin d'en parler à son confesseur ? Son cas est du ressort de la Pénitencerie, sans grand espoir d'indulgence, car si l'Église acceptait ce genre de serment, elle risquerait d'encourager les crimes.

Un autre exemple délicat concerne les abus sexuels. C'est une faute très grave qu'aucun ecclésiastique ne peut absoudre sauf, le cas échéant, la Pénitencerie. Dans ce domaine, plusieurs affaires de pédophilie ont récemment embarrassé l'Église. Avec ce dilemme : si un ecclésiastique a avoué en confession avoir abusé d'un enfant, faut-il le dénoncer à la justice de son pays ? En France, Mgr Pican, évêque de Bayeux-Lisieux, a été condamné à trois mois et demi de prison avec sursis, en 2001, pour ne pas avoir prévenu la police des actes répréhensibles de l'un de ses prêtres. Le cardinal colombien Castrillon de Hoyos, à l'époque président de la congrégation pour le Clergé, avait approuvé son silence dans une lettre officielle : « Je vous félicite de n'avoir pas dénoncé un prêtre à l'administration civile. Vous avez bien agi [...]. Les relations entre les prêtres et leur évêque [...] créent des liens très spéciaux de paternité spirituelle [...]. Dans tous les ordonnancements juridiques civilisés, il est reconnu aux proches la possibilité de ne pas témoigner à charge d'un parent direct [1] ».

Aux États-Unis, le cardinal Francis James Stafford avait été lui aussi accusé d'avoir couvert, au nom du secret de la confession, des prêtres de son diocèse coupables de pédophilie. Il avait tu leurs fautes et leur avait confié de nouvelles charges pastorales. Sa situation étant devenue difficile outre-Atlantique, Jean-Paul II le rappela à Rome en 2003 et le nomma à la tête de la Pénitencerie. La presse, à l'époque, parla de « nomination exemplaire et thérapeutique », double allusion aux affaires de pédophilie, bien sûr, mais aussi au passé d'étudiant en médecine de Mgr Stafford.

Avec le titre de « grand pénitencier », une férule à la main, celui-ci veille donc désormais sur la conscience intime des clercs et des laïcs, qu'on appelle « le for interne ». La congré-

1. *Golias Magazine*, mai-juin 2007.

gation pour la Doctrine de la foi, elle, s'occupe du « for externe » quand les délits sont publics.

La Pénitencerie apostolique traite également les affaires – plus fréquentes qu'on ne le dit – des ecclésiastiques qui changent de sexe et, plus généralement, des transsexuels. Le cas de don Paolo est emblématique : c'est un prêtre qui, en 1987, décide d'être femme. Mal dans sa peau, il avait au préalable tenté de s'émasculer puis de se pendre. L'opération est une réussite et Paolo devient officiellement Paola. S'il se considère toujours prêtre (on est ordonné à vie), il évite de célébrer la messe. Mais pour le cardinal vénézuélien José Castillo Lara, expert en droit canon, il ne peut plus être considéré comme un ministre de Dieu à partir du moment où il s'est vraiment transformé en femme biologiquement et physiologiquement. Le droit canon interdit en tout cas à un être humain qui n'est pas complètement de sexe masculin d'être ordonné prêtre. En témoigne la vive déception d'Alessandro Moreschi, le dernier castrat du Vatican, à qui l'Église avait refusé la soutane. Mort en 1922, soliste dans les chœurs de la chapelle Sixtine, il avait pourtant consacré sa vie à chanter dans les basiliques [1].

Dernier cas, peu banal lui aussi : celui d'un assassin resté inconnu de la police et de la justice. Il ne peut devenir prêtre. Cependant, si son repentir est sincère et s'il veut expier son crime, la Pénitencerie peut lui permettre de partir comme missionnaire au bout du monde, ou comme ermite dans un austère ordre monacal. Sur ce genre de dossier difficile, comme sur les cas de violation du secret de la confession, d'outrage aux sacrements ou de célébration de messes noires, le « grand pénitencier » doit informer le Saint-Père de ses décisions. Pendant la vacance du pouvoir entre deux papes, il reste en place. Cela permet, murmure-t-on dans les couloirs du Saint-Siège, aux cardinaux du Sacré Collège d'obtenir le pardon de leurs plus grosses fautes avant d'élire un nouveau pontife. Quand ils

1. Voir la partie « Le dernier castrat du pape » du chapitre 2, p. 97.

voient de la fumée sortir de la cheminée du palais de la chancellerie, siège du tribunal, les vieux Romains disent alors que les péchés les plus noirs montent vers le ciel en quête d'absolution !

***

Dans l'histoire récente, un pape a été poursuivi en justice : Paul VI. Un touriste américain, William Sheffield, avait versé 60 euros d'acompte à un monastère suisse pour acquérir un chiot de la race des saint-bernards. Or, ne l'ayant jamais reçu et n'ayant jamais été remboursé, il s'est tourné vers le tribunal du comté d'Alameda, en Californie, pour réclamer au pape en personne, en sa qualité de plus haut responsable de l'Église catholique, un dédommagement de 428 dollars et 50 cents. Le procès a duré six ans et William Sheffield l'a gagné. Mais il n'a jamais réussi à toucher la somme qui lui était due.

CHAPITRE 4

LA FORCE DE FRAPPE DU SAINT-SIÈGE

L'attentat du 13 mai 1981

S'agit-il d'un miracle au sens où l'Église catholique l'entend généralement ? Le mercredi 13 mai 1981, à 17 heures 17, Jean-Paul II s'écroule dans la Fiat Campagnola qui, décapotée, traverse la foule des fidèles rassemblés sur la place Saint-Pierre. Un Turc de 23 ans, armé d'un Browning 9 mm, vient de l'atteindre au ventre. La soutane blanche du successeur de Pierre est maculée de sang, ce sang que le premier des papes, crucifié la tête en bas, avait versé au même endroit quelques siècles plus tôt. La balle a, semble-t-il, épargné tous les organes vitaux de Karol Wojtyla. « Qu'il eût survécu est, à ses yeux, un miracle », écrira son ami André Frossard [1]. Jean-Paul II y voit la main de la Vierge Marie car, le même jour, à la même heure, soixante-quatre ans plus tôt, la mère de Jésus était apparue pour la première fois à trois enfants dans le petit village portugais de Fatima.

Vrai et pur miracle ? « Les intellectuels détestent ce mot, ironise Frossard dans son style inimitable. Ils préfèrent parler de chance, de hasard. Mais, d'après les matérialistes, le hasard ne va pas sans la nécessité qui n'est pas autre chose qu'un miracle permanent... » L'éventuelle irruption du divin dans cette ténébreuse affaire n'empêche pas celle-ci d'incarner, en pleine

1. *Le Figaro*, 27 août 1993.

période de guerre froide, tout ce que les services secrets peuvent fomenter comme coups tordus avec, en arrière-plan, l'ombre obsédante de la mafia. Près de trente ans après, les instigateurs de l'attentat n'ont jamais été inquiétés, encore moins jugés. Comme pour l'assassinat de John Kennedy, on est à peu près sûr de les connaître. Mais une incertitude demeure et demeurera sans doute toujours.

Quelles sont les grandes lignes de l'affaire ? À trois mètres à peine de sa cible, le 13 mai 1981, un certain Mehmet Ali Agça tire donc sur Jean-Paul II à deux reprises. Il veut recharger son pistolet quand il en est empêché par une religieuse, sœur Letizia. Son arme tombe à terre et il est maîtrisé par les forces de l'ordre au milieu d'une foule effarée. Son complice Oral Celik prend la fuite après avoir tiré un troisième coup. Un touriste américain, Lowell Newton, a tout juste le temps de le prendre en photo de dos. La première balle est la plus dévastatrice. C'est elle qui aurait dû tuer le Saint-Père. La seconde balle a éraflé son épaule et blessé deux pèlerins américains. La troisième a touché le bras et un doigt du pape.

Jean-Paul II est transporté de toute urgence à l'hôpital Gemelli de Rome. Son garde du corps, le Vénitien Camillo Cibin, vit la pire journée d'une longue carrière qu'il finira en 2006, à 80 ans, après avoir accompagné le pape dans ses 104 voyages à l'étranger. Comme les huit membres des services de sécurité qui avaient pris place dans ou devant la Fiat Campagnola, les yeux uniquement tournés vers la personne du pape, il n'a rien vu venir. Et tout s'est passé très vite, trop vite. Encore heureux, pense Cibin, que le tueur n'ait pas utilisé une grenade, car les dégâts auraient été épouvantables.

Karol Wojtyla est opéré. L'intestin grêle, le colon et le gros intestin ont été atteints. Quand le pape reprend ses esprits après une longue anesthésie, il demande à son secrétaire : « Avons-nous récité complies ? » Il s'inquiète d'avoir manqué à ses devoirs en ne célébrant pas le dernier office de prière de la journée. Puis il est placé quatre jours en réanimation. Le 17 mai, la voix faible, il enregistre un message diffusé place Saint-Pierre :

« Je me sens très proche, dit-il, des deux personnes blessées en même temps que moi. » Et il ajoute ces quelques mots qui feront instantanément le tour du monde : « Je prie pour le frère qui m'a tiré dessus et je lui ai sincèrement pardonné. » Nouveau commentaire d'André Frossard : « On aurait préféré que le "frère" trouvât un autre moyen pour entrer dans la famille mais, que voulez-vous, le pape est ainsi. »

Le 29 mai, ses médecins annoncent enfin que le Saint-Père est hors de danger. Mais celui que l'on a surnommé au début de son pontificat « l'Athlète de Dieu », celui qui pratique l'alpinisme et a fait construire une piscine dans sa résidence d'été de Castel Gandolfo, est très amoindri physiquement. Il attendra dix-huit mois avant de reprendre ses voyages à l'étranger. Deux nouvelles opérations à l'intestin, en 1992 et 1996, une autre à la hanche, en 1994, et la maladie de Parkinson le diminueront encore. Il en souriait : « Quand je veux savoir l'état de ma santé, je le demande aux journalistes ! »

En 1981, la justice italienne, elle, ne perd pas de temps pour juger le « frère » du pape : le 22 juillet, après deux jours de procès seulement, Ali Agça est condamné à la réclusion à perpétuité. Le jeune Turc a des antécédents : il avait participé dans son pays à l'assassinat en février 1979 du directeur du journal de centre-gauche *Milliyet.* Condamné, il était parvenu à s'évader de prison. En novembre suivant, alors que le pape était attendu à Istanbul, il avait publié dans la presse locale une lettre prémonitoire dans laquelle il menaçait de le tuer s'il maintenait sa visite pastorale.

Est-il d'extrême droite (il a milité chez les « Loups gris », bras armé du Parti d'action nationaliste MHP) ? D'extrême gauche (il a séjourné dans des camps palestiniens à Damas et à Beyrouth en 1977) ? Ou travaille-t-il tout simplement au contrat ? À Rome, il affirme avoir agi seul, mais les juges ne le croient pas. Le président du tribunal, Severini Santiapicchi, affirme : « Agça a exécuté avec une froideur presque bureaucratique une tâche qui lui avait été confiée dans un complot guidé par la haine. » Le président Santiapicchi est conforté dans son opinion quand, quelques semaines plus tard, le tueur turc change de stratégie et lance la « piste bulgare ».

Cette piste, faux-nez d'une opération montée en réalité par le GRU (services secrets de l'armée soviétique), est-elle plausible ? À ce jour, elle reste la plus solide. Le 2 mars 2006, en effet, une commission d'enquête parlementaire italienne présidée par Paolo Guzzanti (du parti de Silvio Berlusconi, Forza Italia), mais composée de quarante élus de toutes tendances, l'a reprise et étayée. Pour elle, vingt-cinq ans après les faits, « aucun doute raisonnable » n'est permis : les dirigeants du Kremlin, Leonid Brejnev et Iouri Andropov en tête, ont bel et bien commandité l'attentat contre Karol Wojtyla. Avec un mobile simple : éliminer le pape polonais qui défiait et ébranlait les régimes communistes.

Ali Agça, selon la commission, n'a été qu'un sicaire à la solde du GRU. Et ce même GRU, grâce à une habile « répartition des tâches », a utilisé les services bulgares pour la « couverture » et la Stasi est-allemande pour la « désinformation » dans ce qu'il faut bien appeler « un délit d'une gravité unique, sans précédent dans l'histoire des temps modernes ». Les parlementaires italiens se sont appuyés sur les révélations d'un ancien agent du KGB, Vassili Mitrokhine, sur l'ouverture d'archives des pays de l'Est déclassées et sur l'audition de nombreux experts – dont l'ancien juge antiterroriste français Jean-Louis Bruguière – pour parvenir à ces conclusions.

Celles-ci sont bien sûr contestées. Membre de la Commission d'enquête, l'ancien président du conseil italien, le sulfureux Giulio Andreotti, a tout de suite exprimé des réserves. Moscou et Sofia ont parlé d'« absurdités ». Et d'autres thèses ont été avancées. L'une d'elles, au lieu d'impliquer les Soviétiques, accuse les Américains. À travers Gladio, ce réseau clandestin de l'Otan créé après la Seconde Guerre mondiale pour parer une éventuelle offensive de l'URSS et empêcher l'arrivée de communistes au pouvoir dans les démocraties du « monde libre », la CIA aurait cherché à attiser la « stratégie de la tension » en Italie. Après l'assassinat d'Aldo Moro en 1978 et l'attentat sanglant de la gare de Bologne en 1980, fallait-il aussi tuer le pape ?

Selon la chercheuse et journaliste Roumiania Ougartchinska [1], qui a aussi interrogé de multiples acteurs et témoins de l'affaire, tout indique que des éléments proches de la CIA étaient derrière Ali Agça et les Loups gris. Et de souligner qu'en pleine guerre froide, les islamistes radicaux étaient souvent des alliés de choix pour l'Oncle Sam dans son combat contre l'Ours soviétique. Elle raconte aussi une troublante affaire : lorsque Ali Agça croit décrire aux enquêteurs l'appartement de son contact à Rome, Sergueï Antonov, agent de la compagnie bulgare Balkan Air, il dépeint en réalité celui de l'étrange frère dominicain Félix Morion, un Belge chargé par le pape en 1946 de réorganiser les services secrets du Vatican et qui collaborait épisodiquement avec la CIA.

Malgré tout, on ne voit pas pourquoi les États-Unis, à travers Gladio ou la centrale de Langley, auraient planifié l'exécution d'un pape aussi fermement opposé aux communistes. D'autant que les liens entre Ronald Reagan, qui avait entamé sa présidence le 20 janvier 1981, et Jean-Paul II étaient très étroits. À ce titre, il n'est pas inutile de rappeler que le comte Alexandre de Marenches, patron de la DGSE à l'époque, avait informé le Vatican de l'imminence d'un attentat contre le pape commandité par Moscou, grâce à des informateurs ayant leurs entrées au KGB (et non pas à la CIA). Son livre *Dans le secret des princes* [2] relate cet épisode. Dommage qu'il n'ait pas été entendu...

Troisième thèse, la thèse mafieuse. Après son évasion en 1979 de la prison de Kartal Maltepe, la prison militaire théoriquement la mieux gardée de Turquie, Ali Agça trouve refuge à Sofia. Dans la capitale bulgare prospèrent des mafieux turcs spécialisés dans les trafics d'armes et de drogue. L'un des parrains les plus en vue est Bekir Celenk. C'est cet homme, mort

1. In *La Vérité sur l'attentat contre Jean-Paul II*, Presses de la Renaissance, 2007.

2. Christine Ockrent et Alexandre de Marenches, *Dans le secret des princes*, Stock, 1986.

mystérieusement en 1985 dans une prison d'Ankara, qui lui remet une enveloppe de plusieurs milliers de dollars pour tuer le pape. Celenk travaille avec Henry Arsan, l'inventeur de l'expression « narcodollars ». Il loue des bureaux au Banco Ambrosiano dont on a vu les liens avec le Vatican. Or, « la banque mafieuse de Roberto Calvi, qu'on retrouvera pendu le 18 juin 1982 sous un pont de Londres, recycle l'argent de ses trafics [1] »

De même que la mafia américaine aurait eu la peau de John Kennedy, coupable de ne pas lui avoir « renvoyé l'ascenseur » une fois élu grâce à son argent, la mafia italienne a-t-elle voulu abattre Jean-Paul II désireux de mettre de l'ordre dans les finances du Vatican ? L'hypothèse n'est pas incongrue. Mais là plus encore, les preuves manquent. Avec le recul, il apparaît que trop de monde avait intérêt à brouiller les cartes. À commencer par Ali Agça en personne qui, d'après Roumiania Ougartchinska, aurait fourni la bagatelle de 128 versions différentes de l'affaire [2] ! Libéré le 13 juin 2000 de sa geôle italienne par une mesure de grâce du président Ciampi, n'a-t-il pas été jusqu'à accuser le Vatican d'avoir fomenté lui-même l'attentat contre Jean-Paul II ?

Dernière thèse avancée : le complot iranien. Selon des sources israéliennes [3], l'attentat aurait pu être préparé à Téhéran et ordonné par l'ayatollah Khomeiny. « Assassiner le pape, disent les Israéliens, était le premier mouvement du *Djihad* contre l'Occident. » Et Ali Agça aurait été l'homme adéquat. Ici, on en revient au tueur froid qui avait abattu le directeur « trop démocrate » de *Milliyet*, au provocateur qui avait menacé dans une tribune libre de liquider le pape à Istanbul, ou enfin au scribe illuminé qui écrivait dans sa prison de Rebbibia en juillet 2000 : « Vatican, retire-toi de la scène de l'Histoire ! Que le

1. Jean-Marie Stoerckel, *Les Loups de Saint-Pierre : les secrets de l'attentat contre Jean-Paul II*, Plon, 1996.
2. *Marianne*, 24 juillet 2000.
3. Eric Frattini, *La Sainte Alliance*, trad. de l'espagnol par A. et N. Lhermillier, Flammarion, 2006.

Vatican soit transformé en pyramide sans pharaons ! [...] Ô, mon frère le pape, démissionne tout de suite et retourne en Pologne. Tu es un homme bien, tu ne peux pas habiter dans la demeure du diable ! [...] La papauté, qui est une traîtrise contre la Bible, contre le Messie, contre Dieu, doit être interdite ! »

Après bien des tribulations, son ami et complice Oral Celik semble, en tout cas, s'en être mieux sorti que lui. Car si Ali Agça est toujours emprisonné en Turquie, pour le meurtre du directeur de *Milliyet*, Oral Celik a apparemment fort bien réussi sa réinsertion. Il vivrait – après avoir sponsorisé le club de football de Malatya – entre Ankara, l'Azerbaïdjan et les anciennes Républiques soviétiques du Caucase. Installé à son compte, « le deuxième tireur de la place Saint-Pierre » serait « maintenant officiellement courtier en pétrole [1] ».

***

Jean-Paul II connaissait-il la vérité ? Dans son dernier livre, *Mémoire et identité*, paru en 2005, il se dit convaincu que si Ali Agça n'a pas commis l'attentat « de sa propre initiative », quelqu'un d'autre « l'a planifié » et « commandité ». Avant de poursuivre : « Je pense que l'attentat a été l'une des dernières convulsions des idéologies de la violence qui se sont déchaînées au cours du XXe siècle. » Tout a été dit sur le pardon du pape à son « frère », sur leur rencontre à la prison de Rebbibia le 28 décembre 1983 et sur la constance avec laquelle le Saint-Père a pris des nouvelles du condamné et de sa famille... Reste ce miracle auquel Jean-Paul II, si attaché à la Vierge, voulait tant croire.

En signe de reconnaissance, il a fait enchâsser la balle qui a failli le tuer dans la couronne de la statue de Notre-Dame de Fatima et, surtout, il a accepté de révéler au public, le 26 juin 2000, le troisième « secret » que la Vierge avait confié aux enfants du petit village portugais. Une religieuse, sœur Lucie,

1. *Paris-Match*, 18 janvier 2007.

l'avait pieusement retranscrit en 1944, mais depuis cette date, le Vatican gardait soigneusement le manuscrit dans ses coffres de peur d'affoler les foules par des prophéties apocalyptiques. Il est vrai que les deux premiers « secrets » annonçaient, dans un phrasé assez vague, la Seconde Guerre mondiale et les graves conflits politico-idéologiques du XXe siècle !

Le troisième « secret » se prête à diverses interprétations. En voici les extraits les plus révélateurs : « Nous avons vu sur le côté gauche de Notre Dame, un peu plus en hauteur, un Ange avec une épée de feu dans la main gauche ; elle scintillait et émettait des flammes qui, semblait-il, devaient incendier le monde ; mais elle s'éteignait au contact de la splendeur qui émanait de la main droite de Notre Dame, tournée dans sa direction ; l'Ange, indiquant la terre avec sa main droite, dit d'une voix forte : "Pénitence ! Pénitence ! Pénitence !". Et nous vîmes, dans une lumière immense, qui est Dieu : un évêque vêtu de blanc, semblable à l'image d'un homme dans un miroir quand il passe devant ; nous avons eu le pressentiment que c'était le Saint-Père [...] ».

Sœur Lucie poursuit : « Le Saint-Père traversa une grande ville à moitié en ruine et, à moitié tremblant, d'un pas vacillant, affligé de souffrance et de peine, il priait pour les âmes des cadavres qu'il trouvait sur son chemin ; parvenu au sommet de la montagne, prosterné à genoux au pied de la Grande Croix, il fut tué par un groupe de soldats qui tirèrent des balles et des flèches ; et de la même manière moururent les uns après les autres les évêques, les prêtres, les religieux, religieuses et divers laïcs, hommes et femmes de classes et de catégories sociales différentes. Sous les deux bras de la Croix, il y avait deux anges, chacun avec un arrosoir de cristal à la main, dans lequel ils recueillaient le sang des Martyrs et avec lequel ils irriguaient les âmes qui s'approchaient de Dieu. »

Le pape tué par « balle » dans cette vision tragique est-il Karol Wojtyla le 13 mai 1981 ? Certains catholiques le croient. Le préfet de la congrégation pour la Doctrine de la foi, qui n'était autre, en ce temps-là, que le cardinal Ratzinger, chercha néanmoins à les détromper. Pour lui, le troisième « secret » concerne non pas Jean-Paul II en particulier, mais « tous les papes qui, depuis Pie X jusqu'au pape actuel, ont partagé les souffrances de ce siècle ». Faut-il déceler alors dans les prédictions de la Vierge une anticipation des attentats du 11 septembre 2001 à New York ? Pas davantage. Les images terribles rapportées par sœur Lucie appartiendraient, selon le Saint-Siège, a un passé plus lointain. Et elles participeraient d'une symbolique religieuse qui pourrait, pourquoi pas, annoncer un regain de « conversions » et une « spiritualité renforcée ».

***

L'attentat qui a failli lui coûter la vie le 13 mai 1981 a renforcé l'humilité de Jean-Paul II face à la mort. Il l'a dit et écrit. Mais, miracle ou pas, cet acte sanglant a conduit les forces de sécurité du Vatican à prendre au moins deux mesures importantes : d'une part, les « gorilles » du pape n'ont plus les yeux tournés vers le chef de l'Église – en signe de dévotion ! – quand il est au milieu de la foule, mais sont priés de regarder plutôt autour de lui. D'autre part, le Saint-Père ne se déplace plus en décapotable (sauf cas exceptionnel), mais dans la fameuse *papamobile* blindée Mercedes ML 430 pourvue d'une haute cabine vitrée et climatisée qui lui permet de se tenir debout pour bénir la foule et être vu d'elle. Le blindage a été conçu pour résister à des mitrailleuses de calibre 12,7 mm, à des fusils d'assaut de type AK 47 et aux dernières générations de grenades.

Face aux tueurs ou aux terroristes, une bonne protection vaut quand même mieux qu'une simple prière !

Vous avez dit espionnage ?

Le 4 mai 1998, le chef des gardes suisses, Aloïs Estermann, et son épouse vénézuélienne, Gladys Romero, sont assassinés de plusieurs coups de feu. Estermann allait prendre officiellement le commandement du vénérable corps d'armée deux jours plus tard... Le coupable désigné est un jeune hallebardier helvétique, Cédric Tornay, qui se serait aussitôt suicidé après son crime en retournant son arme – un Sig Sauer 75 – contre lui. Le jeune caporal fumait, dit-on, du cannabis et avait un kyste de la grosseur d'un œuf de pigeon dans le cerveau. Pour le porte-parole du Saint-Siège, il aurait été pris d'une soudaine crise de folie, un raptus.

L'explication est trop simple pour que les médias s'en contentent. D'autant que les premières analyses logistiques font planer un doute manifeste sur la thèse du suicide. Plusieurs cardinaux s'émeuvent. Un journal de Berlin n'affirme-t-il pas qu'Aloïs Estermann était un espion à la solde de la défunte RDA ? Ne chuchote-t-on pas que sa femme émargeait, elle, à la CIA et que Cédric Tornay travaillait pour les services secrets du Vatican ? Sur fond de luttes de clans et de sordides affaires de sexe, les esprits s'échauffent, les scénarios les plus abracadabrants sont montés en épingle et Gérard de Villiers lui-même se met de la partie en écrivant une aventure de *SAS* qui reprend les grandes lignes de l'affaire à la sauce érotico-policière dont il a le secret.

Si ce *SAS* ne se veut rien d'autre que de la fiction, d'autres livres se prétendent plus sérieux. L'un d'eux [1] rapporte les confessions d'un certain Giovanni Saluzzo, 41 ans, agent secret autoproclamé du Vatican, ami et confident de Cédric Tornay. Recruté en 1993, ce Franco-Italien né à Marseille aurait parcouru le monde, enquêté sur les agents de l'ex-KGB soviétique au Saint-Siège et cerné de près les activités des Légionnaires du Christ et de l'Opus Dei, deux organisations catholiques rivales [2]. L'auteur cite des noms, des lieux, des dates. Mais on peine à le suivre dans ses récits alambiqués. Il ne révèle rien de

1. Victor Guitard, *L'Agent secret du Vatican*, Albin Michel, 2004.
2. Voir la partie « Les nouveaux croisés du Saint-Siège », dans ce même chapitre, p. 182.

probant sur l'assassinat d'Estermann et le lecteur finit par se demander si Saluzzo n'est pas un imposteur ou un mythomane.

Deux spécialistes du renseignement lui accordent néanmoins un certain crédit. Pour l'Espagnol Eric Frattini [1], ce mystérieux quadragénaire en soutane, dont le vrai nom est Yvon Bertorello, travaillait bien sous les ordres de Mgr Pedro Lopez Quintana, le prélat assumant le contrôle du contre-espionnage du Vatican depuis la démission du cardinal Luigi Pozzi de ce poste, en mars 1998. Pour le Français Pierre de Villemarest [2], « plusieurs faits réels » émaillent les confessions de cet étrange ecclésiastique au visage émacié et aux fines lunettes à monture d'acier. Une chose est sûre : l'homme s'est fait de plus en plus discret. Est-il un espion du Vatican ? Un espion des services français ? Ou un simple affabulateur ? Quelques semaines après l'affaire, nous l'avions croisé à Saint-Tropez en compagnie de Gérard de Villiers ! Il s'est consacré ensuite à l'humanitaire. En 2004, il a organisé un gala pour venir en aide aux enfants du Haut-Karabakh. Puis, en 2007, il a participé à l'élaboration d'un livre – *Les Exorcistes du Vatican*, aux éditions Litté – en tant que « spécialiste des questions religieuses ». Enfin, en septembre 2008, ce personnage singulier, qui avait déjà prétendu travailler pour *Le Figaro Magazine* quelques années plus tôt, a réapparu au milieu des journalistes accrédités au Vatican comme correspondant d'un obscur média, à bord de l'avion qui transportait Benoît XVI en France. Et ce, dit-on à Rome, à la demande de l'archevêque de Paris, Mgr Vingt-Trois !

***

L'affaire Estermann ne sera sans doute jamais élucidée. Mais l'appartenance du futur commandant de la garde suisse aux services secrets communistes reste une hypothèse crédible

1. In, *La Sainte Alliance*, *op. cit.*

2. Danièle et Pierre de Villemarest, *Le KGB au cœur du Vatican*, éditions de Paris, Versailles, 2006.

pour expliquer son élimination. Markus Wolf, l'ancien patron de la Stasi est-allemande, a en effet déclaré à un journal polonais, puis confirmé devant un juge italien, qu'Estermann avait travaillé pour ses services. Son agent traitant au Vatican était un moine dominicain au nom de code radieux : *Licht Blick* (rayon de lumière). Vérité, mensonge ? Beaucoup de dossiers de la Stasi ont hélas disparu et comme chacun sait, la pratique de la désinformation dans le monde de l'espionnage relève de l'art. Pourtant, les indices n'en demeurent pas moins troublants.

Avec de telles histoires, on comprend mieux pourquoi l'univers opaque du Vatican fascine et enflamme les imaginations. Le Saint-Siège est-il un nid d'agents secrets ? Le foyer d'insoupçonnables complots ? Le carrefour des intrigues ? Si les autorités apostoliques le réfutent avec constance, un service d'espionnage existerait bel et bien au Vatican sous le nom de « l'Organisme ». Il se composerait de la Sainte Alliance, fondée en 1566 par le pape Pie V, et de la Sapinière (*Sodalitium Pianum* en latin), créée avant la Première Guerre mondiale par Mgr Umberto Benigni, secrétaire d'État du pape Pie X. Quant à la triple tiare portée par les pontifes, elle symboliserait « le ciel, la terre et le monde clandestin [1] ».

Dans la répartition des tâches, la Sainte Alliance s'occuperait d'espionnage et la Sapinière de contre-espionnage. Les démentis officiels obligent à la prudence. Mais épié et infiltré par les services italiens depuis toujours, par les services allemands sous le IIIe Reich, par les services de l'ex-URSS durant la guerre froide, par la CIA, le MI-6, le Mossad ou les services français de façon quasi permanente, il paraîtrait normal que le Saint-Siège ait ressenti le besoin de développer et de moderniser au fil des ans un système efficace pour assurer sa propre sécurité, collecter des informations, nouer des relations et étudier l'évolution des principaux pays de la planète.

1. Eric Frattini, *op. cit.*

Un vaste réseau de renseignement fonctionne. S'il est difficile de savoir si l'Organisme se situe au centre de cette toile d'araignée, à sa périphérie ou nulle part, il est sûr qu'à travers l'Académie pontificale ecclésiastique (l'« école des nonces ») située place de la Minerve à Rome, et le collège pontifical Russicum, proche de la basilique Sainte-Marie-Majeure, le Vatican s'est doté de précieux outils d'apprentissage.

Le Russicum a été fondé en 1929 par Pie XI pour former et envoyer des missionnaires catholiques dans la Russie bolchevique. Placé sous la responsabilité des Jésuites, ce collège n'aurait pas pu ouvrir ses portes sans argent. Grâce aux dons recueillis par la supérieure du couvent des Carmélites de Lisieux, après la canonisation de sainte Thérèse, il pourra voir le jour. Très vite, les Soviétiques le désigneront comme une pépinière de futurs espions, financés par les États-Unis, où les futurs missionnaires apprennent la boxe, le judo et le saut en parachute sous la houlette d'un prince blanc passé « à l'ennemi » et converti au catholicisme, Alexandre Volkonsky.

L'une des figures du Russicum est le père jésuite Walter J. Ciszek, un Américain d'origine polonaise parachuté en 1939 sous un faux nom en Russie. Là, il connaîtra la sinistre prison de la Loubianka, à Moscou, les interrogatoires du NKVD (l'ancêtre du KGB), les camps de travail en Sibérie, la révolte des prisonniers et leur écrasement après la mort de Staline, bref l'enfer du goulag. Il pourra néanmoins reprendre une activité religieuse sous étroite surveillance et, après plus de vingt ans passés en URSS, être échangé contre un authentique espion russe et retrouver son pays. Il a raconté sa vie dans un livre, *L'« Espion » du Vatican,* paru en 1967. Dans le titre, le mot espion est mis volontairement entre guillemets. Chacun en tirera les conclusions de son choix.

C'est souvent chez les Jésuites, en tout cas, que se recrutent les « espions » de la pieuse enceinte, ceux que *Le Canard enchaîné* appelle drôlement les « Jèzes Bond [1] ». Le vœu

1. *Le Vatican clef en main*, Les Dossiers du Canard, 1982.

particulier qui lie la Compagnie de Jésus au pape n'est pas sans évoquer, dit-on, la rigidité du contrat attachant un agent à sa centrale.

L'école des nonces, quant à elle, forme les diplomates du Saint-Siège. C'est un peu l'ENA du Vatican. Deux mille élèves en sont sortis en trois cents ans, dont cinq papes (Clément XIII, Léon XII, Léon XIII, Benoît XV et Paul VI). L'esprit de corps, la discipline et le goût du secret en sont les principales caractéristiques. L'Académie pontificale ecclésiastique a été créée par Clément XI en 1701 puis réformée à diverses reprises. Elle est dirigée par un archevêque nommé directement par le pape. Depuis 2007, il s'agit de Mgr Beniamo Stella, un Italien de 67 ans. Les étudiants doivent être prêtres, avoir moins de 30 ans, maîtriser deux langues étrangères sinon plus, posséder une licence de théologie ou de droit canonique et être présentés par leur évêque. En juin 2007, recevant les nonces en formation, le pape Benoît XVI leur avait dit : « Plus vous resterez fidèles à vos engagements sacerdotaux, plus vous serez capables de servir les hommes [...]. Tous pourront constater le caractère atypique de la diplomatie pontificale. »

Atypique ? Oui et non... Le Saint-Siège entretient à travers le monde un réseau d'ambassades digne d'une grande puissance. Les nonciatures apostoliques permettent aux diplomates du pape de rencontrer les plus hauts dirigeants politiques, les autorités religieuses d'autres obédiences (bonzes, rabbins, imams, mollahs) et de très nombreuses personnalités du monde culturel ou scientifique du pays où ils ont été envoyés. Voilà pour la partie émergée. Pour la partie immergée, personne ne sait combien « l'Organisme » ou prétendu tel compte d'agents. Mais la toile d'araignée vaticane comprend plusieurs milliers de prêtres et de laïcs, dont le niveau de recrutement est souvent très élevé. Ce réseau d'informateurs – on y trouve des jésuites, des dominicains, des franciscains, des salésiens et autres religieux – vaut bien tous les satellites-espions de la terre.

L'ensemble des informations remonte jusqu'à Rome. On dit parfois que le pape est mieux informé que le président des

États-Unis ! « Le meilleur et le plus efficace des services d'espionnage que je connaisse est celui du Vatican ! » a même déclaré un jour le chasseur de nazis Simon Wiesenthal. Tout cela est certainement exagéré car les informateurs du pape sont d'un niveau très inégal et ne font pas toujours abstraction de leur nationalité, ce qui peut fausser leur jugement. En outre, le Saint-Siège est loin de disposer de moyens d'analyse et d'action aussi sophistiqués que ceux des grands pays occidentaux.

En fait, comme toujours, c'est la qualité des hommes qui fait la différence. Pendant la guerre du Vietnam, un ecclésiastique allemand avait pu remettre un rapport détaillé à ses supérieurs sur les combattants communistes après s'être rendu chez eux, dans le cadre d'une mission de secours. En Chine, dans la foulée d'une visite d'André Malraux, alors ministre de la Culture du général de Gaulle, un prêtre français avait pu dresser la liste des religieux non soumis au régime de Pékin. Plus récemment, les avis et prévisions de Jean-Paul II sur l'Europe de l'Est en général et la Pologne en particulier ont fait date. De même que sa ferme condamnation de la deuxième guerre d'Irak. Le Vatican a joué un rôle important dans le retour au calme (précaire, certes) en Côte d'Ivoire. En Palestine, le Hamas a entamé un dialogue régulier avec le Patriarcat latin de Jérusalem. Quant à l'Arabie saoudite, elle a établi des contacts officiels avec le Vicariat apostolique à Aden. Mais il arrive aussi aux prélats en robe cramoisie de se prendre les pieds dans leurs subtiles tentatives d'intervention... ou de sombrer dans l'inertie !

Diplomatie et espionnage se confondent souvent. Seraient-ils les deux mamelles d'une même stratégie ? L'universitaire américain David Alvarez soutient dans un ouvrage rigoureux [1] que le Vatican n'a jamais possédé de service de renseignement digne de ce nom, du moins jusqu'en 1945. Cela ne l'empêche pas de décrire avec précision, sur la base d'archives soigneusement épluchées, les intrigues souterraines qui ont

1. David Alvarez, *op. cit.*

marqué la politique vaticane de Napoléon à la Shoah. Si au cours de cette longue période, dit-il, la Cité papale a été beaucoup plus espionnée qu'elle n'a espionné, « le Saint-Siège a parfois succombé à la tentation d'opérations clandestines, tantôt contre des catholiques jugés trop libéraux, tantôt contre le régime communiste d'URSS ». Il ajoute qu'après la perte des États pontificaux de longs efforts ont été nécessaires aux papes successifs pour recréer des canaux de communication et d'information efficaces. En tout cas, le fonctionnement interne du Vatican, avec son goût du secret, ses codes chiffrés et ses documents confidentiels, constituerait sa meilleure protection.

Mais tout a ses limites. Durant la Première Guerre mondiale, par exemple, les belligérants avaient leurs agents de propagande à l'intérieur même de la pieuse enceinte. Il s'agissait de prélats agissant pour le compte de leurs pays respectifs par esprit patriotique. D'un côté, le cardinal britannique Aidan Gasquet plaidait en faveur des Alliés ; de l'autre, Mgr Rudolf Gerlach, prêtre bavarois, chambellan et confident du pape, encourageait les opérations de renseignement allemandes à Rome. Il fut expulsé d'Italie au début de l'année 1917 pour éviter de mettre le Saint-Siège dans l'embarras.

Au cours de la Seconde Guerre mondiale, plusieurs agents doubles (ou triples !) ont été démasqués. Parmi eux, un brillant journaliste, Virgilio Scattolini, qui offrait ses informations à la fois aux Italiens, aux Allemands, aux Américains et même à certains journaux de grande réputation comme le *New York Times*... Il inventa de toutes pièces de prétendues rencontres secrètes au plus haut niveau et, mieux encore, assura qu'un terrain d'aviation était en cours de construction dans la Cité du Vatican. Retourné par la CIA, condamné à sept mois et quatre jours de prison par un tribunal de Rome, il finit par vendre ses « scoops » au parti communiste italien !

Autre agent « multicarte » : l'Estonien Alexandre Kurtna. Il avait pénétré dans les années 40, pour le compte du KGB, les services de la Gestapo en Italie et l'administration vaticane. Très proche des dirigeants du Russicum, dont il avait suivi les cours (sans être jamais ordonné prêtre), il fut même « appointé en tant que traducteur des courriers et documents de la congrégation des Églises d'Orient, sur laquelle régnait à l'époque le cardinal français Eugène Tisserant [1] ». Le noble cardinal à la longue barbe ne se doutait pas qu'un espion à la solde des bolcheviques travaillait à ses côtés.

Mais Kurtna, selon le jésuite américain Robert Graham considéré comme le meilleur expert du Vatican en matière d'espionnage, a aussi et surtout travaillé pour les Allemands. Repéré d'abord par les agents secrets de Mussolini et incarcéré à la prison de Regina Coeli, il aurait été libéré en 1942 contre la promesse de se mettre au service du colonel SS Herbert Kappler, l'homme à tout faire d'Heinrich Himmler à l'ambassade du Reich en Italie. Retournement de situation en 1944, où les services italiens le livrent cette fois aux Américains. Relâché une fois encore, il est enlevé en plein cœur de Rome, embarqué dans un navire soviétique à Naples et jeté dans une prison de Norilsk, en Sibérie... Pour le père Graham, cet exil sibérien est « la preuve la plus convaincante que Kurtna était bien une taupe manquée [2] ».

Dernier exemple d'espion : le père Alighiero Tondi. Ce jésuite fut chargé des dossiers des prisonniers de guerre dont s'occupait le Vatican à la fin des années 40, enseigna à l'université pontificale grégorienne, et surtout servit de secrétaire à Mgr Montini, le futur Paul VI. Pris en flagrant délit en train de recopier pour le compte du KGB des listes de missionnaires destinés à partir évangéliser l'URSS, il se défendit en prétendant œuvrer pour la détente et la paix. Mais Pie XII l'expulsa du Vatican en 1954. Il disparut de la circulation pour réapparaître dix ans plus tard. « Il avait épousé sa maîtresse, Carmen Zanti, membre de l'appareil du parti communiste italien, qui était en liaison directe avec Palmiro Togliatti, le secrétaire général du parti communiste italien. [3] »

1. Danièle et Pierre de Villemarest, *op. cit.*
2. David Alvarez, *op. cit.*
3. Danièle et Pierre de Villemarest, *op. cit.*

Le Vatican était devenu un vrai nid d'espions entre 1939 et 1945. L'Ovra (la police secrète du régime fasciste) et l'Abwehr y avaient introduit des dizaines d'agents et installé des tables d'écoutes. Quant au SIM (le Service d'informations militaires de Mussolini), il s'efforçait de placer des espions un peu partout. C'est ainsi que le majordome de sir d'Arcy Osborne, l'ambassadeur de Grande-Bretagne auprès du Saint-Siège, travaillait pour le renseignement italien. Bel exercice de noyautage. Sauf que l'ambassadeur s'en était aperçu et glissait dans ses télégrammes de fausses informations, sachant qu'elles seraient lues et analysées par le SIM ! Ces télégrammes à double fond sont précieusement conservés dans le Public Record Office de Londres.

D'autres taupes ont été démasquées avant ou après la chute du régime mussolinien. Parmi les plus connues figurent l'ancien chef des services de sécurité du Vatican, Giovanni Fazio, licencié en 1942 pour sa trop étroite complicité avec la police italienne ; ou encore le père Enrico Pucci, créateur du premier groupe de journalistes accrédités auprès du Vatican, accusé d'avoir collaboré avec l'Ovra [1].

Ces actes isolés ne doivent pas faire oublier les contacts clandestins entre belligérants qui, durant la Seconde Guerre mondiale, n'ont jamais cessé ou presque. « Le renseignement est la continuation de la diplomatie par d'autres moyens » souligne d'ailleurs avec malice le père Robert Graham. Dans les derniers mois de la seconde guerre mondiale, raconte-t-il, l'agent Martin Quigley avait, à la demande du général américain William Donovan, chef de l'Office of Strategic Security (OSS), convaincu un important personnage du Saint-Siège, Mgr Vagnozzi, de jouer les *go-between* avec Ken Harada, le représentant du Japon au Vatican, pour tenter de ramener la paix dans le Pacifique [2]. Si le message de Ken Harada avait été

---

1. Voir la partie « La presse et "les messagers de Dieu" », dans ce même chapitre, p. 189.

2. David Alvarez, *op. cit.*

pris en considération à Tokyo, affirme le père Graham, la tragédie d'Hiroshima et de Nagasaki aurait pu être évitée !

***

Durant toutes ces années, un homme de l'ombre travaille pour le Vatican. Il s'agit d'un Français né en 1898 dans une grande famille catholique du Nord : Claude Arnould, alias « le colonel Olivier », fondateur du réseau de résistance Jade-Amicol en 1940 avec le père jésuite Antoine Dieuzayde. Ancien du Deuxième Bureau, il avait fourni en 1938 des renseignements au pape Pie XI avant de collaborer, pendant la guerre, avec le MI6 britannique. Dès 1945, il se remet à disposition du Saint-Siège où Pie XII et Jean XXIII apprécient son efficacité.

Eugenio Pacelli, après la mort du cardinal Maglione, préfère ne plus avoir de secrétaire d'État. Claude Arnould le voit alors au moins une fois par mois. Le 15 août 1954, il remet en mains propres au Saint-Père « une enveloppe cachetée de la part de l'archevêque luthérien d'Upsala, Yngue Torgny Brilioth, admirateur du pape qui ne dédaigne pas d'aider les catholiques dans les pays communistes [1] ». C'est cette lettre qui met en cause le père Tondi et, à travers lui, Mgr Montini, alors pro-secrétaire d'État. Quelques jours plus tard, coïncidence ou pas, Mgr Montini est nommé archevêque de Milan et doit, à son grand dam, boucler ses valises et quitter le Vatican. Il tiendra néanmoins sa revanche puisqu'il y reviendra comme pape.

La Chine sera le grand terrain d'action de Claude Arnould. Il y multipliera les voyages clandestins et, avec l'aide des missionnaires installés sur place, rédigera des rapports qui feront autorité, notamment sur la politique nucléaire de Pékin. Journaliste de talent (aujourd'hui décédé) et ancien collaborateur de Georges Pompidou à l'Élysée, Xavier Marchetti nous a raconté que le président français avait été « littéralement

---

1. Groupe « Les Millénaires », *Le Vatican mis à nu*, trad. de l'italien par P.-E. Dauzat, Robert Laffont, 2000.

bluffé » par la qualité des notes du Vatican sur la Chine. Il avait pu se les procurer grâce à l'entremise de l'ambassadeur de France auprès du Saint-Siège, René Brouillet. On dit qu'à l'époque les diplomates du Quai d'Orsay et les agents du Sdece en avaient pris ombrage. « Le colonel Olivier » doit encore en sourire dans sa tombe !

Après de bons et loyaux services sur tous les continents – en Amérique notamment, où il nouera de précieux contacts avec Robert Mac Namara –, Claude Arnould sera évincé par le cardinal Casaroli, secrétaire d'État de Paul VI, et s'éteindra en 1978.

***

Les deux guerres mondiales sont loin maintenant, la guerre froide aussi. La France et l'Allemagne se sont réconciliées, l'Europe s'est construite, le Mur de Berlin est tombé, la Chine s'émancipe. Mais, en matière d'espionnage, le passé ressurgit quand on ne l'attend plus. Deux exemples : après la mort de Jean-Paul II, en 2005, c'est l'Institut de la mémoire nationale de Varsovie qui révèle que le dominicain Konrad Stanislaw Hejmo, directeur de la Maison du pèlerin polonais dans la Ville éternelle, a été un agent communiste. Plus récemment, le 6 janvier 2007, c'est Mgr Stanislaw Wojciech Wielgus, tout juste nommé archevêque de Varsovie par Benoît XVI pour succéder au cardinal Jozef Glemp, qui doit démissionner. Il ne peut plus cacher que, quarante ans plus tôt, en 1967, il avait été recruté par l'ancienne police communiste Stuzba Bezpieczenstwa (la SB, de sinistre mémoire) alors qu'il était encore étudiant.

L'embarras est énorme au Saint-Siège car, dans un premier temps, le pape avait défendu la nomination de Mgr Wielgus en précisant avoir pris en compte le passé du prélat. Il faut savoir que, durant ces années de plomb, près de 15 % du clergé polonais avait été manipulé par la SB. Dans sa grande indulgence, le Saint-Père pouvait donc passer l'éponge au nom des 85 % de prêtres dissidents. Mais un fax de 80 pages envoyé par le gouvernement de Varsovie à Benoît XVI sur les activités d'indicateur de Mgr Stanislaw Wielgus rendra sa position intenable et précipitera le départ de l'archevêque.

Ce départ fut accepté et justifié au Vatican par un article de la loi canonique stipulant que « l'évêque diocésain qui, en raison d'une [...] cause grave, se trouve moins apte à l'accomplissement de sa fonction est vivement invité à présenter sa démission d'office ». On admirera ce sens de la litote. Le XXIe siècle a commencé, la planète est devenue un village, mais la langue de bois ecclésiastique subsiste contre vents et marées ! Elle est sans doute inhérente à ce voile de mystère dont aime tant s'entourer le Saint-Siège depuis sa création et qui autorise tous les fantasmes sur les « James Bond » du pape.

« Le pape, combien de divisions ? »

Tout le monde connaît la question de Joseph Staline : « Le pape, combien de divisions ? » On connaît moins bien la réponse de Pie XII : « Monsieur Staline rencontrera mes légions dans l'autre monde ! » Le Vatican n'a pas, ou n'a plus depuis longtemps de prétention guerrière. L'opinion publique se doute bien que les soldats du pape forment des bataillons beaucoup moins impressionnants que les combattants de l'armée américaine, russe ou chinoise. Pourtant, par rapport à sa population et à sa superficie, l'État de la Cité du Vatican est défendu par l'armée la plus nombreuse au monde.

Ce surprenant paradoxe, déjà évoqué au début de ce livre, s'explique tout simplement par les chiffres. Le souverain pontife peut compter, en effet, sur 110 gardes suisses et 130 gendarmes pontificaux pour un territoire de 44 hectares qui compte 556 citoyens. Sur ces 556 citoyens, 476 habitent le Vatican. Pour être tout à fait honnête, il faut ajouter 248 résidents qui n'ont pas la citoyenneté. Dès lors, le calcul est vite fait : il y a un garde suisse ou un gendarme pour trois habitants dans la pieuse enceinte.

Alors que les gardes suisses n'ont pas changé de statut depuis cinq cents ans et continuent de veiller à la sécurité du souverain pontife, la gendarmerie, elle, fondée en 1816 par Pie VII, héritière directe des armées pontificales, n'a retrouvé sa véritable identité militaire qu'en 2002. Une rivalité certaine existe entre les deux corps que les plus hauts responsables de la Curie s'efforcent tant bien que mal d'apaiser.

Le 15 septembre 1970, cent ans après la fameuse « brèche de la Porta Pia » qui avait permis aux troupes piémontaises d'entrer dans Rome, Paul VI avait décidé de redimensionner ses troupes, supprimant la garde noble, la garde palatine et la gendarmerie pour ne conserver que la garde suisse. Un camouflet pour les gendarmes reversés dans la *vigilanza* et donc rabaissés au rang de simples agents de la circulation avec une tenue de gardien de musée à la place du prestigieux uniforme napoléonien. Bref, une date anniversaire dont ils se seraient bien passés, même si depuis les accords du Latran la gendarmerie pontificale ne comptait déjà plus qu'une centaine d'hommes largement désarmés.

Le secrétaire d'État de Paul VI, le cardinal Jean Villot, avait expliqué la décision du Saint-Père par ces mots : « Faire en sorte que tout ce qui entoure le successeur de Pierre témoigne avec clarté du caractère religieux de sa mission toujours plus sincèrement inspirée par une ligne de pure simplicité évangélique. » La décision, qui mûrissait depuis longtemps, fut en vérité précipitée par une menace de grève des gendarmes, qui réclamaient une augmentation de leur solde, calculée sur l'inflation galopante du moment.

Grandeur et décadence ! En 1870, se souviennent ses thuriféraires, la gendarmerie papale comptait 5 041 hommes très bien payés, armés de sabres, de carabines Remington et de pistolets. La fine fleur, ou presque, des armées pontificales qui, au complet, se composaient de 13 175 soldats et 1 206 chevaux. Parmi eux, les célèbres zouaves pontificaux. Créé en 1861, le régiment des zouaves comptait à son apogée quelque 3 000 volontaires français, belges et hollandais à l'uniforme gris-bleu exotique. Il connut son heure de gloire en 1867, à la bataille de Mentana, grâce au chassepot, un fusil qui pouvait tirer douze coups à la minute et qui fit alors sensation...

Mais si les zouaves sont courageux et bien armés, le reste des troupes vaticanes l'est moins. L'éclat des uniformes ne rime pas toujours avec héroïsme ou efficacité. Les ordres, de surcroît, ne les poussent pas forcément à la bravoure. Lors de la prise de Rome, à la demande du pape, les soldats du Saint-Siège se limitent à des combats symboliques. Georges Clemenceau pensent probablement à eux quand il lance : « Je connais au moins deux choses qui ne servent à rien, l'armée italienne et les couilles du pape ! »

Le 20 septembre 1870, avec le feu vert du gouvernement de Victor-Emmanuel, les armées du général Cadorna donnent l'ultime assaut. Au bout de cinq heures de bombardement, Pie IX fait hisser le drapeau blanc. La papauté temporelle succombe après plus de dix siècles d'existence (exception faire de la parenthèse napoléonienne). On relève les morts : 49 bersagliers piémontais du côté des troupes de Victor-Emmanuel, 14 zouaves français commandés par le colonel Charette de la Contrée, trois soldats inconnus et deux chasseurs alpins allemands du côté de la papauté.

***

Trente-deux ans de purgatoire : c'est la punition que les gendarmes du Vatican ont donc dû supporter, de 1970 à 2002, avant de réintégrer le paradis des troupes d'élite. Le 2 janvier 2002, Jean-Paul II transforme en effet ce qui n'était plus qu'un corps de police de quartier en un véritable corps de gendarmerie, comme autrefois, avec toutes les caractéristiques d'une unité militaire digne de ce nom : de la fanfare au drapeau en passant par du matériel moderne et un armement de haute qualité (chaque homme dispose d'un Beretta calibre 7,65 mm).

Le drapeau a été dessiné par le cardinal Andrea Cordero Lanza di Montezemolo, oncle du président de la Fiat, expert en blasons et autres emblèmes héraldiques. Il est orné d'un rameau d'olivier, d'une branche de chêne et de l'image de saint Michel, le protecteur des gendarmes. Cet étendard a été officiellement remis au commandant de l'unité le 30 septembre 2008, à l'occasion de la fête de saint Michel célébrée à Castel Gandolfo. En cette occasion, Mgr Bertone, le secrétaire d'État, a tenu à souligner que « l'entrée dans Interpol, la participation à titre plein au réseau "local points" de l'Organisation pour la sécurité et la coopération en Europe (OSCE), la création de détachements antiterroristes spéciaux et de divisions contre le sabotage constituent les principales innovations contenues dans le nouveau règlement de la gendarmerie entièrement réécrit ».

Un personnage quasi légendaire au Vatican a joué un grand rôle dans la décision du pape polonais de redonner tout son lustre à la gendarmerie : il s'agit de l'inspecteur général de la gendarmerie Camillo Cibin, l'homme qui accompagna Jean-Paul II dans tous ses voyages à l'étranger et qui, on l'a vu, fut l'un des témoins directs et impuissants de la tentative d'assassinat de 1981. Même s'il contribua à l'arrestation d'Ali Agça sur la place Saint-Pierre, il s'est toujours senti un peu coupable. Camillo Cibin a pris sa retraite en 2006, après cinquante-huit années de bons et loyaux services. Il a été remplacé par son adjoint, Domenico Giani, un expert en pédagogie, qui avait travaillé auparavant pour les services information et sécurité de la présidence italienne du Conseil.

Aujourd'hui, les gendarmes font un peu de tout à l'intérieur et au dehors du Vatican. Ils donnent des contraventions aux voitures mal garées, ils contrôlent l'accès des visiteurs, ils sont en poste à l'entrée du supermarché (l'Annona), ils surveillent les portes des palais extraterritoriaux du Saint-Siège, ils assistent à toutes les cérémonies et, bien entendu, ils servent de gardes du corps au souverain pontife lors de ses déplacements. Un groupe d'intervention rapide et une unité de déminage sont placés sous l'autorité directe de Domenico Giani pour intervenir immédiatement dans les situations à haut risque. Une salle d'opérations et de contrôle, équipée du matériel d'alarme et de vidéosurveillance le plus sophistiqué, fonctionne vingt-quatre heures sur vingt-quatre.

L'unique attribut que la gendarmerie n'a pas pu récupérer est son splendide uniforme napoléonien avec bonnet à poil en forme de cône tronqué et guêtres de cuir. Sans parler du volumineux couvre-chef à plumes d'oiseaux multicolores réservé au commandant... Mais c'était sans doute l'un des prix à payer pour sa résurrection !

La garde noble pontificale, elle, n'a pas eu cette chance. Elle a disparu corps et biens avec la réforme de 1970. Chaque jour, six gardes et une trompette d'ordonnance de ce corps armé appelé officiellement Guardia nobile del corpo di Sua Santita se tenaient dans l'antichambre papale et escortait le Saint-Père dans ses allées et venues. Recrutés parmi la noblesse des anciens États pontificaux, les gardes nobles remettaient également la calotte rouge aux nouveaux cardinaux et soufflaient dans des clairons d'argent à l'arrivée du pape dans la basilique Saint-Pierre. Ils portaient une tunique rouge en tenue de gala et noire en tenue ordinaire sur une culotte blanche en peau de daim. Ils étaient coiffés d'un casque à crinière. Après la dissolution de leur corps, les gardes qui le désiraient furent intégrés dans le corps des gentilshommes de Sa Sainteté.

Le dernier règlement de la garde noble pontificale date du 19 mars 1963. Ses membres n'étaient plus que 76 et tous étaient officiers ou sous-officiers, sauf un : l'armurier. Leur commandant était le prince Mario Del Drago, qui veilla Jean XXIII sur son lit de mort. Mais son souvenir le plus tragique remonte à 1958, quand il veilla Pie XII, l'ultime souverain pontife à avoir été embaumé. L'odeur autour du catafalque était si insupportable que le prince et ses hommes manquèrent de s'évanouir les uns après les autres. L'embaumeur n'était autre que le tristement célèbre Dr Riccardo Galeazzi Lisi – condamné pour avoir vendu à *Paris-Match* des photos du pape sur son lit de mort – qui avait voulu expérimenter une méthode indienne à base d'onguents balsamiques.

Jusque-là, les embaumements étaient toujours précédés de l'éviscération des défunts dont certains restes étaient conservés dans des ampoules de verre déposées dans la petite église romaine qui fait face à la fontaine de Trevi. Ces opérations, bien que macabres, étaient accomplies avec luxe et raffinement. On en veut pour preuve cette ordonnance que le médecin de Pie IX avait adressée à la pharmacie pontificale : 500 grammes d'écorce de quinquina finement moulue, 304 grammes de baies de genièvre, 100 grammes d'essence de lavande, 300 grammes de camphre en poudre, deux litres d'alcool pur, 100 grammes de thym, de sauge, de menthe, de romarin et de basilic, un demi-litre d'acide tannique, etc.

À la mort de Léon XIII, la recette fut simplifiée grâce à l'apparition du chlorure de zinc. Le corps de Pie X, lui, fut embaumé grâce à une injection massive de formol. Aujourd'hui, on ne remplit plus les cadavres des papes d'aromates ou de produits chimiques pour éviter leur dégradation et les exposer à l'adoration des fidèles. Les derniers progrès de la science permettent simplement de montrer leurs corps quelques heures ou quelques jours avant l'inhumation, sans que ceux-ci se trouvent altérés.

La suppression de la garde palatine d'honneur fut, quant à elle, pratiquement indolore. Ses 498 membres étaient tous des volontaires issus des couches sociales les plus diverses de Rome et de sa région : étudiants, ouvriers, ingénieurs, dentistes, fonctionnaires, mais surtout commerçants du quartier voisin du Borgo. Les dépenses de transport leur étaient remboursées quand ils participaient aux cérémonies pontificales, où ils se plaçaient tout le long du trajet emprunté par le Saint-Père, sanglés dans leur uniforme rappelant celui de la garde républicaine française. Ils bénéficiaient en outre du sésame pour accéder à l'Annona et acheter de l'essence au Vatican au tarif détaxé. Tous se sont recyclés sans trop de vague à l'âme dans une très pacifique association « Saints Pierre et Paul » à buts liturgiques, caritatifs et même sécuritaires puisqu'ils assurent la surveillance des touristes dans la basilique Saint-Pierre avec, parfois, un zèle un peu musclé.

Lors de la dernière guerre, après l'armistice et l'occupation allemande, le nombre des « Palatins » avait atteint la barre des 4 000. Ils étaient habillés de treillis comme les parachutistes. Le corps servait de refuge à beaucoup de jeunes qui ne voulaient pas partir dans les camps de travail forcé en Allemagne. La garde palatine était aussi une armée de volontaires qui surveillaient non seulement le Vatican, mais aussi toutes les propriétés pontificales extraterritoriales. Elle était née de la fusion, en 1850, de la milice urbaine (fondée au XVIe siècle) et de la garde civique (créée au XVIIIe siècle) et invitait tous les citoyens âgés de 16 à 60 ans à la rejoindre « à l'exception des artistes [...], des incapables et des juifs. » Le dernier commandant des Palatins fut le conte Francesco Cantuti Castelvetri qui dirigea le corps pendant plus de trente-trois ans.

Jusqu'à sa disparition, la fanfare de la garde palatine d'honneur a eu le privilège de jouer l'hymne du Vatican dans les grandes occasions, une marche écrite spécialement par Charles Gounod pour l'anniversaire de l'intronisation de Pie IX et exécutée pour la première fois le 11 avril 1869 sur la place Saint-Pierre. L'œuvre de Gounod a remplacé la marche triomphale de l'Autrichien Victor Hallmayr qui, selon certains, rappelait trop l'opérette viennoise.

Il ne nous reste qu'un corps à examiner, mais pas des moindres, puisqu'il s'agit de la garde suisse. Les célébrations, en 2006, du 500e anniversaire de la fondation de ce corps ont duré la bagatelle de six mois ! L'occasion de mieux connaître les jeunes « mercenaires » qui assurent la sécurité du pape, derrière leur costume folklorique aux couleurs des Médicis (rouge, jaune et bleu), leurs hallebardes longues de 2,30 mètres et leur morion, ce casque léger au bord relevé, orné de plumes de faisan ou de héron. Ils sont 110 au total, y compris le colonel commandant le corps, six officiers, vingt-six sous-officiers, un aumônier militaire et les musiciens de la fanfare : quatre tambours, six fifres, douze trompettes et trombones.

Leurs casques sont frappés d'un chêne, l'emblème de la famille Della Rovere, qui donna à la chrétienté le futur fondateur du corps, le pape Jules II. Les uniformes de gala n'ont pas été dessinés par Michel-Ange, comme on l'a longtemps cru. Inspirés des fresques de Raphaël, ils ont évolué au fil du temps. Les costumes actuels sont dus à Jules Repond, lointain commandant de la garde suisse, qui les imagina en 1915. Les tenues ordinaires, celles de tous les jours, sont en drap bleu, avec port d'un large béret. S'ils ne renouvellent pas leur contrat après les deux années obligatoires, les gardes rendent leurs uniformes qui sont détruits au hachoir pour éviter toute utilisation abusive.

Les critères de sélection pour appartenir au corps sont draconiens : il faut être bien sûr citoyen helvétique, catholique romain, célibataire, en règle avec ses obligations militaires, âgé de 19 à 30 ans, de « réputation irréprochable », diplômé d'une « école secondaire du deuxième degré », mesurer plus de 1,74 mètre et ne porter ni barbe, ni moustache, sauf à renoncer par avance à la traditionnelle photo souvenir avec le Saint-Père... Tous les 6 mai, en souvenir du massacre en 1527 de 147 gardes suisses par les lansquenets de Charles Quint, a lieu dans la cour Saint-Damase « le serment des recrues ».

Ce serment, lu en allemand par l'aumônier, n'a pas changé depuis cinq siècles : « Je jure de servir fidèlement, loyalement et de bonne foi, le souverain pontife régnant et ses légitimes successeurs ; de me dévouer à eux de toutes mes forces, sacrifiant, si nécessaire, ma vie pour leur défense. J'assume les mêmes devoirs envers le Sacré Collège des cardinaux pendant la vacance du siège apostolique. Je promets en outre au commandant et aux autres supérieurs respect, fidélité et obéissance. Je jure d'observer tout ce que l'honneur exige de mon état. » La jeune recrue s'avance alors, pose la main gauche sur le drapeau de la garde, dresse le pouce, l'index et le majeur (symbole de la Trinité) vers le ciel et proclame : « Je jure d'observer ce qui vient de m'être lu, aussi vrai que Dieu et ses saints m'assistent. »

Le « quartier suisse » du Vatican comprend trois bâtiments et une chapelle autour d'une cour. Pour les petits gradés, c'est la vie de caserne avec chambres partagées à deux et extinction des feux à minuit. Leur solde mensuelle est de 1 200 euros, mais ils ne payent ni loyer, ni impôt. Tous ont le droit de sortir le soir dans les quartiers animés de Rome quand le service le permet. À partir du grade de caporal, « les mercenaires du pape » peuvent se marier. Le commandant de la garde jusqu'en 2008, le colonel Mäder, remplacé récemment par le colonel Anrig, vivait dans la pieuse enceinte avec sa femme et ses trois enfants. Le caporal Marcel Riedi, 32 ans, a rencontré son épouse, une Polonaise, sur la place Saint-Pierre pendant le Jubilé de l'an 2000, et c'est le cardinal Joseph Ratzinger, le futur Benoît XVI, qui les a mariés quatre ans plus tard dans la petite église Stéphane-des-Abyssiniens au cœur du Vatican [1].

La vie de garde suisse n'est pas drôle tous les jours. Surtout pour les plus jeunes. Quelques sorties, des parties de football, la lecture de magazines. Les journées sont souvent longues. Comme dans tout milieu fermé, l'ennui et la jalousie peuvent causer des ravages. Le 9 avril 1959, le vice-caporal Adolf Ricker, 23 ans, tenta de tuer de quatre coups de pistolet le commandant de la garde, Robert Nunlist, avant de retourner son arme contre lui. Il se rata mais blessa grièvement son supérieur hiérarchique. Plus dramatique encore, le 4 mai 1998, le caporal Cédric Tornay, 23 ans lui aussi, supprima le commandant Aloïs Estermann et son épouse Gladys, puis se suicida [2]. Deux exemples qui concourent, en partie, à la difficulté de recruter.

Les gardes suisses avaient, à l'origine, la réputation d'être d'intraitables soldats, des « murailles infranchissables ». C'est pour cette raison que Jules II les avait appelés à son service. Mais ce temps est passé et les soldats helvétiques ont été plus souvent chargés d'expulser des basiliques pontificales les mendiants qui urinaient dans les coins que de charger sabre au

1. *Le Monde*, janvier 2006.

2. Voir la partie « Vous avez dit espionnage ? » de ce même chapitre, p. 161.

clair contre d'hypothétiques ennemis. Leur costume de gala – superbe, certes – suggère moins les tranchées que les festivités d'un monde suranné. Qu'on en juge : pour les officiers, il est taillé dans un velours ponceau, avec la fraise tuyautée, le pourpoint à crevées de soie verte et la culotte fermée par une jarretière d'or au genou, les bas de même nuance dorée et une rose de soie sur les souliers [1] !

La tentative d'assassinat contre Jean-Paul II en 1981 et les attentats du 11 septembre 2001 ont redistribué les cartes. Le folklore a ses limites. Les gardes suisses sont aujourd'hui initiés à la lutte antiterroriste, formés aux sports de combat, ils manient des fusils d'assaut à l'entraînement et cachent des sprays anti-agression dans leurs poches. Mais ils n'ont cependant pas le pouvoir d'arrêter quelqu'un, contrairement aux gendarmes. D'où cette rivalité entre les deux corps déjà évoquée plus haut.

Chacun réclame davantage de moyens et d'effectifs. D'autant que les policiers et les carabiniers italiens, qui ont aussi leur mot à dire aux abords de la place Saint-Pierre, rognent sur leur terrain. Le pape, lui, ne veut pas prendre parti. Il a salué « la petite armée aux grands idéaux » en parlant des gardes suisses et comparé les gendarmes du Vatican à des « anges gardiens ». Pour Benoît XVI, l'essentiel est d'être bien protégé et son voyage en France, en septembre 2008, a montré le professionnalisme incontestable de sa garde rapprochée. Gendarmes et gardes suisses mêlés, en civil, écouteurs vissés dans les oreilles !

Les nouveaux « croisés » du Saint-Siège

L'Opus Dei peut dire merci à Dan Brown ! Sans le célébrissime *Da Vinci Code*, l'organisation catholique créée par le prêtre espagnol Jose María Escrivá de Balaguer en 1928 n'aurait peut-être jamais commencé à lever l'épais voile de mystère qui l'entoure. Ce que la canonisation de son fonda-

1. Bernard Berthod et Pierre Blanchard, *op. cit.*

teur en 2002 à Rome n'avait pas réussi à faire, le *best-seller* du romancier américain y a largement contribué. Contrainte et forcée, l'Opus Dei (l'Œuvre de Dieu) s'est lancée dans une grande campagne de communication pour gommer son image de sombre officine politico-religieuse s'allaitant aux mamelles du franquisme. Avec un certain succès, reconnaissons-le.

L'intrigue du roman de Dan Brown met en scène un moine psychopathe et albinos, Silas, membre d'une Opus Dei impliquée jusqu'au cou dans une conspiration internationale opposant les instances dirigeantes de l'Église catholique romaine au Prieuré de Sion. La caricature est grossière. Encore fallait-il savoir y répondre. L'organisation trouva la faille en précisant qu'elle n'avait jamais compté de moines parmi ses affiliés. Puis, pour enfoncer le clou, elle présenta au public un de ses membres se prénommant justement Silas : un paisible père de famille, courtier à Wall Street et Américain d'origine nigériane. Le tour était joué !

L'improvisation n'étant pas son genre, l'organisation avait élaboré depuis quelques semaines déjà une stratégie de crise. D'autant qu'après le roman on annonçait le film. Une réunion au sommet rassembla à Rome les responsables des bureaux d'information de New York, Londres, Paris, Madrid, Cologne, Lagos et Montréal pour préparer un argumentaire imparable. Chacun redoubla d'efforts pour répondre aux sollicitations médiatiques et battre en brèche « la légende noire » de l'Opus Dei reprise par Dan Brown. L'organisation créa en outre un nouveau site Internet décliné dans vingt-deux langues.

« Je ne sais pas si nous sommes bons, dit Manuel Sanchez, responsable des relations avec la presse internationale au bureau d'information de l'Opus Dei à Rome, mais il est clair que nous avons accumulé une certaine expérience. » Dans la Ville Éternelle, l'université pontificale de la Sainte-Croix, qui dépend directement de l'Opus Dei, comporte une faculté de communication institutionnelle, la seule de ce type dans le monde universitaire catholique. Les étudiants y viennent du monde entier se former aux techniques les plus pointues. Cette faculté organise des colloques et des séminaires de haut niveau destinés aux professionnels des services de communication de l'Église, mais aussi aux journalistes de la presse profane. Depuis 2006, elle assure ainsi, en collaboration avec l'Association internationale des journalistes accrédités au Vatican, un cours annuel destiné aux journalistes étrangers qui viennent couvrir l'actualité religieuse à Rome. « L'existence même de cette université, officiellement érigée par le Vatican en 1990, et son emplacement au cœur de Rome, ont fortement contribué à légitimer l'Opus Dei [1]. »

Pourtant, hormis la Compagnie de Jésus au siècle dernier, aucune organisation catholique n'a provoqué autant de polémiques. Des controverses continuent d'ailleurs. En octobre 2008, pour la première fois en France, un prêtre de 66 ans, Franck Touzet, membre de l'Opus Dei depuis 1962, a été installé curé de la paroisse Notre-Dame de la Dalbade, au centre de Toulouse, par l'évêque du diocèse. Le maire socialiste de la Ville rose, Pierre Cohen, s'en est étonné en critiquant « l'une des organisations les plus dures de l'Église ».

Pour Bénédicte des Mazery, auteur d'un livre sur l'Opus Dei [2], il existe « un risque d'ambigüité au niveau des responsabilités ». En tant que curé, dit-elle, Franck Touzet sera responsable devant l'évêque du diocèse, mais en tant que membre de l'Opus Dei, il rendra compte aux supérieurs de l'organisation. Or, celle-ci « se considère comme l'élite, une milice de Dieu, une troupe de combat et défend une vision très tranchée du bien et du mal [...]. Il peut donc y avoir des décalages entre la position de Rome et celle de l'Opus Dei. » Bénédicte des Mazery reste persuadée que si l'organisation a modernisé sa communication, elle n'a pas changé de méthodes. Des « méthodes qui évoquent des dérives sectaires et peuvent créer une emprise psychologique [3] ».

---

1. *Le Monde diplomatique*, mars 2008.
2. Patrice et Bénédicte Des Mazery, *L'Opus Dei : enquête sur une Église au cœur de l'Église*, Flammarion, 2005.
3. *Le Figaro*, 21 octobre 2008.

La mortification, par exemple, en fait partie. L'organisation propose à ses membres de porter le cilice (non plus le corset d'autrefois, mais une petite ceinture de crin serrée autour de la cuisse) comme soutien physique à la prière, réparation volontaire des péchés et pénitence. Mais personne n'est obligé de l'accepter et chacun reste libre de mener « sa vie spirituelle à sa guise », estime Patrice de Plunkett, auteur d'un autre livre sur l'Opus Dei [1]. « Par ailleurs, ajoute-t-il, la mortification n'est en rien liée à une mentalité rétrograde. Mgr Romero, l'archevêque des pauvres du Salvador, assassiné en 1980 par la milice de l'oligarchie, portait un cilice [2]... » Il fut même l'un des premiers évêques à écrire au pape, à l'époque Paul VI, pour demander la canonisation de Jose María Escrivá de Balaguer, finalement obtenue en 2002.

L'Opus Dei compte 87 000 membres. Parmi eux, les « surnuméraires » (environ 70 %) sont la plupart du temps mariés et mènent une vie de famille normale, même si la pratique religieuse tient un rôle central chez eux. Les « coopérateurs » sont des sympathisants. Les « numéraires » et les « agrégés » s'engagent au célibat, mais ne prononcent pas de vœux à la manière des religieux. On trouve enfin des prêtres (2 % des membres de l'Opus Dei). Certains prêtres diocésains ne sont pas directement membres de l'Opus Dei mais sont affiliés à la Société sacerdotale de la Sainte-Croix, qui en dépend directement.

La direction centrale est assurée par le prélat Javier Echevarria Rodriguez, qui réside à Rome. Il est assisté par un conseil général composé d'hommes et par un conseil central pour les femmes. Tous les huit ans, un congrès de la prélature se réunit pour dresser un bilan du travail apostolique réalisé, fixer de nouveaux objectifs et renouveler les membres des conseils. Si, depuis 1982, l'Opus Dei est une « prélature personnelle » et dépend donc directement du pape sans être soumise à des

1. Patrice de Plunkett, *L'Opus Dei : enquête sur le monstre*, Presses de la Renaissance, 2006.

2. *Famille chrétienne*, octobre 2008.

évêques locaux, elle le doit à Jean-Paul II qui milita d'emblée pour sa reconnaissance dans le paysage ecclésial romain. Il confia même l'importante fonction de porte-parole du Vatican à un numéraire, le journaliste et médecin espagnol Joaquim Navarro-Valls, durant ses vingt-six ans et cent soixante-treize jours de pontificat.

La grande intuition de Jose María Escrivá de Balaguer fut d'anticiper le mouvement général de sécularisation de la société. La promotion des laïcs par l'Opus Dei fait parfois penser à celle observée dans les Églises évangéliques. À ceci près que ce sont les prêtres qui dirigent l'organisation et non les numéraires. En outre, la messe quotidienne, la récitation du chapelet, l'examen de conscience ou la confession hebdomadaire ramènent aux pratiques ancestrales de l'Église. Un membre agrégé de l'Opus Dei à Paris, postier et délégué syndical de la CFDT, confie d'ailleurs : « Dans ma vie, j'ai un cadre de pensée et d'action très clair dont je ne déborde pas : celui du catéchisme de l'Église catholique [1]. »

En France, l'Opus Dei – critiquée par Mgr Lefebvre pour son appui à Vatican II, mais approuvée par le cardinal Lustiger lorsqu'il était archevêque de Paris – reste discrète, souvent mal vue. Liens avec le franquisme, goût du secret, méthodes sectaires, dévotion extrême, entrisme dans les cercles de pouvoirs. L'image peine encore à se redresser. Des noms de personnalités, membres supposés de l'organisation, circulent ici ou là : Michel Camdessus, ancien patron du FMI, Jean-Claude Gaudin, maire de Marseille, Margie Sudre, ex-ministre de la francophonie, Claude Bébéar, fondateur d'Axa, Hervé Gaymard, ancien ministre des Finances, Christine Boutin, secrétaire d'État au logement, etc. Mais la plupart démentent et il n'y a pas lieu de mettre leur parole en doute. « Si vous dites que l'Opus Dei ne comprend ni ministres, ni patrons de multinationales, on vous rira au nez, remarque Patrice de Plunkett. C'est pourtant la vérité ! »

---

1. *Le Monde diplomatique*, mars 2008.

Au début de son pontificat, Jean-Paul II a soutenu une autre organisation controversée : la Légion du Christ. Il s'agit d'une congrégation religieuse de prêtres catholiques, de droit pontifical, fondée en 1941 au Mexique par le père Marcial Maciel Degollado. Établie dans une vingtaine de pays, elle revendique 700 prêtres, 3 000 séminaristes, 65 000 membres et 12 universités. Ses membres sont appelés les Légionnaires du Christ. Ils œuvrent dans de nombreux domaines, tant sociaux que culturels, et sont à l'origine du site religieux zenit.org. Depuis 1949, la Légion dispose même d'une branche laïque officielle : le mouvement Regnum Christi, qui compterait 50 000 membres, surtout dans les deux Amériques.

« Moins connus que l'Opus Dei, les Légionnaires du Christ méritent une réputation tout aussi sulfureuse », assurent Caroline Fourest et Fiammetta Venner qui évoquent « les méthodes spartiates et sectaires de la Légion, tristement célèbre pour taire les nombreux abus sexuels [1] ». De fait, Benoît XVI a dû sanctionner en octobre 2007 Marcial Maciel Degollado, 85 ans, pour pédophilie. Certes, le Saint-Père a voulu éviter au vieux prélat mexicain l'épreuve d'un procès, après une enquête serrée de dix ans. Mais le fondateur de la Légion du Christ a été « invité à une vie discrète de prière et de pénitence » et « à renoncer à tout ministère public ». Il est mort en janvier 2008.

En 1997, huit anciens séminaristes avaient rompu la loi du silence pour l'accuser d'abus sexuels entre 1940 et 1960. En décembre 2004, malgré les dénégations de l'intéressé, la congrégation pour la Doctrine de la foi, dirigée alors par le cardinal Ratzinger, avait décidé de poursuivre les investigations pour faire toute la lumière sur ces accusations. Ce n'était pas la première fois que le Vatican enquêtait sur Marcial Maciel Degollado. Entre 1956 et 1959, accusé d'usage de stupéfiants, il avait été suspendu de ses fonctions temporairement.

À Rome, les mauvaises langues surnomment parfois les Légionnaires du Christ les « Millionnaires du Christ » à

1. Caroline Fourest et Fiammetta Vemmer, *Les Nouveaux Soldats du pape*, éditions du Panama, 2008.

cause d'une absence de complexe très américaine en matière financière. Leur budget annuel est estimé à plus de 50 millions d'euros, à peine cinq fois moins que celui du Saint-Siège. Cet argent permet, entre autres, de financer une formation de douze à quatorze ans dans les séminaires de la Légion. La vie y est réglée dans le moindre détail : horaires stricts, costumes croisés, raie de cheveux gominée du même côté.

Prosélytes tous azimuts, très actifs parmi les élites du monde politique et économique, comparés à des « jésuites du troisième millénaire », les Légionnaires sont souvent considérés comme « le fer de lance de la nouvelle évangélisation parce qu'ils mènent une politique très offensive de recrutement de jeunes pour le sacerdoce [1] ». Mais pour cette jeune congrégation, jalousée par l'Opus Dei et longtemps présentée comme le modèle absolu de réussite dans un monde catholique troublé, la chute de Marcial Maciel a représenté incontestablement un choc désagréable.

Une chose paraît certaine : à l'instar de son prédécesseur Jean-Paul II, le pape Benoît XVI a besoin des Légionnaires, notamment en Amérique latine pour contrer l'expansion des Églises protestantes, comme il a besoin de l'Opus Dei en Europe et aux États-Unis. Conservateur comme eux, le Saint-Père n'en est que plus à l'aise pour leur donner satisfaction en remettant au goût du jour certaines traditions (messe en latin, communion dans la bouche) et en appelant sans cesse les catholiques au respect de principes fondamentaux (non à la contraception, à l'avortement, au mariage des prêtres ou à l'ordination des femmes).

Bien sûr, le pape ne s'appuie pas uniquement sur ces « nouveaux croisés » pour défendre les positions de l'Église dans le monde. Mais leur dynamisme est incontestable et leur poids s'affirme. Les Légionnaires du Christ contrôlent une agence d'information au Saint-Siège et dirigent de nombreux séminaires et facultés. Les membres de l'Opus Dei, eux, sont très

1. *La Croix*, 21 octobre 2008.

présents au sein même du Vatican et dominent l'épiscopat américain. Bref, « Opusiens » et Légionnaires sont en ordre de bataille.

La presse et « les messagers de Dieu »

Au début du XXe siècle, les premiers journalistes qui fréquentent quotidiennement le Vatican sont trois. Ils font partie de « la bande à Pucci », du nom de Mgr Enrico Pucci, un prélat de la secrétairerie d'État passionné par les médias. Les correspondants à Rome des journaux italiens ou étrangers font appel à eux pour avoir des informations sur le Saint-Siège et, petit à petit, la « bande à Pucci » devient une petite agence de presse autonome.

À l'époque, la salle de presse est installée dans un local que les journalistes partagent avec les pompiers dans la cour Saint-Damase, tout près de l'entrée d'honneur du palais apostolique. Un emplacement idéal pour épier les allées et venues des uns et des autres, bloquer un cardinal pour lui demander une interview ou accéder directement aux bureaux de la secrétairerie d'État et y faire antichambre avant de rencontrer – sur rendez-vous – telle ou telle éminence.

Quelquefois, cependant, les journalistes quittent les couloirs de la secrétairerie d'État sans même demander un entretien. La raison en est simple : les minces parois de bois amovibles qui séparent les bureaux dans les immenses salles du palais laissent filtrer toutes les conversations pourvu qu'on y prête l'oreille avec assez d'attention. Quand les prélats, petit à petit, se rendront compte que la confidentialité de leurs propos n'est pas garantie, ils se mettront à susurrer. Une habitude qu'ils n'ont jamais vraiment perdue depuis.

Les journalistes devenant trop curieux, un jeune ecclésiastique est chargé d'organiser durant l'entre-deux-guerres le transfert de la salle de presse de la cour Saint-Damase à un bureau proche de celui de *L'Osservatore romano*, dans la partie nord-est de la Cité du Vatican. Le jeune prêtre en question n'est autre que le substitut de la secrétairerie d'état, fils d'un éditorialiste catholique de Brescia, Giovanni Battista Montini, autrement dit le futur Paul VI. Les journalistes y gagnent en confort ce qu'ils perdent en proximité.

Les années passent et, à la fin de la Seconde Guerre mondiale, Mgr Enrico Pucci est publiquement accusé d'avoir travaillé pour l'Ovra, la police secrète de Benito Mussolini [1]. Victime d'une attaque cardiaque et de complications vasculo-cérébrales, Mgr Pucci se retrouve paralysé. Il mourra quelques mois plus tard. La petite corporation des journalistes spécialisés dans les affaires du Saint-Siège (on dit les « vaticanistes » comme on parle des « kremlinologues ») n'en continue pas moins de croître.

Un journaliste de *L'Osservatore Romano* est placée à sa tête et devient le premier porte-parole du pape : il s'agit de Federico Alessandrini, un ancien étudiant en médecine reconverti dans les lettres qui avait connu à la fin des années 20 Giovanni Battista Montini à la Fédération universitaire catholique italienne.

L'adjoint d'Alessandrini, Luciano Casimirri, deviendra le véritable gestionnaire de la salle de presse du Vatican. Son nom est resté sur les tablettes pour au moins deux raisons : d'une part, pour avoir épousé Ermanzia Labella, la première citoyenne née au Vatican, fille de l'ancien « doyen de salle » Tommaso Labella, chargé de guider la *sedia gestatoria* quand ce trône ambulant était encore utilisé par les papes ; d'autre part, pour être le père d'Alessio Casimirri, terroriste des Brigades rouges sous le nom de « Camillo », condamné par contumace à la prison à vie pour avoir participé au rapt et à l'assassinat de l'ancien président du Conseil italien, le démocrate-chrétien Aldo Moro, et de ses cinq gardes du corps, en 1978.

Réfugié au Nicaragua depuis 1980, « Camillo » s'est marié là-bas en secondes noces avec Raquel Garcia Jarquin, dont il a eu deux enfants. Il a ouvert successivement deux restaurants à

---

1. Voir la partie « Vous avez dit espionnage ? » de ce même chapitre, p. 161.

Managua, le *Magica Roma* (Rome magique) et *La Cueva del Buzo* (Le repaire du scaphandrier). Sa nouvelle citoyenneté obtenue grâce à son mariage et ses bons rapports avec le monde politique local ont empêché les autorités italiennes, malgré de multiples tentatives, d'obtenir son extradition.

Quand Paul VI monte sur le trône pontifical, en 1963, il met une salle de presse encore plus grande à la disposition des journalistes, mais décide ce faisant de les pousser en dehors du Vatican, au 54 via della Conciliazione, à deux pas de la place Saint-Pierre. Cette salle a déjà servi à la presse durant le concile Vatican II. et elle s'est modernisé au fil du temps. Après Federico Alessandrini, elle est dirigée que par quelques rares élus : l'archevêque piémontais Fausto Vallainc, le père Romeo Panciroli, le journaliste-médecin espagnol Joaquin Navarro-Valls (membre de l'Opus Dei) et, aujourd'hui, le jésuite Federico Lombardi. Les journalistes accrédités de façon permanente sont environ 450. Mais les accréditations temporaires peuvent dépasser plusieurs centaines à l'occasion d'un concile ou d'une année jubilaire.

Le plus ancien moyen de communication du Saint-Siège est bien sûr *L'Osservatore Romano*, qui fêtera ses 150 ans en 2011. Il se flatte d'être le quotidien le moins lu mais le plus cité au monde ! C'est en tout cas le seul journal à ne pas être vendu dans le pays où il est édité puisqu'il n'y a pas de kiosques à journaux au Vatican. Imprimé à la mi-journée, il est surtout vendu par abonnements, mais on peut aussi le trouver l'après-midi dans certains kiosques. Son édition quotidienne est publiée en italien (avec certains textes en latin), mais il est diffusé en cinq autres langues (français, anglais, allemand, portugais, espagnol) dans sa version hebdomadaire et en polonais dans sa version mensuelle. Il compte une quarantaine de journalistes et son tirage oscille entre 60 000 et 100 000 exemplaires.

Avec l'apparition de la couleur, des caractères graphiques plus modernes et une mise en page rajeunie grâce à son nouveau directeur, Gian Maria Vian, *L'Osservatore Romano* présente un aspect un peu moins rébarbatif qu'avant. Sa version électronique, sur Internet, lui vaut de nouveaux lecteurs. Il ne dédaigne pas non plus la publicité, mais veille à son contenu. Voici quelques années, la firme Johnson's Wax avait acheté deux pages entières du journal pour faire sa promotion. Avec une immense photo de la basilique Saint-Pierre en toile de fond, on pouvait lire ce slogan : « Tout juste ravalée grâce aux produits Johnson's Wax, la basilique est vraiment splendide ! » Le Vatican avait effectivement utilisé ces produits pour le ravalement. Mais il les avait dûment payés et, pour couper court aux rumeurs de sponsoring, Johnson's Wax fut priée de ne plus faire de publicité dans le quotidien de l'Église catholique romaine [1].

L'Osservatore Romano n'a jamais été autant lu que durant la dernière guerre, quand il donnait des informations que les journaux italiens n'avaient pas le droit de publier. Son directeur de l'époque, Giuseppe Dalla Torre, avait le don d'irriter Mussolini parce qu'il refusait systématiquement de l'appeler « Duce ». En revanche, les éditoriaux de ce même Giuseppe Dalla Torre étaient réputés illisibles. Il multipliait les subordonnées, les parenthèses et les crochets, en ignorant l'usage du point à la ligne.

Le style du journal a d'ailleurs toujours fait sourire et Mgr Montini, deux ans avant de devenir pape, s'en était moqué avec humour dans un article qui lui avait été demandé pour le numéro spécial du centième anniversaire du quotidien. « On notera tout de suite, écrivait-il, que sur *L'Osservatore Romano* on ne parle ni de théâtre, ni de sport, ni de finances, ni de mode, ni de procès et qu'il n'y a ni bandes dessinées, ni jeux ou mots croisés... Bref, rien de ce qui est supposé attirer la curiosité du grand public. Les rares publicités ressemblent à autant de punitions... Quant aux informations, regardez-les : on dirait qu'elles n'ont été façonnées que pour ôter tout frisson aux lecteurs et

1. Nino Lo Bello, *Vaticanerie*, Àncora, Roma, 2000.

leur enseigner à la fois le calme et la bonne éducation mentale... Ce journal sérieux, ce journal grave, qui le lirait dans le bus ou au café ? »

Son directeur a beau être nommé par le pape et la plupart de ses pages relues par la secrétairerie d'État – notamment la rubrique intitulée « Nostre informazioni » (nos informations) – *L'Osservatore Romano* n'est que le journal officieux du Saint-Siège. Le véritable journal officiel s'intitule *Acta Apostolicae Sedis* (Actes du Siège apostolique). Toutes les lois du Saint-Siège sont rédigées en latin dans ce journal et entrent en vigueur trois mois après leur publication. Quelques textes, quand le besoin s'en fait sentir, sont publiés dans d'autres langues.

La revue *Latinitas*, éditée au Vatican pour promouvoir la langue officielle de l'Église catholique romaine, est pour sa part entièrement écrites en latin. Même les chroniques sportives sont ciselées dans la langue de Cicéron. Récemment, dans un article rendant compte d'un partie de football, l'arbitre a été traité par le public de « cocu », ce que le journaliste de *Latinitas* a traduit en ces termes : *« Arbiter corniger ! »* (« arbitre cornu »).

Le latin ne figure pas, en revanche, parmi la quarantaine de langues utilisées par Radio Vatican pour toucher ses 80 millions d'auditeurs. Elles vont du chinois à l'arabe, en passant par le letton. La radio du pape diffuse chaque jour environ soixante-cinq heures d'émissions dans ces diverses langues sur cinq canaux. Elle emploie quelque 400 personnes (dont 200 journalistes) originaires de 60 pays. Parmi eux, 340 laïcs. Elle fut inaugurée en 1931 par Pie XI qui avait demandé au grand savant Guillaume Marconi de la mettre au point. Elle a toujours été dirigée par les Jésuites.

Le grand essor de Radio Vatican remonte à l'époque où la télévision, les satellites et Internet n'existaient pas. Elle profitait alors d'une puissance de pénétration inégalable grâce à une gigantesque antenne tournante – vivement contestée par les écologistes d'aujourd'hui pour sa pollution électromagnétique –

installée à 30 kilomètres au nord de Rome sur un terrain bénéficiant de l'extraterritorialité. Les techniciens du pape ont été les premiers à mettre au point, dans un rayon compris entre 400 et 18 000 kilomètres, la méthode dite du « bombardement » où l'ionosphère est utilisée comme une bande de billard pour renvoyer les boules. La cible prioritaire de ce « bombardement » a été longtemps l'ex-URSS.

L'audience était si bonne qu'on se racontait cette petite histoire dans les couloirs du palais apostolique : « Une gouvernante entre dans le bureau de Leonid Brejnev sa trousse de couture à la main pour lui recoudre un bouton. "Mais comment savez-vous qu'il me manque un bouton ?" s'étonne Brejnev. "Je l'ai appris en écoutant Radio Vatican !" » répond la jeune femme. » Et les *Monsignore* de s'esclaffer...

Si *L'Osservatore Romano* bénéficie d'un peu de publicité, Radio Vatican, elle, en est complètement privée. Résultat : les deux médias ont accusé ensemble un déficit de plus de 10 millions d'euros en 2007. Le pape doit en renflouer une partie sur sa cassette personnelle, l'autre moitié étant à la charge du Gouvernorat. En revanche, la Librairie éditrice du Vatican (LEV), dont les statuts modernisés remontent à 1991, et la chaîne de télévision CTV (Centre télévisé du Vatican), lancée en 1983, gagnent de l'argent grâce aux droits perçus sur les très nombreux textes et images qu'ils produisent.

À l'heure de la communication tous azimuts, le Vatican – qui a aussi sa vitrine sur Internet (www.vatican.va) visitée par 10 millions de personnes par jour – n'entend surtout pas rester inerte. Jean-Paul II hier et Benoît XVI aujourd'hui sont de vraies valeurs marchandes. Pourquoi ne pas en tirer des *royalties* ? Certains éditeurs ou producteurs privés crient au scandale en accusant le Saint-Siège de ravaler la papauté au rang de vulgaire produit commercial, mais chacun, en réalité, défend son pré carré.

Si Clément XIII en 1766 dénonçait « l'insolente et épouvantable licence des livres » et Pie VI, en 1791, le « droit monstrueux » de la liberté de la presse, les papes ont très vite compris l'importance des médias. La création de Radio Vatican en 1931 le prouve. Comme cette phrase prononcée en 1946 par Pie XII devant une caméra : « Nous attendons de la télévision des conséquences de la plus haute portée... » En 1962, le premier satellite de communication Telstar permet la couverture mondiale de l'ouverture du concile Vatican II et Jean XXIII utilisera à merveille les « étranges lucarnes » pour façonner son image de pape débonnaire et proche des gens. Quant à Jean-Paul II, n'en parlons pas : pape « cathodique » par excellence, sa maîtrise de la presse a toujours fasciné les professionnels. Benoît XVI, lui, demeure une énigme : son voyage en France à l'automne 2008 fut une réussite médiatique, mais sa gestion de l'affaire Williamson début 2009 et ses propos en Afrique sur le préservatif et le sida ont provoqué un tollé... À suivre.

CHAPITRE 5

CE QUE FEMME VEUT...

Le Vatican est un monde d'hommes. Mais la femme y tient depuis toujours une place plus importante qu'on ne le croit d'habitude. L'Église n'a-t-elle pas longtemps cru qu'une papesse – la papesse Jeanne – avait siégé sur le trône de Pierre ? Marozie de Tusculum n'a-t-elle pas été la maîtresse de Serge III, dont elle a eu un fils qui devint à son tour pape, sous le nom de Jean XI ? Ce qu'on appelle la « pornocratie pontificale », au Xe siècle, ne désigne-t-elle pas le gouvernement des courtisanes ? Giulia Farnèse et Lucrèce Borgia n'ont-elles pas fait fantasmer tous les prélats de la Renaissance ? Donna Olimpia n'a-t-elle pas gouverné l'Église à la place d'Innocent X ? Beaucoup plus près de nous, sœur Pascalina, surnommée *« la popessa »*, n'a-t-elle pas été l'omniprésente gouvernante et confidente de Pie XII ? Et de grands pays comme la Grande-Bretagne et les États-Unis n'ont-ils pas envoyé des femmes comme ambassadeurs auprès du Saint-Siège ?

L'histoire de la papesse Jeanne mérite d'être racontée. Au milieu du IXe siècle, dit la légende, dans le désordre absolu qui caractérise l'Église de ce temps-là, une jeune femme d'origine anglaise se travestit en homme pour suivre son amant à l'Université. À l'époque, les femmes n'y sont pas admises. La dame se fait appeler Jean Langlois, est ordonnée prêtre et ne tarde pas à être remarquée à Rome dans les milieux ecclésiastiques. Elle réussit si bien qu'en juillet 855, à la mort de Léon IV, elle est élue pape à l'unanimité et prend le nom de Jean VIII. Ce qui ne l'empêche pas de continuer à se livrer aux plaisirs de la chair et de tomber enceinte. Au cours d'une procession entre le Vatican et le Latran, la papesse perd les eaux, est prise de contractions et accouche publiquement. Scandale ! Elle est bientôt condamnée à mort et traînée à cheval sur plusieurs centaines de mètres. Son règne aura duré deux ans, sept mois et quatre jours.

La fable est sidérante. Mais le plus extravagant est que l'Église, embarrassée, n'y oppose aucun démenti. Mieux, la légende est confortée par une inscription gravée sur la statue de Junon allaitant Hercule érigée près du lieu où aurait péri la pécheresse. On y lit « PPPPPP », ce qui signifierait, selon le chroniqueur dominicain Jean de Mailly, « *Papa, Pater Patrum, Partu Papissa Proditus* », soit « le pape, père des pères, révélé comme papesse par son accouchement. » Le mythe se répand et de grands noms comme Boccace, Jan Hus, Guillaume d'Occam ou Jean Gerson lui apportent l'onction de leur érudition. En 1561, le protestant Théodore de Bèze fait de l'existence de Jeanne un argument contre la légitimité de la papauté romaine et tous les antipapistes s'engouffrent dans la brèche.

Pour donner encore davantage de crédit à l'affaire, plusieurs savants affirment que, depuis la supercherie de l'élection de Jean VIII, l'Église – échaudée – procède à une vérification de la virilité des souverains pontifes nouvellement élus à travers une chaise percée ! Un homme de l'art se charge de palper les parties génitales du Saint-Père et, si le résultat est positif, s'exclame à la fin de son inspection : *« Duos habet et bene pendentes »* (il en a deux, et bien pendantes !). Que répondre à pareille affirmation ? Les preuves ou prétendues telles s'accumulent et les autorités vaticanes continuent de se murer dans un silence qui vaut approbation.

Ce silence gêné durera jusqu'à la fin du XVIe siècle, date à laquelle la vérité éclate enfin. Un moine augustin, Onofrio Panvinio, rédige en 1562 une première réfutation sérieuse de la légende de la papesse Jeanne. Vingt-cinq ans plus tard, un juriste français, Florimond de Raemond, abonde dans le même sens. Le rite de la chaise percée n'a jamais existé. Seuls des sièges curules, comme au temps de l'antiquité romaine, étaient parfois utilisés pour donner plus d'autorité au pontife. Quant à la chronologie des papes entre Léon IV et Benoît III, elle ne laisse que quinze jours de règne possible au présumé Jean VIII. L'argumentation est imparable. À tel point, d'ailleurs, que les luthériens – pourtant peu indulgents à l'égard de la papauté – s'y rallieront quelques années plus tard.

***

Si Jeanne est un fantasme, Marozie, elle, a bel et bien existé et participe activement aux événements de cette période trouble du Xe siècle où les grandes familles de Rome et alentour se battent, par tous les moyens, pour le pouvoir et l'argent. Après l'effondrement de l'Empire carolingien, l'aristocratie romaine cherche à contrôler la papauté et force le souverain pontife Étienne V à couronner Guy de Spolète empereur d'Italie. À la mort de Guy, Formose – prélat d'origine corse qui a succédé à Étienne V – rompt l'alliance avec les Spolètes et couronne Arnulf de Carinthie. Mais Formose meurt trois ans plus tard et les Spolétains, qui avaient été chassés de Rome, y reviennent bien décidés à se venger. Ils obligent le pape Étienne VI à organiser le jugement posthume de son prédécesseur dont le corps putréfié est extrait de sa tombe et exposé au public. Les historiens appellent cet épisode « le concile cadavérique ». Formose est jugé, condamné, dépouillé de ses insignes pontificaux, privé des doigts de sa main droite avec lesquels il bénissait la foule, et jeté dans les eaux du Tibre.

La jeune Marozie, née en 892, est encore trop jeune pour comprendre ces horreurs. Mais elle est à bonne école. Son père et sa mère forment un couple ambitieux. Ils font la loi dans la Ville Éternelle. Le pape Serge III leur doit son élection en 904 et, à 13 ans, Marozie devient sa maîtresse. Elle épousera ensuite Albéric, marquis de Spolète, puis Guy, marquis de Toscane, avant d'évincer de son trône le pape Jean X qui, pourtant, selon un chroniqueur de l'époque, a été l'amant de sa mère. Jean X est enfermé puis étouffé avec un oreiller au château Saint-Ange. La voie est libre : en 931, elle place le fils qu'elle a eu de sa liaison avec Serge III sur le trône de saint Pierre, sous le nom de Jean XI. À la mort de Guy de Toscane, elle se remarie avec son beau-frère Hugues, qui a le titre de roi d'Italie. Cette union est-elle interdite par l'Église ? « Elle s'en moque, car l'Église, à Rome, c'est son fils [1] ! »

Le mariage se déroule avec fastes au château Saint-Ange qui, décidément, sert à toutes les sauces. Mais Marozie ne l'emportera pas au paradis. Car le fils – légitime – qu'elle a eu de son union avec Albéric de Spolète, prénommé lui aussi Albéric, s'insurge contre les turpitudes et l'immoralité de sa mère. Il sème la pagaille au château. Les noces tournent au cauchemar. Hugues parvient à prendre la fuite, mais Albéric fait jeter sa mère et le pape, son demi-frère, en prison. Ce dernier survivra. Marozie, en revanche, ne donnera plus jamais de ses nouvelles...

***

La famille des Borgia, quelques siècles plus tard, n'a rien à lui envier. Elle donnera à l'Église deux papes (Calixte III et Alexandre VI), un saint, un grand conquérant – César – et plusieurs séductrices. La première est la ravissante Giulia Farnèse, née en 1474, dont Raphaël et Pinturicchio s'inspireront pour quelques-uns de leurs plus beaux tableaux. Elle aurait servi de modèle, notamment, pour *La Dame à la licorne*, sublime toile du maître d'Urbino où éclatent sa grâce et sa fraîcheur.

Descendante de la dynastie des Sermoneta à laquelle appartient le pape Benoît VIII, ses courbes harmonieuses et ses yeux de diamant noir font tomber les hommes à ses pieds. Giulia, c'est l'ange et le démon unis dans le même corps de déesse. Quand elle épouse Orso Orsini, dit « le Borgne », son amant

1. Charles Yriarte, *Autour des Borgia*, J. Rothschild, 1891.

Rodrigo Borgia, le futur Alexandre VI, est anéanti. Il a beau être âgé de quarante ans de plus qu'elle et aimer autant les femmes que les garçons, il lui écrit une lettre furibonde : « Nous ne pouvions pas croire que tu usasses d'autant de perfidie et d'ingratitude [...], après avoir si souvent promis et juré de ne point rencontrer Orsini [...]. Je ne pourrai jamais croire que tu le fasses pour autre chose que pour te faire remplir une fois encore par cet étalon [1] ! »

Alexandre VI est pape depuis trois mois quand, en 1492, année de la découverte de l'Amérique, « Giulia la Belle » donne naissance à son unique enfant, une fille prénommée Laura. Orso Orsini la reconnaît comme sa fille légitime, mais commérages et médisances vont bon train... Certains voient une ressemblance entre Laura et Rodrigo Borgia. Le Saint-Père nie toute paternité dans une nouvelle lettre à son amante qu'il installe – sa colère s'est dissipée – au palais épiscopal comme sa concubine officielle. Là, elle se liera d'amitié avec la fille du souverain pontife, Lucrèce Borgia.

Le pape, reconnaissant, comble de cadeaux sa belle Giulia et dispense des faveurs à ses proches : il fait don du fief de Carbognano au mari cocufié de sa bien-aimée et, surtout, nomme cardinal le frère de Giulia, Alexandre, à peine âgé de 25 ans. Ce qui vaut au jeune homme, dans les rues de la Ville éternelle, le surnom ironique de *« cardinale della Gonnella »* (« cardinal des jupons »).

Les années passent et Alexandre VI meurt en 1503. Après le très bref pontificat de Pie III, le conclave élit pape Giuliano della Rovere qui prend le nom de Jules II. Les della Rovere succèdent en quelque sorte aux Borgia. Giulia comprend tout l'intérêt qu'il y aurait à marier sa fille, Laura, à un fils de cette puissante famille. Elle agit avec autant d'adresse que de rapidité et, le 15 novembre 1505, Laura Orsini, âgée de 13 ans, épouse Niccolò della Rovere, neveu de Jules II ! La belle intrigante peut crier discrètement victoire. Le 23 mars 1524, après

1. Corrado Augias, *Les Secrets de Rome*, trad. de l'italien par M. Baccelli, éditions du Rocher, Monaco, 2007.

deux veuvages et une vie bien remplie, elle mourra dans le palais de son frère, le cardinal, qui accèdera au trône de saint Pierre dix ans plus tard sous le nom de Paul III.

La grande amie et confidente de Giulia Farnèse était Lucrèce Borgia, la fille d'Alexandre VI, de six ans sa cadette. Chantée elle aussi pour sa beauté par l'Arioste, un grand poète de l'époque, Lucrèce a inspiré une légion d'écrivains – dont Victor Hugo et Alexandre Dumas – de peintres et de cinéastes. L'ambassadeur de Florence au Vatican, Lorenzo Pucci, est le premier à avoir vu ensemble et décrit Giulia et Lucrèce dans une dépêche du 24 décembre 1493. La belle chevelure de Giulia tombe jusqu'à ses pieds. L'ambassadeur note : *« Nulla di simile vidi mai... pareva davvero un sole »* (« Jamais je n'ai rien vu de semblable, on aurait vraiment dit un soleil »).

Lucrèce, le visage rond et le menton un peu fuyant, les yeux bleu très clair, la carnation pulpeuse, porte pour sa part un cercle d'or dans les cheveux retenant un filet constellé de perles. Brune au naturel, elle a pourtant des « cheveux d'or ». C'est la mode, en effet, de se teindre. Se blondir la crinière est un art *(Arte biondeggiante)*. Lucrèce Borgia se décolore tous les cinq jours au moins et quand elle reste une semaine sans se laver les cheveux elle « souffre de migraines [1] ».

Est-elle cette égérie frivole et corrompue dénoncée par certains ? Ou, au contraire, cette femme cultivée, protectrice des arts louée par d'autres ? En tout cas, elle « partage avec Cléopâtre l'une des réputations les plus sulfureuses de l'histoire [2] » et elle porte sur le visage la même « concupiscence joyeuse [3] » que son père. À Rome, elle habite dans un palais voisin de l'église Sainte-Marie-du-Portique d'Octavie, où se rend la fine fleur de la noblesse souhaitant être reçue par Alexandre VI. Un témoin de l'époque écrit : « La majeure partie de ceux qui veulent obtenir une grâce du pape passe par cette porte. »

1. Charles Yriarte, *op. cit.*
2. Georges Suffert, *Tu es Pierre*, éditions de Fallois, 2000.
3. Charles Yriarte, *op. cit.*

Née dans la Ville Éternelle en 1480, fille de celui qui n'est encore que le cardinal Rodrigo Borgia et de sa maîtresse « officielle », Vanozza Cattanei, Lucrèce est comme Giulia un bon miroir de l'époque luxuriante de la Renaissance où le raffinement côtoie la cruauté, où la vie privée et la vie publique se mélangent et où le politique et l'affectif se confondent. Fêtes, orgies et trahisons seront son pain quotidien. Elle aura même, dit-on, des relations incestueuses avec son frère César dont la vie et la carrière trépidantes inspireront *Le Prince* à Machiavel.

Pour Alexandre Dumas, « elle cachait le cœur d'une Messaline sous le visage d'une vierge de Raphaël ». Mais sa jeunesse n'a rien d'une vallée de roses. Après deux fiançailles rompues, Alexandre VI la marie à trois reprises – la première fois à 13 ans – toujours pour de subtiles raisons politiques. Son premier époux, Giovanni Sforza, doit consentir à l'annulation de son mariage au bout de quatre ans et Lucrèce est déclarée *« virgo intacta »* (vierge intacte). Elle n'en accouche pas moins trois mois plus tard d'un beau garçon dont le père est, selon toute vraisemblance, Pedro Caldes, dit Perotto, premier camérier du pape. On le retrouvera noyé dans les eaux du Tibre. Son deuxième mari, Alfonso de Bisceglie, meurt assassiné sur ordre de César Borgia lui-même. Le troisième mari, Alphonse d'Este, épousé par convenance lui aussi, sera le bon.

Le mariage entre Lucrèce et Alphonse fait date dans les annales italiennes, non pas en raison de ses répercussions politiques, mais pour « l'extraordinaire déploiement d'élégances » qui se manifeste à cette occasion [1]. Selon les chroniqueurs de l'époque, la mariée est vêtue d'une robe « de satin couleur carmin, brochée d'or, garnie d'hermine ; une demoiselle d'honneur porte sa traîne ; ses beaux cheveux parfilés du soleil sont noués d'un ruban noir qui en fait ressortir le doux éclat, sous une résille légère de soie et d'or. Son cou est orné d'un grand collier de perles où s'attache un pendentif serti d'une émeraude, d'une perle et d'un rubis. »

1. Marcel Brion, *Les Borgia*, Tallandier, 1995.

Quand Lucrèce part de Rome à Ferrare, son costume de voyage est « de soie rouge bordée d'hermine, avec un manteau de brocart d'or à la française, dont les manches tombent jusqu'à terre. » Tout au long du trajet, « Lucrèce traverse un concert d'admirations et d'exclamations. Elle est si belle sur son cheval blanc harnaché de rouge et d'or, avec son grand chapeau à plumes sur ses cheveux blonds, que les citadins et les paysans se bousculent sur son passage pour mieux la regarder. »

Lucrèce Borgia s'installe donc en 1502 sur les terres de son époux, à Ferrare, dans la plaine du Pô. Dès lors, miracle ou pas, elle mène une existence décrite comme « pieuse et exemplaire ». La Messaline aux mœurs dépravées se mue en bonne mère, bonne chrétienne, dame de charité, protectrice des arts et des lettres, femme aimée de tous. Elle mourra d'une septicémie foudroyante en accouchant d'une fille en 1519 – son huitième enfant – et toute la ville la pleurera.

Aujourd'hui, Lucrèce fascine encore. Ne vient-on pas de découvrir à la National Gallery de Melbourne une toile qui pourrait être son portrait ? Pour le conservateur du musée, en tout cas, pas de doute : il s'agit bien de la fille d'Alexandre VI. Le tableau, de forme ovale, est l'œuvre de Giovanni di Niccolo de Luteri, plus connu sous le nom de Dosso Dossi, un contemporain de Raphaël et de Michel-Ange. On y voit une jeune fille, les cheveux tirés en arrière, l'air un peu boudeur, avec en arrière-plan un buisson de myrte, symbole de l'amour et du désir.

***

Au XVIIe siècle, une autre femme a défrayé la chronique romaine et vaticane : Olimpia Maidalchini, dite *« donna Olimpia »*, née dans une famille modeste à Viterbe en 1594 et morte dans la même ville en 1657 couverte d'or. Son père avait décidé de la mettre au couvent. Mais la jeune Olimpia n'avait aucune intention de se laisser enfermer. Pour se débarrasser d'un « directeur de conscience » chargé de la convaincre de prendre le voile, elle l'accusa de tentative de viol. Le scandale provoqua un tel tollé que le malheureux fut suspendu *a divinis*. Olimpia obtint de son père le droit de se marier avec un riche commerçant, Paolo Pini, qui mourra trois ans plus tard.

La plantureuse jeune femme épouse alors en secondes noces un aristocrate romain d'une trentaine d'années plus âgé qu'elle, Pamphilio Pamphili, et se lie d'amitié avec le frère de celui-ci, Giovanni Battista, juriste et homme d'Église dont elle deviendra la maîtresse à la mort de son mari, en 1639. Elle est riche et intrigante : il n'en faut pas plus pour que, grâce à elle, Giovanni Battista Pamphili soit élu pape en 1644 sous le nom d'Innocent X. Olimpia a su convaincre les cardinaux français de voter pour son amant afin d'éviter qu'un Espagnol ne soit intronisé. L'élection d'Innocent X, c'est sa victoire. « Nous venons d'élire un pape de sexe féminin ! » commente d'ailleurs avec malice le cardinal Alessandro Bichi. Et les Romains, persifleurs, surnomment le nouveau pape « Olimpia Ier ».

Des deux « amants terribles », Olimpia a certainement le plus d'autorité, de caractère et de cupidité. Durant onze ans, elle régnera sur le Vatican – hormis une courte période de disgrâce – et n'hésitera jamais à remplir ses caisses personnelles d'espèces sonnantes et trébuchantes en accaparant les pouvoirs. Le pape lui donne le titre de princesse de Saint Martin ; son fils Camillo et son neveu Francesco sont nommés tour à tour cardinaux ; les prélats de la Curie font antichambre pour la rencontrer. Le cardinal Sforza Pallavicini raconte que l'un d'eux « n'était même pas honteux d'avoir accroché dans son bureau un portrait d'elle, comme si elle était une reine [1] ! ».

Le peuple de Rome qui raffole des *pasquinate* – sorte d'aphorismes satiriques inscrits sur une pancarte attachée au cou de Pasquino, tailleur ou barbier dont la statue se dresse le long du palais Braschi – surnomme désormais Olimpia *« la Pimpaccia »*. Intraduisible en français, il s'agit d'un jeu de

1. Eleanor Herman, *Mistress of the Vatican*, Harper Collins, New York, 2008.

mots tiré du latin *« Olim-pia, nunc impia »* qu'on peut traduire par « Jadis pieuse, aujourd'hui pécheresse ». D'autres *pasquinate* viseront *« la Pimpaccia »*. Par exemple : « Qui dit femme dit préjudice; qui dit Olimpia Maidalchina dit femme, préjudice et ruine. » Ou encore : « C'est un homme habillé en femme pour la ville de Rome et une femme habillée en homme pour l'Église romaine. »

Olimpia est à la fois redoutable et redoutée, admirée (l'ambassadeur de France Henri d'Étampes de Valençay parle d'une « grande dame ») et détestée... Mais elle sait aussi montrer qu'elle a de la mémoire et étaler sa générosité : grâce à son ascendant sur le pape, elle obtient un poste d'évêque en faveur de l'infortuné « directeur de conscience » qu'elle avait injustement accusé d'avoir voulu la déflorer quelques années plus tôt au couvent. En revanche, à la mort d'Innocent X, en 1655, son ingratitude est totale : elle rafle tout ce qu'elle peut dans les appartements pontificaux et ne décaisse pas un écu pour les funérailles. À un prêtre qui s'en étonne, elle répond : « Mais que peut faire une pauvre veuve ? » La dépouille du Saint-Père restera abandonnée pendant trois jours sans que personne s'en préoccupe.

Donna Olimpia sera bannie par le nouveau pape Alexandre VII et mourra en 1657, deux ans après son beau-frère. Aujourd'hui, dans les splendides salles de la galerie Doria-Pamphili, à Rome, on peut admirer un portrait et un buste d'Innocent X signés respectivement de Vélasquez et du Bernin. Et un buste en marbre de *« la Pimpaccia »* où la chère Olimpia apparaît, à tous égards, sous les traits d'une... maîtresse femme !

***

Dans ces portraits au féminin, la Bavaroise Joséphine Lehnert tient une place à part. Parce qu'elle est notre contemporaine – elle s'est éteinte en 1983 à l'âge de 89 ans – et que rien ne prédestinait cette fille de paysans devenue nonne sous le nom de sœur Pascalina à entrer dans l'histoire du Vatican.

Blonde aux yeux bleus, la bouche bien dessinée, les rares photos que l'on possède d'elle montrent, sous sa coiffe austère de religieuse, une jolie femme à l'air intrépide. Dévouée corps et âme durant quarante ans à Eugenio Pacelli, le futur Pie XII, elle sera à la fois « mère, gouvernante, confidente, éminence grise et cerbère inflexible du souverain pontife » et exercera « un pouvoir sur la direction de l'Église que nulle femme, avant ou après elle, ne posséda jamais [1]... »

Parmi mille anecdotes la concernant – de ses balades à moto ou de ses descentes à ski avec Eugenio Pacelli –, la plus étonnante remonte au 1er mars 1939 quand, dix-neuf jours après la mort de Pie XI, s'ouvre le conclave pour désigner un successeur. Le Sacré-Collège au complet est composé de soixante-deux cardinaux. Des vieillards, pour la plupart, qui ne tolèrent aucune entorse à la tradition. Or, à leur stupéfaction, sœur Pascalina se mêle à eux pour apporter des médicaments au cardinal Pacelli, 63 ans, qui ne se sent pas bien. « J'avais l'air d'une bête curieuse, bizarre et indésirable, racontera-t-elle plus tard. Pendant un moment, j'ai eu envie de prendre mes jambes à mon cou pour courir au palais et m'y terrer. » Mais le cardinal Pacelli « était un homme malade, trop angoissé alors pour prendre des décisions. Je sentais que c'était mon devoir de le protéger et, ce faisant, de servir le Saint-Siège. »

Sœur Pascalina décide donc de rester. Seule femme de l'assemblée, elle participe à une messe, communie au milieu des cardinaux, puis se glisse « dans le coin le plus reculé » de la chapelle Sixtine pour assister au premier tour de scrutin. Personne ne lui fait barrage. Il faut dire qu'Eugenio Pacelli, secrétaire d'État de Pie XI et camerlingue depuis sa mort, a la haute main sur l'organisation du conclave. Et, pour rien au monde, il ne se passerait de la présence à ses côtés de celle qu'on appellera plus tard *« la Popessa »*. S'il a souvent été dur, cassant ou capricieux avec elle, il l'aime comme une deuxième mère.

---

1. Paul Murphy et René Arlington, *op. cit.*

Élu au deuxième tour de scrutin, Eugenio Pacelli est pris de panique et refuse de siéger sur le trône de saint Pierre. « Je n'en suis pas digne ! » dit-il en quittant précipitamment la chapelle Sixtine, sœur Pascalina à ses trousses. Elle le rattrape dans la cour Saint-Damase où il chute brutalement. « Je n'en suis pas digne ! » répète-t-il. « Chère Éminence, lui répond-elle, ce n'est pas à vous de décider. Jésus a parlé et vous a choisi pour être son Vicaire. » Ils récitent ensuite le *Pater Noster* ensemble et, arrivés à la phrase « Que ta volonté soit faite », le cardinal s'interrompt ; il a compris l'appel du Seigneur. Sœur Pascalina lui prend alors le bras pour le reconduire à la chapelle Sixtine. Un autre tour de scrutin est organisé et Eugenio Pacelli obtient l'unanimité ! Cette fois, à la question rituelle *« Accipisne electionem ? »*, il répond après un temps d'hésitation *« Accepto ! »* La fumée blanche s'élève de la Sixtine, sœur Pascalina peut exulter en silence.

Quand, à la fin du conclave, elle s'échappe de l'enceinte réservée aux cardinaux par une porte dérobée, un journaliste l'aperçoit. La surprise du reporter n'a d'égale que celle du service de presse du Vatican. « Quoi ? Une femme dans la chapelle Sixtine ? Vous voulez rire ! » Et pourtant. Quelques heures plus tard, un communiqué officiel rétablira l'incroyable vérité : « Par autorisation spéciale, la Congrégation des cardinaux a autorisé sœur Pascalina à assister au conclave, afin que son Éminence le cardinal Pacelli ne puisse souffrir en rien dans son régime quotidien, ni manquer des médicaments nécessaires à son bien-être. »

La Popessa était si proche du pape que, bien sûr, tout au long du règne de Pie XII, des bruits courront sur la nature de leurs liens. Sœur Pascalina savait très bien à quoi s'en tenir comme en témoigne cette anecdote datant de la dernière guerre. Mussolini, qui sent sa fin proche et se dit prêt à trahir Hitler, envoie sa maîtresse Clara Petacci au Vatican pour tenter d'obtenir les faveurs du pape. Elle rencontre sœur Pascalina et lui demande de servir d'intermédiaire. La Popessa l'écoute et rend compte plus tard à Pie XII. Fureur du Saint-Père : « Quoi, vous avez parlé seule avec cette femme, sans que je le sache et sans permission ? Petacci est la maîtresse de Mussolini ! Ils ont vécu ensemble pendant des années en état de péché mortel ! [...] Demandez à n'importe qui au Vatican. Demandez aux cardinaux ! » Réponse de sœur Pascalina : « Et que croyez-vous qu'ils murmurent à notre sujet, votre Sainteté ? J'habite sous votre toit depuis que je suis jeune fille. Nous savons que, devant Dieu, nos vies sont pures. Mais qui, même dans le Sacré Collège des cardinaux, croit en cette vérité simple [1] ? » La Popessa connaissait les ragots et s'en amusait.

Elle avait aussi pour sobriquet *« Virgo potens »* (la puissante vierge). Et celui-là était sans doute encore plus proche de la réalité.

***

Tout lecteur des Évangiles ne peut qu'être frappé par la place importante qu'y tiennent les femmes. Même si les douze apôtres sont tous des hommes, l'éminent respect dont a témoigné Jésus envers les femmes, le regard nouveau qu'il a porté sur elles et l'immense confiance qu'il leur faisait ne saurait être passé sous silence. « C'est à elle que Jésus a accordé, souvent en premier, le privilège de son enseignement et de sa présence [2]. »

Pourtant, les femmes ne peuvent pas être ordonnées prêtre. Tour à tour, Paul VI, Jean-Paul II et Benoît XVI, pour ne citer que les derniers papes, l'ont officiellement réaffirmé. « Le fait que la très sainte Vierge Marie, mère de Dieu et mère de l'Église, n'ait reçu ni la mission spécifique des apôtres ni le sacerdoce ministériel montre clairement que la non-admission des femmes à l'ordination sacerdotale ne peut pas signifier qu'elles auraient une dignité moindre ni qu'elles seraient l'objet d'une discrimination ; mais c'est l'observance fidèle d'une disposition qu'il faut attribuer à la sagesse du

1. Paul Murphy et René Arlington, *op. cit.*
2. Henri Froment-Meurice, *Les Femmes et Jésus*, éditions du Cerf, 2007.

Seigneur de l'univers », expliquait ainsi Jean-Paul II avant sa mort.

Pour la Conférence des évêques de France, « si les femmes sont présentes dans les instituts de formation théologique, dans les conseils épiscopaux, dans les congrégations romaines, dans la commission théologique internationale, la messe catholique est en étroite dépendance avec son modèle historique, la Cène, le dernier repas que le Christ prit avec ses apôtres, la veille de la Passion. Le rôle du prêtre n'est donc pas purement fonctionnel. Il représente la personne du Christ, dans son identité humaine sexuée ».

On peut comprendre cette position. Mais elle diffère de celle de l'Église protestante ou anglicane et se conjugue mal avec la crise des vocations, l'évolution des mœurs et le mouvement vers la parité. Si l'Église de la Renaissance péchait par excès de stupre et de fornication, l'Église actuelle pécherait-elle par excès de conservatisme, voire de puritanisme ? Le Vatican semble toujours en retard d'une guerre dès qu'il s'agit des femmes. En janvier 1970, il avait refusé la nomination d'une diplomate, Elisabeth Muller, à l'ambassade d'Allemagne près le Saint-Siège, à cause de son sexe. Cinq ans plus tard, en 1975, il faisait machine arrière en acceptant que l'Ougandaise Bernadette Olowo devienne la première femme ambassadeur au Vatican. Depuis, la Britannique Kathryn Colvin a représenté son pays au Saint-Siège de 2001 à 2005 et l'Américaine Mary Ann Glendon est l'actuel ambassadeur des États-Unis auprès du pape. Elle est mariée et elle a trois filles.

L'inhibition vaticane à l'égard des femmes diminue. Une ouverture certaine est en cours. Environ 15 % des employés du Saint-Siège sont aujourd'hui de sexe féminin. Mary Ann Glendon, par exemple, avait été nommée par Jean-Paul II présidente de l'Académie pontificale des sciences sociales avant d'être récupérée par le Département d'État américain ! Dans un livre-témoignage [1], une journaliste autrichienne de Radio Vatican

1. Gudrun Sailer, *Frauen im Vatican*, St. Benno-Verlag, Leipzig, 2008.

brosse le portrait de seize femmes, laïques ou religieuses, qui travaillent dans la pieuse enceinte. Parmi elles, la responsable du site Internet, la directrice de la cinémathèque, des employées du central téléphonique, sans oublier la plus gradée, sœur Enrica Rosanna, une religieuse salésienne qui est sous-secrétaire de la congrégation pour les Instituts de vie consacrée.

Elle aurait pu évoquer une religieuse américaine d'origine italienne, ancienne professeur de philosophie à la New York University, Mary Dominic Ramacciotti, qui créa dans la banlieue romaine en 1957 avec l'actrice Linda Darnell, « la Cité des jeunes filles » réservée aux orphelines. Cette fondation a accueilli en cinquante ans 545 jeunes filles. Mère Mary Dominic avait obtenu l'autorisation spéciale de Pie XII de s'habiller en civil. Et c'était sûrement la seule religieuse dans la Ville Éternelle à utiliser des produits Elizabeth Arden, à aller régulièrement chez le coiffeur, à porter des fourrures ou à être invitée aux premières d'opéra... On l'appelait « la sœur chic [1] ».

« Une des évolutions majeures de ces dernières années est sans nul doute l'intégration des laïcs dans le gouvernement de l'Église ; elle donne, en particulier aux femmes laïques, la possibilité d'exercer de réelles responsabilités, en collaboration active avec la hiérarchie », écrit pour sa part une Française qui a longtemps occupé un poste important au Conseil pontifical pour les laïcs et participé à la Conférence de Pékin sur les femmes, en 1995, comme membre de la délégation officielle du Saint-Siège [2].

« Si la femme était bonne, ironisait Sacha Guitry, Dieu en aurait une ! » L'Église est-elle irrémédiablement misogyne ? Moins qu'on ne le prétend puisque l'on compte aujourd'hui chez les catholiques environ un prêtre pour deux religieuses. Dans un passé pas si lointain, les couvents et autres institutions pieuses féminines ont même été fréquemment à la pointe de la libération de la femme... Pour beaucoup de jeunes filles, en effet, la prise de voile était l'unique moyen de se soustraire à la

1. Nino Lo Bello, *op. cit.*
2. Lucienne Sallé, *Femme au Vatican*, éditions Siloë, Laval, 2000.

domination des hommes ou de leur famille, quitte à renoncer – du moins, officiellement – à toute vie sexuelle.

Les affres du célibat

« Être amoureux, écrivait Jorge Luis Borges, c'est se créer une religion dont le dieu est faillible. » On s'est beaucoup aimé, au cours des siècles passés, dans les alcôves des palais apostoliques. Mais il s'agissait davantage de plaisirs licencieux et de parties galantes que d'amour véritable. On en veut pour preuve cette lettre envoyée en juin 1460 par le pape Pie II au cardinal Rodrigo Borgia, le futur Alexandre VI :

« Nous avons appris qu'il y a quatre jours, plusieurs dames de Sienne – des femmes adonnées aux frivolités du monde – se sont assemblées dans les jardins de Giovanni di Bichis et qu'oublieux de la haute charge dont vous êtes investi, vous êtes demeuré avec elles de la dix-septième à la vingt-deuxième heure. Vous étiez accompagné de l'un de vos collègues qui aurait dû se rappeler son devoir, non à cause de la dignité de ses fonctions mais à cause de son âge. Nous avons appris que vous vous êtes livré aux danses les plus licencieuses, que n'ont manqué aucune des séductions du plaisir, que vous vous êtes conduit en homme habitué à vivre dans le monde. La vergogne interdit de mentionner ce qui s'est passé ; non seulement les actes qui furent accomplis sont indignes de votre position, mais également les mots qui désignent ces actes. Afin que votre concupiscence puisse se donner libre cours, on n'avait admis ni les maris, ni les pères, ni les frères, ni les parents des jeunes femmes. Tout Sienne parle de cette orgie. Notre déplaisir est indicible. Un cardinal devrait être au-dessus de tout reproche [1]... »

Et aujourd'hui ? Pour autant qu'on le sache (et c'est un euphémisme), les ébats érotiques sont beaucoup plus rares

1. Eric Russel Chamberlin, *Les Mauvais Papes*, Stock, 1970.

qu'autrefois à l'ombre des remparts du Vatican. On imagine mal Benoît XVI écrire une lettre à l'un de ses cardinaux à la manière de son lointain prédecesseur Pie II ! Mais nul n'est à l'abri des flèches de Cupidon, l'Église catholique romaine n'est pas un monde fermé, et l'amour peut frapper n'importe qui et n'importe quand, même au Saint-Siège. Quelques affaires récentes ont d'ailleurs défrayé la chonique.

Ainsi, en 1991, Hubertus Wolfgang Berka, brillant prélat allemand de 37 ans, travaille à la secrétairerie d'État et semble destiné à une grande carrière sous la tutelle du futur cardinal Giovanni Battista Re. Mais au troisième étage du Palais apostolique, il ronge son frein... Les piles de dossiers et les célébrations liturgiques ne parviennent pas à lui faire oublier la douce Caroline X, une jolie compatriote connue quelques mois plus tôt à Brasília. Il était alors premier secrétaire de la nonciature et elle jeune diplomate à l'ambassade d'Allemagne dans la capitale brésilienne. Par un beau matin de septembre, n'y tenant plus, Hubertus range impeccablement son bureau et, sans demander de dispense ni prévenir ses collègues, il quitte la secrétairerie d'État pour rejoindre Caroline.

Puis, en 2001, Mgr Emmanuel Milingo, archevêque de Lusaka, en Zambie, tombe amoureux d'une Coréenne, Maria Sung Ryen. Kinésithérapeute de profession, elle a trente ans de moins que lui et, qui plus est, appartient à la secte Moon. Tempête au Vatican ! Mgr Milingo semble revenir dans le droit chemin quand, attentif aux reproches du Saint-Père, il abandonne sa jeune asiatique et se retire, plein de contrition et d'humilité, dans un couvent proche de Rome. Une dizaine de journalistes et quelques émissaires de l'Église assistent à ce retour au bercail.

Mais en juillet 2006, c'est la rechute : le fantasque archevêque – connu pour ses dons de guérisseur, ses activités d'exorciste et ses talents de chanteur – alors âgé de 76 ans, retrouve Maria Sung Ryen qui lui a toujours témoigné son amour, crée l'association Married Priest Now et, dans la foulée, nomme quatre prêtres mariés aux États-Unis à la fonction d'évêque.

Trop c'est trop : Mgr Milingo tombe alors sous le coup de ce que l'Église appelle l'excommunication *latae sententiae*. En clair, il est excommunié sans qu'un tribunal ait eu besoin de prononcer la sentence. Pour Benoît XVI, en effet, l'archevêque zambien et les prêtres qu'il a « prétendument ordonnés évêques » se sont mis d'eux-mêmes « en dehors de la communion ecclésiale. »

À ces deux affaires, on ajoutera le cas de l'un des meilleurs exégètes de la Bible, le père Gianluigi Prato, professeur à la Gregoriana, la prestigieuse université des Jésuites à Rome. À 52 ans, il a renoncé à son sacerdoce et cessé momentanément d'enseigner l'Ancien Testament pour suivre par amour l'une de ses étudiantes, épousée en 1993. Il a repris depuis le chemin de l'université et travaille aussi pour l'édition et la télévision. D'autres exemples du même type pourraient être cités. Mais le « pionnier » en la matière reste, pour l'époque contemporaine, l'archevêque argentin Rossano Podestà, devenu père et grand-père après avoir jeté sa soutane aux orties.

On a attribué à Jean-Paul II une fiancée, Halina Krolikiewicz, avec qui il aimait beaucoup réciter des poésies et danser quand il était jeune en Pologne. Entre le dynamique Karol et la belle Halina, l'attirance intellectuelle s'est certainement doublée d'une attraction physique. Mais l'un comme l'autre ont démenti être « passés à l'acte ». Halina en termes discrets. Jean-Paul II en déclarant à un groupe de journalistes qui l'accompagnait en avion dans l'un de ses nombreux voyages qu'il n'avait jamais « commis de péché mortel » avant d'être ordonné prêtre.

Le pape polonais était à l'aise avec les femmes. Mais le plus surprenant fut sans doute Jean XXIII. Un jour, avant de recevoir la visite de Jackie Kennedy, il s'était entouré de conseils sur la meilleure façon de lui adresser la parole. Le secrétaire d'État, Mgr Cicognani, lui avait suggéré de l'appeler soit *« Mrs Kennedy »*, soit *« Madam »* avec tout le respect dû à son rang de *first lady*. Le « bon pape Jean » répéta plusieurs fois dans son bureau la formule qu'il devait prononcer en anglais puis, quand la ravissante épouse du président des États-Unis pénétra dans les salons d'honneur du Vatican, il vint à sa rencontre tout sourire et lui demanda simplement : *« How are you, Jackie ? »*

La romancière Louise de Vilmorin eut un jour ce mot célèbre : « Plus personne aujourd'hui ne veut se marier, sauf les prêtres ! » Derrière cette formule humoristique se cache une vérité : tout en réaffirmant avec force le principe du célibat des prêtres, le Saint-Siège n'ignore pas que beaucoup d'abbés succombent au « péché de la chair », trahissent leur vœu de chasteté (l'un de leurs trois vœux principaux avec la pauvreté et l'obéissance) et finissent par se marier pour ne pas vivre dans l'hypocrisie. En France, sur les 1 168 prêtres ordonnés entre 1996 et 2005, 31 ont quitté leur ministère, la plupart pour convoler en justes noces. Le Vatican vient ainsi d'étudier au plus haut niveau la situation des prêtres qui, après avoir quitté le sacerdoce pour fonder une famille, demandent ensuite à regagner les rangs du clergé actif. Ces prêtres en rupture de ban seraient près de 120 000 dans le monde.

Il est impossible à un prêtre d'annuler son ordination. Le sacrement est indissoluble. Mais la congrégation pour le Clergé, à Rome, peut donner dispense de leur état ecclésiastique à ceux qui le demandent et les relever de leurs vœux de célibat. Cela permet à ces prêtres de se marier ou, s'ils traversent une grave période de doute, de se mettre en « congé sabbatique ». Entre 1975 et 1990, 9 500 prêtres sont ainsi revenus dans le giron de l'Église. Si « les demandes de retour restent faibles, une cinquantaine en moyenne par an », le nombre de demandes de dispense, lui, représente « près de 500 cas chaque année [1] ».

En octobre 1993, une vingtaine de « compagnes secrètes » de prêtres français regroupées dans l'association Claire-voie avaient commencé un jeûne public de quarante-huit heures devant le Vatican, avant que la police italienne ne les déloge.

---

1. *Le Figaro*, 15 octobre 2007.

Dans une lettre ouverte à Jean-Paul II, ces femmes âgées de 24 à 75 ans avaient expliqué qu'elles voulaient « alerter l'opinion sur la manière désinvolte, inhumaine et irrespectueuse » dont les autorités romaines « s'entêtent » à considérer leur cas. « Des milliers de compagnes de prêtres vivent cachées dans l'ombre de leur compagnon, écrivaient-elles, souvent avec l'accord de leurs supérieurs hiérarchiques. » Et elles attiraient l'attention sur « des enfants non reconnus par leur père, élevés par une mère seule, ou abandonnés ».

Cette association a changé de nom et s'appelle aujourd'hui Plein Jour. Après une longue période d'« hibernation », disent ses responsables, « une nouvelle équipe se propose de prendre le relais » pour répondre aux besoins « de toutes les femmes désemparées face à l'amour impossible avec un prêtre ». Elle entend mener une double action : « d'abord, déculpabiliser les compagnes de prêtres, les réconforter, les soutenir, les aider à devenir elles-mêmes. Ensuite, dénoncer l'autisme de la hiérarchie de l'Église catholique romaine devant les situations désastreuses engendrées par une règle rigide, et protester sans cesse contre cette discipline imposée de façon autoritaire, dans le non-respect des personnes ». L'association est bien sûr soli daire de nombreux mouvements analogues, dont Vocatio, l'association des prêtres italiens mariés.

Impossible de ne pas évoquer l'homosexualité dès lors qu'il est question de célibat et de vœu de chasteté. L'homosexualité « non pratiquée » est tolérée par l'Église catholique. « Les homosexuels qui mènent une vie chaste peuvent prendre le chemin de la sanctification comme tous les chrétiens », avait rappelé il y a une dizaine d'années dans *L'Osservatore Romano* l'actuel secrétaire de la congrégation pour l'Éducation catholique, Mgr Jean-Louis Bruguès. Cette distinction entre actes homosexuels et personnes homosexuelles figure d'ailleurs dans la déclaration du Vatican *Persona Humana*, publiée en 1976.

Pour le reste, s'il précise que les personnes homosexuelles doivent être « accueillies avec respect et délicatesse » et s'il condamne l'homophobie, le Saint-Siège considère que la pratique elle-même est une dérive du comportement humain qui « contredit absolument l'anthropologie humaine et la loi naturelle ». Bref, le corps ne doit pas être soumis à des actes jugés dégradants.

Depuis peu, le Vatican recommande de refuser l'ordination aux séminaristes qui présentent « des tendances homosexuelles profondément enracinées » ou qui soutiennent « la culture gay ». Une période de deux ans de conduite « sans défaillance » leur est alors demandée. Deux documents traitent du problème : l'un, en 2005, porte sur « les critères de discernement vocationnel au sujet de personnes présentant des tendances homosexuelles en vue de l'admission au séminaire et aux ordres sacrés » ; l'autre, en 2008, sur « l'utilisation des compétences psychologiques dans l'admission et dans la formation des candidats au sacerdoce. »

Sur ce dossier sensible par excellence, un prêtre aime citer – pour détendre l'atmosphère – cette phrase d'une humoriste américaine : « Si Dieu avait été partisan de l'homosexualité, il aurait créé Adam et Bruce ! »

Amour et « pilule catholique »

Le 25 juillet 1968, la publication de l'encyclique *Humanae Vitae* sur la régulation des naissances par Paul VI soulève des flots d'incompréhension et de critiques pour son refus de la pilule. Beaucoup de catholiques, dont sœur Emmanuelle, y décèlent une discipline impossible à pratiquer. Le pape avait pourtant nommé une commission sur le mariage et la famille – comprenant des prêtres, des laïcs, des médecins et cinq femmes – qui avait conclu par 52 « oui », contre 4 « non » et 2 abstentions à la licéité des nouveaux moyens contraceptifs. Une autre commission de quinze évêques et cardinaux était arrivée à la même conclusion à travers trois votes distincts. « Pour les couples mariés, les relations sexuelles fertiles et les relations infertiles forment un tout », disaient-elles. Autrement dit, prendre la pilule ne va pas à l'encontre de la morale chrétienne.

Or, après bien des hésitations, Paul VI choisit le point de vue inverse et réitère la position traditionnelle de l'Église en matière de contrôle des naissances définie en 1930 dans l'encyclique de Pie XI *Casti Conubii* (« du mariage chaste »). Pour le Saint-Père, « tout acte matrimonial doit rester ouvert à la transmission de la vie » et, par conséquent, se soumettre aux rythmes naturels de fécondation de la femme. Il prend donc le contre-pied de la majorité des experts qu'il a lui-même nommés pour se rallier à la minorité ultraconservatrice.

Afin de mieux comprendre le débat, il faut sans doute rappeler que l'Église a toujours condamné la dispersion de la semence reproductrice hors du « réceptacle naturel » (masturbation, coït interrompu, etc.). Elle se fonde sur des recommandations bibliques qui remontent à la lointaine et dramatique histoire d'Onan. Celui-ci, après avoir épousé la veuve de son frère détesté, avait préféré *« laisser sa semence se perdre dans la terre »* plutôt que de féconder sa femme. Ses enfants auraient dû en effet porter le nom de son frère défunt en vertu du lévirat, la loi de l'époque. Mais, ce faisant, Onan fut puni à mort par Dieu puisqu'il avait enfreint la loi divine...

Or, la pilule – qui se limite à bloquer l'ovulation de la femme en créant chez elle une stérilité momentanée – n'empêche pas, bien au contraire, des rapports sexuels complets avec éjaculation dans le « réceptacle naturel ». La doctrine de l'Église issue de la Genèse est donc respectée à la lettre. Et, en Italie, on baptise déjà ce nouveau moyen de contraception révolutionnaire du joli nom de « pilule catholique » en espérant bien que le pape l'acceptera comme telle !

En juillet 1968, les pressions sont donc fortes sur Paul VI. Pourtant, au risque de s'aliéner les jeunes en stigmatisant la véritable révolution sexuelle et sociétale déjà en route, il préfère barrer la route aux méthodes chimiques. Idem pour les préservatifs. Le pape redoute « la contraception facile ». Moins pour une question de doctrine, disent ses partisans, qu'au nom d'une sorte d'écologie amoureuse... L'Église n'aime pas les rapports avant le mariage et craint que la pilule – « catholique » ou pas – n'ouvre la voie à une trop grande permissivité sexuelle. La continence ou la méthode des températures (la méthode « Ogino » approuvée en 1951 par Pie XII) restent son credo.

Toutefois, au moment de sa publication, le pape précise bien que l'encyclique *Humanae Vitae* est « un document de magistère ordinaire, de caractère non infaillible et donc réformable ». Même si le texte « fait autorité », l'Église ne veut pas injurier l'avenir et se ménage ainsi une porte de sortie pour, éventuellement, revenir un jour sur la question. À l'occasion du 40e anniversaire de l'encyclique, Benoît XVI reconnaîtra d'ailleurs que « le monde et de nombreux fidèles » ont « beaucoup de difficultés à comprendre le message de l'Église ». Mais il ajoutera aussitôt qu'accomplir une « action visant à empêcher la procréation », c'est « nier la vérité intime de l'amour conjugal. »

Avant lui, Jean-Paul II avait été d'autant plus catégorique qu'il avait beaucoup influé sur la décision de Paul VI de refuser la pilule en 1968. « Le choix des rythmes naturels comporte l'acceptation du temps de la personne, l'acceptation du dialogue, du respect réciproque, de la responsabilité commune, de la maîtrise de soi », avait-il déclaré en 1981 dans son exhortation apostolique *Familiaris Consortio*. Ainsi, « la sexualité est respectée et promue dans sa dimension vraiment et pleinement humaine, mais n'est jamais utilisée comme un objet qui, dissolvant l'unité personnelle de l'âme et du corps, atteint la création de Dieu dans les liens les plus intimes unissant nature et personne ».

À propos du préservatif prôné par la plupart des médecins pour combattre le sida, notamment en Afrique, l'Église se défend – là encore – d'avoir une position définitive. De nombreux catholiques n'affirment-ils pas que le préservatif leur semble être un « moindre mal » ? Ne s'appuient-ils pas sur le cinquième commandement qui dit « Tu ne tueras pas » ? À cela, la hiérarchie vaticane répond que trois conditions doivent être remplies : l'efficacité réelle du préservatif contre la maladie ; la certitude que son usage ne légitimera pas des comportements sexuels à risque ; enfin, la preuve qu'il n'existe pas d'autres moyens pour éviter la contamination. Or, estime-t-elle, « les dernières études tendent à montrer qu'aucune de ces conditions n'est remplie ». D'où les très discutables et discutés propos de Benoît XVI sur le sujet, tenus en mars 2009 en Afrique...

Autant dire que, sur la régulation des naissances, l'Église distingue toujours les méthodes artificielles (préservatifs, pilules, stérilets, crèmes spermicides) des méthodes naturelles (limitation des rapports sexuels aux seules périodes inféconds de la femme). Elle condamne les premières et accepte les secondes. André Frossard, qui était très proche de Jean-Paul II, s'est fait son interprète auprès d'une opinion sceptique et parfois déboussolée : « Lorsqu'il parle de morale sexuelle, on oublie trop souvent que, pour lui, c'est Dieu qui fait les enfants. Il ne l'impose à personne, on n'est pas obligé de le croire. » De même, s'il réprouve l'avortement, « il ne condamne pas les personnes » et suit en cela « l'exemple de son maître qui fixe un jour de manière très stricte la loi du mariage et, le lendemain, pardonne à la femme adultère [1]. »

Dans des cas exceptionnels, d'ailleurs, l'Église sait assouplir sa doctrine. En pleine guerre dans l'ex-Yougoslavie ou l'Afrique des grands lacs, quand les viols sur des mères de famille ou des religieuses étaient fréquents, un éminent théologien, le père Giacomo Perico, écrivit dans la revue jésuite *Civiltà cattolica* que le Saint-Siège pouvait autoriser l'avortement. « Dans la terrible circonstance d'un viol, une femme peut être bouleversée dans sa conscience morale au point de ne voir dans le fruit de la conception que le résultat d'un geste outrageux et inhumain contre son intégrité [...]. On comprend tout à fait que le pape soit intervenu pour condamner ces viols, sans pour autant condamner directement les femmes qui ont demandé à avorter. » Idem pour le recours à la pilule dans un

1. *Le Figaro*, 27 août 1993.

esprit « d'autodéfense », quand « un aspect de haine raciale s'ajoute à l'agression ».

Cette affaire de la pilule, en tout cas, a modifié certains comportements « souterrains » de l'Église. Pendant longtemps, celle-ci s'était montrée plus indulgente à l'égard des faiblesses homosexuelles qu'hétérosexuelles de ses prêtres. Non pas que les premières fussent moins répréhensibles à ses yeux, mais parce que les secondes pouvaient provoquer des naissances et que, dans les villages ou les petites bourgades, il fallait à tout prix éviter ce genre de scandales... Or, du jour où la pilule a réduit les risques de grossesse non désirée, l'homosexualité des prêtres est devenue plus gênante que leur hétérosexualité. À tel point que la congrégation pour l'Éducation catholique [1] s'en est sérieusement préoccupée pour l'admission et la formation des jeunes gens au sacerdoce.

1. Voir la partie « Les affres du célibat » de ce même chapitre, p. 211.

CHAPITRE 6

UNE TURBULENTE « FILLE AÎNÉE »

Pour rencontrer Nicolas Sarkozy à Rome, le 20 décembre 2007, Benoît XVI avait mis une étole sur sa mozette rouge, un geste réservé aux personnalités catholiques. C'est donc « un chef d'État catholique » que le pape accueille dans ses appartements, se réjouit ce jour-là le journal *La Croix*, et c'est bien comme président de « la Fille aînée de l'Église » que Nicolas Sarkozy passe toute la journée dans la Ville Éternelle.

Tirée d'une lettre du comte de Chambord, l'expression « Fille aînée de l'Église » a été lancée en 1896 par le cardinal Benoît Langénieux, archevêque de Reims, à l'occasion du quatorzième centenaire du baptême de Clovis. Le roi des Francs s'était converti en 496 au catholicisme par ambition politique, mais aussi pour satisfaire aux souhaits de sa très pieuse épouse, Clotilde. Clovis et ses successeurs à la tête de l'État français – Napoléon compris – prendront le titre de *Christianissimus*, qu'on traduira en extrapolant par « Fils aîné de l'Église ». Une autre version des faits attribue à Pépin le Bref le mérite de cette filiation. Il l'aurait obtenue en récompense de la conquête en l'an 756, face aux Lombards, des futurs États pontificaux pour le compte du pape Étienne II. Et c'est à cette époque que sainte Pétronille, fille biologique ou spirituelle de saint Pierre, serait devenue la patronne des Français.

Une chose est certaine : peu de pays ont établi des relations aussi riches et anciennes que la France avec le Saint-Siège.

Au Quai d'Orsay, on se plaît à rappeler – outre le baptême de Clovis et les liens étroits qu'a noués Étienne II avec Pépin le Bref, puis Léon III avec Charlemagne – plusieurs exemples significatifs : l'élection de nombreux pontifes français au Moyen Âge ; la présence de la papauté en Avignon de 1309 à 1377 ; l'importance des grands saints français au cœur de l'Église : Saint Louis, modèle du souverain médiéval ; saint Vincent de Paul et saint François de Sales, figures de la charité ; sainte Bernadette Soubirous et les apparitions mariales de Lourdes ; sainte Thérèse de Lisieux, promue au rang de docteur de l'Église par le pape Jean-Paul II le 19 octobre 1997 ; sans compter l'installation d'une ambassade auprès du Saint-Siège dès 1465 (ce qui en fait la plus vielle ambassade permanente de France), la nomination d'ambassadeurs prestigieux (le cardinal de Bernis, Chateaubriand ou Jacques Maritain, entre autres), voire la grand-croix de l'ordre équestre de Pie IX décernée par Jean-Paul II à André Frossard, célèbre pour son livre *Dieu existe, je l'ai rencontré* et son billet quotidien dans *Le Figaro* intitulé « Cavalier seul ».

Les périodes de tension ont été presque aussi nombreuses. Sous les règnes de Philippe le Bel ou de Louis XI, la France est en conflit ouvert avec Rome ; en 1682, Bossuet rédige les quatre articles établissant les « libertés de l'Église gallicane » ; en 1798, à la suite de la Révolution, les troupes françaises proclament la République romaine et emprisonnent Pie VI ; en 1808, Napoléon démantèle l'État pontifical et fait arrêter Pie VII ; en 1904, « le petit père Combes », catholique repenti, rompt les relations diplomatiques avec le Saint-Siège ; en 1905, la séparation officielle de l'Église et de l'État est promulguée ; en 1944, à la demande du général de Gaulle, le nonce Valerio Valeri, jugé pétainiste, est remplacé par Mgr Roncalli ; enfin, plus près de nous, c'est François Mitterrand qui s'attaque à l'école libre ou Valéry Giscard d'Estaing qui fait voter la loi sur l'interruption volontaire de grossesse (IVG) malgré les protestations des autorités religieuses romaines.

La rupture des relations diplomatiques au début du siècle dernier reste emblématique, comme la loi sur la séparation de l'Église et de l'État. En 1906, Pie X condamne sévèrement cette loi dans l'encyclique *Vehementer Nos*. Il l'estime « profondément injurieuse envers Dieu, qu'elle renie officiellement, en posant que la République ne reconnaît aucun culte ». Avant d'ajouter : « Nous la réprouvons et la condamnons comme gravement offensante pour la dignité de ce siège apostolique, pour Notre Personne, pour l'Épiscopat, pour le clergé et pour tous les catholiques français. » Le Saint-Père engage néanmoins les fidèles « à défendre la religion d'une manière digne d'elle, en répondant à l'iniquité par la justice, aux outrages par la douceur... »

Vœu pieux car, si la France républicaine bouffe du curé sans vergogne, le Vatican tend souvent les verges pour se faire fouetter. L'affaire des « Papiers Montagnini » en apporte une bonne illustration. Alors que Pie X vient de rappeler le nonce Lorenzelli à Rome, le cardinal Merry del Val, l'homme fort de la Curie, envoie à Paris comme secrétaire de la nonciature Mgr Carlo Montagnini, 41 ans, pour ne pas laisser la place vide. Ce dernier est-il un vulgaire espion ou un subtil agent d'influence ? Toujours est-il que l'hôtel de la nonciature est perquisitionné avec fracas en décembre 1906 sur ordre de Georges Clemenceau et le jeune prélat reconduit à la frontière pour avoir, entre autres accusations, inspiré des sermons séditieux à quelques curés parisiens. Une commission d'enquête parlementaire se penche sur l'affaire, des orateurs déchaînés montent à la tribune du palais Bourbon et la presse publie quelques extraits des 3 300 documents saisis à la nonciature. On apprend ainsi que Mgr Montagnini fichait des dizaines de prêtres, d'évêques ou d'hommes politiques et disposait surtout d'une cassette pour distribuer des dessous de table. « Au moyen de sommes d'argent, écrivait-il dans une lettre publiée par *Le Figaro*, on pourrait peut-être obtenir que Clemenceau soit disposé à ce que l'on laissât toutes les églises aux catholiques. » Avant d'ajouter qu'il faudrait sans doute une

« somme trop forte » pour le corrompre. Le « scandale » montera comme un soufflé et retombera aussi vite, faute de preuves irréfutables.

Mais il rebondira en 1919, douze ans plus tard, avec la publication chez Albin Michel d'un livre intitulé *Le Baptême de sang : histoire d'un complot au Vatican contre la France* signé d'un certain abbé Daniel. Pour ce prêtre présenté comme un fin connaisseur des arcanes du Saint-Siège, « le jésuite espagnol Merry del Val, esprit chargé de haine contre la France, fut l'un des plus acharnés protagonistes de la préparation de la Grande Guerre ». Son but ? « Ramener la Fille aînée de l'Église dans le droit chemin. » Trois amis de la France pouvaient faire obstacle à ce « baptême de sang », dit-il. Le pape Pie X et les cardinaux Rampolla et Ferrata. Or, « tous trois ont été assassinés sur ordre du Kaiser, par les soins et avec l'absolution des hauts personnages ecclésiastiques [...] qui se sont emparés du Vatican ».

Personne n'a jamais pu en faire la démonstration. Pas plus l'abbé Daniel que d'autres partisans de la théorie du « complot ». L'épisode n'en souligne pas moins la violence des échanges de l'époque. Finalement, les esprits s'apaiseront. Pour flatter la droite, le pape canonisera Jeanne d'Arc (1920), pour flatter la gauche il condamnera l'Action française de Charles Maurras (1926). Entre-temps, ce sera la reprise des relations diplomatiques.

À l'évidence, les rapports entre la France et le Saint-Siège ont souvent été houleux. Mais, pour reprendre les mots du Quai d'Orsay, ils ont « beaucoup apporté aux deux parties ». S'il y eut des ruptures, « le schisme fut toujours évité et le cours du dialogue et de la coopération toujours retrouvé. » C'est ainsi, par exemple, que la nomination des évêques français par le Saint-Siège se fait toujours, selon un aide-mémoire du cardinal Gasparri rédigé en 1921, en consultation avec le gouvernement français, sauf pour les diocèses concordataires et celui des armées.

Dans le discours qu'il a prononcé le 20 décembre 2007 à Saint-Jean-de-Latran, Nicolas Sarkozy a assumé à la fois « ce lien particulier qui a si longtemps uni notre nation à l'Église » et les devoirs de la France laïque et républicaine. « La laïcité ne saurait être la négation du passé, a-t-il déclaré. La laïcité n'a pas le pouvoir de couper la France de ses racines chrétiennes. Elle a tenté de le faire. Elle n'aurait pas dû. Comme Benoît XVI, je considère qu'une nation qui ignore l'héritage éthique, spirituel, religieux de son histoire commet un crime contre sa culture, contre ce mélange d'histoire, de patrimoine, d'art et de traditions populaires qui imprègne si profondément notre manière de vivre et de penser. C'est pourquoi nous devons tenir ensemble les deux bouts de la chaîne : assumer les racines chrétiennes de la France, et même les valoriser, tout en défendant la laïcité, enfin parvenue à maturité. »

Le 12 septembre 2008, en recevant le pape à l'Élysée, le chef de l'État a encore affiné sa pensée en déclarant devant un Benoît XVI conquis : « Il est légitime pour la démocratie et respectueux de la laïcité de dialoguer avec les religions, notamment la religion chrétienne avec laquelle nous partageons une longue histoire. Ce serait une folie de nous en priver, tout simplement une faute contre la culture et la pensée. C'est pourquoi j'en appelle à une laïcité positive, à une laïcité qui respecte, qui rassemble, dialogue, et non une laïcité qui exclut et qui dénonce. »

Ces discours ont été critiqués par les plus farouches partisans de la laïcité à la française. L'un d'eux, le fort respectable sénateur Jean-Luc Mélenchon, ne perd d'ailleurs jamais une occasion de brandir les tables de la loi républicaine. Le 3 octobre 1996, à l'occasion de la venue de Jean-Paul II à Paris pour les douzièmes Journées mondiales de la Jeunesse (JMJ), il avait posé une question écrite sur le statut de ce voyage. Dans la mesure où cette « visite pastorale » était, au niveau national, traitée en « visite d'État » avec prise en charge des frais occasionnés, il y voyait une « grave remise en cause du caractère laïque de l'État », celui-ci ne pouvant pas décemment s'associer à la visite du chef d'une religion quelle qu'elle soit.

Trois semaines plus tard, le ministère des Affaires étrangères lui avait répondu en ces termes : « Le pape est à la fois le chef de l'Église catholique et le chef de l'État de la Cité du Vatican, entité géographique sur laquelle s'appuie le Saint-Siège, avec lequel la France, comme plus de 160 pays, entretient des relations diplomatiques. À ce titre, le pape bénéficie du traitement protocolaire de tout chef de l'État. » Le Quai d'Orsay ajoutait que les pouvoirs publics avaient le devoir, notamment pour des « questions de sécurité », de veiller au bon déroulement des JMJ. Mais il précisait que le budget de ces Journées était à la seule charge des organisateurs, concluant qu'« il n'y [avait] aucun lieu de craindre quelque atteinte que ce soit au principe constitutionnel de la laïcité de l'État. »

L'histoire étant un éternel recommencement, les mêmes critiques et les mêmes réponses ont été entendues à l'occasion du voyage de Benoît XVI à Paris et à Lourdes en septembre 2008.

***

Comme la tradition le lui permet, M. Sarkozy aurait pu entrer à cheval dans la basilique romaine de Saint-Jean-de-Latran pour prendre possession de son titre de « chanoine honoraire ». Depuis 1593, en effet, date à laquelle le roi Henri IV avait reçu ce titre après s'être converti au catholicisme et avoir donné au Latran l'abbaye bénédictine de Clairac, tous les chefs de l'État français en bénéficient. Une statue du « Vert Galant » se trouve toujours dans l'atrium de la basilique, siège de l'évêché de Rome dont l'évêque n'est autre que le pape. Tous les 13 décembre, jour anniversaire de la naissance d'Henri IV, une « messe pour la France » y est célébrée. Elle avait été décalée de quelques jours en 2007 pour permettre au président français d'y assister.

Certes, Nicolas Sarkozy, avec ses deux divorces, ses vacances sur des yachts de milliardaires et ses façons familières (les fameux SMS consultés devant le pape), ne correspond pas vraiment aux canons du Vatican. Benoît XVI et les prélats du Saint-Siège ont légèrement tiqué quand ils ont constaté que la délégation du président – qui n'était accompagné d'aucun ministre – comprenait le fantaisiste Jean-Marie Bigard, qui ne fait pas dans la dentelle, et le père Guy Gilbert, le prêtre des banlieues, sans son habituel blouson de cuir mais avec ses santiags. La personnalité du chef de l'État n'a cependant laissé personne indifférent. Et le Saint-Père sait que M. Sarkozy a publié, quand il n'était encore que ministre de l'Intérieur et du Culte, un ouvrage de réflexion sur la religion jugé à Rome « de bonne qualité. »

Benoît XVI, qui parle remarquablement bien le français (il est même membre de l'Académie des sciences morales et politiques), a fait bon accueil à son hôte, l'a félicité de son ouvrage et a apprécié les deux recueils de Georges Bernanos – *La Joie* et *L'Imposture* – offerts en cadeau par le président. Cela ne l'a pas empêché de récuser – avec succès –, à cause de son homosexualité déclarée, le nouvel ambassadeur que la France voulait nommer auprès du Saint-Siège.

À Rome, Nicolas Sarkozy n'était pas en terrain miné ou inconnu car la présence de Français haut placés dans les différents organes de la Curie n'est pas négligeable. On dira que leur nationalité ne doit pas interférer dans l'exercice de leurs fonctions au service du gouvernement de l'Église catholique, mais c'est une seconde peau. Mgr Dominique Mamberti est « ministre des Affaires étrangères » du Saint-Siège depuis 2006 ; le cardinal Jean-Louis Tauran, président du Conseil pontifical pour le dialogue interreligieux depuis 2007 ; Mgr Jean-Louis Bruguès, secrétaire de la congrégation pour l'Éducation catholique depuis 2007 aussi. Désormais retraités à Rome, les cardinaux Roger Etchegaray et Paul Poupard sont fréquemment consultés. Une centaine de Français, religieux et laïcs, concourent entre autres au fonctionnement quotidien de la secrétairerie d'État, des conseils pontificaux ou d'organismes et d'institutions liés au Saint-Siège comme le quotidien *L'Osservatore Romano* – dans sa version hebdomadaire en français – et Radio Vatican.

On peut ajouter à cette liste le séminaire pontifical français de Rome, fondé en 1853, à une époque où l'Église catholique de France était encore marquée par le gallicanisme. Soucieux d'affermir les liens de l'Église de France à la chaire de Pierre, le pape Pie IX en avait suscité la création par la bulle *In Sublimi Principis*. Installé sur les lieux d'un ancien couvent de clarisses, le séminaire accueille une cinquantaine de séminaristes. Ils viennent de tous les diocèses de France et même des cinq continents.

Enfin, les Pieux Établissements français de Rome et de Lorette renforcent la présence et l'influence de « la Fille aînée de l'Église » dans la Ville Éternelle. Ils regroupent une série d'églises et d'immeubles acquis depuis le Moyen Âge pour aider les pèlerins français : l'église Saint-Louis-des-Français, le palais qui la jouxte, son centre culturel et sa librairie ; l'église et le couvent de la Trinité-des-Monts ; les églises Saint-Nicolas-des-Lorrains, Saint-Yves-des-Bretons et Saint-Claude-des-Francs-Comtois ; la chapellerie de Lorette ou encore la chapelle Sainte-Pétronille, à l'intérieur de la basilique Saint-Pierre de Rome.

Pour décorer dignement cette chapelle, le cardinal et ambassadeur de France auprès du Saint-Siège Jean Bilhères de Lagraulas avait commandé en 1497 à un jeune artiste florentin la statue de la *Pietà*. Évidemment, cet artiste n'est autre que Michel-Ange.

***

Le gallicanisme est cette doctrine qui défend l'idée d'une Église de France largement autonome vis-à-vis du pape. Elle plonge ses racines loin dans l'Histoire : son premier acte officiel fut la pragmatique sanction de Bourges, promulguée par Charles VII en 1438. En 1682, sous le règne de Louis XIV, Bossuet rédigea les quatre articles établissant « les libertés de l'Église gallicane ». On en retiendra ces passages : « L'usage de la puissance pontificale est réglé par les canons de l'Église ; mais, à côté d'eux, les principes et les coutumes de l'Église gallicane qui existent depuis toujours doivent demeurer en vigueur. Dans les décisions sur les questions de foi, le pape a la part principale ; mais sa décision n'est pas irréformable, à moins que n'intervienne le consentement de l'Église », l'assemblée de tous les évêques étant « l'organe suprême en matière d'autorité et d'enseignement. »

Le gallicanisme a perdu de sa substance depuis la séparation des Églises et de l'État. Mais il existe toujours une Église gallicane (dissidente de l'Église catholique officielle), créée en 1883 dans le Bordelais pour protester contre le dogme de l'infaillibilité pontificale, et dont le nom complet est « Église gallicane tradition apostolique de Gazinet ». Elle compte aujourd'hui une trentaine de prêtres, accepte le mariage des prêtres et des évêques et le diaconat féminin.

Deux cardinaux influents

Eugène Tisserant, impressionnant vieillard à la barbe fleurie, a présidé en tant que doyen du collège des cardinaux les deux conclaves de 1958 (élection de Jean XXIII) et de 1963 (élection de Paul VI). Spécialiste des langues sémitiques, polyglotte, secrétaire de la congrégation pour les Églises d'Orient durant plus de vingt ans, membre de l'Académie française, ce Lorrain d'origine était connu pour sa formidable érudition, son goût de la pompe ecclésiastique et son franc-parler. Il savait beaucoup de choses et conservait une ample documentation. Il inspirait d'une part le respect, d'autre part la crainte. En 1969, Paul VI avait fixé une procédure nouvelle obligeant la secrétairerie d'État à poser les scellés sur les archives d'un cardinal dès la mort de celui-ci. « Le Saint-Père a pris cette mesure de nature apparemment générale pour ne viser qu'un seul homme en particulier », grinça Mgr Tisserant.

Le cardinal qui avait, entre autres, la certitude que le pape Pie XI n'était pas décédé de mort naturelle, voulait publier des Mémoires posthumes. Certes, il n'eut pas le temps de les rédiger dans la petite ville des Pyrénées-Orientales où il projetait de se retirer puisqu'il en fut empêché par la mort. Mais à son décès à Rome, en février 1972, son secrétaire et fils spirituel, Mgr Georges Roche, put emporter en France, au nez et à la barbe des émissaires de la secrétairerie d'État, une douzaine de caisses pleines de documents. À peine trois mois plus tard, *Paris-Match* publiait en exclusivité sur deux pages un long article intitulé : « Parmi les révélations sensationnelles du testament du cardinal Tisserant : le pape Pie XI a été assassiné. »

Pour comprendre ces « révélations », il faut se reporter à la veille de la Seconde Guerre mondiale : le Saint-Père, dont l'encyclique de 1937 *Mit Brennender Sorge* (« avec un souci brûlant ») vient de prouver l'antinazisme actif, s'apprête à condamner vigoureusement le racisme, l'antisémitisme et le régime de Benito Mussolini. Se sentant faible, il demande une « piqûre réconfortante ». Le Dr Petacci, selon Mgr Tisserant, la lui administre et le pape décède quelques heures plus tard. Or, le médecin n'est autre que le père de la maîtresse de Mussolini ! Le cardinal français – qui a préparé la déclaration antifasciste du pape – y voit la preuve infaillible que le Duce a fait assassiner Pie XI pour ne pas être excommunié.

À peine *Paris-Match* est-il sorti dans les kiosques que le scandale éclate. Vrai, faux ? Le Vatican réagit sévèrement, Mgr Roche est accusé d'être un imposteur. Quant à l'éditeur Robert Laffont, à qui Mgr Tisserant avait promis ses Mémoires dès 1969, il renonce à toute publication arguant que l'éminence n'est plus là pour donner son *imprimatur*. On n'en saura jamais plus.

S'il était souvent attaqué, le cardinal avait la dent dure. Il appelait Mgr Spellman – qui n'avait pas son pareil pour récolter des fonds aux États-Unis en faveur de ses bonnes œuvres – « le cardinal Rupin ». À propos de Pie XII, qui à la fin de sa vie disait avoir eu des apparitions de la Vierge Marie, il aurait lâché : « C'est de son âge ! » Il s'entendait très mal, et c'est un euphémisme, avec la gouvernante de ce même Pie XII, la redoutable sœur Pascalina. C'est lui qui, le premier, l'avait surnommée *« la Popessa »*.

Il la détestait cordialement et cet épisode tendrait à le prouver : cinq jours exactement après la mort du pape à Castel Gandolfo, le 14 octobre 1958, le jour même des funérailles de l'homme qu'elle a servi pendant quarante ans, sœur Pascalina doit quitter le Vatican sur ordre du doyen, alors qu'elle a sollicité quelques jours de plus pour s'organiser. « Vous partirez à la tombée de la nuit comme l'a décrété le Sacré Collège », lui ordonne le cardinal Tisserant. Et comme elle demande la permission d'emporter un souvenir de Pie XII, il lui répond : « Vous pouvez prendre une chose avec vous : ses oiseaux. Nous serons bien débarrassés d'eux, et de vous aussi [1] ! »

L'élection du nouveau pape, Jean XXIII, le laisse songeur. Il connaissait bien Angelo Roncalli pour l'avoir eu « sous ses ordres » en tant que secrétaire de la congrégation pour les Églises orientales. Or, il ne le trouve ni très érudit, ni très intellectuel. « C'est la volonté de Dieu », commente-t-il un brin déconcerté. Le doyen du Sacré Collège n'est pourtant pas au bout de ses surprises. Aussitôt élu, Jean XXIII chamboule les usages et le protocole, puis convoque le concile Vatican II. Le cardinal, en bon conservateur, se méfie. À un prélat qui lui parle des prêtres-ouvriers, il répond du tac au tac : « Moi, je préfère les évêques patrons ! » Un autre jour, à quelqu'un qui se réjouit de la popularité de Jean XXIII, il rétorque : « La popularité est équivoque chez un homme d'État. Elle devient dangereuse chez un pape. »

Mgr Tisserant craint le désordre, les affrontements et les scissions que Vatican II pourrait faire naître. Il déclare d'ailleurs : « Dans une assemblée de cette importance, où trois mille participants sont attendus, les vrais débats sont difficiles. Les cardinaux de la Curie devront diriger les débats et éviter les débordements verbaux. » Il n'apprécie guère que les prélats « progressistes » – le cardinal français Liénart en tête – bousculent la liturgie ou les ordres du jour prévus par la Curie. Mais, selon l'universitaire Étienne Thévenin, qui lui a consacré

1. Paul Murphy et René Arlington, *op. cit.*

quelques travaux, il n'est pas réactionnaire. Il insiste, par exemple, pour inviter des observateurs orthodoxes et protestants aux travaux de l'assemblée conciliaire. Et il se félicite que le concile permette aux autorités romaines de mieux comprendre ce que vivent et attendent les diocèses des divers continents.

Il y a surtout deux constantes dans la vie du cardinal : son antinazisme de la première heure et son anticommunisme farouche. Alors que, blessé à la tête lors de la Première Guerre mondiale, il a rejoint les services secrets français, il noue de nouveau des contacts avec eux en 1939, via le général Henri Navarre, et joue un rôle important comme diplomate officieux durant la Seconde Guerre mondiale. Mais en évitant de se rendre en France pour, écrira-t-il, « ne pas avoir à subir les honneurs militaires réservés aux cardinaux, conformément au concordat allemand ». En bon Lorrain, il n'admettra jamais « le régime de Pétain et l'idée d'une collaboration avec le régime nazi ».

Dès le 11 juin 1940, au lendemain de l'entrée en guerre de l'Italie, il écrit à l'archevêque de Paris, Mgr Emmanuel Suhard, ces mots incroyablement prémonitoires : « L'Allemagne et l'Italie vont s'attacher à exterminer les habitants des zones occupées en Pologne. Les idéologies fasciste et hitlérienne ont transformé la conscience des jeunes. Tous les moins de 35 ans sont prêts à n'importe quel crime, pourvu qu'ils atteignent le but fixé par leurs chefs. Je crains que l'Histoire ne doive un jour en arriver à blâmer le Saint-Siège de sa politique orientée vers son seul profit, et rien d'autre. Et cela est extrêmement triste... Surtout quand on a connu Pie XI. »

Après 1945, sioniste déclaré, Mgr Tisserant milite publiquement pour la reconnaissance de l'État d'Israël par le Saint-Siège. Puis, avec la mise en place du « rideau de fer » et l'instauration de régimes communistes en Europe orientale, il multiplie les initiatives d'aide aux chrétiens persécutés. Il sera l'un des hommes les mieux informés de leur calvaire et ne cessera de sensibiliser les chrétiens occidentaux à leur sort.

Est-il néanmoins intervenu pour que le communisme ne soit pas condamné par le concile Vatican II ? C'est la thèse d'un livre paru en 2007 [1]. Le cardinal aurait rencontré secrètement à Metz, en septembre 1962, le numéro deux de l'Église orthodoxe en charge des relations extérieures du patriarcat de Moscou, Mgr Nicodème, pour qu'en échange de la venue d'observateurs orthodoxes à Rome, le concile fasse silence sur le régime soviétique. Cet accord, transmis aussitôt au Kremlin, expliquerait pourquoi la pétition de 454 évêques réprouvant le communisme a été « oubliée ».

En réalité, la constitution pastorale issue de Vatican II, *Gaudium et spes* (« joie et espérance »), évoque le marxisme et renvoie à l'encyclique de Pie XI *Divini Redemptoris* (« le divin rédempteur »), qui stigmatisait dès 1937 « le communisme athée ». C'est donc, semble-t-il, un mauvais procès qui est fait à Mgr Tisserant et, à travers lui, à Jean XXIII.

Au faîte de sa carrière, le cardinal se levait tous les matins à 5 heures et sa journée s'organisait selon un rituel immuable : célébration de la messe dans son appartement de la via Po, où son frère et sa belle-sœur tiennent le ménage ; petit déjeuner ; promenade dans Rome à pied pour rejoindre son bureau. À 14 heures, retour chez lui en voiture et, après le déjeuner, enregistrement sur Dictaphone, en plusieurs langues, des lettres ou des rapports que sa secrétaire tapera plus tard à la machine. Le soir, retour en ville : soit pour un dîner de gala où sa brillante conversation éblouit les convives ; soit pour une cérémonie dans l'une des grandes basiliques romaines. Dans ce cas, « il s'avance tout de pourpre vêtu, suivi de son gentilhomme d'honneur, de son secrétaire et de son caudataire et, au seuil du temple, le clergé le reçoit avec des chants et de l'encens [2]... ».

---

1. Jean Madiran, *L'Accord de Metz ou Pourquoi notre Mère fut muette*, Via romana, Versailles, 2006.
2. Jean Neuvecelle, *op. cit.*

***

Le cardinal Jean Villot n'avait ni le physique, ni la faconde, ni l'érudition encyclopédique d'Eugène Tisserant. Mais cet Auvergnat, fils d'une quincaillère du village de Saint-Amant-Tallende, où la mère de Valéry Giscard d'Estaing possédait un château, deviendra archevêque de Lyon avant de réussir une fulgurante carrière au Vatican sous l'aile protectrice de Paul VI dont il sera le secrétaire d'État. Bon administrateur, gros travailleur, très ponctuel, cet homme réservé aura parfois des relations tendues avec son envahissant substitut, Mgr Benelli. Mais sans jamais se départir de son flegme. Sa devise ? *« Auxilium a Domino »* (« le secours vient du Seigneur »).

Le cardinal intervient sur des dossiers difficiles : grâce à une rencontre secrète avec Mgr Alfrink et ce qu'on appelle « la nouvelle paix d'Utrecht », il évite un schisme avec l'Église des Pays-Bas (beaucoup plus moderne que le Saint-Siège en matière de mœurs, par exemple) ; il apaise un conflit entre le primat de Pologne, Mgr Wyszynski, et le Saint-Siège sur la nomination des évêques polonais ; il gère sur sa gauche le courant progressiste « Théologie de la libération » représenté par don Helder Camara et, sur sa droite, le courant intégriste de Mgr Lefebvre... Bref, il s'efforce d'épouser les évolutions du XXe siècle, ouvre des relations diplomatiques avec vingt-cinq nouveaux pays et cherche à nouer le dialogue avec les États marxistes.

Grâce au père Antoine Wenger [1], qui fut le rédacteur en chef de *La Croix* de 1957 à 1969 et le confident du cardinal, on apprend que Jean Villot avait rédigé en 1970 un projet, refusé par Paul VI, dans lequel « il n'excluait pas, à des conditions strictes, l'ordination d'hommes mariés, d'âge mûr, de vie familiale intègre, en raison par exemple d'un manque grave de prêtres dans les pays de mission ». On apprend aussi que quelques-uns des articles publiés par le journal catholique ont été inspirés et parfois même rédigés directement par Mgr Villot.

---

1. Antoine Wenger, *Le Cardinal Jean Villot*, Desclée de Brouwer, 1989.

On apprend encore que durant les années de plomb du terrorisme italien, le secrétaire d'État a été victime d'un accident de voiture « suspect » en revenant de l'oratoire Saint-Paul. Ou encore qu'il a déconseillé à Paul VI, bouleversé par une lettre de l'ancien président du conseil Aldo Moro, otage des Brigades rouges, d'intervenir en sa faveur auprès des autorités italiennes : « Hier, cela eût constitué une ingérence dans les affaires d'une autre puissance ; il en va de même aujourd'hui. »

Le projet de loi sur l'avortement adopté par le parlement français le 29 novembre 1974 affectera beaucoup Mgr Villot. Tout en s'efforçant de maintenir des relations cordiales entre le Saint-Siège et la France, il freine les visites ministérielles au Vatican. En 1975, il refuse une demande d'ambassade extraordinaire que Valéry Giscard d'Estaing aurait voulu confier au philosophe Jean Guitton, par ailleurs grand ami de Paul VI, pour les cérémonies de la semaine sainte. Et il sort de ses gonds quand le gouvernement français, s'avouant préoccupé par la dérive morale observée dans l'Hexagone, suggère au pape de lancer un message de rappel à l'ordre. « On croit rêver, s'emporte-t-il, de la part d'un gouvernement qui légalise l'avortement, facilite le divorce et étend la contraception [1] ! »

Le 1er décembre 1975, Paul VI finit par recevoir le président Giscard d'Estaing en audience privée. Parmi une dizaine de sujets, le pape aborde « les problèmes de la famille, avec une attention particulière pour sa stabilité et pour le respect de la vie ». D'après Mgr Villot, le Saint-Père est « cordial » et le chef de l'État français « attentif et respectueux ». Mais l'entretien n'atteint pas la « profondeur que l'on était en droit d'attendre », sans doute à cause du différend sur l'IVG... Quand M. Giscard d'Estaing parle de « page tournée », le pape comprend une « affaire réglée » ce qui, pour lui, n'a évidemment pas la même signification. Le lendemain, le compte-rendu de *L'Osservatore Romano* se borne à une photo d'un Giscard pâle et défait à sa sortie de la bibliothèque. Lorsque

1. *Idem.*

les audiences se passent bien, un article est publié sous la photo.

Comme le cardinal Tisserant avant lui, le cardinal Villot jouera un rôle important dans les deux conclaves qui suivront le décès de Paul VI, le 6 août 1978 : le premier conduira à la nomination le 26 août de Jean-Paul Ier (« le pape météore ») et le second, le 16 octobre 1978, à l'avènement de Jean-Paul II (« le pape polonais ») sur le trône de saint Pierre. Le cardinal français tire-t-il les ficelles en coulisses ? On ne prête qu'aux puissants et la mort soudaine de Jean-Paul Ier après trente-trois jours et six heures de règne seulement attire les soupçons des « conspirationnistes » sur le secrétaire d'État.

Sur fond de complot maçonnique, d'entreprise mafieuse et de faillite financière, on insinue les pires manœuvres. Des livres sortent, des films aussi. Mgr Villot, de mèche avec Mgr Marcinkus, aurait commandité l'assassinat de Jean-Paul Ier pour éviter une restructuration de la Curie. « Villot ? Il avait peur de son ombre ! Il est inconcevable qu'il ait pu être embarqué dans une histoire quelconque » démentira le banquier du Vatican avec son franc-parler habituel. Avant d'ajouter : « Il a ressenti la perte de Jean-Paul Ier tout autant que n'importe qui. Non, vraiment, il n'y avait rien d'aigre en lui. Mais, en même temps, les Français sont un peu réservés... Quand il venait chez moi avec un tas d'évêques, il n'était pas aussi à l'aise qu'un Américain. Dans une certaine mesure, les Français sont toujours conscients de leur position [1]. »

Tout autant usé par les rumeurs colportées sur son compte que par le rythme effréné du nouveau pape polonais, le cardinal auvergnat mourra d'une double pneumonie le 9 mars 1979, à 74 ans.

1. John Cornwell, *op. cit.*

Le général et l'Église

Des présidents de la Ve République, le général de Gaulle était le catholique le plus fervent, mais « il avait bien trop la pudeur de ses sentiments pour les extérioriser et pour les laisser interférer avec les exigences de la raison d'État [1] ». Dans ses *Mémoires de guerre*, il évoque souvent la providence. Sa profonde culture religieuse l'entraîne vers le catholicisme social. Il est imbibé du patrimoine intellectuel de l'élite catholique française : Bossuet, Chateaubriand, Barrès ou Péguy. Deux écrivains catholiques compteront parmi ses plus fidèles soutiens : François Mauriac et André Frossard.

Pratiquant au point d'exiger de Staline une messe dans l'URSS de 1944, le général ne communiait néanmoins jamais lorsqu'il assistait à un office en tant que chef de l'État. Il aimait la devise des papes de la Renaissance : *« Sic transit gloria mundi »* (« ainsi passe la gloire du monde »). De Gaulle avait aussi appris de l'Église le sens de la hiérarchie et un détachement certain par rapport à l'argent. Le 7 juin 1968, il affirmait que le capitalisme « empoigne et asservit les gens », formule empruntée à une encyclique papale.

En mars 1941, à Londres, le général de Gaulle avait été interrogé sur l'attitude de l'Église catholique française. Sa réponse avait été sans ambages : « J'affirme en connaissance de cause que le clergé, dans son ensemble, approuve la résistance à l'ennemi [...]. Il n'est pas un seul de nos sanctuaires d'où ne montent, chaque jour, des prières pour la victoire des Alliés. Comment d'ailleurs pourrait-il en être autrement ? Les prêtres de France, comme les fidèles, n'ignorent pas que la croix gammée prétend se dresser en rivale de la croix du Christ et qu'une victoire hitlérienne nous plongerait dans les ténèbres du paganisme [2]. »

---

1. André Latreille, *De Gaulle, La Libération et l'Église catholique*, éditions du Cerf, 1978.
2. Stanislas Fumet, *Histoire de Dieu dans ma vie*, éditions du Cerf, 2002.

À la Libération, il doit se raviser. La hiérarchie de l'Église catholique française s'est trop ostensiblement engagée au service de la « Révolution nationale » du maréchal Pétain pour ne pas en subir les conséquences. Certes, beaucoup de catholiques ont été résistants, mais l'épiscopat a tiré bénéfice des « largesses » du régime de Vichy à son égard (retour des congrégations, aide à l'enseignement confessionnel, financement des organisations de jeunesse catholiques) et n'a guère protesté contre les premières déportations de Juifs ou le Service du travail obligatoire (STO). De Gaulle ne l'ignore pas.

Dans ses *Mémoires de guerre*, il écrit : « Le 9 mai, lendemain de la victoire, je me rendis à Notre-Dame pour le *Te Deum* solennel. Le cardinal Suhard m'accueillit sous le portail. » Mais le 26 août 1944, le même cardinal Suhard, archevêque de Paris, est exclu de la cérémonie d'action de grâces à laquelle assiste, au premier rang de la cathédrale, le chef de « la France libre ». Mgr Suhard est resté consigné au siège de l'archevêché, rue Barbet-de-Jouy, à l'initiative de résistants emmenés par le père dominicain Raymond Bruckberger et un futur prêtre-ouvrier, André Depierre.

Un étonnant dialogue s'engage alors entre ce dernier et le cardinal, dont le journaliste Jacques Duquesne a rapporté l'essentiel [1]. Le cardinal Suhard : « Expliquez-moi ce qui se passe, ce que représente la Libération pour le monde ouvrier des banlieues au milieu desquelles vous vivez. Leur joie du départ des Allemands, je la partage tout à fait. Mais le reste ? Le maréchal Pétain est prisonnier. Il n'y avait plus de gouvernement en France. Le général de Gaulle assure et forme un nouveau gouvernement. Son gouvernement remplace l'ancien. » André Depierre : « Ce n'est pas un changement de gouvernement, c'est une révolution ! » Le cardinal : « Je n'avais pas compris cela... »

Comme Mgr Suhard, beaucoup de prélats ont été et sont encore dépassés par les événements. De Gaulle se soucie

1. Jacques Duquesne, *Les Catholiques français sous l'Occupation*, Grasset, 1986.

© Abecasis/ Leemage

D'hier à aujourd'hui, les uniformes des gardes suisses n'ont presque pas changé.

© Anticoli-Nusca/ Eyedea

Luca Longhi, Portrait de Giulia Farnese, *La Dame à la licorne*. Rome, musée national du château Saint-Ange.

Accouchement de la papesse Jeanne (Jean VIII) pendant une procession.

Le Tintoret, *Portrait de Lucrèce Borgia*. Rome, musée du Vatican.

Alessandro Moreschi (debout), le dernier castrat du pape.
© Fototeca/ Leemage

Père Gabriele Amorth, l'exorciste du Vatican. © Agf/ Leemage

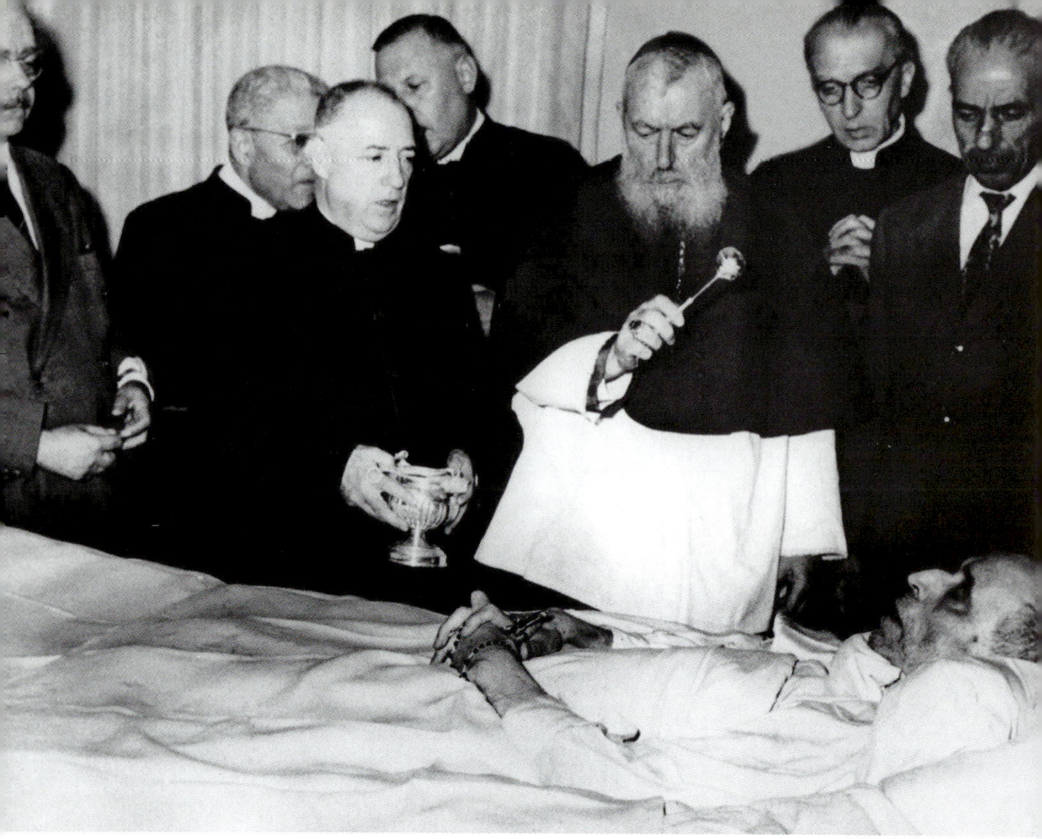

Le cardinal Tisserant bénissant le pape Pie XII, 9 octobre 1958. © Dalmas/ Sipa

Le cardinal Jean Villot.
© Farabola/ Rue des Archives

Le pape Jean-Paul Ier. © Rue des Archives

Attentat contre Jean-Paul II le 13 mai 1981. À sa gauche, son secrétaire particulier Mgr Stanislaw Dziwisz et à sa droite, le commissaire italien Francesco Pasanisi, alors chargé de la sécurité publique auprès du Vatican. © Gamma/ Eyedea

Le pape Jean-Paul II dans la cellule de Mehmet Ali Agca, 28 décembre 1983. © Keystone/ Eyedea

L'imprimerie de « L'Osservatore Romano ». © Eric Vandeville/ Gamma/ Eyedea

Benoît XVI dans les studios de Radio Vatican, 3 mars 2006. © Eric Vandeville/ Gamma/ Eyedea

José Maria Escriva de Balaguer,
fondateur de l'Opus Dei
et son successeur actuel Javier
Eschevarria.

© Plinio Lepri/ AP/ Sipa

© Pier Paolo Cito/ AP/ Sipa

La coupe de football du Vatican, la Clericus Cup, rassemble chaque année seize équipes. Ci-dessous, la demi-finale du 19 mai 2007.

© Plinio Lepri/ AP/ Sipa

beaucoup moins de les pourchasser que d'obtenir du Vatican le rappel du nonce, Mgr Valerio Valeri, doyen d'office – par tradition – du corps diplomatique et suspect de trop d'indulgence à l'égard du régime de Vichy. Sa présence auprès du maréchal est l'un des arguments les plus souvent avancés par les évêques de France pour justifier leur propre attitude. Mais il faut faire un exemple. Une liste de deux archevêques, huit évêques et un vicaire apostolique est dressée. Et leur « démission spontanée » est exigée par le gouvernement français.

Dans son style inimitable [1], de Gaulle raconte : « Il n'y eut de difficulté qu'au sujet du nonce apostolique. Le Vatican, en effet, eût souhaité que Mgr Valerio Valeri fût accrédité auprès de Charles de Gaulle après l'avoir été auprès du maréchal Pétain. C'était, à nos yeux, impossible. Après diverses péripéties, le Saint-Siège demanda notre agrément pour Mgr Roncalli. Nous le lui donnâmes tout de suite, non sans que j'eusse exprimé à Mgr Valerio Valeri, au moment de son départ, notre haute considération pour sa personne. »

Quand le général évoque « diverses péripéties », il est trop modeste. Le 30 juin 1944, il avait été reçu par Pie XII, à 9 heures précises, et cette audience avait été glaciale. Si les archives du Saint-Siège ne disent rien sur les propos échangés, le général dans ses *Mémoires de guerre* écrit : « Pie XII juge chaque chose d'un point de vue qui dépasse les hommes, leurs entreprises et leurs querelles. » En fait, le pape n'avait même pas fait le geste de reconnaître le nouveau gouvernement de la République française.

La ténacité du général lui permet de gagner une première manche à l'hiver 1944. Le Saint-Siège se décide enfin à « rapatrier » Mgr Valeri à Rome (en compensation, la France le nomme grand-croix de la Légion d'honneur) et à reconnaître *de jure* le gouvernement français. En revanche, le pape demande officieusement à de Gaulle de limiter son « épuration

1. Charles de Gaulle, *Mémoires de guerre*, t. 3, Plon, coll. « Volumes », 1999.

ecclésiastique » à trois ou quatre évêques maximum et temporise volontairement sur la nomination du nouveau nonce.

Le bras-de-fer avec Pie XII continue donc quand, fort opportunément, de Gaulle reçoit les lettres de créance du nouvel ambassadeur de Turquie en France. La conversation glisse sur les relations avec le Vatican et le diplomate d'Ankara déclare au général : « Mon gouvernement tranche au cas par cas, suivant la personne qui représente le Saint-Siège. Par exemple, le délégué apostolique que nous avons aujourd'hui est l'un des meilleurs que nous ayons connus : Mgr Roncalli, bon, humain, disponible, mais aussi un vieux renard comme tous les prêtres [1]. » Le général en prend bonne note et, deux heures après, ayant appris l'action remarquable du nonce en faveur des réfugiés juifs en Turquie, le Quai d'Orsay adresse un message chiffré au Vatican laissant entendre que le gouvernement se réjouirait de la venue de Mgr Roncalli s'il venait au Vatican l'idée de le nommer à Paris !

Au Saint-Siège, les plus hauts responsables tombent des nues. Angelo Giuseppe Roncalli est considéré là-bas comme un brave homme, certes, mais surtout comme un bavard impénitent, un prélat sans envergure. Mais pourquoi pas, puisque la France le demande ? Fin décembre 1944, le futur Jean XXIII est nommé à la nonciature de Paris. Il était temps : les vœux du corps diplomatique en janvier 1945 auraient été prononcés, dans le cas contraire, par le vice-doyen de cette honorable assemblée, l'ambassadeur d'URSS en France !

Très vite, le nouveau nonce fait étalage de son savoir-faire. Mais il intervient très peu dans l'affaire des « démissions spontanées » exigées par Paris. Au total, un archevêque (celui d'Aix-en Provence), deux évêques (Arras et Mende), un évêque auxiliaire (Paris) et trois vicaires apostoliques (Dakar, Rabat et Saint-Pierre et Miquelon), tous antigaullistes notoires, seront priés de quitter leur poste. Sept au lieu des onze exigés initialement.

1. *Le Vatican mis à nu*, *op. cit.*

Comme le cardinal Tisserant, Pie XII ne portait pas le nonce à Paris en très haute estime. Lorsqu'il daignait le recevoir, il le faisait parfois attendre pendant des heures. À l'inverse, il s'impatientait quand il ne parvenait pas à le joindre. Utilisateur invétéré du téléphone, il exigeait de ses interlocuteurs une disponibilité de tous les instants et s'exaspérait de constater que Mgr Roncalli était souvent en déplacement. Un jour, quand Pie XII parvint enfin à lui parler au bout du fil, sœur Pascalina l'entendit hurler dans le combiné : « Dorénavant, évêque Roncalli, vous ne quitterez plus la nonciature sans ma permission, vous m'avez compris ?! » Et il raccrocha sèchement [1].

***

Pie XII avait heureusement des préoccupations plus profondes, à commencer par la défense de la civilisation chrétienne face à la montée dans la vieille Europe du totalitarisme athée. Il encourage la réconciliation franco-allemande et la construction européenne prônées par des hommes politiques unis par la « culture catholique et la géographie carolingienne », tels que le Français Robert Schuman, l'Allemand Konrad Adenauer, l'Italien Alcide de Gasperi ou le Belge Paul-Henri Spaak [2]. À Noël 1953, il adjure : « Pourquoi hésiter encore ? »

Un an plus tard, après l'échec de la Communauté européenne de défense (CED), rejetée par les députés français – notamment gaullistes et communistes –, il se désole de voir « l'idée d'une plus large unification européenne » disparaître. Avant sa mort, il aura cependant la joie d'applaudir à la signature du traité de Rome, le 27 mai 1957. Le traité fondateur de l'Europe paraphé dans la Ville éternelle, tout un symbole !

Dans l'opposition, le général de Gaulle n'apprécie guère l'avènement de cette Europe d'obédience chrétienne, certes,

1. Paul Murphy et René Arlington, *op. cit.*
2. Éric Lebec, *Histoire secrète de la diplomatie vaticane*, Albin Michel, coll. « Documents », 1997.

mais surtout « apatride » à ses yeux. À son retour au pouvoir, en 1958, on se demande s'il ne va pas faire sortir la France du Marché commun. Mais Antoine Pinay (le père des nouveaux francs) et son ami Jean Violet (connu pour ses liens avec les services de renseignements français) parviendront à l'en dissuader et à favoriser une relation confiante entre Charles de Gaulle et Konrad Adenauer, le chancelier allemand. On connaît la suite.

Ce qu'on sait moins, c'est que Jean Violet et Antoine Pinay avaient leurs grandes et petites entrées au Vatican grâce au cardinal Tisserant et, surtout, comptaient parmi les « amis » influents de l'Opus Dei [1].

Rome-Avignon, aller et retour...

Aujourd'hui, il serait sorti de l'École nationale d'administration, porterait un costume gris en toutes saisons et hanterait les cabinets ministériels ou les couloirs des plus hautes administrations avec, au coin des lèvres, ce petit air de supériorité de celui qui sait. Guillaume de Nogaret, grand commis du roi Philippe le Bel au tournant des XIIIe et XIVe siècles, est le précurseur du technocrate à la française. Un haut fonctionnaire qui, maîtrisant la technique, détient une bonne parcelle de pouvoir.

À cette époque, les papes se heurtent aux souverains des royaumes d'Occident : le Saint Empire romain germanique, la France et l'Angleterre. Le spirituel contre le temporel. Dans une péninsule italienne déchirée et morcelée, une âpre lutte oppose les guelfes (partisans du pape) aux gibelins (partisans du Saint Empire). En outre, deux familles se livrent un combat sans merci : les Gaetani (le pape Boniface VIII en est membre) et les Colonna. Le chaos politique est tel que le Saint-Père déserte Rome dès qu'il le peut pour aller résider à Anagni, sa ville natale, à une cinquantaine de kilomètres au sud.

1. Voir la partie « Les nouveaux " croisés " du Saint-Siège » du chapitre 4, p. 182.

Guillaume de Nogaret naît vers 1260 à Saint-Félix de Lauragais, près de Toulouse, où sa famille possède une petite propriété. Il est de bonne extraction, mais n'a pas de titre de noblesse. Son grand-père a été condamné comme apostat lors de la croisade des albigeois, cette guerre menée par le pape Innocent III contre les cathares du comte de Toulouse. Petit-fils d'un « patarin » (autrement dit d'un hérétique), Guillaume sera marqué à vie par cet épisode. Il étudie à l'université de Montpellier et y devient professeur de droit romain en 1287. C'est un garçon studieux, patient et ambitieux. Il parle et écrit le latin avec facilité.

Physiquement, il a le teint mat et les cheveux bruns des hommes du Languedoc. Son air sévère atteste son sérieux. Il s'habille d'une longue tunique et, par dessus, d'un manteau attaché sur l'épaule droite, ouvert sur le côté, pour donner entière liberté au bras. Sur la tête, il porte un mortier de velours. En revanche, il évite les souliers à la poulaine, très en vogue à l'époque, qui mesurent parfois deux pieds de long et au bout desquels les élégants attachent des grelots, ce n'est pas son genre.

Comme beaucoup d'hommes de loi méridionaux, il se partage entre l'enseignement du droit et des activités de conseil juridique. Il est amené à travailler pour le roi de France vers la fin de 1295 et ce sera le début de son ascension. Simple exécutant au début, ses responsabilités augmentent. Il dispose d'une latitude certaine pour traiter, par exemple, du projet de pariage avec le roi de Majorque sur la cité de Montpellier ou de la rédaction d'une charte de franchises pour la ville de Figeac. Il intervient pour régler les difficultés de la réunion du comté de Bigorre à la couronne de France et remplit une mission pour le roi dans les comtés de Champagne et de Brie. Il y met déjà, note Ernest Renan, « l'âpreté anticléricale dont il donnera plus tard tant de preuves [1] ». Jusqu'au jour où Philippe le Bel, le roi au regard de statue, lui demande de s'intéresser aux affaires religieuses proprement dites. En coulisses d'abord, puis au

1. Ernest Renan, *Guillaume de Nogaret, un ministre de Philipe le Bel*, éditions de l'Arbre d'or.

grand jour quand, en mars 1303, « il fait connaître par un célèbre discours les crimes de Boniface VIII [1] ».

Le roi de France et le pape romain sont à couteaux tirés depuis plusieurs mois. Désireux de renflouer les caisses de l'État, Philippe le Bel a levé un premier impôt sur le clergé (la décime), puis un second (la cinquantième), sans en référer à Boniface VIII. Les évêques français se plaignent. Le pape les entend et brandit une menace d'excommunication contre le petit-fils de Saint Louis. Dans le même temps, l'habile pontife fait venir auprès de lui le frère de Philippe le Bel, Charles de Valois. Il le marie à la petite-fille de Baudouin, second empereur de Constantinople, le nomme solennellement empereur d'Orient, vicaire de l'empire en Italie et lui confie certaines missions.

On croit à une accalmie entre la France et le Saint-Siège lorsque, soudain, éclate la « forfaiture » de Bernard Saisset. L'évêque de Pamiers est jeté en prison pour avoir contesté publiquement la légitimité du roi de France. Un tribunal séculier, donc non ecclésiastique, l'a jugé et condamné. Le pape ne peut laisser passer l'affront et, dans la bulle *Unam Sanctam*, il réaffirme la primauté du Saint-Siège sur les souverains temporels. « Si le roi ne devient pas plus sage, je saurai le châtier et lui ôter la couronne », prévient-il. C'en est trop pour Philippe le Bel qui charge le chevalier Guillaume de Nogaret, anobli en 1299, de la contre-attaque.

Dans le palais du Louvre, devant une assemblée de la Nation où les députés des communes paraissent pour la première fois, le petit-fils du « patarin » s'exclame : « Je demande, illustres seigneurs, que le cardinal Benoît Gaetani, qui se fait appeler pontife, soit mis en accusation comme athée, simoniaque, ennemi de Dieu et des hommes, incestueux, voleur et destructeur de religion. Je supplie le roi de réunir les États afin de publier une ordonnance de convocation d'un concile général pour juger Boniface. En attendant, je demande qu'on procède sans retard à la nomination d'un vicaire pour gouverner l'Église romaine et

---

1. Sébastien Nadiras, *Guillaume de Nogaret et la pratique du pouvoir*, thèse de l'École des chartes, 2003.

qu'on arrête immédiatement l'antipape afin qu'il ne puisse s'opposer aux réformes qu'on entreprendra pour le bien de la chrétienté. » Et, s'adressant directement au roi : « N'oubliez pas, Grand Prince, que vous êtes obligé par l'exemple de vos prédécesseurs et par le serment que vous avez fait, de protéger les églises de votre royaume, de poursuivre le cardinal Gaetani jusqu'à ce qu'il soit réduit à l'impuissance de nuire. »

Quelle audace et quelle virulence ! Certes, en souvenir de son grand-père, Nogaret ne porte pas la papauté dans son cœur. Il a déjà rencontré Boniface VIII trois ans auparavant et ne tient pas le personnage en haute estime. Le pape, par son caractère hautain et sa manie de se mêler de tout, exaspère beaucoup de monde, jusqu'aux moines, mendiants et ermites. Il aura malgré tout le mérite de relancer les années jubilaires et de créer l'université de la Sapienza, à Rome, qui existe encore et fut longtemps l'une des plus cotées d'Italie.

En grand commis ambitieux, Nogaret veut complaire à son maître. Philippe le Bel est en guerre contre le pape et, sous son règne apparaît, souligne Renan « une classe d'hommes politiques, entièrement nouvelle, ne devant sa fortune qu'à son mérite et à ses efforts personnels, dévouée sans réserve au roi qui l'avait créée, rivale de l'Église dont elle aspirait en bien des choses à prendre la place ». Guillaume de Nogaret est l'archétype de cette nouvelle classe qui va « inaugurer dans la conduite des affaires un profond changement. » Il sait que Philippe le Bel a eu comme précepteur Egidio Colonna, évêque de Bourges, dont la famille voue une haine inextinguible aux Gaetani. Tout est réuni pour un choc frontal avec le pape. Il passera à la postérité sous le nom de « l'attentat d'Anagni ».

En ce mois de mars 1303, Guillaume de Nogaret reçoit de la chancellerie royale un message codé qui l'enjoint de « se rendre en certain lieu » et d'« y faire avec telles personnes ce qu'il [semblait] bon d'y faire ». Le technocrate devient homme d'action. Avec l'aide d'un espion florentin, Giovanni Musciatto, dit « Mouche », et le soutien de Giacomo Colonna, dit « Sciarra », pour son caractère bagarreur, il recrute 800 hommes armés et 500 chevaux pour enlever Boniface VIII, le transporter en France et obtenir sa radiation par un concile extraordinaire.

On sait peu de chose sur le voyage sinon que Nogaret s'arrête à Florence où il remet une lettre de crédit aux Petrucci, banquiers du roi, pour remplir ses caisses et poursuivre sa mission. Puis, le 7 septembre, l'étonnante armée qu'il a constituée débarque à Anagni et s'empare facilement du pape. Les pièces d'or généreusement distribuées ont permis d'ouvrir bien des portes. On brandit l'étendard à fleur de lys et on crie « Vive le roi ! » dans une atmosphère frénétique.

Que se passe-t-il alors exactement ? Les versions divergent. La plus connue est reprise, entre autres, par Maurice Druon dans le cycle des Rois maudits. Le vieux pape presque centenaire, la tiare sur la tête, un crucifix à la main, voit entrer une horde de soldats en armures dans la vaste salle où il se trouve seul. Sommé d'abdiquer, il répond : « Voilà mon cou, voilà ma tête ; je mourrai, mais je mourrai pape. » Sciarra Colonna s'approche alors de lui et, rejetant d'un geste théâtral sa cape derrière son dos, le gifle avec violence de son gantelet de fer. Boniface accuse le coup, lâche son crucifix, jette un regard furibond à Sciarra et lance à Nogaret qui pourtant, selon Renan, n'affecte de n'être « que le simple huissier portant au pontife romain l'assignation fatale de son juge souverain », cette injure suprême : « Fils de cathare, fils de cathare ! »

Dante, dans *La Divine Comédie*, prend avec fougue le parti du pape agressé, voue Giacomo Colonna aux gémonies et compare le grand commis de Philipe le Bel à Ponce Pilate :

« Je vois en Anagni entrer la fleur de lys
et dans son vicaire Jésus-Christ être capturé
Je le vois une autre fois être moqué
Je vois renouveler vinaigre et fiel
au milieu de vivants voleurs être tués
Je vois le nouveau Pilate si cruel
Que tout ça n'assouvit pas ; plutôt sans droit
Il amène dans le temple ses cupides voiles. »

En vérité, il est difficile de déceler la part du vrai et du faux dans les archives et récits d'époque. Le pape n'allait pas sur ses 100 ans, mais était plus proche des 70 ans ; la troupe ne comptait peut-être que 300 hommes ; quant à la fameuse « gifle », elle appartiendrait davantage à la légende qu'à la réalité. Sciarra et Nogaret l'ont d'ailleurs toujours niée. En 1979, sept siècles après les faits, le comte Raphaël Gaetani a publié un mémoire pour défendre son ancêtre Boniface VIII dans lequel il affirme, lui aussi, que le soufflet n'a jamais existé. Pour lui, même s'il ne les porte pas dans son cœur, Giacomo Colonna et Guillaume de Nogaret étaient des « hommes d'honneur » qui n'auraient jamais giflé un vieillard, pape de surcroît. L'affaire de la gifle, en tout cas, fera beaucoup plus de bruit que le pillage du palais, ce qui en dit long sur l'époque...

Deux jours plus tard, retournement de situation : Boniface VIII est libéré par les habitants d'Anagni et s'enfuit au Vatican. Versatilité de la population ? Peut-être. Mais l'erreur de Nogaret et de Sciarra Colonna a surtout été de ne pas avoir réussi à enrôler les Romains – gibelins et autres adversaires du pape – dans leur opération. Ceux-ci, divisés, se méfiaient de la supériorité française qui en résulterait. C'était leur seul point de convergence. Quand ils apprennent « l'attentat », ils s'unissent pour envoyer 400 cavaliers sur place. La folle équipée de Nogaret et de ses hommes prend fin. Mais c'est une fausse défaite pour eux puisque, le 11 octobre, le pape meurt d'épuisement, de rage et de honte dans ses appartements. Il n'aura survécu qu'un mois à l'humiliant épisode d'Anagni.

Son successeur, Benoît XI – témoin oculaire de « l'attentat » – passe à son tour de vie à trépas en juillet 1304. Mort naturelle ? On s'interroge. Assassinat ? Possible. La France est de nouveau soupçonnée car le pape, durant son court pontificat, n'a pas cédé à toutes ses exigences. Nogaret, notamment, aurait voulu obtenir de lui une condamnation posthume de Boniface VIII. On raconte donc qu'à la veille du décès de Benoît XI, alors que le Saint-Père dînait avec ses invités, un jeune clerc déguisé en religieuse du monastère de Sainte-Pétronille lui aurait offert un plateau de figues fraîchement cueillies de la part de la mère abbesse, une de ses pénitentes. Il en aurait mangé deux avant d'être pris de douleurs aigües au ventre et de mourir dans d'atroces souffrances. Qu'il y ait eu empoisonnement ou non, le trône pontifical se trouve une nouvelle fois vacant. Et cela arrange les affaires de la France.

Après onze mois de conciliabules, l'archevêque de Bordeaux Bertrand de Got est élu le 5 juin 1305, sous le nom de Clément V. Son installation « provisoire » à Avignon finira de marquer la victoire de Philippe le Bel. Il s'agit en effet du premier pape français depuis Sylvestre II, en 999. Le petit-fils de Saint Louis triomphe. « Quand le Gascon Bertrand de Got s'en vint, de par le roi Philippe le Bel, s'établir aux bords du Rhône, la puissance pontificale du Moyen Âge fut étouffée sous les ruines de la cité des comtes de Toulouse. La papauté, italienne depuis ses origines, devint l'humble vassale de la royauté française [1]. »

Guillaume de Nogaret est remercié par l'attribution de terres et de fortes sommes d'argent. Aux 300 livres de rente perçues avant son départ pour l'Italie s'ajoutent 500 livres de rente sur le trésor royal de Paris. Sans compter une faveur particulière : celle de pouvoir libérer toute personne détenue en prison pour n'importe quel motif. Sa brillante carrière continue. En 1307, après avoir rédigé l'ordre d'arrestation des Templiers, il devient garde du Sceau Royal. Puis, en 1311, il obtient enfin de Clément V l'absolution pour « l'attentat d'Anagni » moyennant la promesse d'un séjour en Terre sainte qu'il ne fera jamais. Il mourra brutalement en 1313, à 53 ans, laissant à ses trois enfants, dans un testament ciselé comme une pièce d'orfèvrerie, un très confortable héritage. Un an plus tard, le grand maître des Templiers Jacques de Molay sera exécuté. Sur le bûcher, il promettra l'enfer à ses accusateurs : « Maudits ! Maudits, vous serez tous maudits jusqu'à la treizième génération de vos races ! »

---

1. Jean-Baptiste Joudou, *Histoire des souverains pontifes qui ont siégé à Avignon*, Théodore Fischer, 1855.

Le procès des Templiers entache incontestablement le parcours de Nogaret. Pour Renan, il s'y est montré « cruel et inique ». Il n'empêche : le petit-fils du « patarin » est, selon l'historien des religions, « l'instrument principal du règne » qui a le plus contribué à faire de la France ce qu'elle sera durant les cinq siècles suivants. « Il a été [...] un grand ministre ; on se sent avec lui dans le pays de Suger, de Richelieu et, il faut le dire, des doctrines de la Révolution. » Nogaret mérite surtout de compter parmi « les fondateurs de l'unité française, de ceux qui firent sortir nettement la royauté de la voie du Moyen Âge ». Une époque où « jamais on n'innova avec plus d'audace et d'originalité [1] ».

***

Pourquoi abandonner Rome ? Avignon est une ville charmante, un peu venteuse, que rien ne prédispose plus qu'une autre à accueillir la papauté. Mais, comme d'habitude, l'Italie est en ébullition et la Ville éternelle soumise à des troubles incessants. Prudemment, Clément V se fait couronner à Lyon et la cour pontificale est ballotée entre la capitale des Gaules, Poitiers et Bordeaux avant de rejoindre le Comtat Venaissin. Le nouveau pape décide alors de s'installer provisoirement en Avignon, aux portes du royaume de France, dans la ville de son fidèle allié le comte de Provence. Tout en sachant que Philippe le Bel, soucieux de garder la papauté sous son obédience, lui servira de protecteur.

Les deux hommes ont bien des dossiers à régler – de la dissolution de l'ordre des Templiers à l'absolution de Guillaume de Nogaret, en passant par l'éventuel procès de Boniface VIII – et le provisoire perdure. « Pendant que le roi et le pape confèrent par ambassadeurs officiels ou officieux, la Curie s'installe. Administrateurs et collaborateurs du pape découvrent avec

1. Ernest Renan, *op. cit.*

ravissement les avantages d'Avignon [1] ». Contraints depuis deux siècles à de constants déménagements dans les États pontificaux, ils apprécient le calme et les remparts fortifiés de la cité. La Curie peut enfin travailler dans la sérénité. « Paradoxalement, c'est la papauté d'Avignon qui rétablit la stabilité : cessant son nomadisme, elle se sédentarise [2] ».

Clément V s'établit définitivement sur place en 1309, loin des luttes de la société romaine et des cités italiennes. Sept papes – tous français, des Méridionaux parlant la langue d'Oc – se succéderont en Avignon jusqu'en 1378 : Clément V, Jean XXII, Benoît XII, Clément VI, Innocent VI, Urbain V et Grégoire XI. La ville devient cosmopolite, débordante de vitalité. Sa population passe de 6 000 à près de 40 000 habitants. On construit à tour de bras. On restaure, agrandit, embellit les églises, les monastères et les couvents. Les cardinaux organisent de somptueuses réceptions où se pressent, au milieu des prélats, courtisans, marchands, artistes et intellectuels de renom. Parmi eux, le poète italien Pétrarque compare le séjour des papes en Avignon à un « exil en Babylone ». Catherine de Sienne, elle, parle d'opulence et de décadence. Mais la cité des bords du Rhône n'a rien de comparable avec ce que sera la Rome des Borgia.

Entre un modèle féodal déclinant et les grands changements à venir, les papes vivent en réalité une période de transition en Avignon. Si certains d'entre eux sont timorés, d'autres agissent avec efficacité à la tête d'une administration qui se modernise. Sous Clément V, le consistoire devient la véritable cour d'appel de l'Église. Jean XXII crée en 1331 le tribunal de la Rote pour contrôler les finances et il multiplie les contacts entre la Curie et les catholiques du monde entier. La papauté d'Avignon brille surtout dans les arts et lettres. Elle préfigure en cela la Renaissance. Son apogée est atteinte sous le pontificat de Clément VI (1342-1352) ,qui fait construire par son

1. Georges Suffert, *op. cit.*

2. Yves Bruley, *La Papauté de Simon Pierre à Benoît XVI*, CLD, Tours, 2008.

architecte Jean de Louvres un second palais, le « Palais neuf », de style plus fleuri que le premier. En 1348, il achète même la ville d'Avignon à la reine Jeanne de Naples, comtesse de Provence, pour la coquette somme de 80 000 florins d'or.

Ces années fastes n'empêchent pas les signes annonciateurs de mécontentement, voire de fronde ou de déclin. Les richesses de l'Église et les biens de la papauté sont convoités par les princes, qui ne savent plus comment financer leurs guerres incessantes. Les peuples souffrent. Les orgies cardinalices sont mal vues. Les Franciscains ou frères mineurs les plus extrémistes dans leur fidélité à la pauvreté évangélique sont condamnés comme hérétiques. Un concile, le quatrième du nom en Avignon, est convoqué au monastère de Saint-Ruf, le 25 avril 1337, pour tenter de rapprocher la hiérarchie catholique de ses ouailles.

On défend aux prêtres de manger de la viande le vendredi, sauf lors de la fête de Noël si elle tombe ce jour-là ; on prescrit aux clercs de renoncer aux usages mondains, au commerce, à l'usage des armes et de se faire raser la barbe ; on recommande plus de mansuétude à l'égard des excommuniés, etc. L'austérité est de mise, mais la suite est moins glorieuse : comme l'antisémitisme prolifère, « le concile fait une obligation aux juifs de porter sur leur personne un signe les distinguant des chrétiens. Le même statut défend expressément aux chrétiens de réclamer les soins d'aucun médecin ou chirurgien juif, et aux israélites de se servir des chrétiens pour le même objet [1] ».

Pour ne rien arranger, les épidémies se multiplient, la peste tue par milliers et puis il y a la guerre de Cent Ans entre la France et l'Angleterre : à chaque trêve, des bandes de mercenaires pillent et sèment la terreur sur leur passage. On les appelle les « grandes compagnies » ou les « routiers ». Attirés par les richesses de l'Église, ils menacent le Comtat Venaissin et Avignon. Le pape Innocent VI paye par deux fois une rançon

1. Jean-Baptiste Joudou, *op. cit.*

pour les éloigner. Urbain V l'imitera quelques années plus tard, cette fois pour amadouer les troupes de Bertrand du Guesclin en route pour l'Espagne.

L'idée d'un retour à Rome fait son chemin. Le prince des apôtres n'y est-il pas enterré ? Versifiant sur les pentes du mont Ventoux, Pétrarque compare la Ville éternelle à une vieille femme suppliant son mari de ne pas la laisser dans la misère. De fait, le successeur de Pierre revient sur la colline du Vatican puisque Urbain V se rend à Rome en 1367 pour y rencontrer l'empereur germanique Charles IV et l'empereur byzantin Jean V Paléologue. Mais il repart aussitôt en Avignon.

Ce sera son successeur, Grégoire XI, qui franchira définitivement le pas dix ans plus tard. Désireux de calmer les désordres dans les États pontificaux, pressé d'agir par les Romains, harcelé par Catherine de Sienne, déçu aussi par Philippe le Bel incapable à ses yeux de protéger la Cité des Papes des exactions des grandes compagnies, il quitte Avignon le 13 septembre 1376 et arrive à Rome le 17 janvier 1377.

Son voyage a duré quatre mois, il est exténué. Son retour solennel dans la Ville éternelle pourrait lui donner le regain d'énergie dont il a besoin. Mais il n'en est rien. La guerre civile gronde partout. Le massacre de Cesena, commandité par le cardinal Robert de Genève – qui deviendra l'antipape Clément VII –, attise les hostilités et la défiance à l'égard de la hiérarchie catholique. Des émeutes éclatent à Rome et Grégoire XI – qui ne semble pas superstitieux – se réfugie à Anagni en mai 1377. Il laisse s'écouler quelques semaines et revient à Rome. Mais ce n'est plus le même homme : il se sent vieux, menacé et malade. Seule la mort, le 26 mars 1378, l'empêchera de retourner sur les bords du Rhône.

Ainsi s'achève l'histoire des papes en Avignon. Ou presque. Car la disparition de Grégoire XI à Rome marque le début d'une crise sans précédent : le Grand Schisme d'Occident. Tout semble pourtant bien s'enclencher. Seize cardinaux se réunissent en conclave. Il y a parmi eux quatre Italiens, un Espagnol et onze Français. Ils s'entendent assez vite pour élire un Romain, Bartolomeo Brigano, qui prend le nom d'Urbain VI. Dignitaire de la Curie, il a longtemps vécu en Avignon et « chacun s'accorde sur son sérieux [1] ». Fausse impression : despotique, il introduit la torture dans la Ville Éternelle. Douze des seize électeurs quittent alors Rome et décident de nommer un nouveau pape français, Clément VII, qui s'installe en Avignon. La chrétienté possède deux papes à sa tête et cette rupture en deux camps antagonistes va durer quarante ans.

La France, les principautés de l'Empire proches d'elle, le roi de Naples, les royaumes espagnols et l'Écosse reconnaissent la papauté d'Avignon. L'Angleterre (en guerre contre la France), Venise, les pays scandinaves, la Hongrie, la Pologne et une grande partie du Saint Empire reconnaissent la papauté romaine. « Le schisme devient un élément essentiel de la politique internationale et des guerres [2] ».

À Rome comme en Avignon, les papes créent des cardinaux qui perpétuent la division. Urbain VI, Boniface IX, Innocent VII et Grégoire XII se succèdent dans la Ville Éternelle. Clément VII, Benoît XIII et Clément VIII siègent à tour de rôle sur les bords du Rhône. En mars 1409, un compromis est recherché à Pise : un concile ordonne au pape romain et au pape avignonnais de démissionner et élit un nouveau souverain pontife. L'Église compte désormais trois papes à sa tête ! C'est deux de trop. Il faudra finalement attendre le 11 novembre 1417 et l'organisation d'un conclave en marge du concile de Constance pour que l'élection du cardinal Odin Colonna sous le nom de Martin V reçoive « l'adhésion de l'ensemble de la chrétienté [3] ». Une nouvelle ère commence. Martin V délaisse le vieux palais du Latran et s'installe près de la basilique Saint-Pierre au Vatican. C'est la fin du Grand Schisme.

Pour la France, qui a jeté sous Philippe le Bel les bases du gallicanisme, le bilan est mitigé. « La papauté s'émancipa

1. Georges Suffert, *op. cit.*
2. Yves Bruley, *op. cit.*
3. *Idem.*

bientôt de la France et, au lieu d'une Église nationale, la France eut un lien plus gênant que jamais avec un centre religieux étranger, lien qui l'empêcha au XVIe siècle d'embrasser le protestantisme, constate Ernest Renan [1]. L'Église gallicane, de la sorte, ne devint pas ce que l'Église anglicane est devenue sous Henry VIII. Henri VIII voulut simplement faire une Église nationale. Philippe le Bel voulut s'emparer du pouvoir central de l'Église universelle, le diriger à son profit. Il réussit sa vie durant, puis sa tentative fut frappée d'impossibilités. »

Napoléon, quelques siècles plus tard, ne tenta pas autre chose...

Le Vatican à Paris, un rêve napoléonien

Quand Benoît XVI, devant plus de 250 000 fidèles rassemblés sous le soleil parisien, célèbre une messe solennelle sur l'esplanade des Invalides, le 13 septembre 2008, pense-t-il à Napoléon Bonaparte dont les cendres reposent, à quelques pas de là, dans la chapelle Saint-Louis ? Le Saint-Père songe-t-il à ses prédécesseurs Pie VI et Pie VII dont les pontificats ont été bousculés – c'est un euphémisme – par le stratège de la campagne d'Italie et futur empereur des Français ? Dans la foulée de la Révolution française et de la rupture d'un concordat vieux de deux siècles et demi, il est peu de dire, en effet, que les relations entre Bonaparte et le Saint-Siège ont connu des moments orageux. Et Napoléon, au faîte de sa gloire, a bel et bien voulu transporter le Vatican à Paris !

Si un lien très fort l'unissait à la Ville Éternelle – il avait donné à son fils unique le titre de « roi de Rome » – il n'y mit jamais les pieds. En revanche, comme le rappelle Maria Elisa Tittoni, directrice du Museo Napoleonico, la capitale italienne fut « l'endroit où se consomma le temps de l'oubli et de la dispersion » pour la plupart des membres de la nombreuse famille

1. Ernest Renan, *op. cit.*

de l'empereur, Madame Laetitia, sa mère, la première. Et, aujourd'hui encore, l'ambassade de France auprès du Saint-Siège est installée près de la Porta Pia, dans la Villa Bonaparte, bel édifice racheté en 1815 par la sœur de Napoléon, Pauline, princesse Borghèse.

Dans la saga italienne de Bonaparte, 1796 est une année clef. Faute de pouvoir attaquer de front l'Angleterre, ennemie principale de la Révolution, « le Petit Caporal » propose de frapper son alliée, l'Autriche, en portant l'effort sur la vulnérable Italie. Il se fait nommer le 2 mars, à moins de 27 ans, commandant de l'armée d'Italie et, en quelques semaines, vole de victoire en victoire (Castiglione, Arcole, Rivoli, Marengo...). Le 18 octobre 1797, le traité de Campoformio consacre le jeune général qui, sans regarder aux moyens utilisés, concentre bientôt tous les pouvoirs dans la péninsule : militaire, politique, diplomatique et même financier.

Au Vatican, en 1791, Pie VI a condamné aussi bien la nationalisation des biens de l'Église de France que la Constitution civile du clergé (c'est-à-dire le mode de désignation des curés, des évêques et des archevêques). Bouleversé par la mort de Louis XVI sur l'échafaud en 1793, le pape l'a même déclaré martyr. Autant dire que lorsque les soldats de Bonaparte arrivent en Italie, en 1796, le Saint-Père est aux abois. Le jeune général a reçu une dépêche de Paris, qui appelle, ni plus ni moins, au pillage de la Ville Éternelle : « Quelques-uns de ses plus beaux monuments, ses statues, ses tableaux, ses médailles, ses bibliothèques, ses bronzes, ses madones d'argent et même ses cloches nous dédommagerons du prix que nous coûte la visite que nous allons faire au pape. »

Si Bonaparte ne va pas lui-même jusqu'à Rome, c'est que l'armistice de Bologne, en 1796, puis le traité de Tolentino, un an plus tard, obligent le pape à céder devant les exigences de la France. Ce traité est composé de 26 articles pour assurer « paix, amitié et bonne intelligence » entre Pie VI et la République française : le pape doit, entre autres choses, cesser tout contact avec les ennemis de la France, s'acquitter avant le

5 mars 1797 de la somme de 15 millions de livres-or et de 15 autres millions en numéraire ou diamants ; enfin, libérer des prisonniers de guerre et reconnaître la République française. Une humiliation pour Pie VI, qui dans une lettre pontificale de 1791 avait condamné les révolutionnaires et jugé « insensé » d'établir parmi les hommes « cette égalité et cette liberté effrénée qui semblent étouffer la raison ».

Joseph Bonaparte, le frère de Napoléon, devient, au grand déplaisir du pape, ambassadeur auprès du Vatican et s'installe au palais Corsini, au pied du Janicule. Pourtant, le fait que Pie VI ne soit pas contesté en tant que chef spirituel de la chrétienté constitue sans doute une concession de la France. Avec le traité de Tolentino, l'Église romaine accepte certes à contrecœur « une première grave atteinte à son pouvoir temporel », mais elle « reprend conscience de disposer, selon l'antique promesse, de pouvoirs éternels et c'est le signe d'une ère nouvelle », estime l'historien Filippone Giustino [1].

Pie VI croit avoir évité le pire. Hélas pour lui, il se trompe. Des heurts opposent de jeunes révolutionnaires aux soldats du pape en décembre 1797 et, en voulant s'interposer, le général français Léonard Duphot est tué. Il n'a que 28 ans. Le lendemain, il devait épouser la belle-sœur de Joseph Bonaparte, Désirée Clary, future reine de Suède. Sa mort est vengée le 10 février 1798 avec la prise de Rome par le général Berthier. « Le royaume du souverain pontife est dépecé. La "République romaine" est instituée [2]. » C'est de cette époque que date la boutade : « Les Français pillent-ils à Rome ? – Pas tous, mais *bona parte* [une bonne part], oui ! »

Déchu de son titre de souverain temporel, Pie VI va subir un long chemin de croix. Il trouve successivement refuge à Sienne, Florence, Parme, Turin, Briançon, Grenoble et

1. In *Le relazioni fra lo Stato Pontificio e la Francia rivoluzionaria. Storia diplomatica del Trattato di Tolentino*, t. 2.

2. Henri Tincq, *Ces papes qui ont fait l'histoire : de la Révolution à Benoît XVI*, Perrin, coll. « Tempus », 2007.

Valence, où il meurt le 29 août 1799 entre les mains des Français.

L'Église de Rome est en ruine et c'est à Venise – la Cité des doges est alors sous autorité autrichienne – que les cardinaux se réunissent pour tenter de désigner un nouveau pape. Le conclave dure trois mois et demi. Les *zelanti* (« intransigeants » sur les pouvoirs temporels du souverain pontife) et les *politicanti* (« accommodants ») s'affrontent. Finalement, grâce à l'entremise d'Ercole Consalvi, un habile diplomate dont Napoléon se méfiera toujours, un pape de compromis est élu sous le nom de Pie VII le 14 mars 1800. Cet évêque d'Imola, moine bénédictin, a 58 ans. En 1797, il s'était rangé dans le camp des modérés et avait défendu le traité de Tolentino en demandant aux habitants de son diocèse de se soumettre « dans les circonstances actuelles [...] à l'autorité du victorieux général en chef de l'armée française ». Et, dans son homélie de Noël, il avait même affirmé : « La forme de gouvernement démocratique adoptée parmi vous, frères très aimés, ne contredit nullement aux maximes que j'ai précédemment énoncées ni ne répugne à l'Évangile [...]. Oui, mes très chers frères, soyez de bon chrétiens, et vous serez d'excellents démocrates. »

C'est un homme à la fois éclairé, lucide et ferme. Sa première décision est de s'installer à Rome d'où les troupes françaises ont été momentanément chassées par les soldats autrichiens. Puis il nomme Ercole Consalvi au poste de secrétaire d'État et le crée cardinal pour réorganiser la Curie. Mais la grande question à laquelle le pape doit répondre est simple : Napoléon Bonaparte, devenu Premier consul, est-il sincère quand il lui propose un nouveau concordat ? Il existe alors une aspiration à la paix et à la réconciliation. Pour Bonaparte, « il n'y a pas de société possible sans inégalité, pas d'inégalité supportable sans morale, pas de morale acceptable sans religion ». Pie VII, lui, se souvient qu'au début de la Révolution française, beaucoup de curés avaient rédigé de leurs propres mains les cahiers de doléances. Chacun peut trouver son intérêt à un accord.

Les négociations dureront huit mois et seront ardues. Les deux parties sont traversées par des courants antagonistes. Les clans s'agitent. Les procès d'intention se multiplient. Bonaparte s'impatiente. « Rome veut tirer l'affaire en longueur dans l'espérance de quelques changements politiques qui favorisent ses prétentions, déclare-t-il en mai 1801 au cardinal Spina qui traite le dossier avec Talleyrand, ministre français des Affaires étrangères. J'aime et j'estime beaucoup le pape, poursuit-il, mais je me méfie beaucoup des cardinaux et en particulier du cardinal Consalvi, qui m'a manqué de parole et qui est un ennemi de la France [...]. Pourquoi la cour de Rome se laisse-t-elle mener par toutes les puissances non catholiques ? [...] Prenez bien garde [...], c'est moi seul qui peux vous sauver [...]. Je suis né catholique, je veux vivre et mourir catholique et je n'ai rien de plus à cœur que de rétablir le catholicisme, mais le pape s'y prend de manière à me donner la tentation de me faire luthérien ou calviniste, en entraînant avec moi toute la France. Qu'il change de conduite et qu'il m'écoute ! Sinon [...], il n'existera plus pour moi. Envoyez aujourd'hui même un courrier à Rome pour lui dire tout cela [1] ! »

En réalité, le Premier consul doit aussi composer avec ceux qui, à Paris, l'accusent de brader l'héritage de la Révolution. Les négociations piétinent, puis débouchent finalement sur un accord, le 15 juillet 1801, contenu dans un document de dix-sept articles et un préambule. La France reconnaît la religion catholique comme « celle de la grande majorité des Français », même si elle n'est plus « la religion de la Nation », comme sous l'Ancien Régime. Elle redécoupera les diocèses et nommera les évêques, mais c'est le pape qui leur délivrera l'habilitation canonique. Le Saint-Siège, enfin, s'engage à ne pas revenir sur les ventes des biens ecclésiastiques effectuées depuis 1789. « Autrement dit, Paris reconnaît l'importance et la liberté de l'Église et Rome prend acte de la plupart des déci-

1. Daniel Amson, *La Querelle religieuse*, Odile Jacob, 2004.

sions administratives arrêtées par les gouvernements révolutionnaires [1]. »

C'est à la fin de ce marathon diplomatique que Napoléon confie : « Si le pape n'avait pas existé, il eût fallu le créer pour cette occasion. » De son côté, l'homme de confiance de Pie VII, le cardinal Consalvi, écrit dans une dépêche : « Je le dis ouvertement, nous avons obtenu des concessions inférieures sans doute à nos désirs, mais certainement supérieures à nos espérances. » Les critiques cessent-elles pour autant ? Bien sûr que non. À Rome, le pape n'apprécie pas que la France ait ajouté unilatéralement 77 « articles organiques » au Concordat sous la pression d'une Assemblée demeurée très anticléricale. À Paris, notables et militaires continuent de gronder. Des pétitions hostiles au Concordat sont envoyées au Premier consul. Le jour du *Te Deum* célébré le 18 avril 1802 à Notre-Dame-de-Paris pour le rétablissement du culte catholique en France, le général Delmas, de l'armée du Rhin, répond à Bonaparte qui lui demande son avis sur la cérémonie : « C'est dommage qu'il y manque un million d'hommes qui se sont fait tuer pour détruire ce que vous rétablissez ! » Mais la foule des Parisiens rassemblés devant la cathédrale donne raison au futur empereur et Chateaubriand publie au même moment son *Génie du christianisme*, dans lequel le rôle civilisateur du Saint-Siège et de l'Église est magnifié.

En 1802, le Premier consul – qui vient de signer avec l'Angleterre la paix d'Amiens – est nommé à vie. Le comte de Provence, en exil, avait espéré que Bonaparte serait le restaurateur de la monarchie. Or, l'échec du complot de Cadoudal et l'exécution du duc d'Enghien (enlevé à l'étranger et fusillé de nuit dans les fossés de Vincennes) dissipent les dernières illusions. Le 18 mai 1804, Bonaparte décide de devenir empereur des Français. Et, comme Charlemagne avant lui, il veut être sacré par le pape.

1. Georges Suffert, *op. cit.*

Pie VII connaît la mégalomanie du personnage, son génie et ses caprices fort bien traduits par Alfred de Vigny par ces mots célèbres, *« commediante, tragediante »*. Si la dernière lubie du « Petit Caporal » laisse le pape stupéfait sur le moment, il comprend vite le parti qu'il peut en tirer. Quelle occasion de réaffirmer l'autorité spirituelle du Saint-Siège ! Il en profite aussi pour obtenir la création en France de dix grands séminaires largement dotés et celle d'une grande « aumônerie impériale » dont le titulaire sera le cardinal Fesch, oncle du futur empereur.

La date du sacre est fixée au 2 décembre 1804. Pie VII quitte Rome avec un mois d'avance pour se préparer aux cérémonies et faire œuvre de pasteur. Tout au long de son itinéraire, il est acclamé par des Français en fête, preuve que le pays demeure profondément catholique au-delà des excès de la Révolution. Bonaparte en prend-il ombrage ? Il accueille froidement le pape à Fontainebleau et l'oblige à arriver à Paris en pleine nuit. Il lui annonce aussi qu'il se couronnera lui-même, le Saint-Père étant prié de rester assis. Pie VII ne proteste pas, mais il déteste ce genre de vexation. Aussi, quand Joséphine lui apprend que son mariage avec Bonaparte, huit ans plus tôt, a été célébré dans une banale mairie et non pas à l'église, le pape exige qu'un prêtre les unisse devant Dieu toutes affaires cessantes. Le cardinal Fesch s'en chargera quelques heures seulement avant la cérémonie de Notre-Dame.

Le matin du sacre, la foule peut contempler devant la cathédrale un grand porche en bois sur lequel figurent les emblèmes des 36 premières villes de France et les statues de Clovis et Charlemagne. L'intérieur de la cathédrale est éclairé par 24 lustres suspendus sous la voûte, les sols sont recouverts de tapisseries et les murs d'étoffes de velours et de soie ornées des symboles impériaux brodés d'or. Le trône de l'Empereur a été placé à l'entrée de la grande nef, sous un arc de triomphe reposant sous huit colonnes. À 9 heures, le pape fait son entrée dans la cathédrale sous les ovations des fidèles. On n'attend plus que le futur Empereur. Il arrive deux heures plus tard dans un carrosse encadré par 25 calèches tirées par 152 chevaux et escorté de six régiments de cavalerie. Une fois dans la cathédrale, il revêt l'impressionnant manteau du sacre, long de 22 mètres et lourd de 40 kg. La cérémonie durera trois heures, ponctuée par les chants religieux, les oraisons, et enfin le couronnement. Tassé au fond de son trône, imperturbable, Pie VII regardera le nouvel empereur se coiffer lui-même de la couronne de lauriers.

Pour parfaire encore son image, le Petit Caporal impose un peu plus tard par décret la célébration d'une « Saint-Napoléon » le 15 août, date anniversaire de sa naissance (15 août 1769). L'Église romaine émet des réserves, mais le nonce apostolique retrouve fort opportunément dans le *Martirologio Romano* un saint Neopolis (ou Neapolis), martyr du début du IVe siècle dont le nom se serait transformé en « Napoleo » puis en « Napoleone ». Pour prix de sa bonne volonté, le nonce obtient de l'Empereur le déplacement du jour de la Saint-Napoléon du 15 au 16 août pour qu'il ne coïncide pas avec la fête de l'Assomption. Encore un petit arrangement avec le ciel, puisque la Saint-Neopolis, elle, tombait normalement le 2 mai.

Pie VII assiste à ce festival des vanités avec chagrin. Pressent-il les ennuis à venir ? Napoléon ordonne bientôt à ses troupes d'occuper la ville d'Ancône, dans le territoire pontifical des Marches. En 1806, les troupes françaises fondent sur Naples et, en 1808, remontent au nord pour s'installer à Rome. En mai 1809, enfin, Napoléon signe à Vienne le décret qui rattache les États pontificaux à l'Empire français et déclare la Ville éternelle « Cité impériale et libre ». Le 10 juin, le drapeau tricolore remplace le pavillon pontifical au sommet du château Saint-Ange.

Le pape, qui a déjà refusé de s'associer au « blocus continental » contre les Anglais, proteste énergiquement. Les échanges fusent comme des balles. Pie VII : « Votre majesté est empereur des Français et non pas empereur de Rome. L'empereur de Rome n'existe pas ! » Ce à quoi Napoléon – qui a la force pour lui – rétorque : « Votre Sainteté est le souverain de Rome, mais j'en suis l'Empereur, tous mes ennemis doivent être les siens. »

Ce même 10 juin, Pie VII excommunie les auteurs de l'« usurpation » en prenant soin de ne pas citer nommément Napoléon. Mais celui-ci s'est reconnu et écrit sur-le-champ à Murat : « Le pape est un fou furieux qu'il faut enfermer ! » Le message est si clair que, le 5 juillet 1809, le général de gendarmerie Étienne Radet est chargé de faire défoncer les portes de la chambre du Saint-Père au palais du Quirinal. Il embarque ce dernier sous bonne escorte, non sans lui avoir au préalable témoigné son « respect de chrétien ». Pie VII est placé en résidence surveillée à Savone, près de Gênes. Il y restera trois ans.

Durant ces trois années, le pape doit « subir des pressions de toute sorte de la part de l'Empereur [1] ». Mais il ne cède pas. Lui qui avait déjà refusé de dissoudre le mariage de Jérôme Bonaparte avec la fille d'un commerçant de Baltimore dénommé Paterson, conteste cette fois la « nullité » du mariage de Napoléon avec Joséphine proclamée par le diocèse de Paris et repousse avec fermeté l'invitation qui lui est faite d'assister à l'union de l'Empereur en secondes noces avec Marie-Louise d'Autriche, le 2 avril 1810.

L'Empereur poursuit pour sa part l'épreuve de force : il ordonne à tous les membres du Sacré Collège de venir à son mariage. Ils arrivent à Paris, mais treize cardinaux emmenés par Ercole Consalvi laissent leur chaise vide au Louvre. Dès le lendemain, Napoléon écrit à son ministre du Culte : « Je désire connaître le nom de ces cardinaux et savoir quels sont ceux qui ont des évêchés en France, dans mon royaume d'Italie ou dans le royaume de Naples. Mon intention est de donner à ces individus leur démission et de suspendre le paiement de leurs pensions en ne les considérant plus comme cardinaux [2]. » Privés de leur rang, ils sont exilés dans diverses villes – Consalvi à Reims – et doivent se vêtir de noir comme de simples prêtres, d'où leur surnom de « cardinaux noirs ».

1. Jacques Mercier, *Le Vatican, capitale de l'Église*, Lavauzelle, coll. « L'Histoire, le moment », 1984.

2. Umberto Beseghi, *I tredici cardinali neri*, Marzocco, Firenze, 1944.

Au même moment ou presque, l'empereur décide le transfert des archives du Saint-Siège à Paris et envisage sérieusement d'y installer le siège de la papauté. « Par d'incessants et successifs embellissements à l'extérieur et à l'intérieur de Notre-Dame, il prépare la demeure pontificale permanente. Son dessein est d'y établir le Vatican [1]. » Le 8 novembre 1810, de Fontainebleau, il signe un décret stipulant que « le palais du pape à Paris sera l'ancien palais de l'archevêché ». Le vieil édifice est réaménagé, doté d'une superbe grille, d'un jardin et d'une écurie. Napoléon fait détruire dans l'île de la Cité tout un pâté de maisons (achetées 500 000 francs) pour que ce nouveau siège plaise à Pie VII. Mais rien à faire. Le souverain pontife répète avec obstination : « Ce ne sont pas les Empereurs qui ont fixé la résidence des papes ; c'est saint Pierre qui, en voulant mourir à Rome, a indiqué le lieu où devait se trouver le Saint-Siège. »

Les archives papales, elles, arrivent petit à petit à Paris. Des dizaines de convois, composés de lourds chariots sur lesquels sont entreposés des caisses et des paniers remplis de documents, traversent les Alpes malgré les difficultés du voyage et les intempéries. À Paris, les nombreux et précieux écrits sont répertoriés à l'hôtel de Soubise en attendant d'intégrer les Archives centrales de l'Empire en construction au Champ-de-Mars. Pie VII, de son exil à Savone, déplore ce déménagement, et surtout les pertes occasionnées.

Les querelles s'éternisent. Napoléon, qui ne voit plus dans les évêques que des « préfets violets » et dans le pape un « grand aumônier [2] », convoque en juin 1811 un concile à Paris pour mettre définitivement l'Église à sa botte. La majorité des cardinaux accepte, non sans résistance, de voir les nominations du haut clergé soumises au gouvernement civil. Mais le pape, encore lui, refuse d'approuver le décret final. Furieux, Napoléon ordonne de transporter Pie VII de Savone à Fontainebleau en mai 1812. Ce n'est qu'en janvier 1813 qu'il lui rendra

1. Victor Blindel, *Le Vatican à Paris*, éditions Alsatia, 1942.
2. Charles Pichon, *Le Vatican, hier et aujourd'hui*, Fayard, 1968.

visite car la campagne de Russie tourne mal : elle donne à l'Empereur des soucis autrement plus importants que ceux que lui procure le successeur de Pierre.

Napoléon tient néanmoins à son décret et harcèle Pie VII pour obtenir son accord. Le pape accepte un compromis qui doit rester secret. Puis il se rétracte quand l'Empereur le rend public. Du coup, en mars 1813, Napoléon promulgue ce qu'il considère comme un nouveau concordat – le concordat de Fontainebleau – et nomme des évêques sans l'aval du pape. Ce dernier proteste une nouvelle fois en vain. Mais il tient sa revanche car l'épopée napoléonienne touche à sa fin. L'Empereur, bientôt, n'aura plus les moyens de le retenir en France. Le 23 janvier 1814, le souverain pontife quitte Fontainebleau pour Savone, puis Bologne. Le 24 mai, il rentre triomphalement à Rome alors que Napoléon commence son exil à l'île d'Elbe.

Chateaubriand, qui raconte l'épisode dans ses *Mémoires d'outre-tombe*, voit en Pie VII « le plus grand homme du siècle ». Un pape très magnanime, en tout cas, puisque apprenant que le général Radet a été arrêté par des royalistes, il lui envoie, en signe de reconnaissance pour son « humanité », une jolie tabatière ornée de son profil en miniature. « Elle est au coffre. Nous la conservons précieusement ! » nous a confié l'un de ses descendants.

La chute de l'Empire – la défaite de Waterloo ponctuant les « Cent Jours » le 18 juin 1815 – annonce une nouvelle ère pour la papauté. Pie VII se recueille sur la tombe de saint Pierre et retrouve ses appartements du Quirinal. Des appartements remis à neuf pour le fils de Napoléon, ce petit « Roi de Rome » qui n'y viendra jamais.

Dans son *Mémorial de Sainte-Hélène*, Las Cases prête à Napoléon ces paroles qui résonnent comme une épitaphe : « Qu'eût-ce donc été si je fusse revenu victorieux et triomphant ? J'avais enfin obtenu la séparation tant désirable du spirituel avec le temporel, qui est si préjudiciable à Sa Sainteté, et dont le mélange porte le trouble dans la société au nom et par les mains mêmes de celui qui doit en être le centre d'harmonie ;

et, dès lors, j'allais relever le pape outre mesure, l'entourer de pompe et d'hommages, je l'eusse amené à ne plus regretter son temporel, j'en aurais fait une idole ; il fût demeuré près de moi, Paris fût devenue la capitale du monde chrétien, et j'aurais dirigé le monde religieux ainsi que le monde politique. »

Chapitre 7

CONCLAVES, BIENHEUREUX ET EXORCISME

Dans les coulisses des conclaves

Sur le moment, personne ne s'aperçut qu'il y avait quelque chose d'étrange dans la biographie du cardinal Carciofo Graffito Ossobuco Cilibotti. Rien que ce nom, pourtant, aurait dû attirer l'attention. Il est rare de se prénommer « artichaut » et d'afficher sur sa carte d'identité l'élégant patronyme de « rouelle de veau » ! Mais à la mort de Paul VI, en ce chaud mois d'août 1978, les journalistes accourus du monde entier à Rome pour suivre le conclave ne parcouraient pas forcément en détail les 112 notices biographiques des cardinaux électeurs remises à leur intention à l'entrée de la salle de presse du Vatican.

Il faut relire cette « vraie fausse » notice, car elle en vaut la peine : « Né à Domodossola sur une voie de garage le 26 août 1898, éduqué en Angleterre, Mgr Cilibotti a étudié à Eton puis à l'université romaine du chant grégorien où il s'est diplômé en sociologie de la liturgie et des coutumes arméniennes. Ordonné prêtre la tête en bas, selon le rite copte, au cours d'une "adoration œcuménique" célébrée dans une maison anabaptiste de la banlieue malfamée de Pench, à Londres, le jour de la Saint-Polichinelle, il est consacré évêque à l'occasion d'une manœuvre de blindés à Salisbury. En 1946, il devient évêque titulaire de Putipu et transféré comme auxiliaire dans le diocèse de Bacibaci, dans l'atoll de Mururoa. En 1957, il est nommé évêque de Tagliatelles-au-Four et, en 1973, créé cardinal selon le rite non orthodoxe de l'Est, le jour de la Saint-Capuccino. Il devient ainsi le vicaire titulaire de l'église romaine de San-Vito-Genovese-al-Capone. Nommé préfet de la congrégation pour les Relations avec la mafia, il se spécialise dans la recherche des chaussures de ciment. »

La notice biographique du cardinal Carciofo Graffito Ossobuco Cilibotti ne s'arrête pas là : « Il vient d'une très bonne famille. Sa mère, la comtesse Melastregata, était une danseuse au chômage ; son père, un lutteur marxiste-léniniste. La plus grande ambition de ses parents était que le jeune Ossobuco devienne un jour capitaine de l'équipe de cricket du Vatican et, pour cette raison, ils émigrèrent en Italie. À cause d'une grève, leur train eut neuf mois de retard. Cela explique pourquoi le futur cardinal naquit sur une voie désaffectée de la gare de Domodossola. Auteur de nombreux ouvrages, dont *Enfer sanglant* et *Quo celerius eo melius* (« le plus rapide est le meilleur »), il est très populaire à Rome. Ces graffitis lus sur les murs de la Ville Éternelle – "Pignedoli, non. Cilibotti, oui !" – en témoignent largement. » [Le cardinal Pignedoli figurait parmi les *papabili*.] Membre de la commission vaticane pour l'énergie solaire *Lumen Gentium* et de celle pour l'évangélisation de la lune, il voue un culte sincère à Don Camillo, son premier aumônier et inspirateur. S'il était élu pape, disent ses amis classés à droite, il prendrait le nom d'Impie Ier. »

Naturellement, le canular est vite éventé. Les responsables de la salle de presse du Saint-Siège font leurs comptes : 112 notices biographiques ont été distribuées au lieu de 111 ! Une rapide enquête révèle que le texte original de l'intruse a été rédigé en anglais et ensuite adapté dans une dizaine de langues sans qu'aucun traducteur s'étonne de son contenu. Les mêmes responsables considèrent surtout que la fausse notice, loin d'être une simple farce, ressemble à une provocation dont les auteurs, probablement des catholiques américains, veulent ridiculiser les structures – à leurs yeux obsolètes – du gouvernement central de l'Église, dans l'espoir de voir un pape vraiment moderne être élu.

Cette affaire cocasse cache, en vérité, une opération de lobbying comme il en a toujours existé. Qui dit conclave dit groupes de pression, clans et polémiques. Ainsi, l'évêque traditionnaliste français Marcel Lefebvre, tout juste suspendu *a divinis* par Paul VI, mais pas encore excommunié, se répandait partout en proclamant : « Je me refuse par avance à considérer comme pape celui qui sera désigné par le prochain conclave duquel seront exclus une quinzaine de cardinaux ayant dépassé les 80 ans ! » Quelques années plus tard, le prêtre Andrew Greeley, du diocèse de Chicago, avait publié le portrait-robot du « pontife idéal » sur la base d'une étude menée durant cinq ans par des sociologues de renom aux États-Unis. Il n'excluait pas que ce pape pût être une femme. « Je pense que ce serait formidable d'avoir une papesse ! affirmait-il. Comme les hommes font ce métier depuis mille neuf cents ans, il serait normal et juste de changer. »

Les pressions pour influencer l'élection d'un pape ont une tradition très ancienne. Aujourd'hui, ni le chef de la Maison-Blanche, ni le président de la République française, encore moins la reine d'Angleterre n'oseraient intervenir dans le processus. Mais il n'en a pas été toujours ainsi, loin de là. C'est pourquoi, à la fin du long serment qu'ils doivent prêter, chacun à leur tour, la main sur les évangiles, les cardinaux jurent notamment, selon la formule révisée par Jean-Paul II, « de n'aider ou de ne favoriser aucune ingérence », ni « aucune autre forme d'intervention par lesquelles des autorités séculières, de quelque ordre et de quelque degré que ce soit, ou n'importe quel groupe » voudraient tenter de « s'immiscer dans l'élection du pontife romain ».

Jusqu'en 1978 la formule était encore plus explicite, les cardinaux devant jurer de ne recevoir « en aucune manière et d'aucun pouvoir civil, sous quelque prétexte que ce soit, la charge de proposer le veto ou l'exclusive, même sous forme de simple désir » et de ne mentionner ce veto à personne. « Ni au Sacré Collège réuni, ni à chaque cardinal, ni par écrit, ni oralement, ni de façon directe et prochaine, ni de façon indirecte, ni par le moyen d'autrui, ni avant l'entrée en conclave, ni durant celui-ci ».

Pour mieux comprendre, il est utile de revenir en arrière : en venant se faire couronner à Rome en l'an 800 et en se proclamant protecteur de l'Église, Charlemagne lègue à ses successeurs sur le trône du Saint Empire romain germanique un droit de regard sur les affaires de l'Église. En 995, Otton III prend le pouvoir, rêvant de fonder un empire universel qui réunirait tous les peuples chrétiens d'Occident. Il installe sa cour à Rome et impose contre l'avis des cités rebelles de la péninsule ses propres candidats au trône de saint Pierre : l'un est son homme de confiance Bruno de Carinthie, couronné sous le nom de Grégoire V, l'autre Gerbert d'Aurillac, futur Sylvestre II. Sa mort prématurée l'empêchera de mener son entreprise plus avant.

Le Saint Empire disparu, les princes chrétiens considèrent que ce « droit » coutumier doit subsister. Leurs vetos se manifestent dès lors par le jeu de « l'exclusive », une déclaration par laquelle un membre du Sacré Collège s'oppose à l'élection d'un autre cardinal. L'exclusive est surtout politique et constitue un droit dont jouissent trois souverains : l'empereur d'Autriche (Sa Majesté Apostolique), le roi de France (Sa Majesté Très Chrétienne) et le roi d'Espagne (Sa Majesté Catholique).

Charles V, que l'on considère comme un novateur, fait sensation, en 1590, en présentant deux listes de cardinaux : la première, portant les noms de sept éminences qui, selon lui, peuvent devenir pape ; la seconde portant les noms de cinquante autres cardinaux qu'il faut écarter du trône de saint Pierre. L'exclusive joue : c'est le cardinal Niccolò Sfondrati qui devient pontife sous le nom de Grégoire XIV.

Le jeu de l'exclusive est pratiqué principalement par l'Espagne et par l'Autriche, moins par la France. Les interventions françaises ne sont jamais très concluantes. En 1655, la France présente puis retire une exclusive contre le cardinal Fabio Chigi (Alexandre VII) et ne veut pas, en 1676, récidiver à l'encontre du cardinal Benedetto Odescalchi (Innocent XI).

Elle présente en 1829 une troisième exclusive – qui n'est pas vraiment nécessaire – contre le cardinal Fesch, oncle de Napoléon, et en 1830 une quatrième dirigée contre le cardinal Macchi, à qui l'on reproche son attachement à la branche aînée des Bourbons.

Auparavant, lors du conclave de 1826 réuni pour désigner un successeur à Pie VII (le pape qui avait sacré Napoléon empereur avant de devenir son prisonnier), l'Autriche avait exercé son droit de veto contre le cardinal Consalvi (signataire du premier Concordat avec la France). Au nom de Charles X, Chateaubriand, alors ministre français des Affaires étrangères, avait envoyé des instructions de vote aux cardinaux français. « Il ne faut pas être hostile à l'Autriche, écrivit-il, mais je ne vois pas la nécessité, surtout lorsqu'elle se trouve désarmée par l'exclusion qu'elle vient de prononcer, de pousser la complaisance jusqu'à prendre un candidat qui lui soit agréable. »

La dernière exclusive remonte à 1903 : une lettre du cardinal allemand Kopp au chancelier Von Bülow l'atteste. Elle est présentée au nom de l'empereur d'Autriche, François Joseph II, par le cardinal polonais Puzyna. Elle tend à empêcher l'élection du cardinal secrétaire d'État Rampolla del Tindaro, dont le seul tort est d'être francophile. Elle entraîne l'élection au septième tour de scrutin du cardinal Giuseppe Sarto, patriarche de Venise, sous le nom de Pie X. Cette ultime intervention extérieure provoquera de si vifs remous que le même Pie X, un an après son élection, décidera d'interdire toute forme d'exclusive dans sa Constitution *Vacante Sede Apostolica* du 25 décembre 1904.

Au cours des siècles passés, pape signifie autant « pouvoir et richesses » que « chef de l'Église catholique ». Au-delà des exclusives, tous les coups sont permis pour s'asseoir sur le trône de Pierre. Les « conclavistes » – ces secrétaires particuliers de cardinaux qui, jusqu'en 1963, ont eu le droit de se mêler aux conclaves – rivalisent d'ingéniosité pour influencer tel ou tel et tenter de faire élire leur candidat.

Le premier à s'illustrer dans ce domaine est un certain Ferrante Torres, accompagnant le cardinal espagnol Bartolomeo de la Cueva au conclave de 1559, qui élira Pie IV. Mgr Bartolomeo de la Cueva participe à son quatrième conclave. Le stratagème mis au point par Ferrante Torres repose sur une coutume ancienne selon laquelle un des membres du Sacré Collège – mais un seul – doit accorder sa voix, en guise d'hommage respectueux, au cardinal ayant le plus de conclaves à son actif... Ferrante Torres essaye d'exploiter cette « bonne manière » de façon sournoise en rendant visite non pas à un seul membre du Sacré Collège, mais à 32 des 44 éminences réunies dans la chapelle Sixtine ! « Voulez-vous nous faire l'honneur d'accorder votre voix au cardinal Bartolomeo de la Cueva pour le récompenser de son assiduité ? » demande-t-il à chacun des 32 princes de l'Église. Il recueille tant de réponses positives que l'affaire semble réglée. Jusqu'au moment où, le jour du vote, un cardinal plus curieux que les autres, Mgr Capo di Ferro, a la curiosité d'interroger l'un de ses voisins sur le nom de son candidat. « Bartolomeo de la Cueva », s'entend-il répondre. Du coup, il questionne d'autres collègues et cette discrète enquête lui permet de découvrir le pot aux roses. Le conclaviste Ferrante Torres une fois démasqué, le cardinal Giovanni Angelo de Médicis sera facilement élu en lieu et place de Bartolomeo de la Cueva.

Ferrante Torres se découvre un disciple quelques années plus tard, en 1590, quand le conclaviste de Mgr Girolamo Simoncelli invente de pied en cape, pour servir les desseins de son maître, une série de prophéties sur les futurs papes qu'il attribue à saint Malachie, l'ancien archevêque irlandais d'Armagh, mort à Clairvaux en 1148. Il fait circuler une liste de 112 devises latines, dont la 75ᵉ s'applique au successeur d'Urbain VII qu'il s'agit de désigner. Or – ô surprise ! – cette devise, « *De Antiquitate urbis* » (« de l'ancienneté de la ville »), dépeint parfaitement Mgr Simoncelli, qui vient de la « vieille cité » *(Urbs vetus)* d'Orvieto... Le conclave dure deux mois et, finalement, le stratagème échoue. Mgr Nicolas Sfondrati est élu et prend le nom de Grégoire XIV.

Fin de l'histoire ? Pas du tout ! Le nouveau pape ne vient-il pas, lui aussi, d'Orvieto où il est né ? Et ne compte-t-il pas des sénateurs dans sa famille, un mot provenant de *senex*, synonyme d'*antiquus*, qui signifie « ancien » ? Cinq ans plus tard, un moine bénédictin de Venise, Arnold de Wyon, publie un volumineux ouvrage intitulé *Lignum vitae, Ornamentum et decus Ecclesiae*, dédié au roi Philippe II d'Espagne, dont un des passages, *Prophetia S. Malachiae, Archiepiscopi, de Summis Pontificibus*, reprend la liste du « conclaviste » de Mgr Simoncelli et lui octroie ainsi le sceau de son érudition savante.

Dans cette liste, une devise prophétique est donc donnée à chaque pape depuis le règne de Célestin II (1143-1144) jusqu'à la fin des temps. Les experts sérieux n'accordent aucun crédit à ces prédictions. Les contemporains de saint Malachie, comme saint Bernard, témoignent d'ailleurs que l'archevêque irlandais n'a jamais prétendu être un oracle. Mais foi et superstition font souvent bon ménage et, à chaque nouveau conclave, les médias aidant, on reparle des 112 devises, on les traduit, on les décortique et les imaginations s'enflamment.

Que disaient les prophéties pour nos derniers papes ? La 106e devise prévoyait un *« Pastor angelicus »* (« pasteur angélique ») et Eugenio Pacelli (Pie XII) est élu, homme mystique à l'allure éthérée ; la 107e annonçait *« Pastor et nauta »* (« pasteur et nautonnier ») et Mgr Roncalli, patriarche de Venise, ville des navigateurs, monte sur le trône de Pierre sous le nom de Jean XXIII ; la 108e parlait de *« Flos florum »* (« la fleur des fleurs ») et le lys, la fleur des fleurs, est l'emblème de la famille de Paul VI ; la 109e annonçait *« De mediate lunae »* (« du temps moyen d'une lune ») et Jean-Paul Ier, élu lors d'une demi-lune, meurt trente-trois jours plus tard lors de la demi-lune suivante ; la 110e proclamait *« De labore solis »* (« du labeur du soleil ») et Jean-Paul II, né et enterré le jour d'une éclipse solaire, passé de l'est à l'ouest comme le soleil, irradie tous les continents du globe de sa forte personnalité ; la 111e enfin, annonçait *« De gloria olivae »* (« la gloire de l'olivier ») et Josef Ratzinger devient Benoît XVI... Faut-il penser que le souverain pontife allemand, un rameau d'olivier à la main, ramènera la paix entre les Églises, voire la paix dans le monde ?

En vérité, on peut extrapoler à l'infini sur ces devises rédigées en latin de cuisine et leur faire dire à peu près ce que l'on veut. Une chose est sûre : il n'y en a que 112 et *« Petrus Romanus »* (« Pierre le Romain ») sera le prochain et le dernier pape avant l'apocalypse, si l'on croit saint Malachie et Arnold de Wyon ! Les prophéties se terminent en effet par ce paragraphe : « Pierre le Romain aura son siège dans l'ultime persécution de la sainte Église romaine, lui qui fera paître ses brebis lors de ses nombreuses tribulations, après lesquelles la cité aux sept collines sera détruite et le Juge redoutable le proclamera à son peuple. »

La dernière tentative non pas pour faire élire, mais pour ne pas faire élire un cardinal sur le trône de saint Pierre remonte à 1963 et est attribuée au général De Lorenzo avec l'aide d'un autre général, Egidio Viggiani, responsable à l'époque des services secrets militaires italiens (Sifar). Un dossier, préparé par les agents du Sifar et diffusé parmi les cardinaux réunis en conclave pour désigner un successeur à Jean XXIII, visait à exclure de cette succession Mgr Agagianian, préfet de la congrégation pour la Doctrine de la foi, dont la sœur, citoyenne soviétique de par sa naissance en Arménie, était soupçonnée d'entretenir des rapports étroits avec le KGB.

Le cardinal Agagianian, homme très respecté, avait obtenu un grand nombre de voix au conclave de 1958, qui avait nommé Jean XXIII. Celui-ci n'en avait d'ailleurs pas fait mystère, quelques mois après son élection, devant le collège arménien de Rome : « Savez-vous que votre cardinal et moi avons été au coude-à-coude lors du dernier conclave ? » Avant d'ajouter avec sa bonhommie coutumière : « Nos deux noms montaient et descendaient comme des pois chiches dans l'eau bouillante ! »

Cinq ans plus tard, même si le grand favori est le cardinal Montini, Mgr Agagianian figure logiquement parmi les *papabili.* Pour éviter toute mauvaise surprise, le Sifar met donc sa sœur, Élisabeth Papikova, sous surveillance rapprochée. Grâce à son frère, elle loge au collège arménien de Rome à la suite d'une prorogation de son permis de séjour en Italie et est suivie minute par minute par les agents secrets du général Viggiani comme si chacun de ses mouvements était suspect. Le coup de grâce survient le 10 juin 1963, quand le premier secrétaire de l'ambassade d'URSS, Againe Gorguen, un Arménien soupçonné par le Sifar de « travailler pour les services d'informations russes opérant en Italie », lui rend visite. Après une rencontre d'une heure environ, il quitte le collège arménien, téléphone d'une cabine et part au volant de sa voiture. On n'en sait ni plus ni moins. Toujours est-il que l'affaire est ponctuellement rapportée aux grands électeurs qui, le 30 juin, en vertu du vieux principe selon lequel il n'y a pas de fumée sans feu, voteront en masse en faveur du cardinal Montini, futur Paul VI.

***

« Trois hommes peuvent garder un secret à condition que deux d'entre eux soient dans la tombe ! » ironisait Benjamin Franklin. Sous peine de graves sanctions, excommunication comprise, les cardinaux sont priés de tenir leur langue sur les votes en conclave. Mais depuis toujours, ou presque, des fuites – savamment organisées ou non – permettent de percer le mur de la confidentialité et de connaître la répartition des voix obtenues.

Dans sa Constitution *Universi Domini Gregis* du 22 février 1996 sur la vacance du siège apostolique et l'élection du pontife romain, Jean-Paul II était pourtant très précis : « Le cardinal camerlingue et les trois cardinaux assistants, faisant aussi appel à la compétence de deux techniciens de confiance, chercheront à sauvegarder le caractère secret de ce qui se passe dans la chapelle Sixtine, en s'assurant qu'aucun moyen d'enregistrement ou de transmission audiovisuelle ne soit introduit par quiconque dans aucun des locaux indiqués, particulièrement dans la chapelle Sixtine. »

Peine perdue. La dernière élection, celle de Benoît XVI, en apporte une nouvelle preuve. Le nombre des grands électeurs est de 115 et, pour succéder à Jean-Paul II, il faut atteindre 77 suffrages, soit une majorité des deux tiers. Dès le premier tour de scrutin, le lundi 18 avril 2005, Joseph Ratzinger prend la tête avec 47 voix. Comment le sait-on? Tout simplement parce que l'un des cardinaux publiera son « journal de bord » à peine cinq mois plus tard, sous le couvert de l'anonymat, dans la revue de géopolitique *Limes*, au mépris du serment prêté « de ne violer en aucune façon le secret aussi bien pendant qu'après l'élection du nouveau Pontife » (à moins qu'une autorisation explicite n'ait été accordée par le pape lui-même).

La surprise vient du bon score obtenu par le cardinal argentin Jorge-Mario Bergoglio, un jésuite de 68 ans, qui pointe à la deuxième place avec 10 voix. Le lendemain, à 9 heures et demi, Mgr Ratzinger récolte 72 voix et Mgr Bergoglio 35 ; à 11 heures, on en arrive à 72-40. « L'inquiétude gagne les partisans de Mgr Ratzinger », note le cardinal anonyme dans son journal. Une énorme surprise est-elle possible ? « J'observe Mgr Bergoglio en train de mettre son bulletin dans l'urne, poursuit-il. Son visage est empreint de souffrance, comme s'il suppliait Dieu de l'épargner ! » À 16 heures 30, au quatrième tour, le cardinal allemand l'emporte avec 84 suffrages contre 26 à l'archevêque de Buenos Aires dont les prières ont été, semble-t-il, exaucées. Les quelques voix restantes s'éparpillent sur trois éminences, dont une pour un cardinal américain soupçonné par la justice de son pays d'avoir couvert un scandale de prêtres pédophiles.

Tout au long du scrutin, lit-on encore dans *Limes*, Josef Ratzinger « consignait avec soin » les résultats des votes sur une feuille de papier. « Puis, quand il fut certain que le quorum des 77 suffrages était atteint, il y eut un moment de silence suivi de longs et cordiaux applaudissements. » Personne n'a révélé l'identité du mystérieux chroniqueur. Mais la véracité de ses dires n'a jamais été contestée. S'agirait-il de l'heureux élu lui-même puisque, devenu pape, il était le seul en mesure de s'accorder ce droit? On n'ose y croire...

En tout cas, à la suite des récents conclaves, il y a toujours eu, une « gorge profonde » pour en déflorer les secrets beaucoup mieux que n'auraient pu le faire les gadgets les plus sophistiqués de l'espionnage moderne : microphones gros comme des punaises cachés dans les lunettes ou les croix pectorales des cardinaux, voire microphones laser placés à 400 ou 500 mètres de la chapelle Sixtine et capables de capter les conversations.

Le 26 août 1978, l'élection d'Albino Luciani (Jean-Paul Ier) se dessine très vite. Au déjeuner qui suit le deuxième tour de scrutin, il glisse dans un sourire au cardinal français Marty : « Qu'êtes-vous en train de me faire ? » Un peu plus tard, il soupire devant Mgr Maloula : « Il y a une grande tempête en moi. » Le cardinal congolais lui répond alors : « Lorsque le Seigneur donne le fardeau, il donne aussi la force de le porter ! » Au quatrième tour, « le pape météore » est élu avec 99 voix sur 111. Il s'exclame en quittant la chapelle Sixtine : « Mais vous êtes fous ! Que Dieu vous pardonne ! » Puis à un cardinal américain qui lui demande la permission d'allumer un cigare, il lance ironiquement : « Vous le pouvez, pourvu que la fumée soit bien blanche ! »

Quelques semaines plus tard, à la mi-octobre, le camp italien se divise entre Mgr Benelli et Mgr Siri pour trouver un successeur à Jean-Paul Ier, mort subitement. L'un et l'autre passent à quelques voix de l'élection. Un troisième Italien va-t-il les mettre d'accord ? Puisque la prophétie de Malachie affirme que le prochain pape viendra du soleil, l'espiègle cardinal Felici fredonne *O sole mio* en passant devant Mgr Ursi, l'évêque de Naples cité comme papabile. C'est alors que l'archevêque de Vienne, le cardinal Koenig, entre en scène pour pousser la candidature de Karol Wojtyla. Les Allemands, les Américains et les Européens l'écoutent avec attention. Le « tabou » italien saute et un consensus se dégage finalement au huitième tour de scrutin sur le nom du numéro deux de l'Église polonaise.

Jean-Paul II, pour fêter l'événement, n'hésitera pas à faire sauter les bouchons de champagne le soir à table ! Fêtard et trop dépensier, le pape polonais ? Quelques mois plus tard, à quelqu'un qui lui reprochait le coût de la construction d'une piscine à Castel Gandolfo, il répliquera : « C'est toujours moins cher que l'élection d'un nouveau souverain pontife ! »

Jean XXIII, lui, sera élu en 1958 au onzième tour avec le quorum le plus bas de l'histoire récente de l'Église catholique : 36 voix. Pour surmonter le stress de son élection et retrouver ses esprits, il avale un petit verre de cognac tendu par Mgr Siri. Rien à voir avec le sobriquet de « Johnny Walker » (Jean le marcheur) que lui donneront les Romains pour sa propension à sortir à pied du Vatican afin d'aller rendre visite aux pauvres et aux malades.

Cette année-là, il n'y a au conclave que 51 grands électeurs présents. De plus, en dix-neuf ans de règne, le pape défunt, Pie XII, n'a jamais réuni le collège des cardinaux. Il l'a certes renouvelé en y nommant pour la première fois deux prélats de couleur, mais les éminences se connaissent très mal. On comprend mieux, dès lors, pourquoi Jean XXIII convoquera sans attendre le concile Vatican II pour faire « respirer » l'Église et décidera ensuite de déplafonner le nombre des cardinaux du Sacré Collège fixé, en vertu d'une antique tradition, à 60 seulement.

Pour Pie XII, en 1939, le conclave n'a duré que vingt-deux heures. C'est l'un des plus courts de l'histoire, avec seulement trois tours de scrutin. Il l'aurait été encore plus si, après avoir longtemps hésité, Eugenio Pacelli n'avait demandé un vote de confirmation à ses collègues avant d'accepter de monter sur le trône de saint Pierre. Pie XI, en 1922, avait été élu au quatorzième tour de scrutin avec 42 voix, profitant de la « lutte au couteau » que s'étaient livré jusqu'au bout les partisans de Mgr Gasparri, d'un côté, et ceux de Mgr Merry del Val, de l'autre.

On pourrait ainsi remonter le temps indéfiniment, ou presque, tant les secrets des conclaves ont été mal gardés et ce ne sont pas les journalistes ou historiens qui s'en plaindront...

***

La première « élection » papale est l'œuvre de Jésus-Christ en personne puisqu'il choisit Pierre pour être son représentant sur terre et guider le troupeau des fidèles. « Et moi je te dis que tu es Pierre et sur cette pierre je bâtirai mon église », lui annonça-t-il d'abord (Évangile selon saint Matthieu). Puis, lors de sa dernière apparition devant ses disciples, il donna à Pierre la mission d'être le pasteur de l'Église catholique en lui déclarant : « Fais paître mes brebis. » (Évangile selon saint Jean).

Pendant longtemps après Pierre, les papes eux-mêmes désignèrent juste avant de mourir leur successeur. Par la suite, petit à petit, le clergé, les évêques et le peuple de Rome prirent les choses en mains. Le processus se compliqua quand les empereurs devenus chrétiens commencèrent à mettre leur nez dans les affaires pontificales. Dès lors, chaque élection ou presque donna lieu à de farouches empoignades sur fond de schisme ou de contre-schisme... Les conclaves, au gré des alliances, se tenaient à Rome, Naples, Vérone, Sienne ou Viterbe, mais aussi en France, à Avignon, ou en Autriche, à Vienne.

Duels sanglants entre grandes familles aristocratiques, querelles entre réformistes et conservateurs, luttes d'influence entre tel ou tel monarque, combats entre différentes chapelles : les conflits sont permanents. La corruption et la cupidité aussi. En 1032, Albéric III, influent comte de Tusculum et neveu des papes Benoît VIII et Jean XIX, réussit à faire élire son fils Théophylacte sur le trône de saint Pierre sous le nom de Benoît IX. Le jeune homme, dit-on, n'a que 12 ans ! L'essentiel n'est-il pas de garder la tiare papale dans la famille ? En tout cas, il est sûr qu'en compagnie de son lointain parent Jean XII, pape à 16 ans, Benoît IX est l'un des plus jeunes papes de l'histoire. Il détient un autre record puisque, entre fuites, émeutes et disgrâces passagères, il régnera à trois reprises entre 1032 et 1048, pour une durée totale de douze ans !

En 1059, le pape français Nicolas II décide de confier l'élection des souverains pontifes aux seuls cardinaux. Les grandes familles n'en renoncent pas pour autant à leurs manœuvres, mais c'est une nouveauté importante. En 1179, Alexandre III fait confirmer cette procédure par le troisième concile du Latran. Et bientôt la notion de conclave prend forme. En 1216, les habitants de Pérouse, en Ombrie, furieux de voir les cardinaux tergiverser pendant des heures pour désigner un successeur à Innocent III, décident de les enfermer pour les contraindre à aller plus vite. La pression du peuple et la claustration sont salutaires puisque Honorius III est élu en trois jours !

Il reste que les cardinaux, à chaque décès papal, ont intérêt à gagner du temps car ils exercent le pouvoir pendant la vacance du siège et se rémunèrent en conséquence... En 1241, le sénateur Orsini, craignant lui aussi de trop longs conciliabules, fait enfermer les éminences à coups de pied et à coups de poings dans une tour en ruine du Palatin, à Rome. Les dix cardinaux n'y disposent que d'une pièce, abstraction faite d'une niche latérale. « À travers les fentes du plafond, c'est moins la pluie qui coule goutte à goutte qu'un infect purin, car les gardes qui dorment au-dessus [...] utilisent par manière de plaisanterie le plancher endommagé comme latrines [1]. » Chaleur, puanteur, mauvaise nourriture : tous les cardinaux tombent malades. Au bout de deux mois, Célestin IV est élu mais ne régnera que dix-sept jours. Deux autres cardinaux mourront des suites de leur internement.

À Viterbe, en 1270, les délibérations traînent tellement en longueur que le seigneur Alberto Di Montebono ordonne à ses hommes de murer le palais épiscopal et de mettre les cardinaux au pain et à l'eau pour les forcer à choisir un nouveau pape. Ce bras de fer n'est pas sans conséquence : quatre ans plus tard, en effet, Grégoire X, n'ayant pas oublié que ses pairs avaient mis deux ans et demi à l'élire (encore un record !), s'appuie sur un concile réuni à Lyon pour faire approuver la constitution *Ubi periculum* dont découlent beaucoup de dispositions encore en vigueur. Et il n'y va pas de main morte : les cardinaux doivent s'enfermer « dans une chambre si complètement close qu'on ne puisse ni entrer ni sortir » et vivre « tous en commun dans la

1. Ernst Kantorowicz, *L'Empereur Frédéric II*, trad. de l'allemand par A. Kohn, Gallimard, coll. « Bibliothèque des histoires », 1987.

même salle, sans séparation de murs ou d'autre espèce ». Seule ouverture : une petite fenêtre pour laisser passer la nourriture... Et si les éminences ne se décident pas au bout de trois jours, elles n'ont plus droit qu'à un plat par repas. Au bout de cinq jours, elles seront au pain, au vin et à l'eau. Enfin, pendant toute la vacance du siège, elles ne toucheront « aucun revenu [1] ».

Ces règles ne seront pas appliquées très longtemps. En 1276, Jean XXI suspend les mesures de Grégoire X et les longues vacances du siège pontifical reprennent jusqu'à ce que Boniface VIII réinstaure l'*Ubi periculum*. À Avignon, on fait construire une aile spéciale pour les conclaves dans le palais des papes. À Rome, les conclaves se tiennent d'abord dans le couvent Sainte-Marie-sur-Minerve, ensuite au Vatican, dans la chapelle du Saint-Sacrement, puis dans la chapelle Pauline, enfin dans la chapelle Sixtine. Cette claustration consentie n'empêchera ni les manigances, ni les complots, ni surtout les élections simoniaques (achetées à prix d'or).

« Aussitôt qu'un cardinal est prisonnier au conclave, écrit Chateaubriand [2], la première chose qu'il fait, c'est de se mettre, lui et ses domestiques, à gratter durant l'obscurité les murs fraîchement maçonnés, jusqu'à ce qu'ils aient fait un petit trou pour pendre par là, durant la nuit, des ficelles au moyen desquelles les avis vont et viennent du dedans au dehors. »

Une autre règle, elle, souffrira de moins de distorsions : celle de la majorité des deux tiers pour élire un pape. Elle date de 1179. Si Jean-Paul II l'avait un peu retouchée en 1996 en stipulant qu'après un trente-quatrième tour de scrutin on pourrait recourir à la majorité simple, Benoît XVI est revenu en arrière en juin 2007. En cas de blocage, a-t-il décidé, seuls les deux candidats les mieux placés resteront en course, mais l'élection devra toujours se faire à la majorité des deux tiers. Une façon

1. *La Croix*, 16-17 avril 2005.
2. In *Mémoires d'outre-tombe*.

d'obliger le prochain conclave à choisir entre les deux meilleurs, en fermant la porte à un candidat de dernière minute.

***

Le monde s'est modernisé, les conclaves aussi. Le dernier en date, en 2005, a permis aux cardinaux d'étrenner la Maison Sainte-Marthe, un grand bâtiment de cinq étages en forme de H, construit en 1884 à l'intérieur du Vatican, sous Léon XIII pour soigner les malades du choléra, et transformé en hôtel en 1995, sous Jean-Paul II. Il dispose de 106 studios, de 22 chambres simples et d'un appartement. Fini les dortoirs inconfortables hâtivement aménagés dans les couloirs du palais apostolique ! Oubliés les campements de fortune dressés dans les combles de la secrétairerie d'État ! Relégués à la Floreria ces pots de chambre et ces cuvettes de faïence d'un autre âge ! Si la vie rustique a ses charmes, les cardinaux ont apprécié ce confort bienvenu, sans luxe ostentatoire, mais avec toilettes, salles de bains et air conditionné, tout de même.

Un confort qui n'en a pas moins réservé des surprises à notre chroniqueur anonyme, le cardinal qui a tout révélé sur l'élection de Benoît XVI. Il les raconte dès le premier paragraphe de son « journal de bord » : « Dimanche 17 avril. J'ai pris possession cet après-midi de ma chambre à la Maison Sainte-Marthe. Une fois posées mes valises, j'ai voulu ouvrir les persiennes car il faisait très sombre. Je n'y suis pas parvenu. Pour la même raison, un de mes collègues a demandé assistance aux sœurs gouvernantes de l'établissement. Nous pensions qu'il s'agissait d'un problème technique. Elles nous ont expliqué que les persiennes avaient été scellées à cause du conclave. »

Toujours cette obsession du secret ! Dans sa Constitution réglant le bon déroulement des conclaves, Jean-Paul II précisait (article 43) : « On devra veiller à ce que les cardinaux électeurs ne soient approchés par personne pendant qu'ils seront transportés de la Maison Sainte-Marthe au palais apostolique du Vatican » (où se trouve la chapelle Sixtine). Et plus loin (article 45) : « À ceux qui viendraient à rencontrer fortuitement l'un ou l'autre des cardinaux électeurs pendant l'élection, il est formellement interdit d'entretenir une conversation, sous quelque forme que ce soit, avec quelque moyen que ce soit et pour quelque motif que ce soit, avec ces mêmes pères cardinaux. »

Durant les votes, les cardinaux sont seuls dans la chapelle Sixtine. Mais de nombreuses personnes sont à disposition du conclave : deux cérémoniaires et deux religieux chargés de la sacristie pontificale, un ecclésiastique assistant le doyen, quelques prêtres de diverses langues pour les confessions, deux médecins pour les urgences, des cuisiniers, des femmes de ménage et des infirmières, sans oublier le chauffeur du minibus qui conduit les éminences de la Maison Sainte-Marthe à la chapelle Sixtine.

Le camerlingue organise le vote avec l'aide de trois scrutateurs désignés au hasard parmi les cardinaux. Avant de voter, chaque cardinal s'avance vers l'autel et prête un nouveau serment : « Je prends à témoin le Christ Seigneur, qui me jugera, que je donne ma voix à celui que, selon Dieu, je juge devoir être élu. » Il prend un bulletin et y inscrit le nom de son candidat en déguisant son écriture, il plie ensuite son bulletin dans le sens de la longueur et le tient en hauteur pour que tout le monde puisse le voir, il le place dans une patène, cette petite assiette qui sert habituellement à recevoir l'hostie, puis dans un calice. Les bulletins sont alors transférés un à un dans un autre calice, puis après les avoir ouverts, chaque scrutateur lit à haute voix le nom qui y est inscrit et le note sur une feuille. Le décompte des voix est détaillé sur une autre feuille, avant d'être vérifié par trois cardinaux « réviseurs » et le tout, enfin, est jeté dans le fameux poêle de la chapelle Sixtine.

Tenus au secret et enfermés à clef, les cardinaux s'en remettent en effet, en guise de communication avec le monde extérieur, à la fumée de cet appareil de chauffage rustique. Cette fumée dont le peuple rassemblé sur la place Saint-Pierre guette la couleur : si elle est noire, un nouveau tour de scrutin est nécessaire ; si elle blanche, un nouveau pape a été élu. Cette tradition n'a pas plus de quatre siècles et demi. On doit en effet l'idée d'un poêle surmonté d'un long tuyau pour donner les résultats à un modeste chanoine qui, en récompense, fut nommé *monsignore* sur le champ.

Jusqu'en 1903, la fumée indiquait seulement que le pape n'avait pas été élu. D'où l'expression populaire italienne de *sfumata* pour signifier qu'une affaire n'a pas abouti. Dans le but d'améliorer les choses et de calmer la curiosité des fidèles, le Sacré Collège autorisa alors de mouiller les bulletins de vote pour donner une fumée noire en cas de scrutin négatif et de leur ajouter de la paille pour obtenir une couleur blanche en cas de scrutin positif.

Ce système resta inchangé durant plus d'un siècle. Puis, la fumée annonçant l'élection de Jean XXIII ayant prêté à trop d'équivoque en 1958, on décida pour celle de Paul VI de mêler aux bulletins des produits fumigènes prêtés par l'aéronautique italienne. Pour Jean-Paul Ier, on utilisa des bâtons de produits chimiques colorants. L'effet fut mitigé, comme pour Jean Paul II deux mois plus tard. La foule, croyant voir une fumée blanche s'élever, se mit à applaudir à tout rompre. Il fallut un démenti du porte-parole du Saint-Siège pour ramener le calme. Certes, le porte-parole n'avait pas accès à la chapelle Sixtine, mais comme le cardinal camerlingue y avait fait installer un téléphone pour informer Radio Vatican du résultat avant tous les autres médias, il put facilement contrôler la nouvelle.

Depuis le dernier conclave, grande nouveauté, le poêle est double ! Le plus ancien, poinçonné des dates des conclaves de 1922 à 1978, sert pour la combustion des bulletins de vote et des notes prises par les cardinaux. Le plus récent est équipé d'un tableau de commande électronique pour donner à la fumée, grâce à l'introduction de produits fumigènes, la teinte adéquate. Leurs deux colonnes de fonte d'un mètre de haut, l'une cylindrique, l'autre quadrangulaire, sont chapeautées par deux tuyaux de cuivre qui se rejoignent pour n'en plus former qu'un seul. Un unique tuyau file alors sous la voute de la chapelle et le tirage est garanti par la pose de résistances électriques et d'un ventilateur.

Le pape, une fois élu, doit répondre à la question que lui pose le doyen au nom de tous les cardinaux électeurs : « Acceptes-tu ton élection canonique comme Souverain Pontife ? » S'il accepte, il n'assiste pas au rite des bulletins brulés dans le poêle et file se recueillir dans « la chambre des larmes ». Il s'agit de l'antichambre de la sacristie, à la gauche de l'autel, sous *Le Jugement Dernier* de Michel-Ange. Le nouveau pontife peut s'y reposer sur un canapé-lit, assisté par le cardinal camerlingue et par le maître des cérémonies. Il peut aussi y pleurer en silence avant d'affronter les tâches immenses qui l'attendent.

Puis le maître de cérémonies l'aide à revêtir sa soutane blanche, à chausser des bas blancs et des mocassins rouges. Il pose sur sa tête une calotte blanche et sur ses épaules un camail blanc et une étole rouge. Il garde son propre anneau pastoral jusqu'à ce qu'on lui en confectionne un nouveau. Jean Paul II avait suivi l'exemple de Paul VI, qui portait au doigt le même anneau que celui offert aux pères du concile Vatican II : une bague ouverte à l'effigie des saints Pierre et Paul. Benoît XVI a décidé de revenir à la tradition. L'Association des orfèvres de Rome a réalisé pour lui « l'anneau du pêcheur » représentant saint Pierre dans sa barque jetant ses filets le jour de la fameuse pêche miraculeuse. Elle est pareille au sceau que le cardinal camerlingue est censé briser à la mort du Saint-Père et qui servait jadis aux papes comme cachet pour leurs *motu proprio* et leurs documents privés.

Dehors, la foule s'impatiente devant la basilique Saint-Pierre. Elle veut connaître le nom du nouveau chef de l'Église. À la *loggia* des bénédictions, le premier des cardinaux diacres apparaît. C'est à lui que revient l'honneur d'annoncer le célèbre *« Habemus papam »* (« nous avons un pape ») et de révéler son identité. Puis il s'efface pour laisser la place au nouveau « serviteur des serviteurs de Dieu » qui donnera sa première bénédiction *urbi et orbi*.

***

Compte tenu des imprécisions touchant les premiers papes – les archives vaticanes ont connu des fortunes diverses au fil des siècles –, la liste des souverains pontifes depuis saint Pierre jusqu'à Benoît XVI a souvent varié, pour finir par se stabiliser.

L'annuaire pontifical cite 265 noms. On en compte 208 pour l'Italie (dont 101 Romains), 17 pour la France, 10 pour le monde grec ancien, 8 pour le Proche-Orient, 5 pour l'Allemagne, 3 pour l'Afrique du Nord, 3 pour l'Espagne, 2 pour la Dalmatie (la Croatie d'aujourd'hui), 2 pour le Portugal, 2 pour le monde barbare (Goths), 1 pour la Dace (Roumanie), 1 pour l'Angleterre, 1 pour la Hollande, 1 pour la Pologne et 1 d'origine inconnue. Sur ce nombre, 21 papes sont morts en martyrs, 4 en exil et 1 en prison. On compte également 9 morts violentes dans cette liste, soit 6 papes assassinés, 2 papes morts de blessures à la suite d'émeutes, 1 mort par accident (effondrement d'un plafond). La grande majorité des papes, soit 216, sont décédés de mort naturelle. Enfin, 85 papes, soit près du tiers, ont connu les honneurs des autels : 79 en tant que saints et 7 en tant que bienheureux.

La durée moyenne des pontificats est de sept à huit ans. Elle varie considérablement avec les siècles et, du IXe au XVe siècle, elle n'atteint pas six ans. En revanche, dans les temps modernes, elle augmente sensiblement et, du XVe siècle jusqu'à Benoît XVI, elle atteint dix ans. Treize papes ont régné plus de vingt ans, dont trois au XIXe siècle : Pie VII, vingt-trois ans, Pie IX, trente-deux ans, et Léon XIII, vingt-cinq ans. Au XXe siècle, Jean-Paul II est resté près de vingt-sept ans à la tête de l'Église catholique romaine.

Les pontificats de très courte durée sont plus nombreux et on en compte 8 qui ont duré moins d'un mois, dont celui d'Urbain VII qui n'a été que de douze jours. Au moment des grandes persécutions, des pontifes étaient arrêtés et mis à mort très peu de temps après leur élection. Plusieurs papes n'ont occupé le trône que quelques semaines, dont le Génois Ottobone Fieschi, qui a régné pendant trente-huit jours sous le nom d'Adrien V et qui est le seul pape « laïc » n'ayant pas eu le temps d'être ordonné prêtre et évêque. Dans les temps modernes, le pontificat le plus court est celui de Jean-Paul Ier (trente-trois jours).

Il y a eu au moins deux papes juifs dans l'histoire : saint Pierre, évidemment, et Anaclète II en 1130, descendant d'une vieille famille israélite, les Baruch. En balance avec Innocent II, il fit alliance avec le roi de Sicile pour tenter de conforter sa position à la tête de l'Église catholique romaine. Mais Innocent II, soutenu par saint Bernard de Clairvaux, finira par l'emporter contre celui qu'il appelait avec mépris « le pape juif ». Anaclète II est aujourd'hui rangé dans la catégorie (ou le purgatoire) des antipapes. Il n'est pas le seul puisque d'Hippolyte (217-235) à Félix V (1439-1449), on compte 40 antipapes dans la longue histoire de la chrétienté. Certains d'entre eux avaient certainement autant de qualités que des pontifes considérés comme régulièrement élus, mais ils n'ont pas été reconnus par l'Église de Rome.

Celle-ci a aussi compté des papes mariés, à commencer par saint Pierre, dont l'évangile selon saint Marc nous révèle, presque par inadvertance, qu'il a une belle-mère, donc qu'il a pris femme... Les plus connus seront, ensuite, Hormisdas, pape de 514 à 523, heureux père du futur souverain pontife Silvère Ier (536-537) et Grégoire le Grand (590-604), arrière petit-fils du pape Félix III (483-492). Enfin, Adrien II (867-872), qui habitera au palais du Latran avec son épouse et sa fille. Beaucoup d'autres papes auront des maîtresses attitrées à défaut d'être mariés.

Les prénoms papaux les plus fréquemment adoptés sont Jean (25 fois, Jean-Paul compris), Grégoire et Benoît, 16 fois ; Clément, 14 fois ; Innocent et Léon, 13 fois et Pie, 12 fois. Le premier pape fut aussi le premier à changer de nom, puisque saint Pierre s'appelait en réalité Simon.

Les Français ont eu 17 papes : le premier est Gerbert d'Auvergne, le pape de l'an 1000, qui régna de 999 à 1003 sous le nom de Sylvestre II. Archevêque de Reims et de Ravenne avant son élection pontificale à Rome, il fut la cible de ceux qui voyaient dans ces trois « R » un signe diabolique. Visionnaire, il eut le premier l'intuition d'une grande Europe allant de Lisbonne à Moscou et créa de nouveaux évêchés dans l'Europe de l'Est. Le dernier pape français est Pierre Roger de Beaufort, neveu de Clément VI, originaire de Rosiers d'Égleton, dans le Limousin. Il occupa le fauteuil pontifical de 1370 à 1378 sous le nom de Grégoire XI.

La France a eu aussi quatre antipapes : l'archevêque de Braga Maurice Bourdin, qui « régna » sous le nom de Grégoire VIII de 1118 à 1121 grâce au soutien momentané de l'empereur du Saint Empire romain germanique; Clément VII (Robert de Genève), premier des antipapes d'Avignon, de 1378 à 1394; enfin, deux Benoît XIV : Bernard Garnier et Jean Carrier, deux prêtres du diocèse de Rodez qui, au début du xve siècle, s'approprièrent la tiare à quelques années d'intervalle. Il y a eu aussi un pape français « raté » : le cardinal Guillaume de Rouen. Il est resté dans l'histoire pour avoir essayé, juste après l'élection de Pie II, en 1458, de le supplanter en organisant un « contre-conclave » dans les toilettes du palais apostolique.

L'annuaire pontifical cite donc 265 noms. Mais l'historienne Barbara Frale a publié en octobre 2008 dans *L'Osservatore romano* un long article qui laisse entendre que saint Ignace d'Antioche, mort en martyr en l'an 107 sous le règne de l'empereur Trajan, fut sans doute pape juste après saint Clément et saint Évariste. S'il n'avait pas été un personnage important de la chrétienté, s'interroge-t-elle, pourquoi Trajan aurait-il envoyé dix de ses meilleurs soldats – les « léopards » – jusqu'en Syrie pour capturer ce vieillard de 80 ans, le ramener à Rome et le donner à manger aux lions? Pour l'historienne, c'est un exemple unique dans l'histoire du christianisme, à rapprocher d'un seul autre cas semblable : celui de saint Paul, transféré de Palestine à Rome pour y être condamné à la peine capitale. Mais Paul avait la citoyenneté romaine, pas Ignace.

Le voyage du vieillard d'Antioche jusqu'aux rives italiennes aurait pu ressembler à un chemin de croix : « Je lutte contre des animaux féroces, dit-il, je suis enchaîné à un groupe de dix soldats, vêtus de peaux de léopard, qui deviennent de plus en plus méchants. » Mais le trajet se transforma en une extraordinaire tournée apostolique auprès des communautés chrétiennes du bassin méditerranéen. Ignace reçut des délégations des églises locales, donna des instructions, nomma des évêques. Il avait déjà écrit des encycliques, il rédigea cette fois des lettres à l'intention des Éphésiens, Magnésiens, Philadelphiens, Smyrniotes et autres Romains. Bref, écrit Barbara Frale, il se comporta en chef de « l'Église catholique universelle », formule qu'il fut le premier à utiliser, et justifia ainsi les craintes de Trajan, qui voulait combattre l'essor de la chrétienté.

A-t-il été un « pape caché », contraint de se faire longtemps appeler « Théophore » pour protéger sa véritable identité ? A-t-il assuré une sorte de régence de l'Église pour servir de guide spirituel aux chrétiens en une période difficile et agitée ? Il avait certainement toutes les qualités pour remplir ce rôle puisqu'il avait connu Pierre, dont il était l'un des principaux disciples. D'ailleurs, Ignace d'Antioche a toujours bénéficié d'un traitement de faveur dans la tradition catholique et, lorsque les restes de saint Clément (pape de 91 à 97 environ) furent retrouvés en Grèce, le pape Adrien II (867-872) ordonna aussitôt de les ensevelir à Rome près de la dépouille de saint Ignace.

Pourquoi ? Barbara Frale en ignore la raison exacte car, dit-elle, beaucoup de documents anciens ont disparu « de façon irrémédiable ». Mais, conclut-elle, Adrien II a peut-être tout simplement voulu « rapprocher l'un de l'autre deux hommes qui avaient été papes à quelques années d'intervalle... ».

La « fabrique des Saints »

Les premières secousses du tremblement de terre qui va révolutionner le calendrier des saints ébranlent le monde catholique au début du mois d'avril 1961. Les fidèles pensent d'abord à une sorte de « poisson d'avril », avec quelques jours de retard. Puis ils doivent se rendre à l'évidence : le décret publié par la congrégation des Rites, qu'on appelle aujourd'hui la congrégation pour les Causes des saints, est bel et bien authentique, sainte Philomène est rayée du calendrier.

Pour un choc, c'est un choc : la jeune vierge et martyre retrouvée dans les catacombes de Priscilla, à Rome, en 1802, adorée aussi bien en Italie, en France qu'en Amérique, n'aurait jamais existé. Beaucoup de catholiques ont peine à y croire. Tous les 11 août, ils avaient l'habitude de la fêter. Le pape Pie X et le curé d'Ars l'honoraient. Tout ça pour rien? Le trouble est à la mesure de la vénération dont elle fait l'objet.

Sur la tombe présumée de Philomène, trois blocs en argile portaient l'inscription en plomb rouge *« Lumena paxte cum fi »* entourée par des caractères symboliques chrétiens : une palme, trois flèches, une fleur et une ancre. En modifiant l'ordre des blocs, on obtenait *« Paxte cum Filomena »*, soit « la paix soit avec toi, Philomène », ce dernier nom signifiant « bien-aimée » (en grec) ou « fille de la lumière » (en latin). Et, derrière une cloison, les archéologues avaient découvert des ossements identifiés comme ceux d'une jeune fille de 13 à 15 ans. Ils avaient également trouvé une petite fiole de sang à demi brisée, ce genre de vase habituellement déposé par les premiers chrétiens dans les tombes des martyrs.

Le 10 août 1805, les reliques sont transférées à l'église de Mugnano, près de Naples. En 1827, le pape donne à l'église les trois dalles en argile. Grâce aux révélations d'une religieuse de Naples et en interprétant à sa façon les découvertes faites dans les catacombes, Francisco Di Lucia, le chanoine de l'église de Mugnano, compose le récit de la vie exemplaire de Philomène. On vient la prier, on se recueille devant ses reliques. Et, fort opportunément, les guérisons et les miracles s'enchaînent. Le culte de la martyre se propage hors des frontières et le pape Grégoire XVI, lui-même témoin de la guérison miraculeuse de la sœur laïque lyonnaise Pauline Jaricot, élève en janvier 1837

Philomène aux honneurs de l'autel et institue une fête spéciale à sa gloire. C'est ainsi qu'une nouvelle sainte est née !

Des doutes émergent pourtant dès 1850 avec les premières études sérieuses menées dans les catacombes de Priscilla. La fameuse fiole de sang ne contiendrait que du parfum. Les examens se poursuivent et, en 1904, l'archéologue Orazio Marucchi conclut que les ampoules retrouvées dans les tombes n'indiquent pas le martyre et que les sacristains du IVe siècle avaient coutume de modifier l'ordre des pierres tombales anciennes pour signifier que le sépulcre avait été réemployé pour une autre personne. Dans son rapport au Vatican, il affirme par conséquent que « tout ce qui a été écrit sur le martyre de sainte Philomène est du pur roman ». Pour ne pas décourager les fidèles, il ajoute néanmoins : « Même si les miracles ne prouvent rien, on peut déduire des faveurs qu'elle a répandues autour d'elle grâce à ses intercessions que Philomène est une âme chère à Dieu. »

Il faudra attendre près de soixante ans pour que la congrégation des Rites donne raison au Pr Marucchi en rayant Philomène de sa liste officielle. En ce mois d'avril 1961, c'est donc un premier domino qui tombe. Certes, les reliques de Philomène sont toujours vénérées à Mugnano et elle reste une sainte officielle de l'Église catholique en tant que sainte patronne du « Rosaire vivant » et des « Enfants de Marie », mais elle disparaît du calendrier liturgique universel.

Sainte Philomène est la première « victime » d'une minutieuse enquête réalisée sur l'attribution des titres de saints et de bienheureux. Menée à la demande du pape à travers l'étude de plus de 2 000 cas, elle vise à faire place nette pour ne pas laisser la superstition envahir le catholicisme comme de la mauvaise herbe. Le résultat est le *motu proprio* de février 1969, par lequel Paul VI promulgue le nouveau calendrier de l'Église, qui réduit notablement le nombre des fêtes de saints.

À Naples, capitale mondiale de la superstition, on est proche de l'émeute. Ici, on ne badine ni avec les reliques, ni avec les saints. Le « miracle » du sang de saint Janvier, par exemple, ne se discute pas. Son sang desséché contenu dans deux ampoules est supposé se liquéfier trois fois par an entre les mains de l'archevêque de la cité devant des foules en délire. Si d'aventure, le « miracle » ne se produit pas, c'est comme si le ciel tombait sur la tête des fidèles. Le pire devient alors possible et les amulettes habituelles sont de peu de secours... Or, saint Janvier, lui aussi, est biffé du calendrier et réduit à une sorte de culte de deuxième classe, une honte pour ses fidèles.

Saint Christophe (protecteur des automobilistes), sainte Barbara (patronne des artilleurs), saint Valentin (patron des amoureux) et bien d'autres font partie de la charrette des exclus. Si l'émotion est énorme à Naples (saint Janvier est l'un des protecteurs de la ville), elle gagne toute l'Italie et même l'Angleterre, où quelques centaines de catholiques rejoignent l'église anglicane sous le coup de la colère car saint Georges et son fameux dragon sont également victime de la purge du calendrier.

L'un des pères de la réforme, le père Pierre Journel, tente de s'expliquer : « Si certains saints peuvent être populaires à cause de la légende qui s'est créée autour d'eux, cela ne garantit aucunement qu'ils aient existé. Ils ont été supprimés du calendrier général car le peuple chrétien ne peut être invité à prier que dans la vérité. » Devant la persistance de la fronde populaire, cependant, le Vatican juge de bonne politique de minimiser la portée de la chose. La première reculade est annoncée par *L'Osservatore Romano*, qui publie un article destiné aux Napolitains pour annoncer le maintien de saint Janvier au calendrier régional, avec « culte facultatif ». Puis deuxième reculade en 1980, quand le cardinal archevêque Corrado Ursi obtient de Jean-Paul II que saint Janvier devienne le patron de toute la région de Campanie.

En fait, dans un mélange d'indulgence et d'hypocrisie, l'Église reviendra petit à petit en arrière en fermant les yeux sur beaucoup de vénérations douteuses. Aujourd'hui, dans le « Martyrologue romain » qui fait foi, les saints sujets à caution sont marqués d'un astérisque signifiant que les messes en leur honneur sont locales. Mais dans le calendrier universel distribué par le Vatican, ils figurent – en petits caractères, certes – dans la liste officielle. L'essentiel, pour le pape, est que les brebis se tournent vers le Seigneur, même en empruntant des voies discutables.

Ainsi, l'évêque de Terni, patrie de saint Valentin, n'a jamais cessé les célébrations organisées en l'honneur du protecteur des amoureux le 14 février. Quant aux paroisses et autres chapelles qui ont la chance de posséder des reliques, vraies ou fausses, de saints avérés ou supposés, rares sont celles qui renoncent à en tirer bénéfice. La piété, surtout chez les gens âgés, a besoin de s'appuyer sur ces fragments d'os, de cheveux, de sang ou de vêtements conservés avec dévotion dans des coffrets en argent ou des cassettes en verre. Quand un évêque du Congo confessa à Léon XIII que ses ouailles étaient anthropophages et que lui-même finirait peut-être mangé, le pape lui répondit en souriant : « Surtout pas, vous ne laisseriez pas de reliques ! »

***

Il y a plus de 20 000 saints recensés dans les livres les plus sérieux vendus dans les librairies catholiques proches de la place Saint-Pierre. Mais la plupart d'entre eux ont été proclamés au début de notre ère par la *vox populi*. À chaque persécution ou à chaque supplice, on élevait un autel sur la sépulture du martyr. Saint Pierre n'a jamais été canonisé au sens où nous l'entendons aujourd'hui et ce n'est qu'à partir du XIVe siècle qu'ont eu lieu les premières vraies canonisations romaines. Le pape Boniface IX célébrera la première le 8 octobre 1390 en sacrant officiellement sainte Brigitte selon des règles bien précises. Une façon de mieux baliser le long et tortueux chemin qui mène de la porte de bronze du Vatican aux portes du paradis.

Aujourd'hui, une personne vertueuse doit remplir au moins trois conditions pour être proclamée sainte : être décédée depuis au moins cinq ans, avoir mené une vie chrétienne exemplaire et avoir accompli au moins un ou deux miracles. Première étape : la personne défunte doit être reconnue « vénérable », donc digne de recevoir un culte local. Deuxième étape : béatifiée, elle atteint le rang des « bienheureux » et peut faire l'objet d'un culte plus généralisé. Troisième étape, elle est canonisée et son culte devient universel.

La procédure de béatification et de canonisation est « l'une des plus complètes et complexes qui soient. Elle ne peut jamais être ni écartée, ni écourtée, sauf en des cas fort rares qu'on appelle précisément les "casus excepti [1]" ». Ces cas rares sont des « canonisations par équipollence », comme celle de saint Albert le Grand, grand savant du Moyen Âge, décidée par Pie XI, de sainte Marguerite, fille du roi de Hongrie, proclamée par Pie XII, ou de saint Grégoire Barbarigo, qui refusa deux fois la tiare et vécut dans la pauvreté, voulue par Jean XXIII.

Tout baptisé ou groupe de baptisés peut demander l'ouverture d'un procès en canonisation à l'évêque de son diocèse. Commence alors un vrai parcours du combattant qui débute, comme il se doit, par l'inspection diocésaine sur les vertus chrétiennes (foi, espérance et charité) et les vertus cardinales (prudence, justice, tolérance, force de caractère) du candidat qualifié de « serviteur de Dieu ». Cette première enquête est suivie de multiples autres examens menés par la congrégation pour les Causes des saints au terme desquels, comme dans un procès criminel, l'accusation et la défense s'affrontent. D'un côté, « le promoteur de la cause » s'efforce de démontrer que le bienheureux est digne d'être canonisé ; de l'autre, « l'avocat du diable » tente de prouver le contraire. À la fin du procès, les cardinaux et les évêques habilités rendent leur verdict en votant. Ce verdict est alors remis au pape, qui tranche en dernier ressort.

Sous le pontificat de Jean-Paul II, « l'usine à saints » a travaillé à un rythme effréné. Tous les records de béatifications et de canonisations ont été battus. En près de vingt-cinq ans, le calendrier universel et les calendriers locaux se sont enrichis de 482 saints et de 1 340 bienheureux, inscrits par groupes ou individuellement dans la liste des « athlètes de la foi ». Karol

1. Charles Pichon, *op. cit.*

Wojtyla pourrait lui-même devenir saint dans un délai très court puisque son procès en béatification a été ouvert juste après sa mort, sans attendre les cinq ans normalement requis, à la demande de Benoît XVI.

À titre de comparaison, pour ne s'en tenir qu'à l'époque contemporaine, Pie X a proclamé 4 saints, Benoît XV, 3, Pie XI, 34, Pie XII, 33, Jean XXIII, 10, Paul VI, 84, Jean-Paul Ier, aucun, Jean-Paul II, 482 et Benoît XVI, 14 à ce jour.

La multiplication des saints et des bienheureux sous le règne de Jean-Paul II s'explique par le fait que « la bureaucratie de la sainteté » a été simplifiée. Le pape polonais a accéléré les procès en réduisant le nombre des miracles à soumettre à la « consulte médicale » du Vatican et en diminuant les pouvoirs de l'avocat du diable. Pour gagner du temps et répondre aux souhaits des fidèles qui ne peuvent pas toujours se rendre en pèlerinage à Rome, il a aussi proclamé des saints et des bienheureux sur place, chez eux, des Philippines au Pérou, ou de la France au Lesotho, à l'occasion de ses voyages.

Sa Constitution apostolique *Divinis perfectionis Magister* (« maître de la perfection divine ») de 1983 a ouvert les portes du paradis à bien des candidats qui risquaient de stagner très longtemps sur les listes d'attente. Afin de proposer aux catholiques d'aujourd'hui la gamme la plus vaste possible d'exemples à imiter, de nombreux prétendants ont pu être admis au royaume des saints. C'est le cas de 498 martyrs de la guerre civile espagnole – évêques, prêtres, religieux, religieuses –, dont les procès en béatification étaient restés, pour des raisons d'opportunité politique, au fond d'un tiroir à l'époque de Paul VI. Jean-Paul II a estimé que le temps était venu de rouvrir leurs dossiers, sans provoquer trop de polémiques.

Le pape polonais s'est aussi penché sur le dossier du père Charles de Foucauld. Après une existence dissolue dans sa jeunesse, ce dernier s'était fait moine, avait été ordonné prêtre, puis avait mené une vie d'ascète en plein désert avant d'être assassiné en 1916 par des Touaregs à la porte de son ermitage au Sahara. Impossible de parler de martyre dans son cas, puisqu'il n'a pas été mis à mort pour des motifs religieux, mais tout simplement par cupidité. Néanmoins, au vu du rayonnement spirituel intense du moine, Jean-Paul II a signé en 2001 le décret d'« héroïcité » de ses vertus. Le père de Foucauld est ainsi devenu « vénérable ».

D'autres héros de la foi et pionniers de l'évangélisation qui, faute de miracles à mettre à leur actif, végétaient dans les tiroirs de l'oubli, ont été repêchés. Le philosophe écossais du XIIIe siècle, John Duns Scotto, appelé « le Docteur subtil » pour l'habileté de sa dialectique face à son rival saint Thomas d'Aquin, a été canonisé en 1993. Les 85 martyrs anglais et écossais victimes d'Henri VIII et de ses successeurs, accusés de haute trahison et de félonie, éventrés, écartelés, ou tout simplement pendus, ont été béatifiés. Tout comme les seize carmélites de Compiègne guillotinées en 1794, ou Louise de France, fille du roi Louis XV, morte tranquillement dans son couvent quelques mois avant la Révolution, après avoir consacré sa vie à tenter de racheter l'âme pécheresse de son père.

Jean-Paul II a quand-même su dire « non » à la béatification d'Isabelle la catholique, la souveraine espagnole dont le nom est associé aux périodes noires de l'Inquisition et à la grande persécution des juifs. La procédure d'examen engagée par la congrégation pour les Causes des saints à la demande de l'archevêque de Valladolid a été ajournée *sine die* en 1992 par le pape disparu. Dans le passé, d'autres célébrités ont été elles aussi recalées grâce aux talents de l'avocat du diable : Dante, par exemple, pour exaltation de la raison au détriment de la foi, Christophe Colomb pour concubinage public durant les dix dernières années de sa vie, période que la législation vaticane exige sans péché, ou enfin, plus près de nous, en 1979, Tom Dooley, le mythique « médecin de la jungle » adoré des Américains, pour collaboration patentée avec la CIA.

Avaient-ils d'ailleurs réalisé des miracles et, plus généralement, qu'est-ce qu'un miracle ? Pour le Vatican, les guérisons « complètes, rapides, durables et inexplicables selon les connaissances scientifiques et médicales du moment » appartiennent bien entendu à cette catégorie. Mais il existe des « prodiges » de toutes sortes. Dans le dossier de Pie XII, on l'a vu, un témoignage rapporte qu'une pauvre Sicilienne dans le besoin le priait tous les jours pour qu'il lui vienne en aide. Or, chaque fin de mois, le jour du paiement de son loyer, un voisin guidé par des voix mystérieuses, se présentait à elle avec l'argent nécessaire. D'autres miracles ont fait sensation comme « la multiplication du riz » opérée dans un foyer de miséreux par le frère espagnol Juan Macias, canonisé en 1975. Ou encore l'aide providentielle d'une religieuse croate, morte à Rome en 1966, dans le sauvetage de l'équipage du sous-marin *Pacocha* naufragé à 15 mètres de profondeur dans les eaux péruviennes en 1988. En désespoir de cause, le commandant de bord avait invoqué dans ses prières sœur Maria Petkovic et tous les marins purent quitter l'engin sains et saufs.

De façon plus modeste, la congrégation pour les Causes des saints s'occupe, en plus des miracles, d'une autre manifestation possible de la vertu : les stigmates. L'Église a toujours eu une attitude très prudente à l'égard des quelque 300 personnes marquées au cours des siècles par les cinq blessures ou cicatrices aux emplacements des plaies du Christ. Elle n'a reconnu officiellement, parmi elles, que 63 saints.

Médecins et psychologues ont essayé d'apporter des explications à ce phénomène, telles que la sous-alimentation à cause de jeûnes obstinés, la fragilité des vaisseaux sanguins, le manque de vitamines et de globules rouges, voire l'hystérie. Mais le divin doit parfois se cacher quelque part puisque Jean-Paul II a béatifié deux stigmatisés : padre Pio, mort en 1968, et Marguerite Bays, une couturière suisse de Fribourg, morte en 1879. Deux autres attendent : la paysanne allemande Thérèse Neumann, morte en 1962, qui parlait des langues jamais apprises, et la mystique française Marthe Robin, décédée en 1981. Les plus célèbres stigmatisés de l'histoire de l'Église sont saint François d'Assise (1181-1226) et sainte Catherine de Sienne (1347-1380).

*
* *

La simplification des procédures de canonisation et de béatification a permis des glorifications plus rapides que d'autres : Jose María Escrivá de Balaguer, le fondateur de la puissante prélature de l'Opus Dei, mort en 1975, a été béatifié en 1992 et canonisé en 2002. Mère Teresa, morte en 1997, a été béatifiée en 2003. Les choix de Jean-Paul II ont parfois soulevé la controverse : la canonisation d'Edith Stein, philosophe juive convertie au catholicisme et morte à Auschwitz, a été interprétée comme une tentative de récupérer le martyre juif. Mais rien n'a vraiment enrayé « l'usine à saints » durant son long pontificat.

Parmi les centaines de dossiers actuellement en cours d'instruction – on cite le chiffre de 2 200 causes – figurent ceux du criminel français Jacques Fesch, qui avait trouvé la foi en prison avant d'être guillotiné en 1954, et du père Léon Dehon, fondateur de l'ordre des prêtres du Sacré-Cœur (2 300 prêtres, 23 évêques et cardinaux dans une quarantaine de pays), pionnier français du catholicisme social, mort en 1925.

Programmée le 24 avril 2005 à Rome, la béatification de Léon Dehon – qui avait été déclaré « vénérable » en 1997 par Jean-Paul II – a été suspendue au dernier moment à cause des idées antisémites trop longtemps tenues secrètes de l'intéressé. Le gouvernement français ayant fait savoir qu'il n'enverrait aucun représentant, le Vatican a préféré surseoir aux cérémonies. Une commission de théologiens et d'historiens étudie de nouveau le dossier du père Dehon à la demande de Benoît XVI, qui a réclamé plus de rigueur dans les béatifications.

Dans les procès en béatification et canonisation, l'homosexualité a toujours donné lieu à des suppléments d'enquête. On en veut pour preuve le cas de Jean XXIII : des rumeurs, alimentées par Georges Roux, professeur au lycée français d'Istanbul, et reprises par un évêque, avaient circulé en 1970 sur une prétendue liaison que le futur pape aurait nouée avec un employé de la délégation apostolique quand il était en poste en Turquie durant la dernière guerre. Un procès canonique complémentaire dut être organisé en 1982. Finalement, tout a été démenti et « le bon pape Jean » a été béatifié en l'an 2000.

De la même façon, les soupçons pesant sur Paul VI – accusé par le romancier Roger Peyrefitte dans l'hebdomadaire italien *Tempo Illustrato* d'avoir entretenu une amitié particulière avec l'acteur Paolo Carlini – ont été levés.

***

La simplification des procédures mise en œuvre par Jean-Paul II a permis une réduction des dépenses : notamment l'élimination des pots-de-vin – qu'on appelle *propine* dans le langage de la curie – destinés à déverrouiller les rouages de l'usine à saints. S'il est difficile de donner des chiffres, on peut estimer à une centaine de milliers d'euros en moyenne les frais nécessaires pour accompagner un candidat à la béatification et autant d'argent pour le voir glorifié comme saint, sans compter les frais pour les cérémonies qui sont à la charge des promoteurs des procès. Ceux-ci, comme dans tout procès, ont besoin d'avocats, de chercheurs, d'experts et d'une soixantaine de médecins et chirurgiens (dans toutes les disciplines) pour analyser les miracles.

En 2003, le prix de la béatification du prêtre Antonio Rosimini avait été évalué par les promoteurs de la cause à 750 000 euros : soit 375 000 euros consacrés aux cérémonies, 170 000 à la réalisation et à l'impression du dossier, 150 000 euros aux commissions et taxes diverses et 50 000 euros pour le bureau de la postulation [1].

Il existe des candidats aux honneurs plus riches que d'autres. On chuchote à la congrégation qu'un certain Karl Steeb, prêtre allemand mort à Vérone en 1856 après avoir fondé un ordre religieux, disposerait pour sa canonisation d'un capital initial de quelque 500 000 euros. Le procès de canonisation de Pie X avait été lancé avec 60 lires de l'époque et s'était terminé avec un capital de plusieurs centaines de millions. Les fidèles conti-

1. Sophie de Ravinel, *Le Vatican*, Plon, coll. « Petite bibliothèque des spiritualités », 2006.

nuent à offrir beaucoup de dons en argent pour Jean XXIII (dont on attend maintenant la canonisation), bien moins pour Pie XII. Mais ce sont les congrégations religieuses les investisseurs les plus importants dans le domaine de la sainteté pour des raisons évidentes : un saint « en famille » représente une occasion de promotion de la congrégation avec une augmentation éventuelle de vocations.

Les femmes et les laïcs sont les parents pauvres de la sainteté : une étude réalisée dans les années 70, sur une base de 2 501 saints, signalait 15 papes, 264 évêques, 1 044 prêtres et 575 religieuses, soit 1 898 ecclésiastiques. Les laïcs n'étaient que 603, dont à peine 68 femmes. Seulement quatre de ces dernières étaient mariées. On constatait une écrasante supériorité des pays latins. L'Italie et la France réunies remplissaient plus de la moitié du paradis officiel. Les données ont sans doute changé, surtout depuis le règne de Jean-Paul II. Mais depuis, personne ne s'est lancé dans une nouvelle étude sociologique de la sainteté... L'histoire montre, en tout cas que ni l'âge ni la race ne constituent un obstacle à la glorification. Sainte Rose de Lima, morte à 12 ans, et la petite Anne de Guigné, décédée à 11 ans, ont été béatifiées. Quant à saint Benoît, franciscain canonisé en 1807, il était noir et fils d'esclaves.

L'entreprise de simplification lancée par Jean-Paul II pourrait aller plus loin : l'étape de la béatification pourrait être abolie un jour, la différence entre les deux « catégories » étant devenue minime. D'où le projet d'une réforme radicale. Mais, en attendant, Benoît XVI allège dès qu'il le peut son emploi du temps pour ménager sa santé : il ne préside plus personnellement les béatifications qui sont célébrées sur place par les évêques locaux, se contentant d'envoyer un représentant.

Ainsi, le 19 octobre 2008, devant 15 000 fidèles rassemblés à Lisieux, c'est le cardinal José Saraiva Martins, légat du pape et préfet émérite de la congrégation pour les Causes des saints, qui a présidé la cérémonie de béatification des parents de sainte Thérèse, Louis Martin et Zélie Guérin.

Ancien résistant né à Modène en 1925, il a aujourd'hui 80 ans bien sonnés, mais rien ne semble en mesure de l'arrêter, surtout pas le diable, dans ce qui est la grande affaire de sa vie : l'exorcisme. Gabriele Amorth, ordonné prêtre en 1954, physique de prélat onctueux aux rondeurs apaisantes mais au regard perçant, est depuis 1986 l'exorciste en chef du diocèse de Rome, où officient une dizaine de chasseurs de démons. Il s'est formé à l'école du père Candido Amantini qui, durant des années, fut l'un des exorcistes les plus fameux de la Ville éternelle. Le père Amorth, de son propre aveu, a accompli en vingt ans plus de 60 000 exorcismes et reçoit chaque jour quelque 500 demandes d'intervention. N'ayant ni le temps ni la force de répondre à tous, il se contente de rencontrer huit à dix possédés par semaine en consultation.

Satan n'a pas de secrets pour cet ecclésiastique dont le livre *Un exorciste raconte* [1], rédigé en 1990, en est déjà à sa vingtième réédition. Il a publié d'autres volumes, dont *Exorcisme et psychiatrie* [2], qui font autorité. Et ses émissions mensuelles sur Radio Maria ont été très suivies. « Rome est la ville la plus "satanisée" d'Italie, dit-il, parce qu'elle est le centre de la chrétienté. » À force de fréquenter « le prince des ténèbres » qui, selon lui, est un être véritable, retors et peu bavard, le père Amorth a fini par avoir des conversations intéressantes avec lui. « Quand je l'interroge avec insistance, raconte-t-il, il finit par me dire son nom : Lucifer, Satan, Asmodée, Lilith, etc. Ou bien : Colère, Vendetta, Maladie... Quand je le houspille et lui demande s'il a décidé de quitter rapidement le corps qu'il habite, il m'indique parfois une date. Mais je me méfie toujours, car c'est dans la nature du démon de mentir. »

Le diable a également confié au père Amorth qu'il « subissait des peines plus douloureuses que celles de l'enfer » lorsqu'il

1. Éditions L'Œil, 1992.
2. Éditions F.-X. de Guibert, 2002.

sortait du corps d'un possédé. L'exorciste en chef du diocèse de Rome a-t-il peur du Malin? « Non, répond-il avec assurance. C'est plutôt lui qui a peur de moi ! » Et il affirme avoir beaucoup aimé ce classique de l'épouvante qu'est *L'Exorciste*, dans lequel joue la vedette Max von Sidow.

Dans ses livres, le chasseur de démons énumère les causes possibles de possession par le Malin : la perte de la foi, une malédiction lancée contre un proche par un membre de sa famille, l'habitude de blasphémer, l'appartenance à la franc-maçonnerie, ou encore la pratique du spiritisme et de la magie. Le père Amorth n'aime pas beaucoup les magiciens. C'est lui qui avait tenté de dissuader les parents de faire lire à leurs enfants les aventures d'Harry Potter. Pour lui, un tour de magie, qu'il s'agisse de magie noire ou de magie blanche, est toujours un tour du diable. Plus sérieusement, il a toujours considéré qu'Hitler et Staline étaient des réincarnations de Satan sur terre et regrette de ne pas avoir pu les débarrasser du démon qui les tenaillait. « Pie XII a essayé en vain », affirme-t-il.

« Libérer quelqu'un de l'influence du diable est un travail long et difficile qui peut prendre quelques minutes ou plusieurs années », avoue encore l'exorciste en chef du diocèse de Rome. Une fois extrait, le Malin prend alors l'apparence de clous, de poupées en plastique, de morceaux de verre ou de clés... Le cas d'Anna Maria est celui dont il est le plus fier. Entrée à 16 ans dans une secte, dégoûtée de ce qu'elle y voyait, elle a voulu en sortir. Pour se venger, ses coreligionnaires lui ont jeté un sort. D'un seul coup, Anna Maria souffrit d'horribles douleurs de la tête aux pieds. Pendant des années, la médecine fut incapable de la guérir. Gabriele Amorth vint alors à son secours avec l'aide de trois assistants. « Il fallait la tenir, dit-il. Elle se débattait comme une forcenée. » Au bout de quatre heures d'efforts, le diable quitta enfin le corps de la malheureuse.

Manque-t-on aujourd'hui de « chasseurs de démons » ? Il y en aurait à peu près 300 en Italie. Mais il n'y a pas de chiffres pour les autres pays. Fin 2007, le père Gabriele Amorth aurait demandé à la hiérarchie du Saint-Siège, selon divers médias, de nommer un exorciste à plein temps dans chaque diocèse pour faire face à la montée des demandes. Cette information a fait l'objet d'un démenti officiel du porte-parole du Vatican. « Aucune instruction du pape n'est en préparation sur ce sujet », a-t-il affirmé. La congrégation pour la Doctrine de la foi et la congrégation pour le Culte divin, les deux dicastères compétents en la matière, « n'ont aucun document à l'étude concernant une augmentation du nombre d'exorcistes. »

Il n'empêche : aujourd'hui comme hier, l'exorciste fait bien partie de l'« armoire à pharmacie » de l'Église catholique. À l'origine, il y a le commandement du Christ : « Guérissez les malades et chassez les démons. » Les Évangiles selon saint Marc et saint Luc citent de nombreux cas de possessions : par exemple, le forcené de Gérasène que Jésus libéra de ses « légions » de démons, ou encore le possédé que Jésus exorcisa dans la synagogue de Capharnaüm après que ce dernier eut tenté de l'agresser. Ces mêmes textes notent que Jésus, durant sa vie sur terre, « chassait de nombreux démons » et que les gens qui assistaient à ces exorcismes étaient stupéfaits « car Jésus avait autorité sur eux ».

Beaucoup d'anciennes cultures – des Babyloniens aux Égyptiens – évoquent le diable et ses méfaits. Le judaïsme, l'islam et d'autres religions font référence à des rituels de purification, de libération ou d'exorcisme. Mais seule l'Église catholique romaine a codifié et institutionnalisé cette pratique de manière approfondie. Dès 1576, un manuel est publié à l'usage des exorcistes par le Vatican. À cause des excès commis – boucs émissaires, chasses aux sorcières, processions hystériques – l'exorcisme cesse néanmoins de bénéficier du soutien actif du Saint-Siège au XIXe siècle. Les progrès scientifiques et médicaux semblent lui avoir donné le coup de grâce jusqu'au jour où le pape Léon XIII aperçoit en songe une armée de démons se dirigeant vers Rome. Il rédigera alors une prière d'exorcisme qui sera incluse dans le Rituel romain.

Où en est-on aujourd'hui ? Aux yeux de l'Église, celui qui se dit possédé ne l'est pas forcément, et a souvent davantage besoin de l'aide d'un psychiatre que d'un exorciste. Le vieux manuel de 1576 a été remplacé par un nouveau texte de 70 pages qui intègre l'évolution de la médecine. Il est conforme aux décrets du concile Vatican II qui avait décidé que seuls les évêques pouvaient nommer des exorcistes. Et il recommande de distinguer entre une véritable intervention diabolique et la crédulité de certains fidèles. « Il ne faut pas leur refuser une aide spirituelle, y lit-on, mais il ne faut pas à tout prix pratiquer un exorcisme. »

Dans les années 70 et 80, le retour de l'exorcisme sera encouragé par l'importance du mouvement catholique de Renouveau charismatique. Jean-Paul II approuve cette renaissance du « désensorcellement ». Il aurait pratiqué lui-même au moins trois exorcismes. Et, dès le début de son pontificat, Benoît XVI a rendu visite à un groupe de « chasseurs de démons » réunis en congrès dans une ville du centre de l'Italie : « Je vous engage à poursuivre votre important ministère au service de l'Église, soutenus par l'attention vigilante de vos évêques et par les prières constantes de la communauté chrétienne », leur a-t-il dit.

Le photographe officiel des papes, l'Italien Arturo Mari, a assisté à un exorcisme pratiqué par Jean-Paul II et a témoigné de ce qu'il a vu. « Je me souviens, raconte-t-il, que durant une audience générale, une fille, très particulière, s'est mise à hurler. Sa voix n'était pas humaine, elle ressemblait à celle d'une bête ou, plus exactement, elle semblait venir d'outre-tombe. La jeune fille prononçait des paroles très violentes, imprégnées de colère et de haine [...]. Après l'audience, le Saint-Père a commencé à recevoir les invités, puis il est monté sur la papamobile pour rentrer au Vatican. À la hauteur de l'Arc des cloches, la jeune fille était là. Âgée de 20-22 ans, mince, elle avait tant de force que six fonctionnaires, jeunes gens robustes, n'arrivaient pas à la maintenir immobile. Elle avait une force inconcevable, surhumaine [...]. Le Saint-Père a fait arrêter la voiture, il est descendu et la jeune fille s'est mise à crier : "Va-t-en, vieil estropié ! Maudit sois-tu !..." De sa bouche sortait une salive verdâtre et foncée. Son visage n'était pas humain. Sa force, elle, semblait surhumaine. Les jeunes gens qui la retenaient avec peine transpiraient à grosses gouttes. »

Et le photographe de poursuivre : « Le Saint-Père s'est approché, il a fait le signe de croix et a commencé à prier en latin. J'étais à une certaine distance, je n'entendais pas les paroles du pape, en revanche j'entendais très distinctement la jeune fille qui continuait à crier : "Vieil estropié, tu es malade !" À un certain moment, pendant que le pape priait, la voix de la jeune fille s'est atténuée, pour finir presque en lamentation : "Mais tu sais que je ne peux rien contre toi. Je ne peux rien, tu es trop fort, trop fort." Le Saint-Père, priant, a mis la main sur sa tête et alors on a entendu un cri, comme arraché du ventre. Le pape l'a bénie, l'a touchée de nouveau. La voix de la jeune fille était de plus en plus faible, mais elle répétait : "ça suffit, maudit !" Au bout de vingt minutes environ, elle s'est tue. Puis elle s'est affaissée et son visage, trempé de sueur, a repris sa physionomie normale. Elle a ouvert les yeux et regardé le pape. Le Saint-Père l'a caressée, bénie, et ensuite il est parti. J'étais stupéfait, bouleversé. »

Si la pratique a connu des hauts et des bas, jamais les croyances dans le démon et les moyens de s'en débarrasser ne se sont démenties au cours des siècles. En ouvrant le tout récent dictionnaire des noms propres et communs du catholicisme [1], les définitions claquent, ponctuelles et concises. Exorcisme : « Rituel de l'Église, ordinaire (lors d'un baptême) ou extraordinaire (à l'occasion d'une possession avérée). Acte délivrant avec autorité de la possession du Malin. » Exorciste : « Prêtre délégué par l'évêque du diocèse à cet office. » Énergumène : « Être possédé du démon, qui est manœuvré de l'intérieur, qui a le diable au corps. » Enfin, Malin qui renvoie à diable, calomniateur ou tentateur : « Adversaire de Dieu [...], il combat l'homme par la tentation, l'obsession et la possession. »

1. Ambrogi Pascal-Raphaël, *Le Sens chrétien des mots*, Tempora, Perpignan, 2008.

Selon les canons en vigueur, quand l'Église catholique demande publiquement au nom de Jésus qu'une personne, un animal ou un objet soit protégé de l'emprise du Malin et soustrait à son empire, il faut parler d'exorcisme public. Sous sa forme la plus simple et la plus courante, l'exorcisme est pratiqué lors de la célébration du baptême. Quant au « grand exorcisme », autrement dit l'exorcisme canonique solennel pratiqué par un prêtre exorciste avec la permission de l'évêque, c'est le plus impressionnant : il comprend en général une aspersion d'eau bénite, diverses prières, l'imposition des mains, la présentation d'un crucifix au possédé, et parfois, une formule impérative s'adressant directement à Satan et lui ordonnant de s'en aller... au diable !

Même si pour beaucoup de chrétiens – y compris d'éminents théologiens –, le démon n'existe pas et ne serait que la personnalisation symbolique de phénomènes obscurs, psychiatriques ou parapsychologiques en voie d'élucidation scientifique, pour beaucoup d'autres, en revanche, il exerce une fascination croissante. Messes noires et sectes sataniques se multiplient à travers le monde catholique et peut-être même, si l'on en croit des témoignages anonymes rapportés par les auteurs du *Vatican mis à nu* [1], au Saint-Siège. Le père Amorth, en tout cas, n'a pas de mots assez sévères pour ceux qui se vantent de passer des pactes avec le diable : « Ils ne se rendent pas encore compte que la facture sera amère, car le démon n'a pas d'amis, il n'a que des esclaves. »

***

Quand on parle du diable, les anges ne sont pas loin. Les anges sont du domaine de la congrégation pour les Causes des saints, en accord avec la congrégation pour le Culte divin à laquelle elle était autrefois unie dans un seul dicastère. Un manuel de directives concernant la piété populaire qu'on pourrait appeler « Anges : mode d'emploi » condamne

1. *Op. cit.*

certaines « déviations » de la piété populaire, comme la « lecture simpliste et presque enfantine des événements de tous les jours qui attribue au Malin la responsabilité de tous les problèmes, y compris les petits tracas et, en revanche, impute à l'ange gardien tous les succès et les bons résultats ».

Le pape Jean Paul II n'en avait pas moins une dévotion spéciale pour ces créatures célestes dont l'existence, à son avis, n'était « niée que par les matérialistes et les rationalistes ». Mais de quels anges parlait-il ? Entre l'ange exterminateur (exécuteur des œuvres du Seigneur), l'ange diabolique (c'est-à-dire Satan lui-même camouflé en lumière), l'ange protecteur, l'ange rebelle ou l'ange gardien, sans oublier les chérubins (gardiens du jardin d'Éden, entre autres), il est parfois difficile de s'y retrouver.

Selon une étude menée par Mgr Giuseppe Del Ton, latiniste au service de plusieurs papes, si les anges « ne sont pas faits de matière et d'esprit », ils disposent « chacun d'un visage différent ». Quant aux traditionnelles disputes scolastiques sur leur sexe, Mgr Del Ton se borne à répondre qu'« un ange est une forme, une pure forme. » Le manuel du Vatican réprouve en tout cas « l'usage consistant à donner aux anges des prénoms particuliers, sauf dans le cas de Michel, Gabriel et Raphaël, les trois archanges qui figurent dans la Bible. » On sait qu'un certain Adalbert, qui avait invoqué dans une prière les anges Uriel, Raguel, Tubuel, Ineas, Tubuas, Sabaoc et Siniel, avait été condamné par le pape Zacharie en 745 pour inclinations sataniques.

Impossible de calculer le nombre de ces créatures célestes qui serait 99 fois supérieur à celui de tous les habitants de la Terre, passés, présents et à venir. On sait en revanche, grâce à saint Denys l'Aréopagite, que les anges sont organisés en trois classes et neuf chœurs : les séraphins, les chérubins et les trônes appartiennent à la première classe ; les dominations, les vertus et les puissances à la seconde ; les principautés, les archanges et les anges à la troisième (la plus élevée). Leurs fonctions, tâches et missions sont nombreuses. Il y a les ethnarques, anges protecteurs des nations ; les psychopompes, qui accompagnent les âmes des défunts au ciel ; et les anges gardiens, chargés de combattre les démons menaçant leurs protégés.

Si Benoît XVI invoque souvent la protection des anges, il fait confiance aussi à des anges bien plus terrestres : il a qualifié d'« anges gardiens » aussi bien les gendarmes pontificaux qui l'entourent et le protègent que les quatre « vierges consacrées », Loredana, Carmela, Cristina et Manuela, qui l'assistent dans ses appartements privés.

Épilogue

Et si le pape vendait le Vatican? Les souverains pontifes n'ont pas toujours habité, loin de là, à l'ombre de la basilique Saint-Pierre. À Rome, ils ont hanté le palais du Latran ou celui du Quirinal, quand ils ne se sont pas cachés dans les caves du château Saint-Ange. Surtout, tels des nomades, ils ont beaucoup voyagé et se sont installés temporairement dans plusieurs villes d'Italie, sans parler d'Avignon, en France.

Alors que le centre de gravité du monde catholique s'est déplacé vers l'Amérique latine et que de vieilles nations catholiques comme l'Espagne, l'Italie ou la France voient le nombre de leurs pratiquants se réduire comme peau de chagrin, que le Saint-Siège a du mal à boucler ses fins de mois et que la concurrence des autres religions apparaît de plus en plus vive, l'idée n'est peut-être pas aussi folle qu'il y paraît.

L'État de la Cité du Vatican a beau figurer dans le traité de La Haye du 14 mars 1954 relatif à la sauvegarde des biens culturels et être reconnu internationalement comme « patrimoine spirituel, artistique et culturel devant être protégé au titre de trésor de l'humanité », pourquoi ne pourrait-il pas, un jour, changer de propriétaire?

Un très sérieux théologien suisse, le père capucin Walbert Bühlmann, anticipant les évolutions du monde dans un texte écrit en 1984, a imaginé une mise en vente. Et, comme les messages les plus iconoclastes passent mieux lorsqu'ils sont empreints de fantaisie et d'humour, il a choisi le ton de la fable allégorique pour défendre son projet. Le père Bühlmann ne saura jamais si celui-ci se réalisera un jour, puisqu'il est mort en 2007. Mais, utopique ou pas, son plan n'a rien perdu de son charme provocateur.

Le personnage principal de la fable est le pape Jean XXIV qui, au passage de l'an 2000, après deux ans et demi de réflexion, convoque un consistoire le 30 décembre pour annoncer ses intentions à des cardinaux ébahis : « Le concile Vatican II, déclare-t-il solennellement, a bouleversé l'image de l'Église et donné des impulsions historiques aux niveaux théologique et théorique. Mais ces percées n'ont pas été suivies d'applications concrètes à l'échelle pastorale et structurelle. J'entends donc remédier avec courage à cette situation. Il n'y a pas que les habits qui font les hommes, il y a aussi les édifices. L'atmosphère renaissance et baroque du Vatican a contribué à conférer un style et une mentalité au gouvernement de l'Église qu'il sera difficile de modifier en demeurant sur place, sans compter que les lieux sont aussi coûteux à entretenir qu'ils sont peu commodes pour le travail... »

« À l'aube du IIIe millénaire, poursuit le Saint-Père, le moment me semble donc venu de nous débarrasser du poids du passé... C'est pourquoi j'ai décidé de vendre le Vatican – y compris les musées – à une institution culturelle européenne. Avec le produit de cette vente, nous construirons ailleurs un centre administratif modeste et fonctionnel pour l'Église latine. J'entends par là l'Église des territoires occidentaux de vieille évangélisation qui ont prospéré sur la culture romaine et créé le Saint-Siège tel que nous le connaissons aujourd'hui. Comme il me paraît contre-indiqué d'imposer l'Église d'Occident aux autres continents, je veux – guidé par le Saint-Esprit – leur laisser une large autonomie de décision. C'est ainsi que l'Évangile prendra chair avec une nouvelle Église africaine en Afrique, latino-américaine en Amérique latine et asiatique en Asie... »

« Quand le Vatican sera vendu, cela signifiera que l'Église n'aura plus d'État et plus de nonces apostoliques à l'étranger. Les Conférences épiscopales nationales établiront alors les liens nécessaires avec les responsables administratifs de l'Église décentralisée sur les cinq continents et aussi avec les gouvernements des pays concernés. Pour ma part, je déménagerai à Jérusalem pour, libéré des pesanteurs historiques de Rome, m'adonner au véritable œcuménisme... Dans la mesure où toutes les Églises chrétiennes aspirent à l'unité, sans vouloir – je les comprends – plier sous le joug de la curie romaine, le successeur de Pierre doit faire un geste dans leur direction. Je propose donc la tenue d'un concile universel – nous l'appellerons Jérusalem II – pour que nous puissions tous ensemble, dans le respect de nos diverses traditions, offrir l'image d'une Église du Christ rassemblée aux autres religions et aux non-croyants. »

« Enfin, conclut ce pape imaginaire, je voudrais tenter de regrouper à Jérusalem, dans une sorte de foyer œcuménique, les trois religions monothéistes qui s'y trouvent déjà (christianisme, judaïsme, islam) et d'autres religions encore, car je suis convaincu que tous les hommes qui cherchent et aiment Dieu doivent être proches les uns des autres pour que l'opération du Saint-Esprit puisse trouver sa pleine expression. Il m'est impossible de percevoir toutes les conséquences de ma décision... En lançant Vatican II, Jean XXIII, lui aussi, partait dans l'inconnu. Mais je crois avoir agi dans l'esprit de Jésus et je prie toutes les sœurs et tous les frères de l'Église de m'accompagner dans mon entreprise. Que Dieu et les Évangiles m'aident aussi ! »

Alors, dérangé mentalement, ce Jean XXIV ? Et inutilement provocateur, le père capucin Bühlmann ? En fait, le théologien suisse s'est très librement inspiré d'un roman paru en 1974 – *Rome sans pape*, de Guido Morselli – pour écrire son texte. Morselli, catholique de droite, avait vécu avec désarroi les coups de canif donnés à la tradition par le concile Vatican II. De la suppression de la garde noble pontificale à celle de la *sedia gestatoria*, de la fin du latin obligatoire à la mise à la retraite des cardinaux à 80 ans, il ne voyait qu'atteintes à la splendeur de l'Église. Si bien que, de recul en recul, il avait imaginé *ad absurdum* la mise en vente du Vatican par le pape et son installation dans un motel minable de la bourgade de Zagarolo, près de Rome, où, pour tuer le temps, estimant que l'Église avait déjà dit tout ce qu'elle avait à dire, il élevait des serpents.

Le Jean XXIV du père Bühlmann, lui, n'a aucune intention d'élever des boas ou autres pythons. Il n'agit pas guidé par une sorte de panique défaitiste, mais plutôt sous l'emprise d'une vision prophétique. Pour lui, il faut tourner la page du « triomphalisme ecclésiastique » du IIe millénaire fondé sur un faux – la prétendue « donation de Constantin » par laquelle l'empereur aurait donné au pape Sylvestre Ier en 315 la primauté sur les Églises d'Orient et l'*imperium* sur l'Occident – et ouvrir, enfin, un nouveau chapitre de l'histoire du catholicisme.

Ce roman du Vatican, ne s'appuyant que sur des faits réels, s'achève ainsi sur une note de science-fiction ou plutôt d'« Église-fiction ». N'y voyons rien d'extravagant ou d'irrationnel. Juste un clin d'œil à un célèbre compatriote de Benoît XVI, le philosophe allemand Friedrich Nietzsche, qui disait : « Quand on a la foi, on peut se passer de la vérité ! »

(Paris-Rome, avril 2008-mars 2009)

Annexes

ANNEXE 1

PETIT LEXIQUE

Abbé

Supérieur d'une abbaye. C'est abusivement que l'on donne du « monsieur l'abbé » à tous les ecclésiastiques.

Académies pontificales

Aux 24 universités, collèges ou instituts pontificaux installés à Rome, il faut ajouter plusieurs académies, la plupart autonomes : l'Académie pontificale de théologie, l'Académie pontificale mariale internationale, l'Académie pontificale des sciences, l'Académie pontificale des sciences sociales, ou encore l'Académie pontificale pour la vie. Quant à l'Académie pontificale ecclésiastique, elle forme les diplomates du Saint-Siège.

Année sainte (ou jubilé)

Elle a lieu tous les vingt-cinq ans. C'est une année d'indulgence, de liesse et d'action de grâce. Le premier jubilé eut lieu en 1300, sous Boniface VIII.

Annona

Supermarché du Vatican.

Antipape

Ecclésiastique qui a porté le titre de pape mais dont l'avènement à cette charge n'est pas ou plus reconnu aujourd'hui par l'Église catholique romaine. On recense 40 antipapes.

Apôtres

Les douze disciples choisis par Jésus pour devenir les témoins de sa résurrection et répandre son message. Il s'agit de Pierre, André, Jacques le mineur, Jacques le majeur, Jean, Philippe, Barthélemy, Matthieu, Thomas, Simon, Jude (ou Thaddée) et Judas remplacé par Matthias après sa trahison. Paul est généralement considéré comme le treizième apôtre, « l'apôtre des gentils ».

Archevêché

Province regroupant plusieurs évêchés avec, à sa tête, un archevêque.

Archives secrètes

Ce fonds centralise les archives privées du pape, celles de la secrétairerie d'État, de la Rote romaine, des congrégations, des conciles Vatican I et II et de quelques grandes familles patriciennes romaines. Les archives secrètes (du latin *secretum*, c'est-à-dire « mis à part ») s'étalent sur 80 kilomètres de rayonnage.

Association des travailleurs laïcs

Créé en 1979, ce syndicat défend les intérêts des employés laïcs du Vatican. Il compte 25 % d'affiliés. La grève est interdite au Vatican.

Avignon

L'actuel chef-lieu du département du Vaucluse servit de siège aux souverains pontifes de 1309 à 1417, de Clément V à Grégoire XII.

Basilique

Nom donné à une église d'une importance reconnue, comme celle d'un lieu de pèlerinage.

Basilique Saint-Pierre

Située sur l'ancienne basilique de Constantin, sa construction débuta en 1506 et fut achevée en 1626. Elle peut accueillir 60 000 personnes et la tombe de Pierre se trouve sous l'autel principal. Ses architectes les plus connus sont Michel-Ange, Bramante et le Bernin. Elle mesure 193 mètres de long sur 120 mètres de haut, pour une superficie de 2,3 hectares. La basilique a 15 000 mètres carrés de carrelage en marbre, 31 autels, 27 chapelles, 135 mosaïques et 390 statues.

Béatification

Acte par lequel le pape déclare « bienheureux » un défunt dont la vie est un modèle pour les chrétiens et autorise le culte public de cette personne exemplaire. La béatification peut être une étape vers la sainteté.

Bénédiction

Par la parole (une prière) ou par un geste (le signe de croix), elle est opérée par le prêtre pour demander le transfert de la grâce divine vers les fidèles. La bénédiction papale *urbi et orbi* signifie « à la ville et au monde ».

Bible

Du grec *biblon* (cœur de papyrus), elle désigne le recueil des Saintes Écritures divisé en deux parties : l'Ancien Testament (tout ce qui est antérieur à la vie de Jésus) et le Nouveau Testament (tout ce qui relate la vie de Jésus, notamment les Évangiles).

Bibliothèque vaticane

La Bibliothèque apostolique vaticane, l'une des plus riches du monde, doit sa création au pape Nicolas V (1447-1455). Elle possède environ 75 000 volumes manuscrits, 100 000 autographes séparés, 1 million d'imprimés et 100 000 gravures et cartes géographiques.

Bulle

Acte pontifical écrit, très solennel, qui tire son nom de la boule de plomb attachée jadis au sceau. Les bulles pontificales (qui peuvent servir à convoquer un concile, par exemple) sont identifiées par leurs premiers mots. La plus ancienne remonte au pape Adéodat Ier (615-618).

Canonisation

Après un long examen (« procès en canonisation »), acte par lequel le pape déclare « saint » un bienheureux. Son culte devient alors universel.

Cardinal

Le mot cardinal vient du latin *cardo* (pivot ou gond) ou de l'expression latine *ad cornua altaris* (au coin de l'autel). Les cardinaux sont, derrière le Saint-Père qui les désigne, les plus hauts dignitaires de l'Église catholique. Ils forment le Sacré Collège, chargé d'élire un nouveau pape à chaque décès du précédent. Leur nombre ne peut dépasser 120 et seuls les cardinaux âgés de moins de 80 ans ont le droit de vote. Les cardinaux se répartissent en trois ordres : les cardinaux évêques, titulaires d'un des six évêchés de la région romaine ; les cardinaux prêtres, titulaires d'une paroisse romaine ; et les cardinaux diacres, titulaires d'une diaconie romaine.

Camerlingue

Cardinal qui administre les affaires du Saint-Siège pendant la vacance du pouvoir pontifical. C'est lui qui constate officiellement la mort du pape. Le camerlingue est, actuellement, Mgr Tarcisio Bertone.

Cathédrale

Église épiscopale d'un diocèse.

Chapelain de Sa Sainteté

Prêtre desservant une chapelle privée du pape.

Chapelle Sixtine

Elle doit son nom au pape Sixte IV qui l'a fait bâtir au xve siècle à l'angle sud-ouest du palais pontifical. C'est une salle rectangulaire de 40 mètres de long, 13 mètres de large et 21 mètres de haut, qui accueille les conclaves. Elle doit sa célébrité, entre autres, aux fresques de Michel-Ange.

Clerc

Personne ayant choisi l'état ecclésiastique sans être forcément ordonnée prêtre. C'est le diaconat qui rend clerc.

Clergé

Ensemble du corps ecclésiastique.

Compagnie de Jésus

Fondée par saint Ignace de Loyola en 1534 à Montmartre, elle regroupe les Jésuites. C'est l'ordre religieux le plus important en nombre de l'Église catholique, avec 19 200 prêtres en 2007.

Concile

Assemblée d'évêques réunie pour fixer une position commune de l'Église en matière de dogme ou de discipline ecclésiastique. Il en existe plusieurs formes et seuls les conciles dits « œcuméniques » sont convoqués par le pape et se tiennent sous son autorité.

Conclave

Du latin *cum clave* (fermé à clef), il désigne l'assemblée des cardinaux rassemblée pour élire un nouveau pape dans l'enceinte close de la chapelle Sixtine, à Rome.

Concordat

Convention écrite entre le Saint-Siège et un État pour organiser leurs rapports et codifier le statut de l'Église catholique sur le territoire concerné. Il existe par exemple un concordat (produit d'une histoire mouvementée) pour l'Alsace et la Moselle, en France.

Congrégation religieuse

Ensemble de religieux ou de religieuses soumis à une règle commune.

Congrégation romaine

Organisme permanent de la curie présidé par un cardinal et composé de prélats. Il existe neuf congrégations : pour la Doctrine de la foi, pour les Églises orientales, pour le Culte divin et la discipline des sacrements, pour les Causes des saints, pour les Évêques, pour l'Évangélisation des peuples, pour le Clergé, pour les Instituts de vie consacrée et les sociétés de vie apostolique, pour l'Éducation catholique.

Conseil pontifical

Il y a onze conseils pontificaux au sein de la curie, chargés aussi bien des laïcs que de la promotion de l'unité des chrétiens, de la famille ou de la culture. Ils sont présidés par des cardinaux.

Consistoire

Réunion du pape avec les cardinaux pour traiter des affaires générales de l'Église.

Constitution apostolique
Document pontifical promulgué par le Saint-Père.

Couvent
Communauté religieuse ou maison religieuse.

Culte
Hommage rendu à Dieu (culte de latrie), à la Vierge Marie (culte marial) ou aux saints (culte de dulie).

Curé
Prêtre responsable d'une paroisse.

Curie
La curie romaine est l'ensemble des administrations – secrétairerie d'État, congrégations, tribunaux, conseils et bureaux – mis à la disposition du pape pour le gouvernement de l'Église catholique. Elle est régie par la Constitution apostolique *Pastor Bonus* du 20 novembre 1982.

Décret
Décision d'une congrégation romaine approuvée par le pape.

Délégué apostolique
Représentant du Saint-Siège dans un État avec lequel il n'entretient pas de relations diplomatiques.

Denier du culte
Participation financière (facultative) des fidèles à l'entretien du clergé local. Dans certains pays, comme l'Allemagne ou l'Italie, il est perçu par le biais des services fiscaux.

Denier de Saint-Pierre
Ensemble des dons destinés à assister le pape dans ses missions apostolique et caritative. Ils ont atteint 79,8 millions de dollars en 2007.

Diacre (diaconat, diaconie)
Ministre du culte ayant reçu un sacrement inférieur à la prêtrise. Les célibataires de 25 ans au moins et les hommes mariés de plus de

35 ans peuvent accéder au diaconat. Une diaconie est une chapelle ou une église de Rome détenue par un cardinal diacre.

Dicastère

C'est une subdivision de la curie, une sorte de ministère dont les membres sont nommés par le pape pour une durée de cinq ans

Diocèse

Circonscription sur laquelle s'exerce la juridiction d'un évêque.

Docteur de l'Église

Titre donné à un écrivain ecclésiastique de grande autorité. Saint Augustin ou saint François de Sales sont docteurs de l'Église. Paul VI a également donné ce titre à deux femmes en 1970 : sainte Thérèse d'Avila et sainte Catherine de Sienne.

Dogme

Vérité révélée par Dieu dont l'origine divine interdit toute remise en question.

Doyen

Président du Sacré Collège, il n'en est pas forcément le membre le plus âgé. Depuis 1965, il est élu par les cardinaux évêques avec l'accord du pape. Pendant la vacance du Siège apostolique, c'est le doyen qui dirige les réunions préparatoires à l'élection du nouveau pape et convoque le conclave. L'actuel doyen est le cardinal Angelo Sodano.

Droit canon

Ensemble des dispositions qui règlent l'organisation de l'Église catholique. Sa dernière mouture a été promulguée par Jean-Paul II en 1983 et comprend sept livres : les normes générales, le peuple de Dieu, la fonction d'enseignement de l'Église, sa fonction de sanctification, ses biens temporels, les sanctions dans l'Église et les procès et contentieux.

Éminence

Titre honorifique donné à un cardinal depuis le XVIIe siècle.

Encyclique

Lettre adressée par le pape à l'ensemble des fidèles de la chrétienté et aux hommes de bonne volonté pour exposer le message de l'Église sur un sujet donné. Une encyclique est désignée par les premiers mots de son texte en latin.

Eucharistie

Sacrement qui contient, généralement sous la forme d'une hostie, le corps et le sang de Jésus.

Évangiles

Écrits du Ier siècle qui rapportent la vie, la parole et l'enseignement de Jésus, ils sont contenus dans le Nouveau Testament. L'Église reconnaît comme canoniques, autrement dit authentifiés, les Évangiles selon Matthieu, Luc, Marc et Jean.

Évêché

Résidence de l'évêque et siège de la cathédrale d'un diocèse.

Évêque

Placé à la tête d'un évêché ou d'un diocèse, avec l'approbation du pape, l'évêque est chargé dans sa circonscription ecclésiastique d'assurer la liturgie, l'enseignement de la foi catholique et le service aux plus démunis. Il peut convoquer un synode diocésain pour mieux définir les missions pastorales à mener. Il est assisté dans sa tâche par des prêtres, des diacres et même des laïcs.

Excellence

Titre honorifique réservé aux évêques et archevêques.

Excommunication

Sanction qui exclut un chrétien de la communion des fidèles.

Fabrique de Saint-Pierre

Institution créée par Jules II en 1506 qui veille à l'entretien de la basilique du même nom et à la discipline interne des lieux (gardiens, visiteurs, etc.).

Famille pontificale

Ensemble des clercs et laïcs, membres de la curie romaine, chargés du service personnel du pape.

Floreria

Garde-meubles et grenier du Vatican.

Gardes suisses

Force militaire chargée de la sécurité du pape. Plus vieille et plus petite armée du monde (son premier contingent est arrivé à Rome en 1505), elle se compose de 110 hommes, tous citoyens suisses qui, durant leur séjour de deux ans minimum dans la Ville éternelle, obtiennent la citoyenneté du Vatican.

Gendarmerie de l'État de la Cité du Vatican

Corps de 130 hommes du rang, sous-officiers et officiers de nationalité italienne, veillant à la sécurité du Saint-Père et du Vatican.

Gouverneur (gouvernorat)

Il exerce au nom du pape le pouvoir exécutif dans l'État de la Cité du Vatican et gère, par exemple, la direction des finances de l'État, celle des services de sécurité ou encore celle des villas pontificales. Le cardinal Giovanni Lajolo est gouverneur depuis 2006. Il travaille au gouvernorat.

Hérésie

Doctrine condamnée par l'Église catholique comme contraire à sa foi et pouvant corrompre ses dogmes. L'arianisme, le jansénisme, le manichéisme, le calvinisme ou le luthéranisme sont les hérésies les plus célèbres.

Index

Liste des livres – jugés pernicieux pour la foi et les mœurs – interdits aux catholiques. Ce catalogue a été supprimé le 14 juin 1966, sous Paul VI, après le concile Vatican II. L'expression « être mis à l'index » reste utilisée dans le langage courant pour désigner une forme de censure.

Indulgence

Rémission par l'Église de la peine temporelle due en réparation des péchés. On dit que l'Église a dû vendre des indulgences pour financer la construction de la basilique Saint-Pierre.

Indult

Dérogation aux règles du droit commun. La relève de vœux d'un religieux est concédée par indult.

Infaillibilité

Dogme proclamé par le concile du 10 juillet 1870 à Rome selon lequel le pape, dans l'exercice de son ministère, ne peut se tromper en matière de foi.

Inquisition

Forme de répression des hérésies prescrite par le concile du Latran de 1139 et mise en vigueur par le pape Grégoire IX à partir de 1231. Ce mot désigne aussi le tribunal d'exception (tribunal de la Sainte Inquisition) mandaté par le pape pour défendre la foi contre les hérésies.

Institut des œuvres de religion (IOR)

Banque du Vatican, l'IOR est la principale institution financière du Saint-Siège.

Légat

Haut dignitaire de l'Église chargé par le pape d'une mission spéciale hors de Rome.

Magistère

Tâche d'enseignement et autorité doctrinale du pape.

Messe

Cérémonie principale du culte catholique, avec la communion eucharistique.

Monseigneur

Titre porté par les évêques.

Monsignore

Appellation honorifique des prêtres ayant reçu le titre de prélat du pape ou de chapelain de Sa Sainteté.

Motu proprio

Littéralement, « de son propre chef ». Lettre apostolique rédigée par le pape de sa propre initiative.

Nonce apostolique

Représentant du Saint-Siège auprès d'un gouvernement étranger, il est généralement reconnu comme le doyen du corps diplomatique du pays dans lequel il est affecté et a la dignité d'évêque.

Œcuménisme

Efforts fournis pour redonner à la famille chrétienne divisée (catholiques, protestants, orthodoxes, etc.) une unité conforme au message de Jésus.

Office

Messe, ou ensemble des prières et des cérémonies liturgiques.

Opus Dei

L'« Œuvre de Dieu » est un rassemblement de clercs et de laïcs créé en 1928 par le prêtre espagnol Jose María Escrivá de Balaguer, canonisé en 2002 par Jean-Paul II. Souvent critiquée pour son conservatisme, l'Opus Dei compte environ 87 000 membres (des laïcs à 98 %) répartis dans une centaine de pays.

Osservatore Romano (L')

Journal quotidien du Vatican, publié en italien. Il compte une quarantaine de journalistes, sort tous les jours à 15 heures et tire entre 50 000 et 100 000 exemplaires. Des versions hebdomadaires en anglais, français, allemand, espagnol et portugais sont également éditées.

Palais pontifical

Principal édifice du Saint-Siège, il héberge les appartements du pape, mais aussi les bureaux de la curie, la Bibliothèque apostolique vaticane et une partie des musées du Vatican. Ce complexe de bâtiments de 55 000 mètres carrés comprend quelque 1 400 pièces. Il s'agit sans doute du plus grand palais du monde.

Papabile

Se dit d'un cardinal susceptible d'être élu pape et figurant dans la liste des favoris.

Pape

Chef de l'Église catholique romaine, évêque de Rome, il est élu par les cardinaux sur le trône de saint Pierre. Le pape actuel, Benoît XVI, est le 265e pape.

Pape noir

Surnom donné au supérieur général de la Compagnie de Jésus (les Jésuites) parce qu'il est vêtu de noir et élu pour un mandat illimité, comme le souverain pontife.

Paroisse

Circonscription ecclésiastique.

Pénitencerie apostolique

Tribunal ecclésiastique habilité à donner l'absolution pour certaines fautes, avec l'aval du pape.

Préfecture de la Maison pontificale

Dirigée par un préfet nommé pour cinq ans, elle prépare toutes les audiences données par le Saint-Père et les visites qu'il reçoit. Elle organise aussi les cérémonies pontificales et les déplacements du pape hors de Rome. Pour participer aux audiences générales du Saint-Père, le mercredi, il faut écrire à la préfecture de la Maison pontificale (00120 Cité du Vatican).

Préfet

Titre porté par un cardinal à la tête d'une congrégation.

Prélat

Titre conféré à un prêtre exerçant une fonction particulière au Vatican.

Prélature

Circonscription ecclésiastique assimilée à un diocèse. Jean-Paul II a fait de l'Opus Dei une prélature personnelle de la papauté.

Prêtre

Ministre du culte, il célèbre l'Eucharistie, baptise, marie, prêche, confesse, etc. On dit de lui qu'il a « charge d'âmes ».

Primat

Archevêque ayant, dans certains pays comme la Pologne, la prééminence sur le collège épiscopal tout entier. En France, le titre de Primat des Gaules porté par l'archevêque de Lyon n'est plus qu'honorifique.

Radio Vatican

Outre des bulletins d'information réguliers en cinq langues (italien, espagnol, français, anglais et allemand), l'émetteur du Saint-Siège diffuse chaque jour soixante-cinq heures d'émissions en 45 langues.

Rituel

Livre énumérant les cérémonies à observer dans l'administration des sacrements et la célébration des offices.

Russicum

Collège pontifical romain longtemps spécialisé dans la formation de missionnaires envoyés en URSS et dans les ex-pays communistes d'Europe de l'Est. Toujours centré aujourd'hui sur la Russie et l'orthodoxie.

Saint

Personne qui, grâce à ses hautes vertus, est canonisée après sa mort, autrement dit reconnue par l'Église comme digne d'être vénérée.

Saint-Office

Érigée en tribunal, cette congrégation jugeait autrefois les cas d'hérésie liés à l'Inquisition. Elle est aujourd'hui remplacée par la congrégation pour la Doctrine de la foi.

Saint-Siège

Organe suprême de la souveraineté de l'Église, c'est lui qui noue des relations diplomatiques avec les États et qui a un statut d'observateur auprès de l'ONU.

Sa Sainteté

Titre de respect donné au pape.

Schisme

Rupture de l'unité de l'Église entraînant une scission en son sein (voir « antipape »).

SCV

Initiales de *Stato delle Città del Vaticano* et signe d'immatriculation des véhicules du Saint-Siège.

Secrétairerie d'État

Dicastère considéré comme le plus important de la curie, la secrétairerie d'État est présidée par un cardinal (actuellement Mgr Tarcisio Bertone, sorte de bras droit du pape). Elle comprend une première section pour les affaires générales et une deuxième section pour les rapports avec les pays étrangers (équivalent d'un ministère des Affaires étrangères, dont Mgr Dominique Mamberti est le responsable).

Synode

Assemblée ecclésiale convoquée par l'évêque au niveau du diocèse et par le pape au niveau universel.

Tribunal de la Rote

La Rote est surtout une cour d'appel de causes déjà jugées par les tribunaux ecclésiastiques, notamment les demandes en « nullité » de mariage. Les juges de la Rote sont nommés par le pape et le plus ancien d'entre eux préside les audiences.

Vatican

Pays souverain d'une superficie de 0,44 kilomètre carré, enclavé dans la ville de Rome et entouré de murs datant du Moyen Âge et de la Renaissance, l'État de la Cité du Vatican (son nom officiel) est le plus petit État du monde. Créé en 1929 par les accords de Latran pour assurer une base temporelle à la souveraineté spirituelle du pape, c'est une théocratie dont le chef d'État est le Saint-Père. Outre la Cité, le Vatican comprend une douzaine d'édifices situés à Rome (Saint-Jean-de-Latran, Sainte-Marie-Majeure, Saint-Paul-hors-les-Murs, etc.) ou en dehors (Castel Gandolfo) auxquels la République italienne accorde l'extraterritorialité.

Vicaire apostolique

Sorte de suppléant. Comme le pape est le vicaire de Dieu, le vicaire apostolique est le second de l'évêque ou le préposé au gouvernement d'un territoire de mission ayant vocation à devenir diocèse.

Visite ad limina

Séjour accompli tous les cinq ans au moins par un évêque à Rome. Il se recueille sur les tombes de saint Pierre et de saint Paul, est reçu personnellement par le pape (à qui il a envoyé au préalable un rapport sur la situation de son diocèse) et se rend dans les dicastères de la curie romaine.

Annexe 2

CHRONOLOGIE

27 av. J.-C. : fondation de l'Empire romain, qui étend son hégémonie à toutes les rives de la Méditerranée.
Vers 4 ou 6 av. J.-C. : Naissance de Jésus de Nazareth.
27-30 de notre ère : accompagné de ses douze apôtres, Jésus prêche la bonne parole en Palestine.
30 ou 33 : Mort de Jésus, crucifié à Jérusalem sous le gouverneur romain Ponce Pilate à la veille de la Pâque juive, puis sa résurrection.
33 : lapidation d'Étienne, premier martyr.
34 : conversion de Paul.
30-64 : pontificat de Pierre, « le prince des apôtres », considéré comme le premier pape de la chrétienté (durée approximative).
48 : le concile de Jérusalem (le premier de l'histoire) marque le début de la séparation entre le judaïsme et la chrétienté. Pierre y assiste.
Vers 50 : première épître de Paul aux Thessaloniciens.
64 : grand incendie de Rome et premières persécutions des chrétiens. Martyre de Pierre et de Paul.
66-76 : Lin (un prêtre toscan) succède à Pierre et sera le deuxième évêque de Rome durant dix ans (durée approximative). Il sera canonisé.

67-100 : rédaction des quatre Évangiles de Marc, Matthieu, Luc et Jean. Ils relatent la vie et le message de Jésus, fils de Dieu.
79-91 : Clet (Romain d'origine) devient le troisième pape. Son pontificat durera trois ans (durée approximative). Il sera canonisé.
91-97 : pontificat de Clément Ier qui voit la chute et la mort de Néron, ainsi que la prise et la ruine de Jérusalem. Il sera canonisé.
107 : martyre d'Ignace d'Antioche à Rome.
117-138 : l'empereur Hadrien fait édifier un mausolée qui deviendra le château Saint-Ange.
130 : naissance d'Irénée à Smyrne. Évêque de Lyon où il mourra en 202, théologien, il a « authentifié » les quatre Évangiles.
185 : naissance d'Origène à Alexandrie (il mourra en 253). Helléniste chrétien, il est considéré comme l'un des pères de l'exégèse biblique.
217-222 : pontificat de Calixte Ier, un ancien bagnard.
256 : naissance du prêtre Arius à Alexandrie (il mourra en 336). Il donnera son nom à l'arianisme, réflexion doctrinale sur la Trinité selon laquelle le Père est supérieur au Fils.
258 : martyre de l'évêque Cyprien à Carthage. Il a écrit la phrase célèbre : « Nul ne peut avoir Dieu pour père s'il n'a l'Église pour mère. »
301 : l'Arménie est le premier pays à adopter le christianisme come religion officielle.
306-337 : sous l'empereur Constantin, l'édit de Milan autorise la liberté de culte aux chrétiens. Construction à Rome de la première basilique Saint-Pierre, de Saint-Jean-Hors-les-Murs et de Saint-Jean-de-Latran. L'empereur se convertit au christianisme et fonde Constantinople. Sylvestre Ier est pape. En 325, le concile de Nicée, en Anatolie, jette les bases de l'organisation centralisée et hiérarchisée de l'Église catholique, rédige le *credo* (« je crois », en latin) et condamne l'arianisme. Mort de Constantin.

349-407 : Jean Chrysostome, évêque de Constantinople.
380-381 : le concile de Constantinople poursuit la réflexion dogmatique de Nicée en proclamant la divinité du Saint-Esprit.
389 : saint Patrick commence à évangéliser l'Irlande.
366-384 : pontificat de Damase Ier, qui charge saint Jérôme de traduire la Bible en latin.
395 : Théodose Ier fait du christianisme la religion d'État et divise l'Empire romain en deux : celui d'Orient, représenté par le patriarche de Constantinople, et celui d'Occident, représenté par le pape.
402-417 : le pape Innocent Ier établit la primauté de l'évêque de Rome dans l'Église.
413-426 : saint Augustin rédige *La Cité de Dieu*, qui établit la distinction entre pouvoir temporel et pouvoir spirituel.
432 : le pape Sixte III fait construire à Rome la basilique Saint-Marie-Majeure.
440-461 : pontificat de Léon Ier le Grand. En 452, il sauve momentanément Rome des hordes d'Attila.
455 et 472 : invasion des Vandales et autres Barbares, Rome est saccagée.
476 : chute de Rome et fin de l'Empire romain d'Occident. L'Empire d'Orient subsiste, avec Constantinople pour capitale.
496 : baptême de Clovis à Reims.
590-604 : Grégoire Ier jette les bases du pouvoir temporel du pape.
638 : prise de Jérusalem par les Arabes.
750 : saint Boniface évangélise l'Allemagne.
754 : Étienne II couronne Pépin le Bref en France.
Naissance des États pontificaux.
795 : avènement de Léon III dont le règne durera vingt et un ans.
800 : couronnement de Charlemagne à Rome par le pape Léon III.
Querelle du *« filioque »* (l'Esprit-Saint procède-t-il du Père ou du Père et du fils ensemble ?) entre Rome et Constantinople.
815 : naissance de Méthode, apôtre des Slaves.

827 : naissance de son frère Cyrille.
847 : pillage de la basilique Saint-Pierre par les Sarrazins. Le pape Léon IV décide d'élever une muraille autour de la basilique et des bâtiments civils et religieux qui l'entourent. Cette enceinte deviendra le Vatican.
962 : naissance du Saint Empire romain germanique : le pape Jean XII couronne l'empereur Otton le Grand.
999-1003 : pontificat de Sylvestre II (Gerbert d'Aurillac), premier pape français. Connu pour avoir été un grand mathématicien et philosophe.
1012-1024 : pontificat de Benoît VIII. Il chasse les Sarrazins de Toscane en 1016.
1054 : schisme entre les Églises d'Orient et d'Occident. L'Église romaine se déclare seule catholique et universelle; celle de Constantinople revendique l'orthodoxie. Le pape Léon IX ne dirige plus que l'Église d'Occident.
1073 : avènement de Grégoire VII. Le nouveau pape entame la moralisation du haut clergé, combat l'interventionnisme des souverains européens dans la nomination des évêques et réserve au collège des cardinaux l'élection des papes.
1077 : après avoir été excommunié pour avoir voulu déposer le pape, l'empereur d'Allemagne Henri IV vient implorer le pardon de Grégoire VII à Canossa.
1080 : Henri IV se venge en faisant élire l'antipape Clément III.
1085 : Grégoire VII meurt à Salerne après que les troupes normandes venues le secourir contre les armées impériales ont pillé Rome.
1095 : départ de la première croisade contre les « infidèles » lancée par Urbain II.
1099 : les croisés prennent Jérusalem pour libérer le tombeau du Christ.
1113 : création de l'ordre de Malte.
1145-1153 : début de la construction d'un premier palais près de la basilique Saint-Pierre, sous Eugène II.
1147-1149 : deuxième croisade.

1167-1179 : longue querelle entre Alexandre III et l'empereur d'Allemagne, Frédéric Barberousse, dont le pape sort vainqueur. Le IIIe concile du Latran consacre cette victoire.
1170 : assassinat de Thomas Becket, archevêque de Canterbury, qui était en conflit avec Henri II d'Angleterre sur les droits et privilèges de l'Église catholique.
1189-1192 : troisième croisade.
1198 : début de la quatrième croisade.
1199 : Innocent III dénonce les hérétiques et tous ceux qui contestent l'autorité romaine.
1204 : les chevaliers de la quatrième croisade mettent à sac Constantinople.
1209 : création de l'ordre des Franciscains.
1216 : création de l'ordre des Dominicains.
1217-1221 : cinquième croisade.
1228-1229 : sixième croisade.
1231 : l'Inquisition est instaurée par Grégoire IX pour combattre les hérésies.
1248-1254 : septième croisade, en Égypte.
1250 : saint Thomas d'Aquin enseigne à l'université de Paris.
1270 : Louis IX (Saint Louis) meurt devant Tunis lors de la huitième croisade.
1294-1303 : pontificat de Boniface VIII marqué par « l'attentat d'Anagni », fomenté par Philippe le Bel contre le pape. Instauration en 1300 du jubilé de l'Année sainte.
1309-1377 : après l'installation de Clément V, Avignon devient la capitale de la papauté pour presque soixante-dix ans.
1312 : suppression de l'ordre des Templiers (il avait été créé en 1129).
1377 : Grégoire XI ramène la papauté à Rome.
1378-1415 : grand schisme d'Occident. Plusieurs papes concurrents revendiquent le trône de saint Pierre. Le concile de Constance met fin à cette situation.
1431-1447 : pontificat d'Eugène IV, marqué par la bulle *Sicut Dudum* dénonçant l'esclavage et par une tentative avortée de réconciliation entre les Églises de Rome et d'Orient.

1438 : Pragmatique sanction de Bourges . premier acte officiel du gallicanisme.
1450 : la Bible est le premier livre imprimé par Gutenberg.
1453 : prise de Constantinople par les Turcs.
1477-1483 : Sixte IV procède à l'édification de la chapelle Sixtine.
1484 : Innocent VIII lance la « chasse aux sorcières » contre les jeteurs de sort, magiciens et autres devins ou alchimistes par la bulle *Summis desiderantes affectibus*.
1492 : prise de Grenade par les Rois Catholiques. Les Maures sont chassés d'Espagne.
1506 : Jules II pose la première pierre de la nouvelle basilique Saint-Pierre-de-Rome (celle d'aujourd'hui). Il commandera la construction de la cour du Belvédère et fera venir Raphaël et Michel-Ange pour décorer l'un les appartements pontificaux, l'autre la chapelle Sixtine.
1516 : concordat de Bologne entre le pape, Léon X, et le roi de France, François Ier.
1517 : Martin Luther, théologien allemand, lance la Réforme pour un changement en profondeur de l'Église catholique.
1521 : Luther est excommunié. Rupture entre les catholiques et les protestants réformistes.
1527 : sac de Rome par les lansquenets (soldats essentiellement luthériens) de Charles Quint. Plus de 150 gardes suisses sont massacrés en protégeant le pape.
1530 : confession d'Augsbourg, texte fondateur de l'Église évangélique luthérienne.
1531 : apparition de la Vierge à Guadalupe, au Mexique.
1534 : Henri VIII, roi d'Angleterre, rompt avec Rome et crée l'Église anglicane.
1538 : Michel-Ange commence la peinture du « Jugement dernier » à la chapelle Sixtine. Il l'achèvera trois ans plus tard.
1540 : fondation de la Compagnie de Jésus (les Jésuites).
1541 : le Français Jean Calvin crée à Genève un nouveau centre de la Réforme.

1545-1563 : le concile de Trente marque la rupture définitive entre Rome et les protestants.
1550 : controverse de Valladolid sur le statut des Indiens d'Amérique entre le philosophe Sepulveda et le dominicain Las Casas.
1555 : la paix d'Augsbourg consacre la division de l'Allemagne entre catholiques et luthériens.
1571 : les armées catholiques de la Sainte Ligue, commandées par don Juan d'Autriche, remportent sur les Turcs la bataille navale de Lépante.
1572 : massacre de la Saint-Barthélemy à Paris. Trois mille protestants sont tués par des catholiques.
1578 : découverte des catacombes de la via Salaria, à Rome.
1582 : instauration du calendrier grégorien. Les catholiques font un bond de dix jours dans le temps : on passe du 5 au 15 octobre pour être en accord avec l'année solaire.
1590 : édition de la première bible imprimée reconnue par l'Église.
1593 : inauguration de la nouvelle basilique Saint-Pierre.
1598 : le roi de France, Henri IV, signe l'édit de Nantes, qui accorde la liberté religieuse aux protestants.
1618-1648 : dernière guerre de Religion en Europe, elle est restée dans les livres d'histoire comme la guerre de Trente Ans.
1646 : mort du jésuite français Isaac Jogues, le premier prêtre catholique à s'être rendu dans l'État de New York. Il a été torturé par les Iroquois.
1650 : arrivée des premiers missionnaires français au Vietnam.
1657 : Le Bernin construit les fameuses colonnades de la place Saint-Pierre.
1682 : Innocent XI est en conflit avec Louis XIV sur la régale (gestion par le roi des bénéfices des évêchés vacants).
Louis XIV pose les bases du gallicanisme qui affirme la spécificité de l'Église catholique de France par rapport au pape.
1683 : le roi de Pologne, Jean Sobieski, libère Vienne des Turcs.
1685 : révocation de l'édit de Nantes.

1737 : canonisation de saint Vincent de Paul.
1738 : le pape Clément XII condamne dans une bulle la franc-maçonnerie. Protestation du roi de Prusse, Frédéric II, lui-même initié.
1773 : Clément XIII supprime la Compagnie de Jésus, sous la pression de la France et de l'Espagne.
1789 : Révolution française, le clergé renonce à ses biens au nom de la Nation. Puis l'ensemble des biens de l'Église est sécularisé.
1793 : guillotiné, Louis XVI est promu « martyr » par Pie VI.
1796-1797 : campagnes de Bonaparte en Italie.
1798 : la République romaine est proclamée par le Directoire. Le pape Pie VI est contraint à l'exil.
1799 : mort de Pie VI à Valence.
1800 : avènement de Pie VII.
1801 : signature du Concordat entre Pie VII et Napoléon. Le texte déclare le catholicisme « religion de la grande majorité des citoyens français ».
1804 : Pie VII assiste au sacre de Napoléon empereur à Paris.
1809 : Napoléon fait arrêter le pape qui est « assigné à résidence » hors de Rome.
1813 : concordat de Fontainebleau.
1814 : Napoléon abdique et se retire à l'île d'Elbe. Retour triomphal de Pie VII à Rome. Le pape, entre autres, rétablit la Compagnie de Jésus.
1815 : Les « Cent Jours », Waterloo et la chute définitive de Napoléon.
1820-1821 : début du « Risorgimento », qui aboutira à l'unification italienne.
1831 : avènement de Grégoire XVI, connu pour avoir publié à 34 ans, en 1799, *Le Triomphe du Saint-Siège*, sorte de bible du conservatisme et de l'intransigeance face au mouvement des Lumières.
1846 : avènement de Pie IX, dernier souverain pontife à régner sur les États pontificaux.

1854 : élaboration du dogme de l'Immaculée Conception par Pie IX.
1858 : apparitions de la Vierge à Lourdes.
1861 : Cavour obtient le rattachement de Rome à l'Italie et sa désignation comme capitale.
1864 : Pie IX publie le *Syllabus*, recueil de 80 exemples des « principales erreurs de notre temps » condamnant le rationalisme et le libéralisme.
1867 : Garibaldi tente de s'emparer du Vatican. Les troupes de Napoléon III interviennent et le pape obtient la protection de la France pour encore trois ans.
1869 : Pie IX proclame l'infaillibilité pontificale lors du concile Vatican I.
1870 : les États pontificaux sont démantelés. Achèvement de l'unité italienne.
1878 : avènement de Léon XIII.
1891 : Léon XIII définit la doctrine sociale de l'Église dans l'encyclique *Rerum novarum*. Cela lui vaudra le surnom de « pape des ouvriers ».
1903 : avènement de Pie X.
1904 : rupture des relations diplomatiques entre la France et le Saint-Siège. Clemenceau parle du « discordat ».
1905 : la loi de séparation des Églises et de l'État met fin au régime concordataire instauré en France.
1906 : l'encyclique *Vehementer nos* condamne la France.
1910 : loi de séparation des Églises et de l'État au Portugal, condamnée à son tour par Pie X.
Le « Sillon » de Marc Sangnier (mouvement de catholicisme social) est réprouvé par le pape dans une lettre aux évêques français.
1914 : avènement de Benoît XV. Sa première encyclique, la même année, *Ad beatissimi*, dénonce déjà « le carnage qui déshonore l'Europe ».
1917 : le pape offre en vain sa médiation de paix aux belligérants de la Première Guerre mondiale.
Apparitions de la Vierge à Fatima.

1920 : canonisation de Jeanne d'Arc (déjà béatifiée en 1909).
1921 : réouverture de la nonciature à Paris.
1922 : avènement de Pie XI.
1925 : l'encyclique *Quas Primas* déclare que le laïcisme est « la peste de notre époque ».
1926 : le pape condamne l'Action française de Charles Maurras.
1928 : fondation de l'Opus Dei à Madrid.
1929 : signature des accords du Latran entre l'Italie et le Saint-Siège. Le pape n'exerce plus de souveraineté que sur le territoire de la Cité du Vatican (44 hectares).
1930 : Pie XI, dans son encyclique *Casti connubii*, condamne la limitation des naissances et l'avortement.
1932 : la République espagnole dissout la Compagnie de Jésus, nationalise les édifices religieux, autorise le divorce et laïcise les cimetières.
1933 : concordat entre le Saint-Siège et l'Allemagne.
1937 : Pie XI reconnaît le gouvernement nationaliste espagnol du général Franco.
L'encyclique *Mit brennender Sorge* condamne le nazisme et l'encyclique *Divini Redemptoris*, le communisme.
1939 : avènement de Pie XII. L'encyclique *Summi Pontificatus* condamne l'absolutisme et l'autorité illimitée des États.
1940 : Pie XII communique aux Alliés des informations sur l'imminence de l'offensive allemande à l'ouest, sans être entendu. Il reçoit au Vatican Ribbentrop, ministre des Affaires étrangères d'Hitler. L'Italie entre en guerre aux côtés de l'Allemagne.
1942 : dans son radio-message de Noël, le pape évoque « les centaines de milliers de personnes qui, sans aucune faute de leur part, pour le seul fait de leur nationalité ou de leur origine ethnique, ont été vouées à la mort ou à une progressive extinction. »
Pie XII annonce la découverte de la tombe de saint Pierre.
1943 : grande rafle du ghetto juif à Rome.

1944 : massacre des fosses Ardéatines où 335 Romains sont fusillés par les nazis, en mars. Deux mois plus tard, Rome est libérée par les Alliés.
1945 : Après les bombardements d'Hiroshima et de Nagasaki, le pape condamne l'arme atomique.
1946 : Rome est confirmée par référendum capitale de l'Italie.
1948 : naissance à Amsterdam du Conseil œcuménique des Églises.
1950 : l'encyclique *Humani Generis* stigmatise les idées novatrices en matière doctrinale (les pères Teilhard de Chardin et Henri de Lubac sont visés).
1951 : Pie XII accepte la méthode Ogino (méthode des températures utilisée par les femmes pour éviter des grossesses non désirées).
1954 : première nomination d'un cardinal de couleur, l'archevêque de Bombay.
Un décret pontifical oblige les prêtres-ouvriers à cesser le travail à temps complet dans les usines.
1956 : après l'échec de la révolution hongroise, le cardinal Mindszenty, primat de Hongrie, se réfugie à l'ambassade des États-Unis à Budapest.
1958 : mort de Pie XII, avènement de Jean XXIII.
1962-1965 : le concile Vatican II fait souffler un vent d'ouverture sur l'Église catholique. Les messes seront désormais célébrées dans les langues usuelles des fidèles et non plus en latin. Le concile consacre aussi le dialogue avec les autres religions, dont le judaïsme.
1963 : encyclique *Pacem in Terris*. En pleine guerre froide, Jean XXIII explique que la négociation doit primer sur les armes.
Mort de Jean XXIII, avènement de Paul VI.
1965 : à la tribune de l'ONU, à New York, le pape s'exclame : « Jamais plus la guerre ! »
1968 : l'encyclique *Humanae vitae* interdit toute forme de contraception.
Paul VI officialise la découverte des reliques de saint Pierre.

1975 : Paul VI défend l'inclusion de la liberté religieuse au titre des droits fondamentaux dans l'Acte final de la conférence d'Helsinki sur la coopération et la sécurité en Europe.
1978 : mort de Paul VI, avènements de Jean-Paul Ier puis de Jean-Paul II.
1979 : la première encyclique de Jean-Paul II, *Redemptor hominis*, place l'homme au cœur des préoccupations de l'Église.
Le pape se rend en Pologne (son pays natal), voyage capital dans le processus de dislocation du bloc communiste.
1981 : Lech Walesa, leader de Solidarnosc, est accueilli en janvier au Vatican comme un chef d'État.
En mai, le jeune Ali Agça tente d'assassiner le pape sur la place Saint-Pierre, à Rome.
1986 : instauration des Journées mondiales de la jeunesse (JMJ).
Jean-Paul II se rend à la synagogue de Rome où il salue les juifs comme les « frères aînés » des chrétiens.
1991 : l'encyclique *Centesimus Annus* dénonce un libéralisme sans foi ni loi.
1992 : trois cent cinquante-neuf ans après avoir dû abjurer devant le tribunal de l'Inquisition, le savant et astronome italien Galilée, qui avait démontré au XVIIe siècle que la Terre tournait autour du Soleil, est enfin réhabilité par l'Église.
1995 : l'encyclique *Evangilium vitae* dénonce « la culture de la mort » (génocide, terrorisme, toxicomanie, mais aussi euthanasie et avortement).
2000 : Jean-Paul II demande pardon à Jérusalem pour les fautes et péchés commis par les chrétiens contre les juifs.
2003 : le Saint-Siège dénonce l'intervention américaine en Irak.
2004 : le pape devant des jeunes réunis à Rome leur lance : « N'ayez pas peur ! N'ayez pas peur de proclamer l'Évangile de la Croix ! »
2005 : mort de Jean-Paul II et élection de Benoît XVI.

2006 : à l'université de Ratisbonne, un discours du pape sur l'islam et la violence provoque des polémiques. Benoît XVI se rend à Istanbul et soutient l'entrée de la Turquie dans l'Union européenne.

2007 : le pape préconise une normalisation des relations du Saint-Siège avec la Chine.

2008 : visite de Benoît XVI en France.

2009 :
- 21 janvier, début de « l'affaire Williamson », évêque négationniste.
- 12 mars, dans une lettre envoyée aux 5 000 évêques du monde entier, Benoît XVI reconnaît des « erreurs ».
- 17 mars, voyage du pape au Cameroun. « On ne peut pas résoudre le problème du sida avec la distribution de préservatifs », dit-il. « Au contraire, cela augmente le problème ».

ANNEXE 3

CHRONOLOGIE SOMMAIRE DES VINGT DERNIERS PAPES

Clément XII : 12 juillet 1730-6 février 1740
Benoît XIV : 17 août 1740-3 mai 1758
Clément XIII : 6 juillet 1758-2 février 1769
Clément XIV : 19 mai 1769-22 septembre 1774
Pie VI : 15 février 1775-29 août 1799
Pie VII : 14 mars 1800-20 juillet 1823
Léon XII : 28 septembre 1823-10 février 1829
Pie VIII : 31 mars 1829-30 novembre 1830
Grégoire XVI : 2 février 1831-1er juin 1846
Pie IX : 16 juin 1846-7 février 1878
Léon XIII : 20 février 1878-20 juillet 1903
Saint Pie X : 4 août 1903-20 août 1914
Benoît XV : 3 septembre 1914-22 janvier 1922
Pie XI : 6 février 1922-10 février 1939
Pie XII : 2 mars 1939-9 octobre 1958
Jean XXIII : 28 octobre 1958-3 juin 1963
Paul VI : 21 juin 1963-6 août 1978
Jean-Paul Ier : 26 août 1978-28 septembre 1978
Jean-Paul II : 16 octobre 1978-2 avril 2005
Benoît XVI : 19 avril 2005- ...

TABLE DES MATIÈRES

Collection « Le roman des lieux et destins magiques »
dirigée par Vladimir Fédorovski

Déjà parus :

Le Roman de la Russie insolite, Vladimir Fédorovski.
Le Roman de Saint-Pétersbourg, Vladimir Fédorovski, prix de l'Europe.
Le Roman du Kremlin, Vladimir Fédorovski, prix du Meilleur Document de l'année, prix Louis-Pauwels.
Le Roman d'Athènes, Marie-Thérèse Vernet-Straggiotti.
Le Roman de Constantinople, Gilles Martin-Chauffier, prix Renaudot essai.
Le Roman de Shanghai, Bernard Debré, prix de l'Académie des sciences morales et politiques.
Le Roman de Berlin, Daniel Vernet.
Le Roman d'Odessa, Michel Gurfinkiel.
Le Roman de Séville, Michèle Kahn, prix Benveniste.
Le Roman de Vienne, Jean des Cars.
La Fabuleuse Histoire de l'icône, Tania Velmans.
Dieu est-il gascon ?, Christian Millau.
Le Roman de la Saxe, Patricia Bouchenot-Déchin.
La Fabuleuse Histoire de Malte, Didier Destremau.
Le Roman de Hollywood, Jacqueline Monsigny et Edward Meeks.
Le Roman de Chambord, Xavier Patier, prix du Patrimoine.
Le Roman de l'Orient-Express, Vladimir Fédorovski, prix André-Castelot.
Le Roman de Budapest, Christian Combaz.
Je serai la princesse du château, Janine Boissard.
Mes chemins secrets, Jacques Pradel.
Le Roman de Prague, Hervé Bentégeat.
Le Roman de l'Élysée, François d'Orcival.
Le Roman de Tolède, Bernard Brigouleix et Michèle Gayral.
Le Roman de l'Italie insolite, Jacques de Saint-Victor.
Le Roman du Festival de Cannes, Jacqueline Monsigny et Edward Meeks.
Le Roman des amours d'Elvis, Patrick Mahé.
Le Roman de la Bourgogne, François Céresa.
Le Roman de Rio, Axel Gyldén.
Le Roman de la Pologne, Beata de Robien.
Les Fabuleuses Histoires des trains mythiques, Jean-Paul Caracalla.
Les Romans de Venise, Gonzague Saint Bris.

Le Mystère des Tuileries, Bernard Spindler.
Le Roman de la Victoire, Bertrand de Saint-Vincent.
Le Roman du Québec, Daniel Vernet.
Le Roman de Mai 68, Jean-Luc Hees.
Le Roman d'Israël, Michel Gurfinkiel.
Le Roman de Bruxelles, José-Alain Fralon.
Le Roman de Pékin, Bernard Brizay.
Obama, Le Roman de la nouvelle Amérique, Audrey Claire.
Le Roman de mes chemins buissonniers, Jean-Pierre Fleury.
Le Roman du désert, Philippe Frey.
Le Roman d'un pianiste, Mikhaïl Rudy.
Le Roman de la Bretagne, Gilles Martin-Chauffier
Le Roman de Madrid, Philippe Nourry
Le Roman de Cuba, Louis-Philippe Dalembert
Le Roman de Marrakech, Anne-Marie Corre.
Le Roman du Mexique, Babette Stern.

Cet ouvrage a été composé et imprimé par
CPI Firmin Didot à Mesnil-sur-l'Estrée
pour le compte des Éditions du Rocher
en avril 2009

Éditions du Rocher
28, rue Comte-Félix-Gastaldi
Monaco

Dépôt légal : mai 2009
N° d'édition : 6385
N° d'impression : 94510
Imprimé en France